KATHY TAILOR

THE DATING GAME

Moon Notes

Klimaneutral
Druckprodukt
ClimatePartner.com/53248-2011-1002

Dieses Buch wurde klimaneutral produziert. Dadurch fördern wir anerkannte Nachhaltigkeitsprojekte auf der ganzen Welt. Erfahre mehr über die Projekte, die wir unterstützen, und begleite uns auf unserem Weg unter www.oetinger.de

FSC
www.fsc.org
MIX
Papier aus verantwortungsvollen Quellen
FSC® C014496

1. Auflage
2021 Moon Notes im Verlag Friedrich Oetinger GmbH,
Max-Brauer-Allee 34, 22765 Hamburg

Satz: Sabine Conrad, Bad Nauheim
Druck und Bindung: GGP Media GmbH,
Karl-Marx-Straße 24, 07381 Pößneck, Deutschland
Printed 2021
ISBN 978-3-96976-008-6

www.moon-notes.de

Für Caroline,
die mich selbst an trüben Tagen zum Lachen bringt.
Und für die drei kleinen Mädchen, die rund um
dieses Buch geboren wurden – möget ihr immer
euren Träumen folgen.

Kapitel 1

»Der Lieferservice ist da.« Mit einem breiten Grinsen knallt Sophie zwei riesige Kartons vor mir auf den Tisch, und der Duft nach Pizza legt sich über den nach eingetrockneten Essensresten, der wie so oft an unserer Küche haftet.

»Pass auf, meine Unterlagen!« Eilig räume ich das Gesetzbuch und die Karteikarten zusammen, stehe auf und lege sie auf den Kühlschrank – in sicherem Abstand zu Sophie, tropfendem Käse und Tomatensoße.

»Büffelst du etwa immer noch?« Sophie zieht skeptisch die Brauen hoch. »Hast du dich heute eigentlich auch mal von deinen Unterlagen wegbewegt? Seit dem Frühstück starrst du da drauf.«

»Ja.« Ich schütte den Kaffee, den ich mir vor zwei Stunden gekocht habe und der inzwischen längst kalt geworden ist, in die Spüle und nehme wieder am Küchentisch Platz, den ich seit dem Frühstück so gut wie gar nicht verlassen habe. Eigentlich hatte ich vorgehabt, mich zum Lernen in mein Zimmer zurückzuziehen, aber der Anblick meines Lesesessels und Betts haben mich wieder in die Küche getrieben. Hier gibt es keine Verlockungen, die einen vom Lernen abhalten. Keine Bücher – und damit meine ich solche, die nicht mit Gesetzestexten, sondern mit fantastischen und spannenden Geschichten gefüllt sind –, keine Kissen, die zum Dösen einladen, keinen Ausblick auf den begrünten Hinterhof. Nur schmutziges Geschirr, das sich in der Spüle stapelt, und Krümel auf dem Fußboden.

Sophie setzt sich neben mich an den runden Küchentisch, der seine besten Jahre lange hinter sich hat, und lässt mich nicht aus den Augen.

»Zwischendurch war ich auf dem Klo.«

Sophie betrachtet mich kopfschüttelnd. »Du kannst doch nicht den ganzen Tag lernen. Es ist *Sommer*!« Sie sagt es so, als sei es das Totschlagargument schlechthin.

»Ich muss den Stoff bis nächstes Jahr schaffen.« Ich hebe abwehrend die Hände. »Hast du eine Ahnung, wie viel das ist?«

»Ich kann es mir in etwa vorstellen. Schließlich kennst du seit Wochen kein anderes Thema als dein Examen. Gut, außer vielleicht Nik.«

»Ich weiß nicht, welches Thema das kompliziertere ist.« Ich öffne einen Pizzakarton und nehme ein großes mit Mozzarella und Tomaten belegtes Stück heraus. Fett tropft auf meine Hose und hinterlässt einen Fleck. Ich wische mit dem Handrücken darüber und mache es dadurch bloß schlimmer. Zum Glück trage ich lediglich meine ausgebeulte Jogginghose.

»Na ja, sieht dich eh keiner außerhalb der WG.« Sophie betrachtet mein Bein. »Und mich stört's nicht. Auch nicht, dass du immer noch dein Schlafshirt trägst. Aber wehe, du fängst an zu müffeln, weil du keine frische Luft mehr abbekommst. Dann müssen wir ein ernstes Wort reden.«

Lachend knuffe ich Sophie in die Seite. Ihre knallharte Ehrlichkeit ist das Schlimmste und das Beste an ihr. Sie nimmt kein Blatt vor den Mund, sagt stets frei heraus, was sie denkt, völlig egal, wer ihr Gegenüber ist. Das war schon früher bei unseren Lehrern so, wenn sie sich ungerecht behandelt fühlte. Seitdem hat sie weder vor Freunden, Partnern, unserem Vermieter noch ihren Dozenten an der Schauspielschule haltgemacht.

»Ich werd's mir merken«, sage ich und beiße in mein Pizzastück. Es schmeckt himmlisch. Ich hatte gar nicht gemerkt, wie groß mein Hunger ist, so konzentriert habe ich über meinen Lernunterlagen gebrütet.

Dass Jura eins der härtesten Studienfächer ist, die es gibt, habe ich bereits vor meinem ersten Semester gewusst, trotzdem habe ich unterschätzt, wie viel Zeit und Kraft mich dieses Studium kosten würde.

Wenn du etwas liebst, dann fühlt es sich nicht wie Arbeit an, sagt Sophie immer. Für sie selbst gibt es nichts Schöneres, als Texte und Songs für ihre Ausbildung zu pauken, ihrem Körper und ihrem Geist alles abzuverlangen, wenn sie sich tief in eine Rolle stürzt.

Für mich fühlt sich jeder Lerntag wie ein Sack voller Gewichte auf meinen Schultern an. Und jedes Mal, wenn ich das Gefühl habe, ein paar davon losgeworden zu sein, kommt jemand und füllt den Sack wieder auf.

Irgendwann wirst du darunter zusammenbrechen, flüstert eine Stimme in meinem Kopf, die von Tag zu Tag lauter wird. Trotzdem bemühe ich mich, sie so gut es geht zu ignorieren. Ich *muss* das Studium schaffen. Ich bewundere Sophie für die Leidenschaft, mit der sie ihren Traum lebt, genauso wie für ihr Grundvertrauen, dass sie sich hinterher mit der Schauspielerei schon irgendwie durchschlagen wird. Aber ich für meinen Teil möchte mich später nicht ›irgendwie durchschlagen‹. Schließlich habe ich aus nächster Nähe erlebt, wie das einen Menschen fertigmachen kann. Seit mein Vater uns verlassen hat, hat meine Mutter sich ›irgendwie durchgeschlagen‹, oft bis an den Rand der Erschöpfung.

»Wollen wir Musik anmachen?«

Ich war so in Gedanken, dass ich gar nicht bemerkt habe, dass Sophie aufgesprungen und zu dem weißen Billyregal gelaufen ist, auf dem unsere uralten Boxen stehen, die überraschenderweise noch immer funktionieren.

Sophie angelt das Kabel unter einer der Boxen hervor und kramt dann in ihrem Rucksack. Nacheinander holt sie einen Korken, Dutzende lose Blätter, eine Holzfigur in Form eines Kranichs, einen Kamm, mit dem sie ihre langen Dreadlocks wohl kaum bändigen können wird, und einen Slip heraus. »Was? Das brauch ich alles für die Schauspielschule.« Sie nickt in Richtung des knallroten Tangas, der nun zwischen den Pizzakartons auf dem Tisch liegt. »Okay, den nicht.« Ohne eine Spur von Verlegenheit lässt sie ihn wieder in ihrem Rucksack verschwinden und wühlt weiter darin herum, bis sie schließlich aufgibt. »Ich finde mein Handy nicht. Du hast auch Spotify, oder?« Sophie schnappt sich mein Handy, das auf der Küchenzeile liegt. »Worauf hast du Lust? Ich hätte total Bock auf … Was ist das denn?« Mit dem Blick einer Mutter, die ein Playboyheft unterm Bett ihres pubertierenden Sprösslings gefunden hat, hält sie mir mein Handy entgegen. »Du hast nach Wohnungen gesucht?«

Nervös rutsche ich auf meinem Stuhl hin und her. »Na ja … ich dachte, ich schaue mich mal um. Ist eh alles unbezahlbar«, füge ich schnell hinzu, als ich das fassungslose Gesicht meiner Freundin bemerke.

Sophie zieht ihren Stuhl ganz nah zu mir heran und setzt sich verkehrt herum darauf, sodass ihre Knie gegen mein Bein stoßen. Sie verschränkt die Arme über der Lehne und sieht mich eindringlich an.

Ich weiche ihrem Blick aus und betrachte die beiden Löcher, die ihre Jeans, wie Sophie mir erzählt hat, nicht aus modischen Gründen zieren, sondern durch Schauspielübungen entstanden sind, bei denen sie wie eine Raupe über den Boden kriechen musste und deren Sinn sich mir bisher nicht erschlossen hat.

»Ich dachte, es ist besser geworden. Ist immerhin schon zwei Monate her. Und ich bin schließlich auch noch da.«

»Du kannst doch mitkommen. Wir suchen uns zusammen eine neue Wohnung.«

»Du weißt genau, dass das nicht geht. Ich hab in einem halben Jahr Abschlussprüfungen, ich hab gerade weder Zeit noch Nerven für Wohnungsbesichtigungen. Mal davon abgesehen, dass es in ganz Berlin keine Wohnung gibt, die so günstig ist wie diese.«

Sie hat recht. Diese WG ist ein echter Glücksgriff. Zumindest finanziell betrachtet. Mit ein paar Nachtschichten pro Monat in *Johnnys Kneipe* kann ich das Leben hier einigermaßen gut stemmen. Klar, ich könnte dort sicher deutlich mehr arbeiten, aber dann würde ich noch öfter in den Vorlesungen einschlafen, und ich hab so schon keine Ahnung, wie ich mein Examen schaffen soll. Der Berg, der vor mir liegt, ist gigantisch und scheint von Tag zu Tag höher zu werden.

Nein, die Miete ist nicht das Problem, und mit Sophie zusammenzuwohnen ist beinah so, als würde ich mit meiner Schwester zusammenwohnen. Sogar besser, denn ich bin sicher, mit Maxime gäbe es viel mehr Reibereien als mit meiner ältesten Freundin. Aber so schön es mit Sophie auch ist, so furchtbar ist es aktuell mit Nik.

Nik, der erst mein Mitbewohner, später ein Kumpel und irgendwann der Inhalt all meiner Gedanken war und nun wieder nur mein Mitbewohner ist.

Nik, wegen dem ich gleichzeitig hierbleiben und ausziehen will. Hierbleiben, weil ein Teil von mir immer noch hofft, dass zumindest eine winzige Chance besteht, dass er meine Gefühle eines Tages erwidert. Ausziehen, weil er mir jeden Tag das Gegenteil beweist, wenn er mir aus dem Weg geht und nur das Nötigste mit mir redet. Über Oberflächliches und Organisatorisches, aber niemals über das eigentlich Wichtige. Das, was zwischen uns war.

»Vielleicht sprichst du dich mal mit Nik aus?« Sophie erhebt sich und schließt mein Handy an die Box an. Sofort hallen afrikanische Trommelrhythmen durch die Küche. Sophie liebt solche Musik. Früher hat sie Schlagzeug gespielt, aber nachdem sie deswegen aus ihrer ersten eigenen Wohnung geflogen ist, verstaubt ihr Schlagzeug im Keller ihrer Eltern. Zum Rhythmus der Musik bewegt Sophie sich zurück zum Tisch, lässt sich auf ihren Stuhl sinken und trommelt mit den Fingern der linken Hand auf die Tischplatte, während sie sich mit der rechten ein gigantisches Pizzastück in den Mund schiebt.

Die Musik schwillt an. Ich wette, in spätestens zehn Sekunden klopft Frau Weber von unten mit dem Besenstiel gegen die Decke.

Eins.

»Und was soll ich ihm bitte sagen? Hey Nik, ich fand die Nacht mit dir richtig schön, und wenn du das auch so siehst, dann lass uns da weitermachen, wo wir aufgehört haben.«

Zwei.

Drei.

»Das klingt doch gut. Vielleicht sagst du es nicht ganz so miesepetrig, sondern ein bisschen … verruchter.«

Vier.

Von unten pocht es gegen die Decke. Frau Weber ist schneller geworden. Sophie trommelt währenddessen intensiver auf die Tischplatte. Wenn sie so weitermacht, werden wir uns so oder so eine neue Wohnung suchen müssen. Erst letzte Woche hat unsere Nachbarin die Polizei gerufen, als Sophie mit zwei Freunden bis nachts um drei bei lauter Musik und Wein in der Küche gesessen hat.

Ich gehe zum Regal und drehe die Musik leiser. »Ganz ehrlich: Wenn Nik Interesse an mir hätte, hätte er mir das längst klargemacht.«

Sophie seufzt. »Okay, du hast recht. Aber deswegen gleich ausziehen? Hak es als schöne Erfahrung ab und mach es ansonsten wie Nik – stürz dich ins nächste Abenteuer.«

»Aber das ist es ja! Für mich war es eben *kein* Abenteuer!«

Erneutes Pochen von Frau Weber.

»Ist ja gut!«, ruft Sophie Richtung Fußboden. »Das hier ist ein emotionaler Notfall, klar?« Sie schließt einen Moment die Augen und atmet tief durch, so als wolle sie sich selbst zurück ins Hier und Jetzt holen. »Das liegt sicher bloß daran, dass es dein erstes Mal war.«

»Aber es war nicht …«

»Ich meine dein erster One-Night-Stand. Oder hab ich irgendwas übersehen? Matthias: ein Jahr. Sebastian: drei Wochen, aber mindestens fünfmal so lange Liebeskummer de luxe. Timo: acht Monate und zwei Tage, die allerdings so schlimm waren, dass du die acht guten Monate davor in die Tonne treten konntest.«

Beeindruckt starre ich meine Freundin an. Sie weiß besser über mein Liebesleben Bescheid als ich. Und sie hat recht, ein One-Night-Stand war bisher nicht dabei, und wenn es nach mir gegangen wäre, wäre das mit Nik auch keiner geworden, sondern der Beginn von etwas Ernsthaftem. Immerhin finde ich ihn schon toll, seit er vor einem Jahr hier eingezogen ist. Auch wenn mir bereits am ersten Abend klar war, dass ich mir an ihm leicht die Finger verbrennen könnte – wenn nicht den ganzen Körper. Von Anfang an legte er diese Nichts-und-niemand-bindet-mich-Mentalität an den Tag, die mich gleichzeitig fasziniert und mir Angst gemacht hat. Trotzdem habe ich vor zwei Monaten all meine Bedenken über Bord geworfen.

Sophie und Nik hatten die Gelegenheit genutzt, dass Frau Weber wegen ihres Asthmas auf Kur war, und eine WG-Party geschmissen. Ich war nach einem langen Unitag nach Hause gekommen und mitten in eine Gruppe lachender, tanzender Menschen geplatzt. Mein Plan für den Abend war es gewesen, schnell zu duschen, einen Happen zu essen und mich danach in mein Zimmer zu verziehen, um die Vorlesungen nachzubereiten. Aber das duldete Sophie nicht, und nach einer Stunde war ich einer dieser lachenden, tanzenden Menschen. Ich erinnere mich genau, wie gut es mir getan hatte, für einen Augenblick alle Sorgen zu vergessen, und wie ich mich fragte, warum dieser Teil des Studentenlebens in den letzten Jahren bei mir immer zu kurz gekommen war. Normalerweise verbot ich mir nahezu alles, was mich ablenkte, um das Studium so schnell wie möglich durchzuziehen.

Aber an jenem Abend war mir das egal. Es zählte nur der Moment. Der Moment, in dem es so eng in unserer ohnehin winzigen Küche wurde, dass ich mich plötzlich dicht an Nik gedrängt wiederfand. Der Moment, als er mir zum dritten Mal Wein nachschenkte und mir dabei so nah kam, dass mein Atem stockte und meine Beine zu zittern begannen. Der Moment, als ich ihm ins Ohr flüsterte: »So was sollte ich viel öfter machen«, und er mich lächelnd fragte, was genau ich meinte. Er tupfte mir mit dem Saum seines T-Shirts einen Tropfen Wein aus dem Mundwinkel, und plötzlich stand mein ganzer Körper in Flammen. »Auf die Vernunft scheißen«, hauchte ich, und als wäre das eine versteckte Botschaft, nahm er mein Gesicht in seine Hände und beugte sich zu mir hinunter. Sein Kuss schmeckte nach Wein und Chips, und meine Zunge schnellte vor und begann mit seiner zu spielen. Meine Hände vergruben sich in seinem dunkelblonden Haar, das er stets im Ich-bin-schon-so-aufgewacht-und-sehe-trotzdem-toll-aus-Look trug, und verwuschelten es noch mehr. Nik zog mich enger an sich heran und presste seinen Unterkörper so fest gegen mich, dass ich seine Erektion deutlich spüren konnte. Ich erkannte die Frau kaum wieder, die sich kichernd von Nik in sein Zimmer führen ließ. Im Vorbeigehen erhaschte ich einen Blick auf Sophie, die am Küchentisch lehnte und mir überrascht, aber anerkennend zunickte. Wahrscheinlich kannte sie diese Frau ebenso wenig wie ich. Nik musste sein Bett erst von einem Stapel Klamotten, uralter Ausgaben der *Neon* und einer Menge loser Blätter befreien. Das tat er, indem er alles mit einer einzigen Armbewegung auf den Boden und mich dann ebenso lässig aufs Bett beförderte.

Ab diesem Moment kann ich mich nicht mehr an alle Details jener Nacht erinnern, nur daran, dass es sich fremd und gleichzeitig vertraut anfühlte, in Niks Armen zu liegen. Seinen Oberkörper hatte ich schon oft nackt gesehen. Immer, wenn er mit einem Handtuch um die Hüften aus dem Bad gekommen war. Deshalb empfand ich es als ganz natürlich, ihm in Rekordzeit die Kleider vom Leib zu reißen und jeden Zentimeter seines Körpers mit Küssen zu bedecken. Ebenso natürlich, wie es sich anfühlte, mich von ihm ausziehen zu lassen und seine Hände überall auf mir zu spüren.

Am nächsten Morgen war er weg.

Erst dachte ich, er sei nur kurz aufgestanden, um ins Bad zu gehen, aber als er auch nach einer Stunde nicht zurück in sein Zimmer kam, stieg ich aus dem Bett und klaubte hektisch – wie eine Verbrecherin – meine Klamotten zusammen.

Nik war weder im Bad noch in der Küche. Er war »ausgeflogen«, wie Sophie sagte, die vor einer dampfenden Kaffeetasse in der Küche saß und immer, wenn sie den Kopf bewegte, ächzende Laute von sich gab.

Ausgeflogen, ohne mich zu wecken. Der erste Stich in einer langen Reihe weiterer Stiche bohrte sich in mein Herz, doch in diesem Moment glaubte oder vielmehr hoffte ich, dass Nik einfach nur rücksichtsvoll gewesen war, indem er mich hatte weiterschlafen lassen. An diese Hoffnung klammerte ich mich, als er am Abend nach Hause kam und sich mit einem gemurmelten »Ich bin megafertig« in sein Zimmer zurückzog. Auch, als er auf mein Klopfen nicht reagierte – sicher war er längst eingeschlafen. Und auch noch, als er in den folgenden Tagen außer »Haben wir noch Müllsäcke?« und »Können wir am Wochenende bitte den Baddienst tauschen?« kaum ein Wort mit mir wechselte.

Inzwischen, nach gut zwei Monaten, habe ich begriffen, dass dieses Verhalten keinesfalls die Unsicherheit eines Mannes war, der sich in seine Mitbewohnerin verknallt hat und nicht damit umgehen kann. Sondern das Verhalten eines Mannes, der spürt, dass sich eben jene Mitbewohnerin in ihn verguckt hat, und ihr auf mehr oder weniger schonende Weise beibringen will, dass die gemeinsame Nacht für ihn nur das war – eine gemeinsame Nacht. Nicht mehr und nicht weniger.

»Zumindest hat er einen knappen Monat gewartet, bis er seine nächste Eroberung hier angeschleppt hat«, sage ich und lasse mich zurück auf meinen Stuhl fallen. »Das kommt für seine Verhältnisse fast dem Zölibat gleich.«

»Oh ja, ich erinnere mich gut.« Trotz des halb zerkauten Pizzaklumpens in ihrem Mund spricht Sophie so präzise, wie es die meisten Menschen nie schaffen würden. Liegt vermutlich daran, dass sie ihre Schauspieltexte meistens mit einem Korken zwischen den Zähnen übt. »Du hast es als Zeichen seiner Zuneigung zu dir gewertet. Dass er dich so mag, dass er erst mal keine andere angeguckt hat und sich mit dieser Frau nur von dir ablenken wollte.«

Ich spüre, wie mir die Schamesröte ins Gesicht schießt. Sie hat recht. Wie naiv ich war. Oder bin, schließlich habe ich auch einen Monat und drei Liebhaberinnen später wider besseres Wissen immer noch nicht komplett die Hoffnung aufgegeben, dass Nik und ich uns wieder näherkommen – körperlich *und* emotional.

»Ich weiß, dass es totaler Blödsinn ist.« Ich schiebe mir ein weiteres Stück Pizza in den Mund. »Und deshalb will ich hier weg. Solange ich Nik die ganze Zeit vor der Nase habe, werde ich niemals …«

»Redet ihr über mich?«

Sophie und ich fahren zur Küchentür herum.

Ich verschlucke mich und beginne zu husten. Nik steht grinsend im Türrahmen. Den Arm lässig um eine hübsche Blondine gelegt, die ihren Kopf in der Kuhle zwischen seinem Hals und seiner Schulter vergraben hat. Ich kann mich genau erinnern, wie sich diese Stelle anfühlt. Weich und warm. Wie gemacht dafür, den Kopf hineinzulegen. Aber doch nicht den Kopf dieser Fremden! Am liebsten würde ich aufspringen, sie zur Seite schubsen und schreien: »Das ist unsere Wohnung! Fremde Frauen müssen leider draußen bleiben.« Sophie wäre dazu vermutlich in der Lage, wenn eine andere Frau dem Mann, auf den sie steht, zu nah käme. Aber die sitzt nur da und stopft weiter Pizza in sich hinein, was sie aber nicht daran hindert, weiterzureden.

»Die Welt dreht sich nicht allein um dich, Sir Niklas. Nein, wir haben über Nick Carter gesprochen.« Ich bewundere sie im Stillen für die völlige Coolness, mit der sie Nik Lügen auftischt. Ich komme in seiner Gegenwart bereits bei einem Gespräch über die Einkaufsliste ins Stammeln. Was wahrscheinlich daran liegt, dass mein dummes Herz seit der Party in jedem Satz von ihm eine verdeckte Botschaft wittert. Selbst in seinem Angebot, er könne mir Müsli mitbringen.

»Oh, auf den stand ich mit sechzehn total«, ruft Blondi. Wer hat die denn gefragt? »Wobei Brian auch nicht schlecht war.«

»Ja, der ist viel süßer als Nick«, pflichtet Sophie ihr bei. »Findest du nicht auch, Tilda?«

»Wie? Ich? Äh … ja«, stammele ich und komme mir vor wie der letzte Trottel.

»Ich fand die Backstreet Boys immer scheiße.« Nik löst seinen Arm von Blondi, geht zur Spüle und gießt sich ein Glas Wasser ein, das er in einem Zug leert. Blondi bietet er keins an.

»Natürlich fandest du die scheiße.« Sophie klappt ihren Pizzakarton zu. »Immerhin hatten die ein *paar* mehr weibliche Fans als du.«

»Das würde ich so nicht sagen.« Nik grinst in die Runde und sieht dabei unverschämt sexy aus. Blondi kichert albern, geht zu ihm und legt ihre Arme von hinten um seine Taille. Ein weiterer Stich bohrt sich in mein Herz, das mittlerweile zu einem Nadelkissen geworden ist.

Nik dreht sich zu Blondi um, beugt sich zu ihr hinunter und küsst sie. Genau an der Stelle im Raum, wo er mich vor zwei Monaten geküsst hat. Ist das seine Art, mir zu zeigen, dass auch er es nicht vergessen kann? Spielt er mir dieses Replay vor, um mir mitzuteilen, dass er sich genauso nach mir sehnt wie ich mich nach ihm?

Tilda, aus! Das ist völliger Bullshit. Er steht nicht auf dich, kapier das endlich!

Sophie wirft mir einen warnenden Blick zu, der exakt das ausdrückt, was die Stimme in meinem Kopf mir entgegenschreit. Sie haben ja recht. Aber es ist so verdammt schwer, sich einen Typen aus dem Kopf und dem Herz zu schlagen, wenn er die ganze Zeit vor deiner Nase ist. Wenn du Dusche, Küchentisch und Kühlschrank mit ihm teilst, weißt, wann er morgens das Haus verlässt, was er zu Mittag isst und wie oft er seine Bettwäsche wechselt. So selten im Übrigen, dass ich nicht sicher bin, ob Blondi sich nicht gleich in dieselbe Wäsche legen wird, in der Nik und ich uns geliebt haben.

Bei diesem Gedanken empfinde ich eine groteske Art von Genugtuung.

»Wollen wir rübergehen?«, flüstert Nik in Blondis Haar – gerade so laut, dass ich es hören kann. Sie küsst ihn zur Antwort, und Sophie verdreht so dramatisch die Augen, dass ich sie unterm Tisch trete.

Als die beiden die Küche verlassen haben, atmen Sophie und ich kollektiv aus.

»Der lässt echt nix anbrennen«, murmelt Sophie. »Dagegen bin ich die reinste Nonne.«

»Du bist so weit davon entfernt, eine Nonne zu sein, wie ich davon, Nik zu heiraten.« Ich greife nach den leeren Pizzakartons, gehe in den Flur und lege sie an die Wohnungstür, damit der Erste, der morgen das Haus verlässt, sie mit nach unten zum Altpapier nehmen kann. Eine Illusion, der ich mich ebenso vergeblich hingebe wie der, Nik und Blondi könnten in seinem Zimmer bloß ein Referat für die Uni vorbereiten.

»Die gute Nachricht ist, dass er wahrscheinlich niemals heiraten wird«, sagt Sophie, die mir gefolgt ist, viel zu laut.

Ich lege einen Finger an die Lippen. »Meinst du?«

»Ach Tilda, sei nicht naiv. Jemand wie Nik wird sich sein Leben lang sämtliche Optionen offenhalten. Von solchen Typen lässt man besser die Finger.« Sie tätschelt meine Schulter. »Gut, ist in deinem Fall jetzt leider zu spät. Aber für die Zukunft solltest du dir merken: Ein Mann, der sich alle Optionen offenhält, sollte für dich genau das Gegenteil sein: *keine* Option!«

Ich werde die Hersteller der Ohropax verklagen, sobald ich Anwältin bin. *Erfinder der Ruhe*. Pah! Bei der Entwicklung haben sie wohl nicht an stöhnende Mitbewohner und Blondis, die klingen wie Groupies auf einem Backstreet-Boys-Konzert, gedacht. Mit einem entnervten Knurren presse ich mir ein Kissen auf die Ohren, in die, trotz Ohropax, noch immer viel zu viele Geräusche aus dem Nebenzimmer dringen. So kann es echt nicht weitergehen!

Ich nehme mein Handy vom Nachttisch und tippe eine Nachricht an meine Schwester.

Muss mal dringend raus hier. Kann ich dich am Wochenende besuchen?

Maxime ist noch online. Im Gegensatz zu mir legt sie keinen Wert darauf, morgens pünktlich aus dem Bett zu kommen. Ob sie eine Vorlesung mehr oder weniger verpasst, ist ihr meistens egal. Mit dieser Einstellung hat sie es geschafft, drei Studiengänge abzubrechen, was mir jedoch mehr Sorgen zu bereiten scheint als ihr.

»Ich habe eben bisher nicht das Richtige gefunden«, sagt Maxime immer. »Das ist gar nicht so leicht. Sei bloß froh, dass du etwas studierst, das du magst.«

Haha.

Geht nicht. Ich bin am Wochenende nicht in Bremen. Aber wir können uns gerne am Donnerstag treffen. Da wollte ich Mama in Hannover besuchen, magst du auch kommen? Ich muss dringend mit euch reden.

Dringend mit uns reden? Wenn meine Schwester so etwas ankündigt, dann bedeutet das meistens nichts Gutes. Wahrscheinlich hat sie mal wieder festgestellt, dass ihr aktuelles Traumstudium in Arbeit ausartet und sie daher unbedingt was Neues ausprobieren will.

Schlimm?

Ich warte mit angehaltenem Atem auf ihre Antwort.

Im Gegenteil.

Hat sie jemanden kennengelernt? Oder ist sie … Eigentlich grenzt es fast an ein Wunder, dass sie mich nicht längst zur Tante gemacht hat. Schließlich waren alle ihre bisherigen Freunde die große Liebe, zumindest für ein paar Monate.

»Nik, du bist der Beste!« Blondis schriller Schrei dringt durch die Wand. Ich ziehe mir die Bettdecke über den Kopf und zähle bis zehn. Die Geräusche aus dem Nebenzimmer ebben ab.

Egal, was Maxime mir am Donnerstag erzählen will, schlimmer als das Drama, das sich gerade in meiner Wohnung abspielt, kann es nicht sein.

Kapitel 2

»Du hast dich *wo* angemeldet?« Der Schluck Kaffee in meinem Mund landet vor mir auf der weißen Tischdecke.

»Matilda, du schlabberst wie ein kleines Mädchen.« Meine Mutter tupft mit ihrer Serviette auf dem Kaffeefleck herum. Sie sieht unfassbar müde aus. Wahrscheinlich ist sie direkt nach ihrer Nachtschicht im Krankenhaus in die Küche gewankt, um uns unseren Lieblingskuchen zu backen. So war es schon immer: Neben all der Arbeit wollte sie stets, dass es Maxime und mir an nichts mangelt.

»*The Dating Game*. Das habe ich doch gerade gesagt.« Maxime strahlt übers ganze Gesicht. Ihren Teller hat sie bisher nicht angerührt, obwohl sie normalerweise für ein Stück vom Erdbeerkuchen unserer Mutter morden würde. Das liegt daran, dass die Worte, seit wir an dem winzigen Küchentisch Platz genommen haben, unaufhörlich aus Maximes Mund sprudeln. Bis auf ein paar Nachfragen konnten meine Mutter und ich bisher nichts zu der Unterhaltung beitragen.

»Kennst du die Sendung etwa nicht?« Maxime wirkt überrascht. »Die läuft mittlerweile in der siebten Staffel.«

»Also ich kenne sie nicht«, sagt meine Mutter. Dennoch spiegelt sie Maximes Strahlen. Nur ich fühle mich wie ein Zerrspiegel, der genau das Gegenteil meiner Schwester zeigt. Dieselben großen braunen Augen, dasselbe kastanienbraune schulterlange Haar, dieselben geschwungenen Brauen, zwei Frauen, die sich gleichen wie ein Ei dem anderen – bloß, dass die eine von einem Ohr bis zum anderen grinst und die andere entsetzt die Augen aufreißt.

»Das Prinzip ist ganz einfach.« Maxime häuft so viel Sahne auf ihren Teller, dass der Kuchen darunter verschwindet. »Zwanzig Frauen kämpfen um einen Mann, jede Woche fliegen ein paar von ihnen aus der Show, und am Ende entscheidet er sich für eine und lebt mit ihr glücklich bis ans Ende seiner Tage.«

Ich ziehe skeptisch eine Braue hoch. »Okay gut, das ist zumindest das Ideal – beim letzten Mal gab es drei Monate nach der Sendung eine Blitzhochzeit und kurz darauf eine Blitzscheidung. Aber: Ein Paar, das sich in einer der früheren Shows gefunden hat, hat vor Kurzem sein zweites Kind bekommen.«

»Und du willst da jetzt die große Liebe finden?«, frage ich. »Glaubst du wirklich, dass das eine gute Idee ist?«

»Auf jeden Fall ist es ein großes Abenteuer.« Maximes Augen nehmen wieder diesen Ausdruck an, den sie jedes Mal bekommen, wenn sie eine neue fixe Idee hat. Ein neues Studienfach, ein neues Hobby, eine Geschäftsidee, die sie nach spätestens einer Woche wieder verwirft.

»Ich glaube nicht, dass man die große Liebe im Fernsehen findet.« Ich zerdrücke eine Erdbeere mit der Gabel.

»Wo denn sonst? In der WG?« Maxime scheint meinen erschrockenen Blick zu bemerken. »Tut mir leid, das ist mir so rausgerutscht.«

Trotzdem hinterlässt ihr Kommentar einen schalen Beigeschmack. Immerhin habe ich in der letzten Stunde, seit meine Mutter mich vom Bahnhof abgeholt hat, nicht ein einziges Mal an Nik gedacht. Jetzt ploppt das Bild seines Lächelns wieder in meinem Kopf auf. Ich versuche, es wegzuwischen, indem ich mich voll und ganz auf meine Schwester konzentriere.

»Und was ist mit der Uni?« Ich schiele Hilfe suchend zu meiner Mutter hinüber, die jedoch nur gedankenverloren in ihrem Kaffee herumrührt. Ihre Augen drohen jeden Moment zuzufallen. Jedes Mal, wenn ich sie besuche, habe ich das Gefühl, sie ist um weitere fünf Jahre gealtert.

»Möglicherweise ist es dir nicht aufgefallen, Tildi, aber wir haben Semesterferien.« Maxime schiebt sich einen Löffel Sahne in den Mund. »Ich muss zwar für meine Klausuren lernen, aber das kann ich auch in Portugal machen.«

»Oh, ihr dreht in Portugal.« Unsere Mutter seufzt verträumt. »Da wollten euer Vater und ich vor vielen Jahren mal Urlaub machen. Wurde leider nichts draus …«

Ja, weil Papa abgehauen ist, als er gehört hat, dass du schwanger bist, und sich danach nie wieder gemeldet hat.

Maxime denkt offenbar dasselbe. Sie greift nach der Hand unserer Mutter und drückt sie zärtlich, dann wendet sie sich wieder mir zu. Der nervigen großen Schwester, die streng genommen gerade mal drei Minuten älter ist, auch wenn ich mich manchmal fühle, als sei ich doppelt so alt wie Maxime, was wohl weder für sie noch für mich spricht.

»Jedenfalls sehe ich kein Problem darin, mal zwei Wochen gratis Urlaub zu machen.«

»Zwei Wochen? Dauert so ein Dreh nicht länger?«, frage ich.

»Doch, klar. Aber ich sag dem Typen nach zwei Wochen, dass ich aussteige, dann habe ich immer noch ein bisschen Puffer zum Lernen. In gut vier Wochen beginnt die Klausurphase – ist meine letzte Chance.«

Ich schnappe nach Luft. Das ist mir neu. »Heißt das …«

»Ja, Mama.« Maxime rollt die Augen, und meine Mutter lacht über ihren Spruch. Sie *lacht*! Sollte sie nicht diejenige sein, die ihre Tochter daran hindert, auch ihr viertes Studium zu verhauen? Möchte sie für immer und ewig eine Nachtschicht nach der nächsten schieben, um Maxime unter die Arme zu greifen?

Wie viele Falten aus Sorge und Erschöpfung werden sich noch in ihr Gesicht graben, bis meine Schwester es in einem Studiengang über das vierte Semester hinaus schafft?

»Ich habe noch einen Versuch, bevor ich exmatrikuliert werde, also beruhige dich, Tildi«, sagt Maxime. »Ich schaffe das. Außerdem kann ich am Strand sicher viel besser lernen als hier. Und nebenbei tue ich was für mein Studium – wer weiß, am Ende kann ich mir die Dreharbeiten als Praktikum anrechnen lassen.«

»Als Praktikum? Wirklich?«

»Aber ja. Von wegen Feldstudie, wie Menschen sich auf engstem Raum in einer Konkurrenzsituation unter erschwerten Bedingungen, wie der Abwesenheit des gewohnten Umfelds, verhalten.«

»Könntest du dir die Show dazu nicht einfach im Fernsehen anschauen?«

»Das wäre nicht dasselbe.« Maxime zwinkert mir zu.

»Wenn du glaubst, dass es dich in deinem Studium weiterbringt …« Meine Mutter schenkt sich Kaffee nach, aber sie müsste schon ganze Fässer davon trinken, um ihre Augenringe loszuwerden. »Ich bin sicher, du wirst dir das reichlich überlegt haben.«

Argh!

»Mensch, Tildi, entspann dich. Ich hab doch gesagt, in zwei Wochen bin ich wieder hier. Das ist eine einmalige Chance. So was wollte ich schon immer machen.«

Davon höre ich zum ersten Mal.

Manchmal erinnert Maxime mich an einen Schmetterling, der von Blüte zu Blüte flattert. Je nachdem, welche ihr gerade am besten gefällt. Dass es aber auch giftige Blüten gibt, davon scheint sie keine Ahnung zu haben. Von denen versuche ich, die vorsichtige Biene, sie stets fernzuhalten. Aber hat man je eine Biene gesehen, die es schafft, einen Schmetterling am Landeanflug zu hindern? Ein unmögliches Unterfangen.

Ich sollte endlich lernen loszulassen. Maxime Fehler machen lassen, die sie zwar nicht voranbringen, sie aber um einige Erfahrungen bereichern, wie sie immer betont. Trotzdem fürchte ich, dass sie dieses Mal nicht wieder auf die Beine kommen könnte, wenn sie erneut scheitert.

Lehramt, Philosophie, Design und jetzt Sozialwissenschaft. Allesamt angeblich ihre Traumstudienfächer. Alle voller Euphorie begonnen und nach nur wenigen Semestern beendet, nachdem sie wichtige Prüfungen verhauen hatte. Jedes Mal gefolgt von einer Phase der Verzweiflung, der Antriebs- und Perspektivlosigkeit, bis Maxime sich wieder für ein neues Fach begeisterte und sich Hals über Kopf hineinstürzte. Ich kann nicht leugnen, dass ich meine Schwester heimlich dafür bewundere, dass sie es stets schafft, sich am eigenen Schopf aus der Scheiße zu ziehen. Dass sie sich jedes Mal aufs Neue begeistern kann und sich nicht aufgibt. Dennoch frage ich mich, wie oft das wohl noch klappt. Ob nicht irgendwann die Verzweiflung nach einem erneuten Scheitern größer ist als die Hoffnung? Ich will ihr einfach ersparen, eine weitere Exmatrikulationsbescheinigung im Briefkasten zu finden, sich wieder ein neues Fach, eine neue Stadt, eine neue Wohnung und neue Freunde suchen zu müssen. Ich will nur, dass sie glücklich ist. Langfristig, meine ich.

So glücklich wie du? Wenigstens kann Maxime sich für Dinge begeistern, auch wenn sie sich immer wieder ändern. Und was ist mit dir?

Ich wische den Gedanken trotzig beiseite. Hier geht es gerade nicht um mich.

»Ich finde die Idee gut, Maxime«, sagt meine Mutter. »Ich glaube, das wird eine ganz besondere Erfahrung für dich. Und dein letzter Urlaub ist ja bereits eine ganze Weile her.«

Fünfzehn Jahre, um genau zu sein. Damals hatte meine Mutter ein bisschen Geld von ihrer verstorbenen Großtante geerbt. Sie wollte damit unbedingt eine Kreuzfahrt mit Maxime und mir machen. Leider reichte das Geld bloß für eine Fahrt von Bremen nach Hamburg. Irgendwann soll meine Mutter die Kreuzfahrt nachholen. Wenn ich erst einmal Anwältin bin und genug angespart habe, das habe ich mir fest vorgenommen, dann werde ich ihr diesen Traum erfüllen. Vielleicht glätten Sonne und Seeluft ein paar der tiefen Furchen, die die Doppelbelastung als vollberufstätige Alleinerziehende in ihr Gesicht gegraben hat.

»Danke, Mama.« Maxime steht auf und umarmt sie. Dabei stößt sie mit der Hüfte gegen die Waschmaschine, die unsere Mutter irgendwie in die kleine Küche gestopft hat, weil im Bad noch weniger Platz ist. »Ich bin sicher, es wird eine tolle Zeit.«

Meine Mutter streckt ihre Hand nach meiner aus und zieht mich zu sich heran. »Meine beiden Schätze.« Ich lehne meinen Kopf gegen ihre Schulter. »Ich will nur, dass ihr glücklich seid.«

»Wenn du glaubst, dass es dir guttut und dein Studium nicht gefährdet …«, sage ich gedehnt in Maximes Richtung.

»Im Gegenteil. Vielleicht schreibe ich sogar meine Bachelorarbeit über das Thema.« Maxime strahlt mich an, und ich beiße mir auf die Zunge, um den Gedanken nicht auszusprechen, der mir sofort durch den Kopf schießt. Auch wenn ich es ihr von Herzen wünsche, bin ich nicht sicher, ob es so weit überhaupt kommt.

»Schreib mir bitte regelmäßig, wie es dir geht, ja?« Unsere Mutter streicht Maxime und mir durchs Haar, als seien wir Babys, was wir für sie wahrscheinlich immer sein werden.

»Geht leider nicht. Absolutes Handyverbot. Steht im Vertrag. Kein Kontakt zur Außenwelt. Sonst gibt's 'ne hohe Geldstrafe.«

Die meine Mutter im Zweifel bezahlen muss.

»Aber ihr seht mich ja dann im Fernsehen.«

»Wird das Ganze live ausgestrahlt?«

»Nein, die Woche über wird gedreht, und jeden Sonntag gibt es einen Zusammenschnitt der Woche und eine Liveshow, in der der Mann seine Entscheidung verkündet.«

»Na, das lassen wir uns nicht entgehen, nicht wahr, Matilda?«
Ich nicke ergeben.

»Am Sonntag fliege ich.« Maximes Wangen glühen. »Ab Montag wird gedreht. Mann, ich bin so gespannt auf die anderen Kandidatinnen und überhaupt auf alles. Hoffentlich ist der Mann heiß.«

»Ich dachte, du machst das nur für deine Feldstudien«, merke ich an.

Maxime grinst. »Schon. Aber manchmal kann man das Angenehme mit dem Nützlichen verbinden.«

Kapitel 3

»Beeil dich, Tilda, es geht los!« Sophie sitzt im Schneidersitz auf ihrem Sofa und starrt gebannt auf den Fernseher, während sie sich wie ferngesteuert Popcorn in den Mund schaufelt. Ich lasse mich neben sie in die Kissen sinken und reiche ihr eine Flasche Bier.

»Ich kann's kaum erwarten.« Ich verdrehe die Augen, und Sophie wirft mir einen tadelnden Blick zu.

Zumindest ist es nicht so schlimm, eine Kuppelshow im Fernsehen anzugucken, wie der Liveshow zu folgen, die seit Wochen in unserer WG stattfindet. Blondi war zwar seit fast zwei Wochen nicht mehr hier, aber zwischendurch hat Nik zwei weitere Kommilitoninnen von sich mit nach Hause gebracht. Angeblich zum Lernen. Doch ich frage mich, wieso beim Lernen das Bett quietscht und Nik keucht, als laufe er einen Marathon.

»Ach komm, das wird lustig. Ich liebe solche Shows! Sag mal, wusstest du, dass das Paar aus Staffel drei, Dennis und Michaela, gerade ihr zweites Kind bekommen haben? Valentin, schöner Name, oder? Und zwischen Cornelius und Isa aus der letzten Staffel tobt ein heftiger Rosenkrieg – sie hat ihm vorgeworfen, sie mit zwei ehemaligen Mitstreiterinnen betrogen zu haben. Bessere Promo kann der Sender sich wohl kaum wünschen.«

»Ich dachte, du interessierst dich nicht für Trash-TV.«

»Jeder hat ein dunkles Geheimnis.« Sophie zuckt mit den Schultern.

Lachend greife ich in die Popcornschüssel. Sophie behauptet immer, zu Studienzwecken nur Filme auf *arte* zu schauen, am liebsten im Original, und ihre Zeit nie und nimmer mit irgendwelchen Realityshows zu verschwenden – schließlich wolle sie eine ernst zu nehmende Schauspielerin werden, und das fange bereits im Kopf an.

»Ahhh, da ist Maxime!« Kreischend hüpft Sophie auf dem Sofa herum. Es ist so alt und zerschlissen, dass ich fürchte, es könne jeden Moment unter ihr zusammenbrechen. Ich erinnere mich noch genau daran, wie Sophie es vor ein paar Jahren auf dem Sperrmüll gefunden hat und wir es in einer waghalsigen Aktion durch unser enges Treppenhaus bis in den fünften Stock gewuchtet haben.

Ich schüttele die Erinnerung an meinen Beinahsturz über das Treppengeländer ab und wende mich dem Fernseher zu, über dessen Bildschirm die ersten Bilder der Show flackern.

Der Vorspann zeigt ein paar Szenen aus der vergangenen Woche.

Bildschöne junge Frauen, die sich in enge Kleider quetschen und falsche Wimpern ankleben, sich mit Sekt zuprosten und genauso kreischen, wie Sophie es gerade tut.

Auch Maximes Gesicht erscheint hin und wieder auf dem Bildschirm. Ihr Strahlen lässt das der meisten anderen verblassen. Ihr Haar glänzt wie nie, ihr Make-up ist dezent und atemberaubend.

Ist es wirklich schon über eine Woche her, dass Maxime Mama und mir begeistert verkündet hat, sie werde nach Portugal reisen? So lange nichts von ihr zu hören, ist völlig neu für mich. Wenigstens kann ich sie heute Abend wiedersehen, wenn auch nur auf einem Bildschirm.

Als die eigentliche Sendung beginnt, führt eine spindeldünne

Moderatorin mit angetackertem Dauerlächeln kurz in das Konzept der Show ein.

»… von der großen Liebe träumen viele. Aber hier in Portugal wird der Traum für eine unserer Ladys vielleicht bald Wirklichkeit. Denn, meine Damen und Herren, so viel darf ich verraten, wir haben einen echten Traumprinzen für sie aufgetrieben. Charmant, gut aussehend, sexy. Jede Woche wird er die Ladys zu aufregenden Dates entführen und jeden Sonntag live verkünden, welche der Damen er in der nächsten Woche wiedersehen will. Es wird Tränen geben, Nervenkitzel und vor allem Liebe, so viel dürfen wir erwarten. So, nun aber genug gequatscht. Sicher sind Sie schon sehr gespannt darauf, unseren Junggesellen kennenzulernen, und ich kann Ihnen verraten, das waren die Damen auch. Aber sehen Sie selbst.«

Das Bild wechselt zu einer cremefarbenen Villa mit rotem Dach. Sie ist gigantisch und von einem riesigen Garten gesäumt, in dessen Mitte ein Swimmingpool eingelassen ist. Wie von Geisterhand öffnet sich das schmiedeeiserne Gartentor, und die Kamera fährt einmal quer über die Wiese bis ins Innere der Villa, wo gemütliche Sofas und Sessel zum Relaxen einladen.

Die Kamerafahrt geht weiter eine geschwungene Treppe hinauf und durch mehrere Schlafzimmer mit rosa Wänden und Betten, auf denen sich weiße und pinke Kissen türmen.

»Was für ein Klischee.« Sophie nimmt einen Schluck von ihrem Bier. In ihrem Zimmer kommt die Farbe Rosa ebenso wenig vor wie in meinem, in dem alles in Grün- und Erdtönen gehalten und jede Ecke mit Pflanzen vollgestellt ist.

Endlich kommt die Kamera zum Stillstand und zoomt auf einen Brief, der auf einem der Betten abgelegt wurde. Eine rosa Schleife ist darumgewickelt – natürlich …

Schnitt.

Eine Horde junger Frauen fegt schreiend vor Begeisterung wie ein Schwarm wild gewordener Hornissen durch sämtliche

Zimmer der Villa. Eine davon ist meine Schwester. Sie schreit nicht, strahlt aber übers ganze Gesicht beim Anblick der Stuckdecken und der riesigen Tafel, die im Wohn-Essbereich steht, von dem aus man direkt auf den Pool schauen kann.

Ein paar Interviews werden eingeblendet. Die Charaktere der Kandidatinnen sind genauso unterschiedlich wie ihr Äußeres. Es gibt eher schüchterne, introvertierte Frauen, laute, selbstbewusste und jene, die ich auf den ersten Satz nicht leiden kann. Allen voran eine Violetta-Constanze, die mit wenigen Worten klarmacht, was sie von ihren Konkurrentinnen hält: nichts.

Ihre nahezu durchsichtige Haut sieht aus, als hätte man sie mit Sicherheitsnadeln hinter den Ohren festgesteckt. Nicht die geringste Falte ist zu erkennen, nicht einmal eine Lachfalte um die Augen. Ob das an ihrem mangelnden Humor oder moderner Chirurgie liegt, ist schwer zu sagen. Auf jeden Fall wird schnell klar, dass diese Frau keine Rücksicht auf Verluste nehmen wird, wenn es darum geht, die Show zu gewinnen.

Am sympathischsten ist mir eine junge Frau mit lockigem schwarzem Haar und brauner Haut, die ihr freundliches Lächeln besonders zur Geltung bringt. Sie stellt sich den anderen als Lisa vor, und ich kann selbst durch den Fernseher erkennen, dass meine Schwester sie auf Anhieb in ihr Herz geschlossen hat. Zwar heißt das bei Maxime nicht viel, ihr Herz ist so groß und offen, dass es sogar für ihre Ex-Freunde und deren neue Freundinnen Platz bietet, aber bei Lisa scheint sie den richtigen Riecher zu haben. Zumindest, soweit ich das aufgrund der eingespielten Szenen der letzten Tage beurteilen kann.

Nachdem etwa eine Viertelstunde die Ankunft in der Villa und kurze Interviewsequenzen der Kandidatinnen gezeigt wurden, wird der Brief, der auf dem Bett deponiert war, verlesen. Die Frauen sollen sich etwas Elegantes anziehen und draußen im Garten auf Mr Unbekannt warten.

Gebannt beobachten Sophie und ich, wie die Kandidatinnen nach einigem Geschrei und Tränen der Überforderung die Schränke aufreißen und Schuhe und Kleider in sämtlichen Farben des Regenbogens hervorholen.

Maxime erscheint in Großaufnahme im Bild, sie trägt ein Kleid, das ihr bis knapp über die Knie reicht. Sie sieht bezaubernd aus, und das Gelb ihres Kleides unterstreicht ihren Charakter perfekt. Unsere Mutter nennt sie stets ›unser Sonnenscheinchen‹ und hat damit absolut recht. Langsam und konzentriert bindet Maxime die Bänder ihrer braunen High Heels um ihre Knöchel. Ich bin beeindruckt, mit welcher Souveränität sie auf den schwindelerregend hohen Absätzen nach draußen in den Garten schreitet und sich mit den anderen Frauen, die das Tor keinen Moment aus den Augen lassen, vor dem Pool aufreiht.

Die Kamera zoomt wieder an Maxime heran, die sich nervös auf die Lippe beißt. Erschrocken registriere ich, dass ich genau dasselbe tue. Das ist auch Sophie nicht entgangen.

»Es kommt mir vor, als würde ich dich durch den Fernseher beobachten, während du neben mir sitzt. Total crazy.«

Ich nehme einen Schluck Bier und kann die Augen nicht von meiner Schwester abwenden. Ihre Haut hat bereits nach einem Tag in Portugal so viel Sonne getankt, dass sie von einer leichten Bräune überzogen ist. Ihre Augen sprühen vor Neugier und Energie Funken. Wenn dieser Typ sie nicht vom Fleck weg heiratet, dann ist ihm echt nicht zu helfen.

Plötzlich ertönt ein Kreischen. Hinter Violetta-Constanze steht ein hochgewachsener Mann mit blondem Haar und stechend blauen Augen, die in der Abendsonne leuchten. Der Mann ist nicht, wie die Kandidatinnen erwartet haben, durch das Gartentor, sondern offenbar durch den Haupteingang der Villa und über die Terrasse nach draußen gekommen, wo er sie von hinten überrascht hat. Aufgeregt schnatternd stürzen sich alle auf ihn. Floskeln werden ausgetauscht.

Ich bin so nervös. Ich auch.

Wie heißt du? Florian, und du?
Wo kommst du her? Aus Münster.
Was machst du so? Ich studiere Architektur.

»Der ist ja wohl mal ultraheiß!« Sophie hat die Bierflasche auf halben Weg zum Mund vergessen und starrt über sie hinweg auf den Bildschirm.

»Ich finde, er sieht wie ein ziemlicher Schnösel aus. Eine Tube weniger Gel hätte es auch getan.«

»Tilda, bist du blind? Der Typ ist eine glatte Zehn!« Sophie stellt ihr Bier am Boden ab und stützt den Kopf auf ihre Hände. »Wenn Maxime schlau ist, nimmt sie ein paar heiße Küsse mit, bevor sie die Show verlässt. *Wenn* sie die Show verlässt.«

»Das wird sie! Sie hat es versprochen. Sie wird ihr Studium ganz sicher nicht für ein paar Wochen Sonne und Mr Schnösel sausen lassen.«

»Dein Wort in Gottes Ohr.« Sophie klingt nicht überzeugt.

Nachdem sich alle Kandidatinnen Florian vorgestellt haben, findet eine feucht-fröhliche Cocktailparty statt, die damit endet, dass alle ihre Abendgarderobe gegen Bikinis (in einigen Fällen eher Stoffreste, die nur das Nötigste verdecken) eintauschen und in den Pool hüpfen.

Dass aus Sophies offen stehendem Mund kein Speichel tropft, ist verwunderlich. »Wie kann man nur so einen sexy Körper haben?«, fragt sie mehr an sich selbst als an mich gerichtet.

»Indem man seine Prioritäten auf dessen Aufbau und Erhaltung statt auf andere Dinge setzt.«

»Oh Mann, der Typ weiß, wie man Prioritäten setzt.«

»Sophie, du bist echt schlimm! Das ist doch keine Fleischbeschau.« Ich betrachte all die halb nackten Singles, die im Pool planschen und Florian dabei deutlich öfter als notwendig wie zufällig berühren. »Okay, wahrscheinlich ist es genau das. Aber das ist doch total idiotisch. Geht es in dieser Sendung darum, die Liebe zu finden oder nur jemanden zum …«

»Ach Tilda, sei nicht so naiv. Natürlich geht es da um einiges mehr. Gratis am Pool rumlümmeln, flirten und nebenbei die eigene Karriere als Influencer vorantreiben.«

»Oder für sein Studium ein paar Erfahrungen sammeln«, werfe ich ein.

Sophie schüttelt lachend den Kopf. »Du glaubst das deiner Schwester echt?«

»Sie glaubt es sich selbst.«

»Okay, mag sein. Aber wenn du mich fragst, sieht das nicht nach professioneller Distanz aus.« Sophie deutet auf den Fernseher. Maxime hält einen so geringen Abstand zu Florian ein, dass kaum ein Blatt zwischen sie passen würde. Ihr Strahlen ist intensiver als Sonnenlicht, und Florian sieht aus, als habe er all die anderen Frauen, die ihn wie Nixen umkreisen, völlig vergessen.

Der Anblick meiner Schwester versetzt mir einen Stich. Normalerweise hören wir täglich voneinander, sei es per Telefon oder Voicenachricht. Dass ich bereits seit über einer Woche weder eines ihrer lustigen Selfies, auf denen sie die verrücktesten Gesichtsverdrehungen vollführt, bekommen noch ihre Stimme gehört habe, ist ein völlig neues Gefühl für mich – eins, das mir gar nicht gefällt. Ich vermisse sie. Wie es ihr wohl in diesem Moment geht?

Die Antwort erhalte ich knapp zwei Stunden später, als die Sendung nach dem Zusammenschnitt der ersten Woche in die Liveshow übergeht. Dem Kennenlernen folgten ein paar Dates, in der Gruppe und in Maximes Fall auch allein. Es gab die ersten Zickereien, erste Tränen, und eine Teilnehmerin stieg freiwillig aus, weil sie ihren Ex-Freund mit einem Mal so vermisste. Meine Schwester tanzte und lachte inmitten der anderen, doch am meisten strahlte sie in Florians Gegenwart.

»Sie steht total auf ihn.« Sophie drückt mir ein neues Bier in die Hand.

»Quatsch. Sie ist ein Sonnenschein, das war sie schon immer.«

»Wie du meinst.«

»… liegt eine aufregende Woche hinter unseren Mädchen und ihrem Traummann. Und nun, meine Damen und Herren, wird es ernst. Die Frage, die uns alle brennend interessiert, ist: Für wen wird Florian sich entscheiden?« Die Moderatorin, die in die Show eingeführt hat, steht in ihrem rosa-weiß gestrichenen Studio vor einer Fotowand mit Bildern der Kandidatinnen. »Wen wird er mit in die nächste Woche nehmen? Wir schalten nun live in die Villa.«

Schnitt.

Die Kandidatinnen stehen wie am ersten Abend aufgereiht im Garten. Florian begrüßt jede mit dem obligatorischen Links-Rechts-Küsschen und fasst kurz zusammen, wie er die erste Woche empfunden hat, was der ein oder anderen Frau die Tränen in die Augen treibt. Er geht dabei nicht gerade sparsam mit Komplimenten um, und wenn man ihn so reden hört, könnte man glatt meinen, dass er am Ende alle Frauen mit nach Hause nehmen möchte – und vielleicht würde er das wirklich gern. Aber das wäre gegen die Spielregeln. Die sehen eine Entscheidung vor, und zu der kommt Florian nach langem Herumgesülze nun endlich. Die Frauen müssen die Augen schließen, während Florian die Reihe abschreitet und seine Favoritinnen auf die Stirn küsst. Eine nach der anderen atmet erleichtert auf und fällt ihm um den Hals.

Schließlich steht Florian vor Maxime. Er hält kurz inne, scheint zu überlegen. Dann grinst er unverschämt frech in die Kamera und drückt meiner Schwester einen Kuss auf die Stirn. Lachend reißt sie die Augen auf und schlingt ihre Arme um Florian. Ihr Strahlen weitet sich von ihren Augen und ihrem Mund auf ihren ganzen Körper aus. Er glüht regelrecht vor positiver Energie, und dieses Glühen geht auf Florian über, der Maxime fest an sich drückt.

Sophie lässt sich nach hinten in die Sofakissen sinken. »Deine Schwester hat echte Chancen, das Ding zu gewinnen.«

Ich winke ab. »Selbst wenn. Nächste Woche ist die Reise für sie zu Ende.«

»Warten wir's ab.«

Ich werfe ein Kissen nach meiner Freundin. »Nix da mit *warten wir's ab*. Sie hat es versprochen.«

Sophie zieht skeptisch die Brauen hoch. »Mag sein. Aber da hatte sie Florian noch nicht gesehen.«

»Es braucht schon mehr als einen heißen Typen, damit meine Schwester ihr Studium schmeißt«, sage ich, obwohl mir klar ist, dass Maxime ihre Pläne in der Vergangenheit für weit weniger über Bord geworfen hat.

Diesmal nicht, beruhige ich mich. *Diesmal ist es ihr ernst damit. Sie wird die Show wie angekündigt in einer Woche verlassen. Ganz sicher.*

»Am Sonntag wirst du sehen, dass ich recht habe.« Ich schalte den Fernseher ab. »Ich kenne meine Schwester, so schnell sie sich für Dinge begeistern kann, so schnell verliert sie auch wieder das Interesse.«

»Dein Wort in Gottes Ohr«, wiederholt Sophie, und die Art, wie sie das sagt, gefällt mir ganz und gar nicht.

Kapitel 4

»Jetzt leg das doch mal zur Seite, die Entscheidung steht an.« Sophie, die gerade mit einer Schüssel frischen Popcorns aus der Küche zurückkommt, sieht mich auffordernd an und deutet auf das aufgeschlagene Gesetzbuch in meiner Hand. »Du starrst schon den ganzen Abend mehr da rein als auf den Fernseher.«

»Ich kann mir den Mist nur in homöopathischen Dosen reinziehen«, sage ich, klappe dann aber das Buch zu. Die letzten zwei Stunden ist mein Blick ständig zwischen Bildschirm und Buchstaben hin- und hergewandert. Von der zweiten Folge von *The Dating Game* habe ich nur Fetzen mitbekommen. Den Ausritt, bei dem Lisa vom Pferd gefallen ist und sich den Knöchel verknackst hat. Den Aufschrei von Nadja, als sie den Sonnenbrand in ihrem Dekolleté entdeckt hat. Sonja, die beinahe das Gruppendate verschlafen hat. Und ehrlich gesagt hat mir das völlig gereicht. Das ständige Gekreische der Frauen und – sobald sie im Interviewzimmer sitzen – die Lästereien über andere Kandidatinnen, denen sie kurz zuvor noch in den Armen lagen, sind kaum zu ertragen. Nicht, dass Gesetzestexte eine angenehme Alternative wären, aber immerhin schreien sie mir nicht schrill in die Ohren.

»Toll, jetzt hast du Maximes ersten Kuss mit Florian verpasst«, ruft Sophie.

»Was?« Ich reiße entsetzt die Augen auf.

»Spaß. Wobei ich mir ziemlich sicher bin, dass er sie bei dem Gruppendate am Lagerfeuer gerne geküsst hätte, dumm nur, dass dieser Vico ausgerechnet in dem Moment schlecht wurde.«

»Wer ist Vico?«

»Na, Violetta-Constanze«, sagt Sophie, als sei das völlig offensichtlich.

»Dann sollte ich ihr wohl dankbar sein, dass sie verhindert hat, dass meine Schwester eine Dummheit macht.«

»Wieso? So ein bisschen Knutschen am Strand ist doch schön. Du solltest echt mal den Stock aus deinem Hintern nehmen, Tilda.«

Sophie ahnt gar nicht, wie ähnlich sie meiner Schwester manchmal ist. Den Satz habe ich von Maxime so oft gehört.

»Das letzte Mal, als ich das gemacht habe, war ein ziemlicher Reinfall.« Ich nicke in Richtung der Wand, hinter der Niks Zimmer liegt. Ausnahmsweise ist daraus kein Stöhnen zu hören. Oder Sophie hat den Fernseher laut genug gedreht, sodass er alles andere überdröhnt.

»Still jetzt!«, ruft Sophie und wirft Popcorn nach mir. »Es geht los!«

Ich zupfe mir ein paar der Krümel vom Pullover. »Hey, das klebt alles voll!«

»Scht!«

Gebannt starren wir auf den Fernseher. Florian steht in einem weißen Anzug (*Schnösel – hab ich doch gesagt!*) vor den ebenfalls fein herausgeputzten Frauen, die alle die Augen geschlossen halten.

»Heute müssen uns leider drei von euch verlassen.« Er lässt seinen Blick von einer zur anderen wandern. »Das bedauere ich sehr, denn ihr seid alle tolle Mädchen.«

Mädchen …

»Die sind doch keine Kinder mehr.«

»Scht!«

»Ist ja gut.«

»Tilda!«

»Aber ich musste eine Entscheidung treffen, und die ist mir alles andere als leichtgefallen …«

»… weil ihr alle so toll seid. Und ich euch am liebsten alle mit ins Bett nehmen würde.«

»Jetzt halt endlich die Klappe, Tilda!« Popcorn landet in meinem Haar.

»Hey!« Ich pfriemele es heraus, lege es zurück in die Schüssel und beobachte dabei, wie Florian die erste Kandidatin auf die Stirn küsst, die sich daraufhin mit den Händen Luft zufächelt, als sei sie einer Ohnmacht nahe. Drei Küsse und drei Freudenschreie später steht Florian vor Maxime. Sophie und ich halten den Atem an. Florian beugt sich vor, zögert, lächelt, dann küsst er die Stirn meiner Schwester.

»Das war klar«, sagt Sophie.

»Mag sein, aber jetzt wird sie ihm mitteilen, dass sie leider aussteigen muss.«

»Oh Florian, ich freue mich so!« Maxime schlingt, wie beim letzten Mal, ihre Arme um Florians Hals.

Sophie legt die Stirn in Falten. »Sie scheint ihren Text vergessen zu haben.«

»Scht!«

»Ich fühle mich auch total wohl bei dir …« Maxime zupft an einer Haarsträhne herum.

»… aber …«, soufflière ich ihr durch den Fernseher.

»Und freue mich sehr, weiterhin dabei sein zu dürfen.«

»ABER!«

»Das wird sicher eine tolle Zeit.«

»Das ist der falsche Text, du Idiotin!«, rufe ich mit einer Mischung aus Fassungslosigkeit und Verzweiflung und werfe eine Handvoll Popcorn Richtung Bildschirm, direkt auf Maxime.

»Hey, das klebt alles voll!« Sophie stellt die Popcornschüssel in sicherer Entfernung von mir auf dem Boden ab.

»Was macht sie da?« Ich springe vom Sofa auf. »Sie wollte doch heute die Sendung verlassen!«

Von unten pocht es gegen den Fußboden.

»Sieht so aus, als hätte sie ihre Pläne geändert.«

»Das kann sie nicht machen!«

»Tilda, lass sie. Sie ist erwachsen.«

»Sie benimmt sich aber ganz und gar nicht so!«

»Weil sie an einer Kuppelshow teilnimmt?«

»Weil sie dafür ihre Zukunft wegwirft!«

Frau Weber lässt den Besen drei Mal gegen ihre Decke krachen.

»Du klingst wie meine Mutter.« Sophie sieht mich kopfschüttelnd an.

»Sie kann doch nicht immerzu ihren Launen folgen, das Leben ist keine ewige Party.«

»Ich korrigiere: Du klingst wie meine Oma.«

»Maxime, du bist so dumm!« Ich umfasse den Fernseher mit beiden Händen und schreie meiner Schwester mitten in ihr wunderschön strahlendes Gesicht, was Frau Weber unter mir zu einem virtuosen Besen-Trommelsolo veranlasst.

Ich atme tief durch, um meinen Puls zu beruhigen.

Maxime sieht unglaublich glücklich aus. Aber wie lange wird das anhalten? Wird sie auch dann noch so strahlen, wenn dieser Florian sich am Ende für eine andere entscheidet und Maxime feststellt, dass sie umsonst ihre Zukunft für ihn weggeworfen hat?

»Du bist nicht für Maxime verantwortlich.« Sophie schnippt die Popcornstücke, die ich nach dem Fernseher geworfen habe, zurück in die Schüssel.

»Ich mache mir einfach Sorgen um sie.«

»Das ehrt dich. Aber auch wenn du das jetzt nicht hören willst:

Deine Schwester muss ihre eigenen Fehler machen. Du kannst sie nicht davor bewahren, sich in Schwierigkeiten zu bringen. Du kannst nur für sie da sein, wenn sie Hilfe braucht, um sich wieder daraus zu befreien.«

Mir ist klar, dass Sophie recht hat. Das sage ich mir auch selbst immer wieder. Aber ich kann nicht aus meiner Haut. Von klein auf war ich es gewohnt, für Maxime und mich zu sorgen, wenn unsere Mutter vor lauter Arbeit nicht dazu kam, für uns zu kochen, geschweige denn unsere Hausaufgaben zu kontrollieren oder mit uns für die Schule zu lernen. Irgendwie hatte ich das Gefühl, ihre Abwesenheit durch vollen Einsatz für meine Schwester ausgleichen zu müssen, und merkte dabei gar nicht, dass ich mehr und mehr in eine Rolle schlidderte, die viel zu groß für mich war und aus der ich irgendwann nicht mehr herausfand. Zum Abitur habe ich Maxime geradezu an den Haaren geschleift, da sie jede freie Minute in der Sporthalle beim Kunstturnen verbrachte – ihre neu entdeckte Leidenschaft zu der Zeit –, statt sich auf die Klausuren vorzubereiten. Und das, obwohl sie zu diesem Zeitpunkt felsenfest davon überzeugt war, dass sie für ein Lehramtsstudium sterben würde, das sie sich ohne Abi hätte abschminken können.

Schon damals hatte Sophie mir vorgehalten, ich solle mich mal locker machen und mir nicht neben meinem eigenen Kopf auch Maximes zerbrechen. Sie versteht einfach nicht, was es heißt, so eng mit einem anderen Menschen verbunden zu sein, wie ich es seit unserer Geburt mit Maxime bin. Sophie ist Einzelkind und musste stets nur an sich selbst denken. Meine Schwester ist ein so großer Teil von mir, dass ich in der Vergangenheit oft das Gefühl hatte, man habe mir ein Stück meines Selbst genommen, wenn sie nicht in meiner Nähe war. Der Umzug in verschiedene Städte brach uns beiden das Herz, und bis heute spüre ich jeden Schmerz, den sie spürt, empfinde jede Traurigkeit von ihr so tief, als sei es meine eigene, kann immer nur so glücklich sein, wie sie es gerade ist. Wir teilen mehr als unser Aussehen, unsere Stimme, unsere Gene. Wir sind wie eine Einheit, und ich weiß, in welche Verzweiflung eine Enttäuschung sie stürzen kann. So hoch die Berge sind, die ihre Freude erklimmt, so tief sind auch die Täler ihrer Traurigkeit.

Und ich folge ihr jedes Mal hinein, denn wenn ihr Herz bricht, bricht meins mit.

So einfach ist das. Da kann Sophie so sehr recht haben, wie sie will. Ich bin es gewohnt, für meine Schwester zu sorgen, so gut ich kann, auch wenn ich mir mehr als einmal gewünscht habe, dass meine Mutter diese Aufgabe übernommen hätte, als wir klein waren. Vielleicht hätte ich sie dann nicht ganz so sehr verinnerlicht und wäre heute in der Lage loszulassen. Wie durch einen Schleier verfolge ich den Rest der Sendung. Neben Maxime schaffen es vierzehn weitere Frauen in die nächste Runde. Im Anschluss stoßen alle mit Florian an und verabschieden ihn dann mit viel Tamtam. Bis die Szene ausgeblendet wird und die Moderatorin im Studio auf dem Bildschirm erscheint.

»So, das war unsere zweite Woche. Eine aufregende Zeit liegt hinter und vor unseren Singles. Wie wird es weitergehen? Wer wird Florians Herz im Sturm erobern? Wer wird am Ende daran scheitern?« Sie zwinkert kokett in die Kamera. »Schalten Sie nächste Woche wieder ein, wenn Florian …«

Der Bildschirm wird schwarz. Sophie legt die Fernbedienung neben sich auf dem Sofa ab. »Genug für heute, ich muss dringend ins Bett. Mach dir nicht so viele Gedanken, Tilda. Deine Schwester wird wissen, was sie tut.«

Ich nicke. Ich wünsche mir so sehr, dass sie recht hat.

»Versuch dir davon nicht die Laune verderben zu lassen, okay?« Sophie sieht mich eindringlich an.

»Ich gebe mir Mühe.« Ich stehe auf und gehe zur Zimmertür.

»Schlaf gut.« Sophie gähnt herzhaft. Ich hingegen bin hellwach.

Mit der Popcornschüssel gehe ich in die Küche und stelle sie, entgegen meiner Gewohnheit, ohne abzuwaschen auf die Spüle, auf der Nik einen kunstvollen Turm aus schmutzigen Töpfen errichtet hat. Wenn der zusammenstürzt, wird Frau Weber vermutlich gleich das BKA verständigen.

Ich drehe den Wasserhahn auf und trinke direkt aus der Leitung. Dabei wird der Kragen meines Sweaters nass, also öffne ich den Schrank, um mir ein Glas zu nehmen. Er ist leer. Ich schaue in die Spülmaschine, in der sich das ganze Geschirr, das wir besitzen, eng aneinanderdrängt. Es gibt nicht einen Millimeter Platz darin, trotzdem kam niemand auf die Idee, die Maschine einzuschalten.

»Oh, Mann!«, rufe ich und will gerade ein benutztes Glas herausnehmen, als mein Handy klingelt.

Die Nummer auf dem Display kommt mir nicht im Geringsten bekannt vor. Sofort schießen mir Horrorszenarien durch den Kopf. Wer ruft mich um diese Uhrzeit an? Ist was mit meiner Mutter? Hatte sie einen Unfall und ist das der Rettungssanitäter, der mir mitteilen will, dass sie mit schweren Verletzungen im Krankenhaus liegt?

Reinsteigern – kann ich.

»Hallo?« Meine Stimme zittert.

»Tildi!«

Ich lasse die angehaltene Luft aus meiner Lunge strömen.

»Maxime?«

»Ich freu mich so, dich zu hören.«

»Wie hast du … Ich dachte, ihr dürft keine Handys dabeihaben.«

»Ich hab es mir von jemandem aus der Crew geliehen. Hast du die Folge eben angeguckt?«

»Ja«, sage ich knapp und kann nicht verhindern, dass selbst dieses winzige Wort wie ein Vorwurf klingt. Doch Maxime scheint das völlig zu entgehen.

»Na, dann hast du ja mitbekommen, dass ich eine Runde weiter bin.«

»Und dass du nicht gesagt hast, dass du aussteigen möchtest. Oder hast du das inzwischen getan?«

Sie ignoriert meine Frage. »Florian ist so toll.«

»Geht so.«

»Du hast keine Ahnung. Du siehst immer nur die Ausschnitte, die sie euch zeigen. Tildi, er ist der Wahnsinn. Total tiefgründig, lustig und gleichzeitig ernsthaft. Ich hab noch nie einen Mann wie ihn getroffen.«

Diesen Satz hat sie schon so oft gesagt.

»Ich weiß, was du jetzt denkst: Diesen Satz hat sie schon so oft gesagt.« Ertappt beiße ich mir auf die Lippe. »Und du hast recht.« Die Worte sprudeln wie ein bunter Konfettiregen aus Maxime heraus. »Aber diesmal ist es anders. Er ist es, Tildi, verstehst du? Er *ist* es! Ich spüre es. Ich würde mir nie verzeihen, wenn ich diesen Mann ziehen lassen würde.«

Ich schweige. Was soll ich darauf bitte entgegnen?

»Jetzt mach nicht so ein Gesicht.«

»Du kannst mich gar nicht sehen.«

»Aber ich kann mir genau vorstellen, wie du gerade guckst. Deine Lippen werden immer ganz schmal, wenn du dich zusammenreißt, um mir nicht vorzuwerfen, dass ich einen großen Fehler mache. Dein Gesicht wird rot vor unterdrückten Worten. Aber deine Augen können nie verbergen, was du wirklich denkst.«

»Und, was denke ich?«

»Du denkst, dass ich sie nicht mehr alle habe.«

»Ich hätte es ein wenig freundlicher ausgedrückt, aber das trifft es ganz gut.«

»Mag sein, dass ich verrückt bin, Tildi, aber ich vertraue meinen Gefühlen. Ich glaube, dass es Schicksal war, dass ich hier gelandet bin, auch wenn das Timing denkbar beschissen ist.«

»Das kannst du laut sagen. Willst du ernsthaft alles für einen Mann aufs Spiel setzen, den du gerade mal zwei Wochen kennst? Einen Mann, der noch vierzehn andere Frauen datet und von dem du nicht mal weißt, wie er zu dir steht?«

»Aber das weiß ich doch. Er hat mir bei unserem letzten Date gestanden, dass ich etwas ganz Besonderes bin und dass er sich viel mit mir vorstellen kann. Haben sie das nicht im Zusammenschnitt gezeigt? Das wundert mich.«

»Äh … nein«, sage ich, obwohl ich absolut nicht sicher bin, schließlich habe ich die Folge nur mit halber Aufmerksamkeit verfolgt.

»Komisch. Wahrscheinlich wollten sie die Spannung nicht kaputtmachen. Es ist so, Tildi: Ich glaube, das mit Florian und mir könnte was werden. Was Ernstes, was Festes, ja, sogar – lach mich jetzt bitte nicht aus – was fürs Leben. Ich fühle mich bei ihm komplett. Als hätte ich mein Gegenstück gefunden.«

Ihre Worte versetzen mir einen Stich. Bisher dachte ich immer, *ich* wäre ihr Gegenstück. Bin ich deshalb so skeptisch Florian gegenüber? Habe ich tief in meinem Inneren bloß Angst, dass er den Platz einnehmen könnte, den bisher ich innehatte?

»Und was hast du jetzt vor? Willst du die Uni schmeißen? Hast du dir das auch gut überlegt?«

»Habe ich.«

»Maxime! Ich will dir echt keinen Vortrag halten, aber denkst du, du verkraftest es, schon wieder von vorne anzufangen? Vielleicht noch einmal die Stadt wechseln zu müssen? Hast du das nicht langsam satt?«

»So was von.«

»Dann denk bitte in Ruhe darüber nach.«

»Ich tue seit Tagen nichts anderes.« Maxime atmet tief durch. »Und ich habe die perfekte Lösung gefunden.«

Ihre Begeisterung lässt mich aufhorchen. »Welche?«

»Sie wird dir nicht gefallen …«

Ich lehne mich gegen die Küchenspüle und reibe meine Schläfen. »Jetzt sag schon.«

»Okay … Ich will Florian auf keinen Fall kampflos aufgeben. Aber du hast recht, das Studium ist auch wichtig. Ich habe in Bremen endlich Fuß gefasst. Ich liebe die Stadt, mag die Dozenten, und die Inhalte sind auch superinteressant, es wäre schrecklich, das alles aufgeben zu müssen.«

Es ist das erste Mal, dass ich sie so reden höre. Zumindest das erste Mal nach dem zweiten Semester.

»Das ist sicher keine leichte Entscheidung für dich.« Ich lege so viel Verständnis und Trost in meine Stimme wie möglich.

»Ganz genau. Und deshalb werde ich auch keine treffen.«

»Wie meinst du das? Wer sollte das sonst für dich tun?«

Wird sie mich gleich bitten, die Entscheidung für sie zu fällen? Soll ich etwa eine Münze werfen? Maxime glaubt an solche Dinge. An Vorsehung, das Universum, Schicksal. Aber bei so wichtigen Dingen wie der Liebe und ihrer Zukunft wird sie sich doch wohl kaum auf etwas anderes als ihre Intuition verlassen.

»Niemand«, sagt Maxime. »Es wird keine Entscheidung geben. Kein Entweder-oder.«

»Ich verstehe nicht …«

»Ich möchte beides haben, und bevor du jetzt die Man-kann-nicht-alles-haben-Platte abspielst – doch, manchmal kann man das.«

»Willst du damit andeuten, dass Florian sich bereits für dich entschieden hat? Wird er mit dir durchbrennen, oder was?«

So, wie er meine Schwester angesehen hat, würde mich das nicht mal wundern.

»Nein, das nicht – obwohl ich mir das natürlich mehr als alles andere wünschen würde. Aber um ehrlich zu sein, glaube ich nicht, dass er hier alles abbrechen würde, wenn ich abreisen würde. Wahrscheinlich würde er es eher als Zeichen werten, dass ich nicht bereit bin, um ihn zu kämpfen. Also muss ich bleiben.«

»Maxime!«

»Aber ich muss auch zurück nach Bremen.«

»Genau!«

»Ich kann nicht an zwei Orten gleichzeitig sein.«

»Ich verstehe, dass das eine harte Entscheidung ist, aber …«

»Deshalb brauche ich deine Hilfe!«

Ich lache auf. »Soll ich etwa deine Klausuren für dich schreiben wie damals in Mathe? Ich habe nicht die geringste Ahnung von Sozialwissenschaften.«

»Das wäre mir am liebsten, aber das würde nicht funktionieren. Daher geht es nur andersherum.«

»Hä? Was meinst du mit andersher… Moment. Nein! Nein, Maxime, das geht auf gar keinen Fall!«

»Tildi! Bitte! Du würdest damit mein Leben retten!«

»Meinst du nicht, dass du ein klein wenig übertreibst?«

»Es ist toll hier, einfach traumhaft. Wann hast du eigentlich das letzte Mal in der Sonne gelegen?«

»Ich kann nicht in der Sonne liegen, ich muss lernen.«

»Das kannst du auch hier tun. Stell dir vor: Sonne, Meeresrauschen, ein riesiger Pool. Die beste Lernatmosphäre, die du dir nur wünschen kannst.«

»Und wennschon. Wie stellst du dir das vor? Das fällt doch auf!«

»Wie sollte es? Niemand kann uns unterscheiden. Manchmal nicht mal Mama. Ich kümmere mich um alles. Keiner wird irgendwas mitbekommen.«

»Maxime, ich würde so ziemlich alles für dich tun, aber das geht definitiv zu weit!«

Meine Schwester schweigt. Ich höre sie tief und enttäuscht seufzen.

»Gut. Wie du meinst. Dann bleibt mir keine Wahl. Dann werde ich hierbleiben. Florian ist es wert.«

»Aber dein Studium …«

»Du willst mir ja nicht helfen.«

»Das ist Erpressung!«

»Wieso? Ich zwinge dich zu nichts, das du nicht willst.«

Argh!

»Schon gut, Tildi, es war eine Schnapsidee. Vielleicht hast du recht, und man kann nicht alles haben. Ich hatte nur gehofft, es wäre irgendwie möglich ...« Maxime schluckt schwer.

Ich ringe mit mir.

Sie will dich nur weichkochen. Fall bloß nicht auf ihre Mitleidsschiene rein. Das ist ein ganz mieser Trick.

»Das war ein wunderschöner Abend.«

Wie kommt die fremde Frauenstimme in unsere Küche?

Wie von der Tarantel gestochen fahre ich herum. Hinter mir in der Tür stehen Nik und seine neuste Eroberung. Rothaarig, langbeinig, kurvig, ein Gesicht wie ein Gemälde. Verdammt, wie macht er das nur, dass er solche Frauen um den Finger wickeln kann?

Ein Blick auf sein süßes schelmisches Grinsen verrät es mir.

»Tildi, bist du noch dran?«

»Oh, hey, Tilda, ich dachte, du bist längst im Bett.« Nik lässt Redheads Hand los und holt zwei benutzte Gläser aus der Spülmaschine. Er lässt schätzungsweise fünf Tropfen Wasser darüberlaufen, ehe er sie mit Wein füllt.

»Hi, ich bin Antonia.« Redhead streckt mir die Hand entgegen. Feingliedrige Finger, perfekt manikürt. Wieso blättert bei mir der Nagellack eigentlich jedes Mal nach einem Tag ab, während diese Frau aussieht, als käme sie geradewegs aus dem Nagelstudio?

»Tilda«, sage ich knapp.

»Tildi?« Überrascht stelle ich fest, dass ich noch immer das Handy am Ohr habe.

»Ich habe Nein gesagt, Maxime.« Meine Wut auf Nik mischt sich mit der auf meine Schwester.

»Du, wo wir uns gerade sehen«, sagt Nik, als sei das etwas Ungewöhnliches, obwohl wir in derselben Wohnung wohnen. Im Grunde ist es das auch, schließlich geht er mir seit Wochen aus dem Weg. »Antonia hat Probleme mit ihrem Ex. Sie wohnen noch zusammen, das ist ziemlich schwierig.«

»Es ist furchtbar.« Redhead stürzt ihren Wein mit wenigen Schlucken hinunter. »Ständig kommt er ungefragt in mein Zimmer. Drängt mir seine Gesellschaft förmlich auf.«

Ich frage mich, wie ich in dieses Gespräch hineingeraten bin, und überschlage meine Möglichkeiten. Ich könnte plötzliche Übelkeit vortäuschen. Oder Müdigkeit.

»Tildi, hat es dir die Sprache verschlagen?«

Ich halte das Handy ein Stück von meinem Ohr weg.

»Ich würde euch echt gerne weiter zuhören«, sage ich und schenke Redhead das charmanteste Lächeln, zu dem ich imstande bin. Es verunglückt auf halbem Weg. »Aber ich telefoniere gerade mit meiner Schwester. Ein Notfall.«

»Genau wie bei Antonia.« Nik sieht mich ernst an. »Sie muss dringend aus ihrer Wohnung.«

»Und jetzt wollt ihr fragen, ob ich nicht zufällig von einer freien Wohnung gehört habe. Habe ich leider nicht. Tut mir leid.«

Und wenn ich es wüsste, wäre ich die erste Bewerberin und würde den Teufel tun, jemandem davon zu erzählen.

Ich wende mich zum Gehen, aber Nik hält meine Hand fest. Bei der Berührung jagt ein Stromstoß durch meinen Körper. Betont lässig drehe ich mich zu ihm um, obwohl mir fast die Beine wegknicken.

»Es ist wirklich dringend, Tilda.« Er sieht mir dabei so tief in die Augen, dass mein Körper sich in Pudding verwandelt. Wackelpudding. Ich verbiete ihm, mich zu verraten, aber man muss schon extrem kurzsichtig sein, um nicht zu bemerken, wie sehr ich zittere.

»Toni braucht *sofort* eine Bleibe. Ich habe ihr angeboten, erst mal zu mir zu ziehen.«

»In dein … Zimmer?« Ich kann es nicht glauben. Nik, der immer betont, wie wichtig ihm sein Freiraum ist, lässt eine wildfremde – zugegebenermaßen extrem heiße – Frau bei sich wohnen?

»Tildi, was ist denn da bei dir los?«

»Moment, Maxime.«

»Es wäre super, wenn ich erst mal hier unterkommen könnte. Ich beteilige mich natürlich an der Miete.« Redhead blinzelt mit ihren unverschämt langen Wimpern und sieht mich mit dem Blick eines Hundewelpen an.

»Das kann ich gar nicht allein entscheiden, da müssen wir erst mal mit Sophie sprechen«, sage ich.

»Das hab ich heute Morgen schon. Sie meinte, ich solle das mit dir klären.«

Ich bringe sie um!

Kein Wort hat sie erwähnt. Wahrscheinlich, weil sie genau wusste, dass ich ausflippen würde.

»Du würdest Toni einen riesigen Gefallen tun.« Niks Hundeblick steht dem von Redhead in nichts nach. »Und mir auch.«

So? Dir auch. Gut zu wissen!

Dass er sich so sehr für diese Frau einsetzt, möchte, dass sie in seiner Nähe ist, egal, wie lange das dauern wird, ist kaum zu ertragen. Wenn ich einen letzten Beweis dafür gesucht habe, dass das mit uns eine einmalige, unbedeutende Sache war, dann steht er nun reizend und rothaarig in meiner Küche. Das Ende der Hoffnung ist schmerzhafter als jeder Liebeskummer der Welt.

»Klar«, presse ich zwischen den Zähnen hervor. »Kein Problem.«

»Ehrlich nicht? Oh, tausend Dank!« Redhead fällt mir ungefragt um den Hals. Sie riecht genauso gut, wie sie aussieht. *Verdammt!*

»Du kannst mein Zimmer haben«, sage ich wie selbstverständlich. »Ich werde für die nächsten Wochen eh nicht hier sein.«

»Ach ja? Davon wusste ich gar nichts.« Nik mustert mich überrascht. »Wo bist du denn?«

»In Portugal.«

Kapitel 5

»Ich verstehe echt nicht, warum du das machst.« Sophie schaltet ihren Laptop an, auf dem wir uns die ersten beiden Folgen von *The Dating Game* noch einmal in der Mediathek ansehen wollen.

»Glaubst du, ich habe Lust, mit Nik und seiner neuen Flamme zusammenzuwohnen?«

»Du hättest einfach Nein sagen können.«

»Stimmt. Aber was hätte es geändert? Nik will mich nicht, und es wird höchste Zeit, dass ich das kapiere. Der Abstand wird mir guttun. Außerdem helfe ich damit Maxime.«

»Bei einem völlig idiotischen Plan.« Sophie nimmt auf ihrem Sofa Platz und stellt den Laptop vor sich auf der Obstkiste ab, die als Sofatisch dient.

»Na und? Wenigstens muss ich Niks Gestöhne dann nicht länger ertragen. Heute Nacht haben sie es bis sechs Uhr morgens getrieben.«

»Dir ist echt nicht zu helfen, Tilda.«

»Versuch es bitte trotzdem.«

»Bin ja schon dabei.« Sie startet die Sendung, und der Vorspann von *The Dating Game* flackert über den Bildschirm. »Willst du dir Notizen machen?«

Ich deute auf das Ringbuch neben mir. »Auf jeden Fall. Anders kann ich mir niemals die ganzen Namen merken.«

»Das ist fast wie in der Schauspielerei.« Der Gedanke scheint Sophie zu gefallen. »Als würdest du dich auf eine Rolle vorbereiten.«

»Tue ich ja auch. Bloß, dass ich die Rolle im Grunde in- und auswendig kenne.«

Sobald die ersten Frauen in der Villa eintreffen, schlage ich mein Ringbuch auf und zücke den Kugelschreiber. Wir verfolgen zum zweiten Mal die Gespräche. Ich notiere mir sämtliche Namen der anderen Kandidatinnen. Bei Folge zwei werde ich einige davon wieder durchstreichen können, aber ich kann mich im Moment nicht mehr daran erinnern, welche das sein werden. Außerdem mache ich mir Notizen zu Florian und allen Gesprächen, die Maxime bereits mit ihm geführt hat. Was hat sie ihm bisher erzählt? Was weiß sie über ihn? Viel scheint es nicht zu sein, doch natürlich bekomme ich nur einen groben Zusammenschnitt ihrer Dates zu Gesicht. Beim Rest werde ich mich auf die Informationen meiner Schwester verlassen oder improvisieren müssen.

»Hast du eigentlich schon mit diesem Setrunner gesprochen, diesem Robby?«, fragt Sophie.

»Bobby. Ja, habe ich. Maxime hat ihm meine Nummer gegeben. Er holt mich am Samstag irgendwo in der Nähe des Drehorts ab und bringt mich zur Villa. Maxime möchte nachts den Austausch machen, wenn alle schlafen. Ich hoffe bloß, das geht gut.«

»Süße, mit meiner Hilfe wirst du am Ende selbst nicht mehr wissen, ob du Tilda oder Maxime bist.« Sophie grinst mich an. In ihren Augen steht der Aktionismus, den ich seit Kindertagen an ihr liebe.

»Tja, es ist ja nicht das erste Mal, dass wir die Rollen tauschen. In der Oberstufe haben wir auch immer wieder die Klausuren füreinander geschrieben.«

»Du meinst, du hast sie für Maxime geschrieben.«

»Dafür hat sie ab der 11. Klasse meinen Sportkurs für mich

gemacht und mir damit sogar 15 Punkte auf dem Abizeugnis gesichert.«

Sophie lacht. »Das hat nur geklappt, weil man im Sportunterricht so wenig reden muss.«

»Wieso? Wir sprechen fast gleich.«

»Tut ihr nicht.«

»Aber die Rückmeldung bekommen wir immer.«

»Weil die Leute sich nicht intensiv mit Stimmen beschäftigen.« Sophie seufzt, als sei ihr das schon lange ein Dorn im Auge. »Maxime redet meistens über ihrer Indifferenzlage, du teilweise darunter.«

»Indiffer–was?«

Sie atmet tief durch, als sei ich schwer von Begriff, und pausiert die Wiedergabe von *The Dating Game*.

»Indifferenzlage. Die Wohlfühllage, in der deine Stimme natürlich und frei klingt. Einfach ausgedrückt, deine *echte* Stimme. Die meisten Menschen sprechen darunter oder – vor allem Frauen – darüber. Maxime lächelt beim Sprechen viel und ist tendenziell eher hibbelig, ihre Stimme rutscht daher immer leicht hoch. Du bist brummiger.«

»Brummiger? Na, vielen Dank.«

»Man kann das ganz leicht trainieren. Summ mal ein *M* und lass es durch sämtliche Register fließen. Durch den Kopf, die Brust …«

Sophie macht vor, was sie meint, und ich ahme es nach. Nach einer Weile nickt sie zufrieden.

»So, und wenn du das Gefühl hast, in dieser Lage fühlt es sich gut und entspannt an, dann öffnest du das *M* zu einem *Hi, ich bin Tilda*.«

»Hi, ich bin Tilda.«

»Nein, das war viel zu tief. Das klang gedrückt. Noch mal.«

Beim vierten Versuch strahlt Sophie zufrieden. »Gut. Nun hast du deine Indifferenzlage gefunden. Um Maxime zu werden, musst du nun ein ganz kleines bisschen darüber sprechen. Probier's mal und beweg deinen Körper dabei, am besten schütteln.«

Ich komme mir idiotisch vor, befolge aber ihre Anweisungen.

»Genau. Und jetzt öffne wieder das *M* zu einem *Hi, ich bin Maxime.*«

»Hi, ich bin Maxime«, kiekse ich. Sophie lacht.

»Vielleicht nicht ganz so schrill.«

»Hi, ich bin Maxime.«

»Nein, das klang viel zu sehr nach Tilda. Lächeln. Maxime spricht immer mit einem Lächeln.«

»Das ist wahnsinnig anstrengend.«

»Aber notwendig, wenn du alle überzeugen willst.«

»Ich könnte behaupten, ich wäre heiser.«

»Jetzt hör mal auf, Ausreden zu suchen, wie du dich vor der Arbeit drücken kannst.« Sophie geht vollkommen auf in der Rolle des Schauspielcoachs. Sie triezt mich so lange, bis ich ein für sie überzeugendes ›Hi, ich bin Maxime, und ich finde Florian wahnsinnig heiß‹ hinbekomme. In meinen Ohren klinge ich ein bisschen beschwipst, aber wenn ich genauer darüber nachdenke, trifft das Maximes Stimmklang ganz gut.

»Wunderbar!« Sophie springt von ihrem Sofa auf und reckt beide Daumen in die Höhe, sodass die bunten Holzperlen ihrer Armbänder aneinanderklackern. »Dann widmen wir uns nun dem Rest.« Sie betrachtet mich von oben bis unten, als sei sie ein Jurymitglied von *Germany's Next Topmodel.*

»Was meinst du? Findest du, dass ich Maxime nicht ähnlich genug sehe?«

»Du siehst deiner Schwester nicht ähnlich – ihr seht absolut *identisch* aus. Zumindest auf Fotos. Nur wenn ihr mit anderen Menschen interagiert, merkt man deutliche Unterschiede.«

»Unsinn.«

»Du siehst dich nicht von außen«, sagt Sophie in einem Ton,

der keinen Widerspruch duldet. »Es ist nicht nur die Stimme, es ist auch die Art, *wie* ihr sprecht. Maxime gestikuliert dabei viel mehr als du. Sie fuchtelt beim Reden mit den Armen herum – ist dir das nie aufgefallen? Du hingegen nickst höchstens mal huldvoll mit dem Kopf.«

»Huldvoll?« Ich lache auf. Sophie ist voll in ihrem Element.

»Ja. Du bist insgesamt langsamer in deinen Bewegungen, Maxime ist wie ein …«

»Schmetterling?«

»Genau!«

»Aber wie soll ich in fünf Tagen ein Schmetterling werden? Ich habe es in 24 Jahren nicht geschafft.«

»Das lass mal meine Sorge sein. Wir schauen uns jetzt den Rest der Sendung an, und danach mache ich dich fit für die Bühne.« Sie fasst sich dramatisch an die Brust. »Das wird super.«

Auch wenn ich große Zweifel habe, dass sie ein Wunder an mir vollbringen kann, will ich ihre Euphorie nicht bremsen und nicke.

Etwa drei Stunden später bin ich Maxime. Zumindest stelle ich es mir vor.

»Die Verwandlung beginnt im Kopf«, sagt Sophie, dann macht sie ein paar Lockerungsübungen mit mir, die mich eher peinlich berühren, als dass sie mich entspannen. Doch Sophie ist der Meinung, es sei wichtig, meine Komfortzone zu verlassen, immerhin sei Maxime nichts peinlich und sie stürze sich mit voller Begeisterung in alle möglichen Situationen. Ich komme mir vor wie eine völlig affektierte Version meiner Schwester, aber Sophie behauptet, es sei völlig normal, dass es sich für mich erst mal ungewohnt anfühle. Wieder und wieder lässt sie mich in ihrem Zimmer auf und ab laufen und dabei von meinem beziehungsweise Maximes Leben erzählen.

»Mehr Arme!«, ruft Sophie, und ich beginne wie wild herumzufuchteln. »*Weniger* Arme!«

»Aber du hast doch …«

»Du bist Maxime. Sie würde nicht so schroff reagieren.«

Ich kichere kokett. »Liebe Sophie, hast du nicht eben gesagt …«

»Arme!«

Ich sehe an mir herunter und stelle fest, dass ich die Arme vor der Brust verschränkt habe.

»Du kannst nicht freundlich reden und dabei so dastehen. Das wirkt null authentisch.«

»Ich fühle mich auch kein bisschen authentisch. Ich *bin* einfach nicht Maxime. Wir teilen nur die gleiche Hülle.« Erschöpft lasse ich mich auf Sophies gelben Ohrensessel direkt neben dem Sofa sinken.

»Okay, dann widmen wir uns zunächst einem ernsteren Thema.« Sophie holt tief Luft. »Dem Flirten. Jetzt block nicht sofort wieder ab!«

»Ich hab nichts gesagt.«

»Aber du hast schon wieder die Arme verschränkt. Offene Haltung, Tilda. Offen! Ist auch fürs Flirten wichtig.«

»Von mir aus.« Ich hebe abwehrend die Hände. »Was soll ich tun?«

»Stell dir vor, du sitzt vor Florian und sagst ihm etwas Nettes. Ich bin Florian. Los geht's.«

»Oh, okay. Hi. Florian.«

Sophie schlägt sich die Hand gegen die Stirn.

»Ich bin Maxime«, säusele ich.

»Das *weiß* er längst!«

»Oh, stimmt. Florian, worüber ich unbedingt mit dir reden wollte …«

»Gestik! Lächeln!«

Ich zwinge ein Lächeln in mein Gesicht.

»Ich fand dich schon toll, als ich dich das erste Mal gesehen habe.«

Sophie gähnt übertrieben laut.

»Das ist doch albern! Ich kann nicht mit dir flirten, schon gar nicht, wenn du mich anguckst, als würdest du mir eine Note dafür geben.«

»Okay, tut mir leid, du hast recht.« Sophie überlegt. »Dann stell dir Nik vor. Mit dem solltest du das hinkriegen.«

»Wohl kaum.« Ich ziehe die Beine an und schlage meine Arme darum. »Sonst wäre sicher nicht Redhead gestern bei ihm eingezogen.«

»Nutze das!«, ruft Sophie. »In der Show gibt es schließlich mehr als eine Konkurrentin für dich beziehungsweise Maxime. Zeig, wer die Bessere ist. Nutz deine Emotion!«

Sie sollte ernsthaft darüber nachdenken, ob sie nicht eine Karriere als Feldwebel anstreben will.

Ich seufze und stelle meine Füße wieder am Boden ab. Meine Arme liegen auf den Oberschenkeln, ich reibe meine Hände nervös gegeneinander. Trotzdem setze ich ein Lächeln auf, das sich anfangs brüchig, dann aber immer gefestigter anfühlt. »Hey Nik. Wie läuft's mit Red… Antonia?«

»Super, sie ist echt toll.« Sophie trifft Niks lässigen Ton erschreckend gut.

»Cool. Ich meine … Nein, eigentlich finde ich es überhaupt nicht cool. Wenn ich ganz ehrlich bin, ich … Denkst du manchmal an unsere gemeinsame Nacht? Weil … ich tue das nämlich ziemlich oft, und ich hab mich gefragt, ob es dir auch so geht.«

Sophie legt den Kopf schief, wie Nik es immer tut, wenn er nicht direkt eine Antwort parat hat. Sie ahmt seinen Hundeblick, bei dem man ihn am liebsten sofort in seine Arme ziehen möchte, so gut nach, als hätte sie nie etwas anderes getan.

»Du musst dich jetzt gar nicht dazu äußern, ich wollte nur, dass du es weißt. Ich finde dich nämlich toll, Nik.« Ich erhebe mich vom Sessel und gehe auf Sophie zu, die im Schneidersitz auf dem Sofa hockt. Ich setze mich neben sie und nehme vorsichtig ihre Hand. Sie sieht mich mit großen Augen an, entzieht sie mir aber nicht. Also wage ich es, auch ihre andere Hand in meine zu nehmen und ein Stückchen näher an sie heranzurücken. »Ich hätte es dir schon viel früher sagen sollen. Ich will nicht, dass sie hier wohnt, ich bin tierisch eifersüchtig, obwohl ich das nicht sein sollte.«

»Sophie, ist der Wäscheständer bei dir?« Nik reißt erst die Zimmertür, dann die Augen und schließlich den Mund auf, als er uns so dasitzen sieht. »Was ist denn hier los?«

»Wir … üben nur einen Dialog für Sophies Prüfung«, sage ich und rücke schnell ein Stück von meiner Freundin ab.

»Ach, cool.« Nik wirkt beeindruckt. Er hat kein T-Shirt an. *Wieso zum Teufel hat er kein T-Shirt an?*

Ich merke, wie ich ihn anstarre, kann meinen Blick aber nicht von ihm lösen. Vielleicht sollte ich mir ein Kissen aufs Gesicht drücken.

»Ich hab den Wäscheständer nicht.« Sophie zuckt mit den Schultern und lässt meine Hände los. »Der steht in Tildas Zimmer.«

»Alles klar.« Nik wendet sich zum Gehen. Erschrocken schnappe ich nach Luft. Der Ständer hängt voller Slips und BHs, und sosehr ich mir auch seit Wochen wünsche, dass Nik mir an die Wäsche geht, habe ich mir das doch anders vorgestellt.

»Willst du die Szene mal sehen?«, rufe ich, ohne nachzudenken, und nehme wieder Sophies Hände. Nik hält tatsächlich inne und lehnt sich mit einem schiefen Grinsen – ein weiterer hinterhältiger Angriff auf meine mühsam gewahrte Fassade! – gegen den Türrahmen.

»Gerne.« Immerhin scheint er den Wäscheständer vergessen zu haben. Dumm nur, dass ich keine Ahnung habe, was ich jetzt tun soll.

»Nun, der Dialog geht so«, sage ich im kläglichen Versuch, Zeit zu schinden. »Äh, wie fing er noch mal an, Sophie?«

»Willst du ihm nicht die Wahrheit sagen, Tilda?«, fragt Sophie. Entsetzt starre ich sie an. »Ich denke es wird Zeit, dass Nik es erfährt.«

Was ist in sie gefahren? Vehement schüttele ich den Kopf und versuche ihr damit zu verstehen zu geben, dass sie gefälligst die Klappe halten soll.

Doch Sophie hat sich bereits zu Nik umgedreht. »Es ist so, dass Tilda …«

»Nichts!«, rufe ich, und meine Stimme liegt nun definitiv meterhoch über meiner Indifferenzlage. »Es ist nichts!«

Nik schaut neugierig von mir zu Sophie und wieder zurück, und einen gefährlichen Moment lang denke ich, dass es wirklich gut wäre, wenn er es weiß. Dann müsste ich mich wenigstens nicht mehr verstellen, könnte die Fassade der coolen Mitbewohnerin, die nach der gemeinsamen Nacht genauso weitermacht wie bisher, endlich fallen lassen.

»Tilda wird bei einer TV-Kuppelshow mitmachen«, sagt Sophie.

Niks Augen weiten sich. »Echt?«

»Ja, am Samstag fliegt sie nach Portugal.«

»Mir hast du erzählt, du machst dort Urlaub.« Nik streicht sich durch sein Haar, das ihm sofort wieder in die Stirn fällt und in mir den unbändigen Impuls auslöst, meine Finger darin zu vergraben.

»Das war gelogen«, gebe ich zu. »Es ist so, dass meine Schwester Maxime …«

»Zuerst in dieser Sendung war«, unterbricht mich Sophie. »Aber sie fand den Junggesellen nicht so toll. Ganz im Gegensatz zu Tilda.«

Ich starre meine Freundin fassungslos an. Was redet sie da?

»Deshalb hat Tilda sie überredet, mit ihr den Platz zu tauschen, damit sie sich diesen Florian schnappen kann. Er ist aber auch ein Schnuckel.« Sophie klimpert kokett mit den Wimpern. »Megaheiß.«

»Aha.« Irre ich mich, oder ist Niks Grinsen ein klein wenig in sich zusammengefallen?

»Ist halt 'ne ganz andere Nummer als die Typen, die man sonst so trifft«, sagt Sophie. »Sozusagen im *wahren Leben*.« Sie malt Anführungszeichen in die Luft und zwinkert mir zu. »Wenn du magst, können wir uns am Sonntag die Show zusammen ansehen.« Sophie lächelt Nik unschuldig an. »Antonia kann natürlich auch mitgucken.«

»Mal schauen«, erwidert Nik knapp. Kann es sein, dass seine coole Fassade soeben Risse bekommen hat? »Ich muss dann auch mal wieder.«

»Alles klar, kannst es dir ja überlegen«, ruft Sophie ihm hinterher. Als die Tür ins Schloss fällt, dreht sie sich zu mir um. Ein Sofakissen landet auf ihrem Kopf.

»Was soll das, Tilda?«

»Das fragt du *mich*? Wieso hast du ihm diese Lüge erzählt? Ich wollte nicht, dass er irgendwas davon mitbekommt. Erst recht nicht, dass er denkt, dass ich irgendwelchen Typen hinterherhechle!«

»Hast du denn nicht gemerkt, wie überrascht er war?«

»Ja, weil er mich für die letzte Idiotin hält!«

»Oder weil er merkt, dass du nicht um ihn kreist wie die Erde um die Sonne. Ich glaube, so ein kleiner Egodämpfer tut ihm mal ganz gut. Es kann nichts schaden, ihm zu zeigen, dass er nicht der Nabel der Welt ist.«

Ich seufze resigniert. Die letzten Stunden waren anstrengend und haben mir viel mehr abverlangt, als ich dachte. Wenn ich gewusst hätte, was es bedeuten würde, mich in Maxime zu verwandeln, hätte ich mir das Ganze noch mal gründlich überlegt.

Aus dem Flur ertönt lautes Gekicher. Niks Stimme, die irgendetwas brummt. Dann Gerangel und Redheads glucksendes Lachen. Offenbar hat Nik die Überraschung schnell überwunden. Wieder spüre ich den kalten Stich der Enttäuschung, der inzwischen zu einem alten Bekannten geworden ist.

Was auch immer es kostet, die Crew und die Kandidatinnen davon zu überzeugen, ich sei Maxime, ich werde es in Kauf nehmen. Denn auch wenn es mir wie die Wahl zwischen Sodom und Gomorra erscheint, wähle ich lieber die Dating Show in Portugal als die Daily Soap hier in Berlin.

Kapitel 6

Mit nichts als meinem gigantischen roten Rucksack stehe ich nur wenige Tage später auf der staubigen Landstraße. Der Bus hat mich bereits vor einer Stunde hier abgesetzt, und bisher fehlt von Bobby, dem Setrunner, der mich abholen sollte, jede Spur. Zum gefühlt tausendsten Mal wähle ich seine Nummer, aber wie zuvor meldet er sich nicht. Das darf doch alles nicht wahr sein! Hat der Typ mich etwa vergessen? Oder ist irgendetwas passiert? Ist Maxime aufgeflogen, noch bevor ich eingeflogen bin?

Ratlos schlendere ich die menschenleere Straße auf und ab. Wo auch immer das nächste Dorf ist, von hier aus ist nichts zu erkennen. Weit und breit nicht ein einziges Haus, geschweige denn ein ganzes Dorf. Ich bin mitten in der Pampa gelandet. Neben dem ausgeblichenen Bushaltestellenschild gibt es hier nichts als Sand, der vom Wind immer wieder aufgewirbelt wird, sodass ich das Gefühl habe, ihn regelrecht auf der Zunge schmecken zu können. Zum Glück dämmert es bereits, denn Schatten ist von den wenigen verdorrten Büschen am Straßenrand nicht zu erwarten.

Außer mir ist niemand an dieser Haltestelle ausgestiegen, sodass es niemanden gibt, an den ich mich im Notfall wenden könnte. Zum Beispiel für den Fall, dass Bobby auch nach Einbruch der Dunkelheit nicht aufgetaucht ist. Dem Fahrplan entnehme ich, dass der nächste Bus erst morgen um acht Uhr fährt. *Verdammter Mist! Was mache ich denn jetzt?* Wenn dieser Bobby in einer Stunde nicht da ist, rufe ich mir ein Taxi und fahre zurück zum Flughafen. Ich werde ganz sicher nicht die Nacht auf dieser gottverlassenen Straße verbringen.

Ein Blick auf mein Handy sagt mir, dass der Akku so gut wie leer ist. *Auch das noch.*

Ich beschließe, die letzten sieben Prozent fürs Taxirufen zu sparen. Bobby geht ohnehin nicht ran. Der Staub klebt mittlerweile in jeder Pore meines verschwitzten Körpers. Hier ist es locker zehn Grad wärmer als in Deutschland, was die Situation nicht gerade erträglicher macht.

Was habe ich mir da nur eingebrockt? Wäre ich nur zu Hause geblieben. Sofort schießt mir ein Bild von gestern Abend durch den Kopf. Redhead, die eng eingekuschelt auf Niks Schoß am Küchentisch sitzt. Seine Hände auf ihrem Körper, die sich nicht im Geringsten darum scheren, dass ich nur wenige Zentimeter entfernt Kaffee koche – und innerlich über. Jedes Mal, wenn mir in den letzten Tagen auch nur die leisesten Zweifel an meinem Vorhaben kamen, haben Nik und Redhead oder auch nur der Gedanke an die beiden diese sofort ausgeräumt. Bis jetzt. Zum ersten Mal seit Tagen überlege ich, ob der Softporno am Küchentisch nicht eine echte Alternative zu einer Nacht mitten im Nirgendwo wäre.

Wieder laufe ich ein Stück die Straße entlang, in die Richtung, aus der der Bus gekommen ist. Vielleicht erreiche ich irgendwann die nächste Bushaltestelle, und ich hoffe, die wird öfter als drei Mal am Tag angefahren. Aber was, wenn Bobby auftaucht und sofort wieder kehrtmacht, wenn ich nicht am vereinbarten Treffpunkt stehe? Und überhaupt, wie weit ist es zur nächsten Haltestelle?

Ich versuche, mich an die Route zu erinnern, aber ich habe während der Fahrt vom Flughafen nicht darauf geachtet, sondern die vorbeifliegende Landschaft genossen. Und für Google Maps reicht mein Akku nicht mehr.

Wieder ein Prozent weniger. Es hilft nichts. Ich kann nicht länger warten, ich muss *jetzt* ein Taxi rufen, solange ich es noch kann. Schnell google ich nach einer Telefonnummer. Dabei flackert mein Blick immer wieder in die rechte obere Ecke des Displays. Noch fünf Prozent Akku. Mit zittrigen Fingern scrolle ich mich durch die Suchergebnisse.

Endlich finde ich ein Taxiunternehmen in der Nähe.

Vier Prozent.

Ich wähle die Nummer. Besetzt.

Verdammt!

Ein Auto rollt über die unebene Straße. Es macht einen Satz nach jedem Schlagloch, das es passiert.

Ich lasse das Handy sinken und laufe auf den weißen Van zu. Das Gesicht des Fahrers ist unter einer Baseballmütze verborgen. In meinem Inneren schrillt eine Warnglocke. Hier ist weit und breit niemand außer mir und dem Fremden. Was, wenn von ihm keine Hilfe, sondern Gefahr ausgeht?

Mensch, Tilda, reiß dich zusammen! Du hast zu viele Krimis gelesen!

Der Wagen wird langsamer, die Scheibe des Beifahrerfensters wird heruntergelassen. Ich gehe unsicher darauf zu, während ich mein Handy fest umklammert halte, als sei es eine Waffe. Allerdings eine ziemlich lächerliche.

Der Fahrer beugt sich über den Beifahrersitz hinweg zu mir und grinst mich an. »Ob du Tilda bist, brauche ich wohl nicht zu fragen. Im ersten Moment dachte ich, da steht Maxime. Auch wenn sie sich nicht ganz so steif bewegt wie du.«

»Dann bist du also Bobby«, sage ich und schlucke den Vorwurf, dass ich ihn bereits vor über einer Stunde erwartet habe, herunter. Dafür bin ich zu erleichtert, dass er überhaupt aufgetaucht ist.

»Jep.« Er tippt sich zum Gruß an die Kappe, unter der ein paar braune Haarsträhnen hervorlugen. »Steig ein.«

Ich werfe meinen Rucksack auf die Rückbank und lasse mich dann neben Bobby auf den Beifahrersitz plumpsen.

»Sorry für die Verspätung. Ich wurde aufgehalten.« Bobby setzt den Blinker, obwohl weit und breit kein anderes Auto zu sehen ist, und fährt los.

»Schon gut.«

Auf der Fahrt erzählt Bobby von den Dreharbeiten. Er erklärt, dass die Villa mit jeder Menge Kameras ausgestattet ist, die durch ein Kamerateam ergänzt werden, das die Dates begleitet und die Interviews filmt. Bobby selbst arbeitet immer dort, wo er gerade gebraucht wird. Er erledigt Botengänge, ist für Organisatorisches zuständig und springt auch mal als Barkeeper oder Fahrer ein – so wie jetzt zum Beispiel, auch wenn diese Art von Fahrdienst etwas noch nie Dagewesenes ist, wie er lachend hinzufügt.

Das glaube ich gerne.

»Wieso tust du das eigentlich?«, frage ich. »Wenn das auffliegt, könntest du ziemlichen Ärger bekommen.«

»Das stimmt allerdings. Maxime hat mich weichgekocht, sie hat mich förmlich angefleht, ihr zu helfen – und, was soll ich sagen? Schätze, ich bin einfach zu nett.« Er lacht, und das Piercing in seiner Unterlippe schwingt dabei hin und her. »Ich hab keine Ahnung, wie sie das gemacht hat, aber irgendwie war es unmöglich, deiner Schwester diesen Wunsch abzuschlagen.«

Ich verstehe genau, was er meint. Maxime schafft es immer, die Menschen um den Finger zu wickeln. Auch ich kann ihr kaum etwas abschlagen. Und bei Männern funktioniert ihr natürlicher Charme erfahrungsgemäß noch besser.

Nach etwa einer Stunde Fahrt erreichen wir den kleinen Küstenort Sagres. Zu unserer Rechten liegt das Meer, dessen Tosen man bis ins Auto hinein hören kann. Ich lasse das Fenster hinunter und recke meine Nase in den Wind. Wunderbar frische salzige Meeresluft strömt mir entgegen. Ich kann mich nicht erinnern, wann ich das letzte Mal dieses Brausen gehört habe. Das muss vor vielen Jahren an der Nordsee gewesen sein. Erst jetzt wird mir klar, wie sehr ich es vermisst habe. Ein Geräusch, das mit nichts auf der Welt vergleichbar ist und einem immer wieder vor Augen führt, wie klein und unbedeutend man im Angesicht dieser gigantischen Naturgewalt ist.

Bobby lenkt den Van eine Serpentinenstraße hinunter, und ich halte den Atem an, da ich fürchte, wir könnten jeden Moment seitlich von den Klippen stürzen, so eng ist es hier. Käme uns jetzt ein Auto entgegen, hätten wir ein echtes Problem.

»Hier ist nicht viel los.« Kann Bobby Gedanken lesen? »Außer der Villa, in der die Kandidatinnen untergebracht sind, gibt es nur ein paar weitere Luxusvillen, die aber die meiste Zeit des Jahres leer stehen. Winterresidenzen von irgendwelchen Schwerreichen.« Er schnaubt verächtlich.

Auch in meiner Welt kommt das Wort *Winterresidenz* nicht vor. Wenn man in einem vierzehn Quadratmeter großen WG-Zimmer wohnt und jeden Cent, den man sich erarbeitet hat, umdrehen muss, ist die Vorstellung, seinen Wohnort mit der Jahreszeit zu wechseln, ziemlich weit weg von der eigenen Lebenswirklichkeit.

Nach einer weiteren bedrohlich engen Kurve breitet sich der Strand in unserem Blickfeld aus. Der Himmel ist wolkenlos, und Mond und Sterne spiegeln sich in den Wellen, die auf den Sand rollen und sich dann wieder zurückziehen. Ehrfürchtig beobachte ich das Schauspiel und lausche in die Dunkelheit hinein. Außer dem Klang des Wassers und dem leisen Surren des Motors ist nichts zu hören. Als rollten wir geradewegs auf das Ende der Welt zu. Ganz anders als in unserer Berliner Wohnung, in der man selbst bei geschlossenem Fenster die Straßenbahn und das Schnattern der Menschen hört, die besonders im Sommer wie Schwärme bunter Vögel die Straßen der Stadt bevölkern.

»Dort drüben ist es.« Bobby deutet auf ein Haus direkt am Strand. Ich korrigiere: einen Palast. Haus kann man das dreistöckige Gebäude wohl kaum nennen, das von einem weißen Zaun umrahmt ist und dessen Terrasse einen direkten Blick auf das Meer bietet.

»Wow«, flüstere ich. »Das ist … nicht übel.«

»Warte nur, bis du das Innere siehst.«

Ich muss an die Bilder aus dem Fernsehen denken. Wie schön die Villa ist, konnte man dort bereits erkennen, wie groß sie ist, wird mir erst jetzt in vollem Ausmaß bewusst.

»Wem gehört sie?«

»Einem der Schwerreichen, von denen ich eben gesprochen habe. Er hat sie V-TV für die Zeit der Dreharbeiten zur Verfügung gestellt. Er verbringt den Sommer in seinem Strandhaus auf Ibiza, soweit ich weiß.«

Der Wagen kommt zum Stehen, und Bobby öffnet die Fahrertür. »Den Rest müssen wir zu Fuß gehen.«

Ich steige aus und nehme meinen Rucksack vom Rücksitz. Meine Schultern schmerzen bereits, dabei habe ich lediglich ein paar Klamotten, Hygieneartikel und natürlich meine Juraunterlagen eingepackt. Die meisten Sachen werde ich von Maxime übernehmen. Sie hat sich extra für die Sendung mit neuer Unterwäsche und Kleidern eingedeckt, und da ich nur ein einziges Kleid besitze, das ich zuletzt auf der Beerdigung von Tante Elfriede vor fünf Jahren getragen habe, ist es wohl besser, mich aus Maximes Fundus zu bedienen.

»Wir treffen Maxime unten am Strand.« Bobby steuert zielstrebig einen schmalen Weg aus Holzplanken an, der über den Sand direkt zum Meer führt. In einiger Entfernung kann ich eine dunkle Gestalt ausmachen. Sie steht mit dem Rücken zu uns da, den Blick aufs Wasser gerichtet. Trotz der gedeckten Farben, die sie trägt, und der schwierigen Sichtverhältnisse erkenne ich meine Schwester sofort. Die Art, wie sie dasteht, die Arme locker nach unten hängend, ein Bein leicht angewinkelt, als würde sie für einen unsichtbaren Fotografen posieren, ist mir so vertraut, dass mich mit einem Mal eine Welle der Liebe überrollt. Ich laufe auf Maxime zu, und sie dreht sich zu mir herum. Auf ihrem Gesicht breitet sich ein Strahlen aus.

»Tildi«, ruft sie und rennt mir entgegen. Wie die Überlebenden eines Schiffsunglücks fallen wir uns in die Arme. Wenn es nicht verboten wäre, könnte man diese Szene wunderbar in die Show reinschneiden. Melodramatisch und kitschig – genau das, was *The Dating Game* ausmacht. Die Kameras hätten sicher ihre Freude an Maxime und mir. Aber zum Glück gibt es hier unten keine, wie Bobby mir erklärt hat. Deshalb hat Maxime sich durch das Gartentor an den Strand geschlichen. Die Kameras erfassen gerade noch den Pool, aber nicht den unteren Teil des Gartens, in dem sich ohnehin fast nie jemand aufhält, weil dort die Nachmittagssonne so knallt, dass man nach einer Stunde nicht mehr von den Krebsen zu unterscheiden ist – Bobbys Worte.

»Hat alles gut geklappt?«, fragt Maxime in mein Haar. Sie hält mich noch immer fest umschlungen. Ihr Körper duftet nach Sonnencreme und der Hitze des Tages. Ihre Haut fühlt sich ganz warm an, als sei sie mit Sonne aufgeladen.

Ich bejahe und löse mich, wenn auch widerstrebend, aus ihrer Umarmung. »Gibt es irgendwas, das ich unbedingt wissen muss? Ich habe mir die letzten zwei Folgen x-mal angeschaut. Ich habe sogar täglich mit Sophie geübt, du zu sein.«

Maxime lacht. »Was gibt es denn da zu üben? Niemand kann uns unterscheiden.«

»Ach, du kennst ja Sophie, sie hat Adleraugen, was Mimik und Gestik angeht. Sie war gnadenlos.« Mir dröhnen jetzt noch die Ohren von den strengen Anweisungen meiner Freundin. Vorgestern hat sie mich sogar auf Video aufgenommen und die Aufzeichnung danach minutiös mit mir ausgewertet, jede kleinste Nuance meiner Bewegungen analysiert. Schließlich musste ich mir zum Vergleich eine Aufnahme von Maxime ansehen, und tatsächlich stellte ich einige Unterschiede fest. Meine Gestik war um einiges zackiger, während Maxime stets geschmeidig wirkte. Nichtsdestotrotz war Sophie nach tagelangem Üben weitestgehend zufrieden mit mir. »Besser wird's nicht«, hatte sie – ganz der Motivationscoach – gesagt, und ich war froh, die letzten Stunden vor meiner Abreise nicht damit verbringen zu müssen, meine Schwester nachzuahmen.

Für ein paar Momente konnte ich einfach nur Tilda sein.

»Ich will euch ja nicht beim Kuscheln stören, aber wir sollten langsam los.« Ich habe gar nicht bemerkt, dass Bobby neben uns getreten ist. »Dein Flug geht in zwei Stunden.«

Maxime nickt. »Tut mir leid, Tildi. Das ist der letzte Flug heute Nacht. Ich hätte dir gerne mehr Einzelheiten erzählt, aber wenn du Fragen hast, kannst du mich jederzeit anrufen. Du hast dein Handy doch mit, oder?«

»Klar.«

»Pass nur auf, dass es niemand findet. Es ist bei hoher Vertragsstrafe verboten, eins dabeizuhaben. Versteck es am besten unter der Matratze.« Sie drückt meine Hand und sieht mir fest in die Augen. »Ich muss jetzt gehen, Bobby bringt mich zum Flughafen.«

»Ich hab Schiss, Maxime.« Erst als ich es ausspreche, wird mir klar, wie untertrieben das ist. Ich habe eine Heidenangst. Mich zu blamieren, aufzufliegen, Maxime zu enttäuschen.

»Egal, wie die Sache ausgeht, du hast auf ewig was gut bei mir, Tildi.« Maxime umarmt mich noch einmal und drückt mir einen Kuss auf die Wange. »Ich danke dir so sehr, dass du das für mich tust. Ich liebe dich.«

»Ich dich auch, Maxima Chaotica«, flüstere ich und atme ihren Geruch ein, der mir von klein auf in jeder Situation Trost und Kraft gespendet hat. Einen Geruch, in dem das Versprechen liegt, dass ich nie alleine bin, egal, wie sehr es sich danach anfühlt.

»Maxime!« Bobby wirft einen drängenden Blick Richtung Dünen.

»Das Gartentor ist da vorne.« Maxime deutet auf den Zaun, der die Villa umschließt. »Schnell, wir müssen die Klamotten tauschen. Wenn die Kameras mich beim Rausgehen erfasst haben, wäre es komisch, wenn ich mit anderen Sachen zurückkäme.«

Bobby dreht sich um, und ich schlüpfe eilig in Maximes schwarzes Shirt und ihre Leggins. Schließlich ziehe ich ihren dunkelblauen Hoodie über und setze die Kapuze auf.

»Was ist mit meinem Rucksack?«

»Den kannst du auf diesem Weg nicht mitnehmen«, sagt Bobby. »Das wäre zu auffällig. Ich bringe ihn dir morgen ins Zimmer. Ich weiß, wie man die Kameras ausschaltet, und kann dafür sorgen, dass sie mich dabei nicht erwischen. Am besten lasse ich es wie einen Kurzschluss aussehen. Wenn was mit der Technik nicht stimmt, bin ich ohnehin der Erste, den man ruft.«

»Super, tausend Dank, Bobby«, sagt Maxime, und ich drücke ihm meinen Rucksack in die Hand. Dann wenden Maxime und er sich zum Gehen, und ich bleibe alleine zurück.

Ich sehe ihnen nach und unterdrücke den heftigen Impuls, ihnen hinterherzurennen und zu sagen, dass ich es mir anders überlegt habe.

Denk an Nik! Denk an Redhead! Denk an die Klausuren deiner Schwester!

Das Mantra hilft mir, so lange die Füße stillzuhalten, bis Maxime und Bobby den Plankenweg verlassen haben und oben auf der Straße stehen. Maxime winkt mir zu, und ich hebe die Hand – zackig, nicht geschmeidig – und winke zurück. Selbst in dieser Situation wirkt meine Schwester entspannt und voller Leichtigkeit. Ich hingegen fühle mich wie ein Betonklotz. Aber immerhin bin ich es auch, die es ausbaden muss, wenn unser Plan schiefgeht.

Das darf auf keinen Fall passieren!

Wir haben diesen Trick schon so oft angewandt. Selbst unsere eigenen Tanten sind oft darauf hereingefallen, ganz zu schweigen von unseren Lehrern. Warum sollte es bei den Kandidatinnen und der Crew anders sein? Nicht jeder hat so ein gutes Auge für Details wie Sophie. Und außerdem kommt sicher niemand auf den Gedanken, dass plötzlich eine falsche Maxime in der Villa lebt. Das ist so abwegig, dass es gar nicht erst infrage gestellt werden wird. Hoffentlich …

Ich atme die salzige Brise ein, die mir mit jeder heranrollenden Welle in die Nase weht, und langsam beruhigt mein Herzschlag sich wieder. Also mache ich mich auf den Weg Richtung Grundstück und stehe wenig später vor dem weißen Zaun, der den riesigen Garten umgibt.

Die Villa liegt ein Stück über dem Strand, nur etwa 200 Meter trennen Gartenzaun und Meer. Ein absoluter Traum. Im Garten leuchten ein paar bunte Lampions in den Bäumen, aus dem Inneren der Villa strömt warmes Licht, und ich hoffe bloß, dass niemandem aufgefallen ist, dass Maxime nicht da ist und sich auch keiner auf die Suche nach ihr gemacht hat. Ich strecke meine Hand zum Gartentor aus und ziehe am Griff. Nichts. Das Tor gibt keinen Millimeter nach.

Also versuche ich es erneut, diesmal mit mehr Schwung. Wieder vergebens. Ich suche nach einem Schloss, einem versteckten Mechanismus, werde aber nicht fündig. Verdammt!

Ein weiteres Mal ziehe ich an dem Griff, und als das Tor wieder nicht nachgibt, rüttele ich mit beiden Händen daran. Das Scheppern ist lauter, als ich erwartet habe. Sofort lasse ich los. Ich darf die anderen auf keinen Fall auf mich aufmerksam machen.

Der Zaun ist nur etwa ein Meter siebzig hoch. Zwei Zentimeter größer als ich. Das sollte zu schaffen sein …

Ich stelle mich auf die Zehenspitzen und greife nach oben. Mit einem lauten Stöhnen ziehe ich mich empor. Meine Füße strampeln hilflos in der Luft, bis sie endlich Halt finden. Ich verfluche mich dafür, dass ich Maxime so oft gebeten habe, mich im Schulsport zu vertreten, und seitdem viel zu wenig für meine Fitness getan habe. Okay, seien wir ehrlich – gar nichts. Das rächt sich jetzt, denn ich stürze rücklings zurück in den Sand. Ächzend richte ich mich auf und reibe mir den schmerzenden Rücken. Was soll ich bloß tun? Ich muss in diesen Garten. In diese Villa.

Mir bleibt nichts anderes übrig, als es ein weiteres Mal zu versuchen. Diesmal komme ich ein ganzes Stück weiter voran, doch nach kurzer Zeit beginnen meine Arme vor Anstrengung zu zittern. Wieder stürze ich und bleibe kraftlos im Sand liegen. Über mir spannt sich der Sternenhimmel. Wie unglaublich weit er ist. In Berlin sieht man ihn so gut wie nie, und wenn, dann nicht in dieser Intensität. Am liebsten würde ich die ganze Nacht hier liegen bleiben. Einen schöneren Ort gibt es sicher nirgendwo. Das Meeresrauschen im Hintergrund, warmer, weicher Sand unter mir, eine aus Sternen gewebte Decke über mir.

Gott, ich klinge wie die Sprecherin, die die Beiträge von *The Dating Game* kommentiert. Wie schnell einen die nächtliche Atmosphäre romantisieren kann. Kein Wunder, dass Maxime sich in diesem Setting so rasant in Florian verguckt hat. Vermutlich wird sich das Ganze über kurz oder lang von selbst erledigen, wenn sie erst wieder zurück in Deutschland ist. Dann muss ich nur verkünden, dass ich freiwillig aussteige, und kann ebenfalls wieder zurück – in die Liebeshölle von Nik.

Mit einem Satz bin ich auf den Beinen. Ein weiterer, und ich kralle mich am Zaun fest. Mit einem Mal verwandelt er sich in das Hindernis, das mich davon trennt, meine Sorgen hinter mir zu lassen.

Verbissen ziehe ich mich empor, ignoriere das Brennen meiner Oberarme, stemme meine Füße, so fest ich kann, gegen die Balken, schaffe es schließlich Zentimeter für Zentimeter, den

Zaun zu überwinden. Für einen vorsichtigen Abstieg fehlt es mir dann allerdings an Kraft, und so lande ich ziemlich hart auf der anderen Seite. Die Wiese federt meinen Sturz leider nicht so gut ab, wie der Sand es getan hat. Der Aufprall wird ein paar heftige blaue Flecken auf meinem Po hinterlassen. Doch das ist im Moment mein geringstes Problem, denn kaum dass ich den Boden berührt habe, ist das Meer nicht mehr zu hören. Stattdessen zerreißt ein anderes Geräusch die nächtliche Stille und lässt keinen Raum für anderes.

Das schrille Kreischen einer Alarmanlage.

Kapitel 7

In Windeseile rappele ich mich hoch und blicke mich hektisch um. Wie schaltet man das Ding aus? Das muss doch irgendwie möglich sein. Aber selbst wenn, würde es an ein Wunder grenzen, wenn das Kreischen der Alarmanlage nicht bereits sämtliche Menschen im Umkreis von hundert Kilometern geweckt hätte.

»O que é estás a fazer?« Eine bellende Stimme lässt mich herumfahren. Zwei mindestens ein Meter neunzig große Hünen rennen den Strand entlang auf den Gartenzaun zu. Der mit der Glatze leuchtet mir mit seiner Taschenlampe direkt ins Gesicht.

»Äh … ich wohne hier«, stammele ich in der Hoffnung, dass er Deutsch versteht. Sein Kollege und er starren mich nur ratlos an. Beide tragen anthrazitfarbene Kleidung, auf der das Wort SECURITY prangt. Wie konnten sie so schnell hier sein? Wo sind sie hergekommen?

Die Fragen bleiben mir im Hals stecken, als der eine ein Handy zückt und etwas hineinmurmelt, das ganz ähnlich wie Polizei klingt. Mehr braucht es nicht, um den winzigen Rest Zuversicht zunichtezumachen, der noch in mir war.

»Ich kann das erklären«, sage ich, aber die Hünen schütteln synchron ihre Köpfe. Ich bin sicher, dass sie mich mit bloßen Händen zerquetschen würden, wenn uns nicht der Zaun voneinander trennen würde, und rücke unwillkürlich ein Stück vom Zaun ab.

Der größere der beiden ruft dem anderen etwas zu, obwohl der direkt neben ihm steht. Seine Stimme klingt dabei wie das Gebell eines besonders angriffslustigen Hundes.

»I can explain it«, sage ich. »I am …«

»Maxime! Was machst du denn hier draußen?«

Lisa! Ich erkenne sie sofort. Ihre Haut schimmert braun, und ihre schwarzen Locken hängen ihr ins Gesicht. Sie pustet sie aus der Stirn, während sie, gefolgt von zwei anderen Frauen, die ich als Nadja und Sonja identifiziere, aus der Villa den abschüssigen Garten hinunterläuft. Alle drei sind barfuß und tragen Nachthemden, dennoch sehen sie aus, als kämen sie geradewegs von einem Fotoshooting.

»Was ist passiert?« Nadjas russischer Akzent ist unverkennbar. Ihre Stimme liegt definitiv *nicht* über ihrer Indifferenzlage. In einem Chor würde sie wahrscheinlich den Bass singen.

Einer der Hünen bellt ihr etwas entgegen. Ich verstehe kein Wort. Sonja offenbar schon, denn sie antwortet, ohne mit der Wimper zu zucken, auf Portugiesisch, ehe sie sich an mich wendet. »Er behauptet, du seist über den Zaun gestiegen?«

»Ich hatte mich ausgesperrt«, erkläre ich und deute auf das Gartentor. »Ich wollte frische Luft schnappen und bin runter zum Meer gelaufen.«

»Frische Luft?« Nadja zieht skeptisch ihre Brauen hoch, die in ihrem Fall nur zwei schmale, schwarz angemalte Striche sind. »Hast du nicht den ganzen Tag in der Sonne verbracht?«

»Mir war ein wenig übel«, sage ich schnell, und als ich merke, wie forsch ich klinge, schiebe ich ein Kichern hinterher. Im Gegensatz zu Maxime klingt es bei mir nicht charmant, sondern irgendwie dämlich.

»Aber du weißt doch, dass wir nicht mehr reinkommen, wenn das Tor erst zugefallen ist«, sagt Lisa.

Nein, das wusste ich nicht.

»Das hat Pia am ersten Tag beim Briefing erklärt«, fügt Sonja hinzu. »Hast du etwa nicht zugehört?«

Das weiß ich nicht. Ebenso wenig wie ich weiß, wer Pia ist.

»Wie konnten die so schnell hier sein?«, flüstere ich Lisa zu und deute mit einem Kopfnicken zu den Hünen, die noch immer mit versteinerter Miene am Zaun stehen und unaufhörlich mit der Taschenlampe in meine Richtung leuchten. Langsam glaube ich, dass sie mich absichtlich damit blenden, wenn sie mich schon nicht mit ihren Händen zu fassen bekommen.

»Sie sind für sämtliche Villen hier in der Reihe zuständig«, erklärt Lisa. »Pia hat uns gewarnt, dass sie zur Stelle sind, ehe wir bis drei zählen können, und wir daher sicher sein können, dass uns niemand zu nahe kommt, der nicht zur Crew gehört. Sie sind in der Ebstein-Villa nebenan untergebracht, und sobald irgendwo ein Alarm losgeht, sind sie im Handumdrehen da.«

Maxime hat bei diesem Briefing ja wunderbar aufgepasst. Wahrscheinlich hat sie wieder einmal geträumt und sich nicht um die Warnungen dieser Pia geschert. Ich hatte mir meinen Einstand etwas weniger öffentlich vorgestellt. Immerhin ist nicht gleich das Kamerateam angerückt.

»Können wir jetzt nach drinnen gehen, oder müssen wir auf die Polizei warten?«, frage ich vorsichtig.

Sonja übersetzt die Frage für die Security-Männer. Sie denken einen Moment nach, dann schüttelt der mit der Glatze entschieden den Kopf. Sonja seufzt. Sie legt den Arm um mich, und ich zucke unter der vertrauten Berührung einer vollkommen Fremden unwillkürlich zusammen. Sonja deutet auf mich, dann auf die Villa, den Zaun und den Strand und redet energisch auf die beiden ein. Sie unterbrechen sie nicht. Ihre Mienen verraten keine Regung. Erst nachdem Sonja geendet hat, tauschen sie einen Blick. Der Glatzenmann nickt, und der andere zückt wieder sein Handy und telefoniert kurz.

»Was hat er gesagt?«, fragt Nadja.

»Sie haben der Polizei mitgeteilt, dass es falscher Alarm war, aber Maxime soll in Zukunft an der Haustür klingeln, wenn sie sich ausgesperrt hat. Ein berechtigter Vorschlag, wenn ihr mich fragt.«

»Ich wollte niemanden wecken«, behaupte ich.

»Das hat ja wunderbar geklappt.« Nadja gähnt herzhaft. »Ladys, ich muss dringend zurück ins Bett. Schlafentzug rächt sich immer sofort auf meinem Gesicht.«

Ich betrachte ihre seidenglatte Haut und frage mich, wie das möglich sein soll. Dennoch bin ich froh, dass sich die Situation endlich auflöst.

Gemeinsam gehen wir die Wiese hinauf. In der Villa brennt Licht, das durch die Terrassentür nach draußen dringt. Das Innere der Villa steht ihrem Äußeren in nichts nach. Schon in den ersten beiden Folgen habe ich einen Eindruck von all dem Prunk hier gewonnen, doch die Realität toppt das Ganze um Längen. Die Decken sind mit Stuck verziert und schwindelerregend hoch. Im Wohn- und Essbereich, in den die Frauen mich nun führen, hängt ein riesiger Kronleuchter, der die gemütliche Sofalandschaft – und dieser Begriff war nie passender als für die gigantischen weißen Sofas, auf denen wahrscheinlich alle Kandidatinnen gleichzeitig schlafen könnten – in warmes Licht taucht.

Ein Stück neben den Sofas steht ein dunkler Holztisch. Nein, ich korrigiere: eine Tafel wie im Speisesaal eines Schlosses. Ausreichend für mindestens zwanzig Personen. In der Mitte der Tafel ist ein ausladendes Blumenbukett mit rosa und lila Pflanzen, deren Namen ich nicht kenne, angerichtet worden. Farben, die sich auch in den Sofakissen und den Küchengeräten wiederfinden, die fein säuberlich auf der weißen Arbeitsfläche aufgestellt sind wie in einem Kochstudio. Der rosa Kühlschrank ist gefühlt so groß wie unsere Küche. Nik, der seine Lebensmittel gerne mal über sämtliche Fächer verteilt, sodass Sophie und ich gezwungen sind, unsere Sachen irgendwo dazwischenzuquetschen, wäre begeistert. Nur über die Farbe würde er diskutieren, und auch ich finde diese Welt, in die ich da geraten bin, ein bisschen zu rosa, ein bisschen zu kitschig, ein bisschen zu prinzessinnenhaft. Ich komme mir vor wie in einem Disney-Märchenschloss, und obwohl ich die Filme über alles liebe, ist mir die Zuckerwatten-Optik der Villa definitiv zu viel des Guten. Sie verstärkt den Eindruck, den der Sender erwecken zu wollen scheint: dass die Kandidatinnen süße, liebe Mädchen sind, obwohl sie alle die zwanzig bereits überschritten haben.

»Möchte jemand Kakao?« Lisa geht in Richtung der Küchenzeile.

Nadja schüttelt den Kopf und wirkt dabei so entsetzt, als habe Lisa gefragt, ob jemand Kokain haben wolle. »Ich gehe schlafen«, sagt sie knapp und verschwindet durch eine große Flügeltür im hinteren Teil des Essbereichs. Sonja folgt ihr.

»Maxime, was ist mit dir?« Lisa deutet auf das weiße Regal, das über der Spüle hängt und in dem sich gut zwei Dutzend blassrosa Tassen aneinanderreihen. Ich nicke. Schokolade beruhigt meine Nerven, seit ich denken kann. Egal ob in festem oder flüssigem Zustand.

Nachdem Lisa fertig ist, bekomme ich nicht bloß einen einfachen Kakao in die Hand gedrückt, sondern ein regelrechtes Kunstwerk mit einem Sahneturm und bunten Zuckerperlen darauf. Ich denke an die Bilder der Sport treibenden Kandidatinnen am Pool, die an den letzten beiden Sonntagen über meinen Bildschirm geflackert sind, und kann mir kaum vorstellen, dass eine von ihnen etwas anderes mit dem Inhalt dieser Tasse machen würde, als ihn Lisa vor die Füße zu kippen.

»Endlich trinkt mal jemand mit.« Lisa setzt sich neben mich auf eins der Sofas. »Die anderen halten sich immer nur an Leitungswasser.«

»Leitungswasser ist gut«, sage ich. »Aber das hier ist tausendmal besser.«

Sie grinst mich an, und eine Weile nippen wir stumm an unseren Tassen. Ein Bart aus Sahne ziert Lisas Oberlippe, und mir wird plötzlich bewusst, dass ich nicht die Einzige bin, die das sehen kann. Irgendwo in diesem Raum müssen Kameras angebracht sein. Kameras, die jedes Wort von mir eingefangen haben, seit ich die Villa betreten habe. Habe ich mich irgendwie verräterisch verhalten? Habe ich mich wieder mal zackig statt geschmeidig bewegt? Habe ich zu sehr die Einrichtung angeglotzt und damit offenbart, dass ich sie zum ersten Mal live sehe? Ich versuche, mir einzureden, dass die Bilder von zwei Kakao trinkenden Kandidatinnen wohl kaum die sind, die die Quote nach oben treiben, und ich mir daher keine Sorgen machen muss, dass man ihnen beim Durchgucken der Bänder viel Beachtung schenken wird.

»Wie war eigentlich heute Morgen das Frühstück mit Florian und Violetta-Constanze, du hast gar nichts erzählt.«

Ich starre Lisa ratlos an. »Mit wem? Ach so, du meinst Vico …«

»Vico?«

Erschrocken schlage ich mir die Hand vor den Mund. Sophie hat diesen Spitznamen seit der ersten TV-Ausstrahlung benutzt, und er ist mir offensichtlich in Fleisch und Blut übergegangen.

»Ich nenne sie heimlich so«, behaupte ich. »Wenn ich an sie denke, will ich nicht unnötig Zeit damit verschwenden, ihren ellenlangen Namen zu denken.«

Gott, was rede ich da für einen Schwachsinn?

Lisa lacht. »Vico. Das gefällt mir. Also, wie war's? Hat sie sich wieder so plump an Florian rangeschmissen? Dass ihm das nicht auf die Nerven geht, wundert mich echt. Dabei ist er sonst so feinfühlig. Aber sie hat mit ihrer direkten Art Erfolg.« Sie fährt sich durch ihre Locken und hinterlässt eine Sahnespur darin.

»Hm«, entgegne ich, da ich keine Ahnung habe, was ich sonst sagen soll. »Sie war wieder ziemlich plump.«

»Was hat sie gemacht?«

»Nun … Ach, so genau weiß ich das nicht mehr. Ich hab mich bemüht, sie auszublenden und mich nur auf Florian zu konzentrieren.«

»Cool, dass du das kannst. Mir fällt das ganz schön schwer. Ich fühl mich immer total beobachtet, und das liegt nicht nur an den Kameras. Ich habe auch bei den anderen Frauen immer das Gefühl, dass sie jedes Wort auf die Goldwaage legen und innerlich die Augen verdrehen, wenn einem was Dummes rausrutscht. Das macht es mir so schwer, mich ganz locker mit Florian zu unterhalten. Ich hab den Eindruck, ich kann ihm gar nicht zeigen, wer ich wirklich bin.«

Da sind wir schon zu zweit.

Lisa sieht plötzlich ganz traurig aus. Von ihrer positiven Ausstrahlung ist nicht mehr viel übrig, ihre Augen wirken dunkel und leer. Als hätte jemand das Licht in ihnen gelöscht.

»Du wirst sicher noch die Gelegenheit haben, ihm dein wahres Ich zu zeigen.« Ich komme mir vor, als sage ich den Text einer kitschigen Telenovela auf. Ich hebe meine Arme, wie Maxime es tun würde, und setze noch einen drauf (*dem jahrelangen* GZSZ-*Konsum sei Dank*): »Wenn er der Richtige ist, dann wird er deinen wahren Kern erkennen!« Zum Abschluss schicke ich ein Lächeln hinterher, das mir in Lisas Gegenwart alles andere als schwerfällt. Sophie wäre begeistert von meiner Performance.

Das Licht in Lisas Augen geht wieder an. Erst zaghaft, dann leuchtet es immer heller. »Das ist lieb von dir, Maxime, du bist immer so positiv.«

Eine halbe Stunde später liege ich in einem Berg aus rosa Kissen und finde keine bequeme Schlafposition. In dem Bett neben mir schnarcht Vico leise vor sich hin. Dass Maxime sich ausgerechnet mit ihr ein Zimmer teilen musste, kann ich nicht verstehen. Aber vielleicht hatte sie keine Wahl, und immerhin ist es das einzige Zweibettzimmer im Haus. Alle anderen sind zu dritt, zu viert oder zu fünft untergebracht.

Vico ist nicht aufgewacht, als ich mich hereingeschlichen habe, was vermutlich an ihrer Schlafmaske mit den aufgestickten Augen liegt.

Ich habe mich mitsamt meinen Klamotten aufs Bett geworfen, da ich keine Lust hatte, im Dunkeln nach Maximes Schlafsachen suchen zu müssen. Unruhig wälze ich mich von einer Seite auf die andere, doch mein Kopf ist so sehr damit beschäftigt, all die neuen Eindrücke zu verarbeiten, dass er nicht zur Ruhe kommt. Ich krieche komplett unter die Bettdecke und ziehe mein Handy aus der Hosentasche, um Maxime eine Nachricht zu schicken. Das Display bleibt schwarz. *Verdammt!*

Mein Ladekabel ist im Rucksack. Daran habe ich nicht gedacht. Nun bin ich tatsächlich vollkommen abgeschnitten von der Welt da draußen.

Im Dunkeln schiebe ich das Handy unter meine Matratze. Bobby hat mir zwar erzählt, dass die Kameras in den Schlafräumen nachts ausgeschaltet werden, der einzige Moment, in dem man, außer im Bad, seine Ruhe hat, aber zu hundert Prozent möchte ich mich nicht darauf verlassen. Wenn Bobby so ohne Weiteres die Kontrolle über die Kameras übernehmen kann, gibt es womöglich noch andere, die das können. Ein gruseliger Gedanke.

Schnell schlüpfe ich wieder unter die Decke, obwohl es im Zimmer brütend heiß ist. Ich ziehe den Hoodie unter der Decke aus und lasse ihn auf den Boden neben dem Bett fallen. Trotzdem bin ich längst nass geschwitzt. In meinem Kopf rattert es. Bilder von Maxime, den anderen Kandidatinnen und Florian strömen auf mich ein. Bisher hat mich niemand durchschaut, aber das heißt noch lange nichts. Immerhin hatte ich die Dunkelheit und die Müdigkeit der Frauen auf meiner Seite. Wenn ich auf Florian treffe, muss ich die Rolle meiner Schwester mehr als perfekt spielen. Nicht nur spielen, ich muss sie *sein*. Eine Weile hält mein Gedankenkarussell mich noch wach, bis ich in einen unruhigen Schlaf voll wirrer Träume falle, in denen Redhead und Nik, die unter einem Kronleuchter durch einen Ballsaal tanzen, die Hauptrollen spielen.

Kapitel 8

Die Wattewolke ist so prall gefüllt, dass sie jeden Moment zu platzen droht. Dennoch segelt sie lachend über den blauen Himmel. Ja, sie hat tatsächlich ein Gesicht, und dort ist ein Dauerlächeln eingemeißelt worden. Ich wundere mich mehr über die Tatsache, dass der Wolke dabei nicht der Kiefer wehtut, als über den Fakt, dass sie überhaupt einen Kiefer hat. Plötzlich beginnt die Wolke zu würgen. Ihre Farbe wechselt von Rosa zu Lila zu Blau, bis sie schließlich einen schleimigen Grünton annimmt. Ihr Lächeln versiegt, und sie erbricht sich mitten ins Meer. Kleine, bunt glitzernde Zuckerperlen landen in den Fluten. Meerjungfrauen in pinken Bikinioberteilen tauchen daraus auf und schnappen mit den Mündern nach den Perlen. Die Wolke erbricht sich immer weiter, ich höre nichts mehr als das keuchende und würgende Geräusch.

Erschrocken fahre ich aus dem Schlaf hoch. Sonnenlicht dringt durch die großen Fenster ins Zimmer. Jemand muss die Vorhänge aufgezogen haben, während ich geschlafen habe. Die grüne Wolke löst sich in Luft auf. Einzig das Geräusch bleibt. Ein Blick in Vicos Bett verrät mir, dass sie bereits aufgestanden ist. Hinter der geschlossenen Badezimmertür sind deutlich Würgelaute zu vernehmen.

»Alles in Ordnung?«, rufe ich vom Bett aus.

»Hmbrgahagd«, kommt es aus dem Bad.
»Vico, geht es dir nicht gut?«
»Hmhasdgnge.«
»Brauchst du Hilfe?«
»Hmbrlasch … mich … ellisch … in Ruhe!«
Na wunderbar. Das erste Gespräch mit meiner neuen Mitbewohnerin ist ja ganz reizend verlaufen.

Obwohl ich ohne Probleme den ganzen Tag durchschlafen könnte, schlüpfe ich aus dem Bett und blicke mich im Zimmer um. In einer Ecke steht ein weißer Schminktisch mit großem Spiegel. Er ist vollgestellt mit Nagellackfläschchen, Pinseln, Lidschattendöschen und Wattepads. Als Kinder haben Maxime und ich immer von so einem Tisch geträumt. Wir haben es geliebt, Mamas Schminkkoffer zu stibitzen und uns mit dem dürftigen Inhalt gegenseitig die Gesichter zu bemalen. So verwandelten wir uns in Clowns, Einhörner, Bären und Nixen. Maxime war sehr begabt mit dem Pinsel, und ich war jedes Mal völlig hin und weg, wenn sie mit mir fertig war. Wenn ich sie anmalte, konnte man den Clown nicht unbedingt von der Nixe oder den Bären vom Einhorn unterscheiden. Trotzdem gab sie mir jedes Mal das Gefühl, Leonardo da Vinci persönlich zu sein, obwohl wir beide wussten, dass ihre Behauptungen wie, sie habe selten ein schöneres Einhorn gesehen als das in ihrem Gesicht, die Übertreibungen des Jahrhunderts waren. Aber es ist eben genau so, wie Lisa es gestern Abend ausgedrückt hat: Maxime ist immer positiv. Sie würde sich nicht von Vico abweisen lassen, sondern zu ihr ins Bad gehen und ihr beim Kotzen die Haare aus dem Gesicht halten. Ich überlege, ob es das ist, was ich tun sollte, finde aber, dass man es mit der Authentizität seiner Rolle auch übertreiben kann.

Kurz darauf höre ich die Klospülung und wenige Sekunden später den Wasserhahn. Unter meinem Bett ragt Maximes Koffer heraus. Ich ziehe ihn hervor und durchwühle ihre Klamotten.

Es ist bereits jetzt so heiß, dass ich mich für ihren gelben Bikini und ein Sommerkleid mit bunten Blumen entscheide. Vielleicht helfen die fröhlichen Farben, die anderen von meiner Scharade zu überzeugen.

»Wie lange brauchst du denn noch?«, frage ich vorsichtig und klopfe an die Badezimmertür.

»So lange ich eben brauche«, ruft Vico. Ich seufze und setze mich wieder aufs Bett. Was nützt einem ein Zweibettzimmer, wenn man eine Mitbewohnerin hat, die wahrscheinlich mehr Zickengene in sich trägt als alle anderen Kandidatinnen zusammen?

»Guten Morgen!« Eine Männerstimme. Was macht eine Männerstimme in unserem Zimmer? Auf der Türschwelle steht die Antwort. Eine davon ist hager und recht klein und trägt eine schwer aussehende schwarze Tasche über der Schulter, aus der einige Kabel herauslugen. Daneben, halb verborgen hinter der riesigen Kamera, steht der Mann, dem die Stimme gehört und der nun ungefragt ins Zimmer stürmt und ruft: »Na, ausgeschlafen?«

»Was wollt ihr hier?«, frage ich ruppiger als beabsichtigt.

»Eigentlich wollten wir uns einen Kaffee kochen«, sagt der Mann hinter der Kamera ironisch. Wie selbstverständlich setzt er sich mir gegenüber auf Vicos frisch gemachtes Bett und richtet seine Kamera direkt auf mein Gesicht.

Ich halte meine Hände davor. »Hey, hör auf, mich zu filmen!« Der idiotischste Satz, den man in einer Fernsehsendung sagen kann. Gleich gefolgt von dem, der mir als Nächstes herausrutscht. »Kannst du mir bitte meine Privatsphäre lassen? Ich bin nicht mal angezogen.« Ich halte eins der rosa Kissen vor Maximes Top, das ich in der Nacht völlig durchgeschwitzt habe.

Maxime! Verdammt, ich klang gerade so gar nicht nach ihr. Das geht ja gut los.

Der Mann lacht. »Privatsphäre? Da hat aber jemand das Kleingedruckte im Vertrag nicht gelesen.«

Ich wäre schon froh gewesen, hätte ich wenigstens das Großgedruckte zu Gesicht bekommen.

Aus dem Bad erklingt ein gurgelndes Geräusch. Wahrscheinlich putzt Vico sich gerade die Zähne. Sie könnte sich ruhig ein wenig beeilen, ich habe keine Lust, länger als nötig mit einer Kamera vor meinem übermüdeten Gesicht dazusitzen.

»Ich habe gehört, du hast gestern einen kleinen Ausflug zum Strand gemacht«, sagt der Kameramann. »Was wolltest du da unten?«

»Woher weißt du davon?«

»Ich hab meine Augen eben überall.« Er lacht erneut und schaut an der Kamera vorbei zu mir hin.

Zum ersten Mal, seit er ins Zimmer gerauscht ist, sehe ich sein Gesicht. Er ist etwa in meinem Alter, höchstens zwei, drei Jahre älter, und hat freundliche braune Augen. Zumindest könnten sie freundlich sein, wenn sie mich nicht so unverschämt neugierig mustern würden. Sein Bart ist wie sein schulterlanges Haar, das er zu einem Zopf gebunden trägt, braun. In seiner linken Braue steckt ein Piercing, und seine Ohren zieren Ohrringe in Form von kleinen Holzscheiben. Ich kann nicht leugnen, dass er gut aussieht, aber sein freches Grinsen gefällt mir ganz und gar nicht. Hat er Zugriff auf sämtliche Kameras in Garten und Haus? Sitzt er, wenn er nicht gerade hier ist, in einer Art Kommandozentrale und überwacht jede unserer Bewegungen? Plötzlich wird das Ganze so real. Es ist eine Sache, zu wissen, dass man von Kameras beobachtet wird, eine andere, einen der Menschen vor sich zu haben, die einen beobachten.

Der zweite Mann steht nach wie vor irgendwie verloren in der Tür. Die Hierarchie zwischen den beiden ist körperlich spürbar. Der Kameramann hat seinen Status durch sein forsches Eindringen in unser Schlafzimmer deutlich gemacht, während der andere noch zögerlich ist. So, als warte er auf eine Anweisung.

»Maxime«, sagt der Kameramann. »Magst du unseren Zuschauern nicht erzählen, was du am Strand gemacht hast? Ganz allein. Nachts.«

Was würde Maxime jetzt sagen? Mein Kopf ist wie leer gefegt. Ich muss antworten. Und ich muss überzeugend sein. Der erste Eindruck zählt, und damit, dass ich ihn eben angeschnauzt habe, habe ich mir nicht gerade den Weg für meine Glaubwürdigkeit geebnet.

Du bist Maxime, flüstert Sophies Stimme mir zu. *Was würde sie antworten?*

»Ich wollte das Meer sehen«, sage ich vage.

Nicht schlecht. Aber viel zu pragmatisch. Verträumter, lebendiger, euphorischer!

»Nachts herrscht dort so eine besondere Stimmung.«

»Hast du dein Frühstücksdate mit Florian Revue passieren lassen?«, fragt der Kameramann.

»Äh … genau. Es ging mir nicht aus dem Kopf.« Ich lächele, fühle aber sofort, wie gezwungen es wirken muss. Mein Körper ist total angespannt, und ich habe wieder einmal vollkommen vergessen, die Arme beim Reden zu benutzen.

»Hast du dir vorgestellt, mit Florian allein am Strand zu sein?«

»Was ist das denn für eine bescheuerte Frage?«

Wieder lugt der Mann hinter der Kamera hervor. Seine Augen blitzen amüsiert, und erst jetzt registriere ich, dass ich das gerade laut ausgesprochen habe.

Das war so gar nicht Maxime-like.

»Ich meine: natürlich! Was ist das für eine Frage. Natürlich habe ich mir vorstellt, alleine mit Florian am Strand zu sein. Im Sternenlicht, nur das Rauschen des Meeres und der Himmel wie eine aus Sternen gewebte Decke über uns.«

Es wird Zeit, dass Vico das Bad frei macht, ich muss mich gleich übergeben von meinem eigenen Gesülze. Dem Kameramann scheint es da ähnlich zu gehen, denn seine Augen rollen verdächtig weit nach oben.

Trotzdem bin ich sicher, dass das gerade eine standesgemäße Antwort für diese Sendung war, auch wenn sie aus meinem Mund ziemlich hölzern klang. Maxime hätte es geschafft, dieselben Worte völlig natürlich rüberzubringen, da bin ich sicher.

»Ben! Wie schön, dich zu sehen.« Die Badezimmertür ist aufgeflogen, und eine strahlend schöne Vico steht im Türrahmen, als sei er das Ende eines Laufstegs. Sie trägt ein hauchdünnes und sehr knapp geschnittenes weißes Kleid, das mehr zeigt, als es verdeckt. Ihr blondes Haar ist zu einem Kranz um ihren Kopf geflochten, und ihre perfekt geschwungenen Lippen glänzen blassrosa. Ihr Blick fällt auf den Mann, der noch immer unschlüssig in unserer Zimmertür steht. »Oh, hallo, Moritz.« Ihr strahlendes Lächeln ist unverändert, erreicht aber ihre Augen nicht mehr.

Sie kommt zu mir und setzt sich so dicht neben mich auf mein Bett, dass ich gezwungen bin, ein Stück zur Seite zu rücken. Nun ist es Vico, auf die die Kamera gerichtet ist – soll mir recht sein.

»Dann werde ich hier wohl nicht mehr gebraucht. Ich gehe mal ins Bad.« Ich erhebe mich und werfe Ben einen drohenden Blick zu. »Alleine.«

Er grinst, widmet seine Aufmerksamkeit aber sofort wieder Vico, die mit nicht enden wollendem Enthusiasmus in allen Einzelheiten von ihren Träumen der letzten Nacht berichtet. Vielleicht hätte ich das auch tun sollen – eine kotzende rosa Wolke wäre sicher eine nette Abwechslung für die Zuschauer gewesen.

Beim Frühstück, das ich gemeinsam mit den anderen Kandidatinnen an der Tafel im Esszimmer einnehme, rede ich so wenig wie möglich. Sonja und einige der anderen versuchen zwar immer wieder, mir Details zu Maximes gestrigem Date mit Florian zu entlocken, aber ich verweise sie jedes Mal an Vico, die jedoch ebenso eisern schweigt.

»Ihr könnt es euch ja später im Fernsehen anschauen«, sagt sie kühl und verteilt die Marmelade so hauchdünn auf ihrem Toast, dass man sie mit der Lupe suchen muss.

»Na, ihr zwei macht es ganz schön spannend«, sagt Lisa mit vollem Mund. »Gibt es einen Grund dafür?« Sie zwinkert mir zu. »Gab es etwa einen Kuss? Ihr habt die Frage seit gestern nicht beantwortet.« Sie sieht uns aus großen Augen an.

Ich schiele zu Vico hinüber, die konzentriert auf ihren Toast starrt und mich vollkommen ignoriert. Gab es einen Kuss? Das hätte Maxime mir bestimmt erzählt. Oder hat Vico Florian geküsst? Aber da es ein Doppeldate war, gab es sicher wenig Raum für Zweisamkeit.

»Ben, sag du doch mal was dazu«, ruft Lisa. Überrascht drehe ich mich um. Hinter mir stehen der Kameramann und sein Assistent. Sie tragen ihre gesamte technische Ausrüstung in den Händen und machen den Eindruck, als wollten sie gerade gehen.

»Genau«, sagt Nadja, »ihr zwei habt das Ganze immerhin aus nächster Nähe beobachtet.«

Ben schüttelt lachend den Kopf. »Sorry, ich hab da so einige Schweigeklauseln unterschrieben. Da kann ich euch leider nicht weiterhelfen.«

»Ach bitte«, Sonja macht einen Schmollmund. »Es gibt auch Schokocroissants als Dankeschön.« Sie hält Ben und Moritz die Schüssel mit den köstlich duftenden Croissants unter die Nase.

Ben greift sich gleich zwei davon und beißt in eins hinein. »Danke. Aber wir müssen jetzt los. Wir haben gleich einen Termin mit der Cutterin. Hebt uns ein paar davon für die Party heute Abend auf.« Er zwinkert Sonja zu und klopft Moritz auf die Schulter, der sich gerade damit abmüht, das Kabel der Kopfhörer aufzuwickeln. »Kommst du?«

»Tja, was soll's.« Sonja sieht den beiden seufzend nach. »Früher oder später werden wir es eh erfahren.« Ich beiße mir auf die Unterlippe, die nach Schokocreme schmeckt. Das hoffe ich, denn ob bei diesem Date ein Kuss gefallen ist oder nicht, interessiert mich selbst brennend.

»Mädels!« Das Kreischen schallt durch den Garten und weckt selbst Lisa auf, die seit einer guten Stunde wie ein Stein auf ihrer Liege schläft, den Sonnenhut tief ins Gesicht gezogen.

Alexandra, eine große, dunkelhaarige Frau, deren ganzer Körper Fitness ausstrahlt, kommt aus der Villa gerannt. In der Hand hält sie einen Briefumschlag. Natürlich in Rosa, was sonst?

»Wir haben Post von Florian!« Alexandra führt einige Luftsprünge aus, die irgendwo zwischen albern und ziemlich beeindruckend liegen.

Sofort bricht Chaos aus. Egal, womit die Frauen vorher beschäftigt gewesen sind, ob sie sich gesonnt, im Pool gebadet oder Sport getrieben haben, alle rennen mit einem Mal wie aufgescheuchte Hühner zu Alexandra und umringen sie aufgeregt schnatternd.

»Nun mach ihn schon auf!«

»Worauf wartest du?«

»Lass mich mal sehen!«

Auch ich rappele mich von meinem Liegestuhl hoch, auf dem ich ein wenig abseits der anderen gelegen und in meinen Uniunterlagen geblättert habe, und spähe Alexandra über die Schulter.

Alexandra sonnt sich einen Moment in der Aufmerksamkeit der anderen, ehe sie nervenaufreibend langsam das Kuvert öffnet. Die Frauen halten kollektiv den Atem an, und da ich mir sehr bewusst darüber bin, dass wir von versteckten Kameras umgeben sind, mache ich vorsichtshalber mit. Nicht, dass es am Ende mein desinteressierter Gesichtsausdruck ist, der alles auffliegen lässt.

Alexandra blickt in die Runde, ehe sie sich theatralisch räuspert und zu lesen beginnt: »Meine Lieben. Heute ist Sonntag, und ihr wisst, was das bedeutet. Heute Abend steht wieder eine Entscheidung an. Es ist immer traurig, sich von einigen von euch wunderbaren Menschen verabschieden zu müssen, aber zuvor möchte ich es mit euch richtig krachen lassen. Wir feiern eine Party und machen uns dafür so richtig schick. Schaut mal auf euren Betten nach. Da findet ihr eine Überraschung. Bis später. Euer Florian.«

Schreie hallen durcheinander, und ehe ich mich's versehe, stürmen alle in die Villa. Ich folge meinen Mitstreiterinnen und wundere mich für einen Moment, dass das ganze Gekreische nicht längst die Security-Männer auf den Plan gerufen hat. Ob Freude oder Massaker – so ganz unterscheiden lässt sich das nicht.

Als ich mein Zimmer betrete, dreht Vico sich bereits mit leuchtenden Augen und einem goldschimmernden Pailletten-Kleid, das sie eng an die Brust gepresst hat, im Kreis. Es erinnert ein wenig an Belles Kleid aus »Die Schöne und das Biest«. Ein Blick auf mein Bett zeigt mir, dass ich mit meiner Assoziation gar nicht so falsch liege, denn dort sind ein blaues Ballkleid, ein blaues Diadem und eine Halskette liebevoll drapiert worden. Kein Zweifel: das Outfit von Cinderella.

Das Kind in mir macht einen Luftsprung, der Teil von mir, der sich für längst erwachsen hält, verdreht die Augen.

»Es wird eine Disney-Party!«, höre ich jemanden aus dem Nebenzimmer kreischen. »Wie geil ist das denn?«

Behutsam nehme ich mein Kleid vom Bett. Darunter kommt mein Rucksack zum Vorschein. Bobby hat Wort gehalten. Ich atme erleichtert auf. Sobald es dunkel ist, werde ich endlich mein Handy aufladen und Maxime schreiben können.

In der Zwischenzeit ist Vico bereits in Belles Kleid geschlüpft und tänzelt darin im Zimmer umher. Ihre kühle Fassade ist den vor Freude funkelnden Augen eines kleinen Mädchens gewichen, was ihr deutlich besser steht. Als sie bemerkt, dass ich sie beobachte, hält sie mitten in der Bewegung inne. »Was glotzt du denn so doof?«

Gut, das war's auch schon mit meinem Anflug von Sympathie. Ich gehe ins Badezimmer und probiere das Cinderella-Kleid an, was sich aufgrund des ganzen Tülls als gar nicht so leicht herausstellt. Schließlich gelingt es mir, den Kopf durch die richtige Öffnung zu schieben. Ich setze das Diadem auf und halte meine Haare testweise nach oben. Ein Lächeln umspielt meine Lippen. Gar nicht so übel. Ich kann es nicht leugnen, manchmal ist Kitsch auch was Schönes.

Einige Stunden später sitze ich in meinem Kleid am Schminktisch, während Miriam, die Maskenbildnerin, mir ein zartes Make-up aufträgt. Meine Augen bemalt sie gekonnt mit einem Lidstrich, und meine Wangen ziert ein Hauch von Rosa.

»Meine Lieblingsprinzessin ist Mulan – obwohl sie streng genommen überhaupt keine Prinzessin ist«, plappert Miriam, ohne Luft zu holen, drauflos und lässt dabei ihren Pinsel über meine Stirn tanzen. »Warte nur ab, bis du die anderen siehst. Du wirst begeistert sein. Ach, heute Abend würde ich echt gerne mit euch feiern. Meinst du, es fällt auf, wenn ich heimlich den Platz mit jemandem tausche?« Sie lacht, aber mir schießt sofort die Röte ins Gesicht. Kommentarlos pudert Miriam darüber.

Den ganzen Tag über herrschte in der Villa Heimlichtuerei. Keine wollte verraten, welches Kleid sie auf dem Bett erwartet hatte. Bisher kenne ich bloß Vicos Balloutfit und bin gespannt, auf welche Prinzessinnen ich heute Abend noch treffen werde.

Miriam legt mir die Kette um den Hals, ein einfaches schwarzes Band, genau wie im Film, und setzt mir anschließend das Diadem auf. Mein Haar hat sie kunstvoll auf dem Kopf festgesteckt und mit so viel Haarspray fixiert, dass ich sicher bin, für den Rest meines Lebens mit dieser Frisur herumlaufen zu müssen.

Zufrieden betrachtet Miriam ihr Werk über meine Schulter hinweg im Spiegel. »Fertig.« Ich höre ihrer Stimme an, wie stolz sie ist.

»Es sieht toll aus. Vielen Dank!« Ein begeistertes Strahlen breitet sich über mein Gesicht aus. Ein echtes, kein aufgesetztes. In diesem Moment könnte selbst ich mich nicht von Maxime unterscheiden.

Ich schlüpfe in die durchsichtigen Schuhe, die für mich bereitgestellt worden sind. Leider sind sie ganz schön unbequem, und so stolpere ich mehr die Treppe hinunter, als dass ich gehe.

Die Tafel wurde bereits gedeckt. Edles weißes Porzellan und goldenes Besteck zieren den Tisch. In der Mitte stehen mehrere Karaffen mit Wasser und Wein. Wenn ich es nicht besser wüsste, würde ich denken, durch ein Loch in der Zeit mitten hinein in ein höfisches Fest gefallen zu sein. Im Hintergrund klingt leise klassische Musik, und als ich einen Blick zur Terrassentür werfe, bemerke ich, dass diese nicht etwa vom Band, sondern von einem Streichquartett kommt, das in schwarzen Anzügen seine Musik zum Besten gibt.

Ich gehe zurück in den Flur und warte neben der Treppe auf die anderen.

Nach und nach schreiten sie die Stufen hinab. Alle tragen wunderschöne Ballkleider. Lisas ist grün und das Dekolleté wie eine Blume ausgeschnitten. Mit ihrem schwarzen Haar und ihrer braunen Haut ist dieses Kleid wie für sie gemacht. Sie könnte ohne Weiteres als Tiana aus *Küss den Frosch* bei der Parade in Disneyland mitlaufen. Genauso wie Nadja, die das perfekte Dornröschen verkörpert. Im Gegensatz zu mir scheint sie kein Problem mit den hohen Absätzen zu haben. Sie schwebt förmlich die Treppe hinunter.

Ben und Moritz, die inzwischen in der Villa angekommen sind und sich direkt neben mir am Fuß der Treppe aufgebaut haben, fangen diesen Moment mit Kamera und Tonangel ein, und vielleicht lässt sich Nadja daher mehr Zeit als nötig, um die Stufen hinunterzuschreiten. Dass sie nicht noch huldvoll winkt, wundert mich.

Nach Nadja kommen Arielle, Merida, Schneewittchen, Elsa und einige weitere nach unten. Miriam und ihre Kolleginnen haben dafür gesorgt, dass wir alle, auch was das Make-up und die Frisuren betrifft, möglichst nah an die Originale herankommen. Maxime würde im Dreieck springen, wenn sie hier wäre, und ich bin froh, dass es mir trotz meiner sonstigen latenten Kitsch-Allergie heute Abend nicht schwerfällt, mein Lächeln aufrechtzuerhalten. Mein inneres Kind hüpft und tanzt freudestrahlend durch meinen Körper und singt Disneysongs in Endlosschleife.

Bevor wir Platz nehmen, kommt eine fremde Frau hereingerauscht. Sie trägt ein enges rotes Kostüm, ihr Haar steht in blonden Stacheln vom Kopf ab, um ihren Hals baumelt eine Brille an einem bunten Band. Sie ist um die fünfzig, aber es ist offensichtlich, dass sie alles daransetzt, um jünger zu wirken, wie ihre Haut, die selbst für eine Zwanzigjährige viel zu straff wäre, zeigt.

»Hallo, zusammen.« Die Stimme der Frau klingt kratzig und schroff. Sofort verändert sich die Atmosphäre im Raum. Alexandra und Sonja, die eben noch gelacht und gescherzt haben, verstummen. Moritz macht sich ganz steif, als wolle er vor der Frau salutieren. Auch die anderen Kandidatinnen streichen ihre Kleider glatt und strecken den Rücken durch. Einzig Ben steht weiterhin lässig ans Treppengeländer gelehnt da. Er lässt die Kamera sinken, bis sie wie eine Verlängerung seines Armes hinunterhängt. Offenbar hat er erst mal genug Material von Treppenstufen hinabschwebenden Prinzessinnen gesammelt. Er trägt sein langes Haar heute offen. Seine Augen scannen auch ohne Kamera den Raum und jede Einzelne von uns ab, und er erweckt dabei den Eindruck, als sammele er nicht bloß auf der Speicherkarte Bilder.

»Ist alles vorbereitet?«, fragt die Frau mit der Stachelfrisur. Ihre Stimme zeugt vom Zigarettenkonsum vieler Jahre. Dennoch sind ihre Zähne erstaunlich, fast unnatürlich weiß. »Wieso ist die Kamera nicht an?« Ihr Blick nimmt einen bedrohlichen Ausdruck an, Ben bleibt unbeeindruckt.

»Ich hab jede Menge tolle Nahaufnahmen im Kasten, Pia, reg dich ab.«

Nadja kichert, als gelte diese Aussage einzig und allein ihrem Auftritt.

Pia lässt ein verächtliches Schnauben hören. Ihre Hände verkrampfen sich und haben plötzlich Ähnlichkeit mit den Klauen eines Greifvogels. »Okay, kurz zum Ablauf des heutigen Abends. Wir werden im Laufe des Abends immer wieder live senden. Die Zuschauer sehen aktuell den Zusammenschnitt der letzten Woche, gespickt mit einigen Bildern von heute Abend. Also gebt euer Bestes, klar? Florian wird jeden Moment hier eintreffen, und ihr werdet erst mal alle zusammen essen, bevor ihr nach draußen geht. Ihr kennt das Spiel. Habt Spaß, nutzt noch einmal die Chance, Florian von euch zu überzeugen. Und Ben? Schalte gefälligst das Ding ein!«

Betont langsam schiebt Ben einen neuen Akku in die Kamera, schultert sie und setzt seine Kopfhörer auf die Ohren. Pia schürzt die Lippen und wendet sich dann an Moritz. »Und du, steh nicht so nutzlos rum. Mach ein paar Setfotos für Instagram.« Wie von der Tarantel gestochen – und ja, eine gewisse Ähnlichkeit besteht tatsächlich zwischen der Spinne und dieser Frau – löst sich Moritz aus seiner Starre und zieht einen Fotoapparat aus seiner Umhängetasche. Hektisch drückt er ein paar Knöpfe und schießt Testfotos.

»Wollen wir Florian auch die Treppe runterlaufen lassen, Pia?«, fragt Ben und schwenkt mit seiner Kamera so weit aus, dass Moritz, der direkt neben ihm steht, den Kopf einziehen muss.

»Gute Idee. Mädchen! Ab in den Wohnbereich mit euch. Lümmelt euch auf die Sofas.«

Brav gehorchen alle, wobei Lümmeln in meiner Vorstellung etwas mit Kuschelsocken und Schneidersitz zu tun hat und nicht mit übereinandergeschlagenen Beinen und durchgestrecktem Rücken.

Perfekt drapiert sitzen die anderen da wie die Hühner auf der Stange. Ich lasse mich zwischen Nadja und Lisa nieder und schlage vorsichtshalber auch mal die Beine übereinander. Meine Füße schmerzen schon jetzt, und ich frage mich, wie ich einen ganzen Abend auf diesen Mörderabsätzen durchstehen soll. Ich bin keine High Heels gewohnt. Ob es auffällt, wenn ich die Schuhe ausziehe?

Ben schreitet vor der Sofalandschaft auf und ab und filmt uns von allen Seiten. Jedes Mal, wenn er an mir vorbeigeht, senke ich den Blick, so, als könnte ich mich dadurch unsichtbar machen.

»Ein bisschen natürlicher, Mädchen«, ruft Pia. »Was seid ihr denn plötzlich so stumm? Ihr schnattert doch sonst den lieben langen Tag.«

Etwas verkrampft nehmen wir unsere Gespräche wieder auf. Es klingt so gestelzt wie meine ersten Sprechversuche als Maxime.

»Besser.« Pia nickt zufrieden. Selbst wenn sie lächelt, wirkt ihr Gesicht wie versteinert.

»Guck nicht *mich* an, Maxime!«, ruft Pia, und eine Zornesfalte stiehlt sich über ihre Nase. »Hab ich euch nicht tausendmal erklärt, dass alles und jeder, der hinter der Kamera steht, absolut tabu ist?«

»Oh, klar. Entschuldigung«, stammele ich und klinge dabei so gar nicht nach Maxime.

»Ich bin so aufgeregt«, kreischt Vico übertrieben laut und zieht damit alle Blicke und Bens Kamera auf sich. Im Hintergrund blitzt der Fotoapparat von Moritz auf. »Immerhin hab ich

Florian nun seit über 24 Stunden nicht mehr gesehen, das halte ich kaum aus.«

Aus dem Augenwinkel nehme ich wahr, wie Pia den Daumen nach oben reckt. Offensichtlich hat Vico genau ihren Nerv getroffen. Ich muss mich zusammenreißen, um mir nicht mit der flachen Hand gegen die Stirn zu klatschen. Stattdessen lächele ich und nicke, als sei ich ganz Vicos Meinung.

Die anderen unterhalten sich weiter, aber gegen Vicos Monolog kommt niemand an, und ich frage mich, ob das Material, das wir hier gerade drehen, überhaupt brauchbar sein wird, wenn alle durcheinanderreden.

Im Hintergrund untermalt das Streichquartett das Ganze auf groteske Weise mit einem dramatischen Stück.

»Nun könnte er aber wirklich bald mal kommen«, flüstert Lisa in mein Ohr. »Ich hab mega Kohldampf.« Da ist sie nicht die Einzige.

Ein Klingeln ertönt, und alle springen gleichzeitig auf und laufen kreischend durcheinander.

Auch Ben schreit und reißt sich die Kopfhörer von den Ohren. »Au! Verdammt, geht das nicht leiser?«

Niemand hört ihm zu, alle eilen Richtung Flügeltür, die den Wohnbereich von dem Flur und der Haustür trennt.

»Stopp!« Pias Stimme lässt alle Kandidatinnen mitten in der Bewegung einfrieren. Selbst die Musiker halten inne, und plötzlich ist es mucksmäuschenstill. »*Ihr* wartet hier.« Pia sieht aus, als würde sie uns beim kleinsten Blinzeln erschießen. »Ben, Moritz. Mitkommen.« Die beiden folgen ihr nach draußen und schließen die Tür hinter sich.

»An ihr ist wirklich ein Diktator verloren gegangen«, flüstert Lisa, und obwohl Pia weg ist, traue ich mich nicht zu lachen, zu sehr fürchte ich, sie könnte jeden Moment zurückkommen und mich mit ihrem Eisesblick einfrieren.

Eine gefühlte Ewigkeit später taucht Moritz wieder im Esszimmer auf. »Ihr dürft jetzt in den Flur kommen«, sagt er. Sein »Stellt euch bitte am Fuß der Treppe auf« geht im allgemeinen Gekreische und Getrampel unter.

Wie ein Tornado stürmen alle in den Flur. Ben steht bereits auf der untersten Treppenstufe direkt neben Pia, die uns mit einem einzigen Wimpernschlag zum Schweigen bringt. Sie macht ein Handzeichen, und wir platzieren uns hinter Ben.

»Ruhe bitte, wir gehen jetzt live, Kamera läuft.« Ben richtet die Kamera auf die obersten Stufen der Treppe.

»Ton läuft«, fügt Moritz, der sich mit der Tonangel direkt neben Ben gestellt hat, hinzu.

Ben nickt. »Und bitte.«

Plötzlich steht er auf dem Treppenabsatz. Gekleidet in ein schwarzgraues Hemd, eine enge graue Hose, dunkle Stiefel und einen langen roten Umhang: Prinz Philipp aus »Dornröschen«. Alias Florian. Die Disney-Kennerinnen unter uns werfen kollektiv die Köpfe zu Nadja herum, die als Prinzessin Aurora sein Gegenstück bildet. Sie selbst scheint diese Tatsache bisher nicht realisiert zu haben, zu sehr ist sie damit beschäftigt, Florian anzuhimmeln.

Ben folgt mit der Kamera jeder von Florians Bewegungen. Der lächelt uns von oben zu und schreitet langsam die Stufen zu uns hinunter. Seine blauen Augen wirken freundlich, und in seinen Wangen bilden sich kleine Grübchen. In den Aufzeichnungen der ersten zwei Folgen ist mir das gar nicht aufgefallen – womöglich habe ich aber auch einfach nicht darauf geachtet.

Pia schleicht sich hinter Ben vorbei an uns heran, legt einen Finger an die Lippen und zieht Nadja am Arm nach vorne. Dort positioniert sie sie auf der untersten Stufe und dreht ihr Gesicht mit beiden Händen Richtung Florian, als sei sie nichts weiter als eine Wachsfigur, die man nach Belieben modellieren kann. Nachdem sie fertig ist, tippt Pia Ben auf die Schulter und deutet auf Nadja. Er nickt und schwenkt die Kamera zu ihr hinüber.

Die perfekte Inszenierung. Das schöne Dornröschen, das auf seinen Prinzen wartet. Moritz knipst mit einer Hand ein paar Bilder von der Szene, die später sicher massenhaft im Netz geteilt werden.

Mit einem Mal fühle ich mich ziemlich hilflos, da mir klar wird, dass ich neben dem Fernsehen auf sämtlichen Social-Media-Kanälen auftauchen werde und keinerlei Einfluss darauf habe, welche Bilder dort kursieren und wer darauf zugreifen wird. Das einzig Positive ist, dass niemand sie mit mir in Verbindung bringen wird, sondern alle annehmen werden, ich sei Maxime – hoffentlich.

Florian hat endlich den Fuß der Treppe erreicht und küsst Aurora-Nadja auf die Wange, die sich sofort genauso rosa färbt wie ihr Kleid. Sie hakt sich bei Florian unter, und zusammen schreiten sie wie ein Prinzenpaar in den Essbereich. Ein wenig ratlos folgen wir anderen ihnen.

Bevor wir an der Tafel Platz nehmen, gibt es die obligatorische Begrüßungsrunde zwischen Florian und uns. Küsschen links, rechts, Beteuerungen, wie gut wir in unseren Kleidern aussehen und wie lecker das Essen riecht, das irgendjemand – fleißige Mäuse oder so – für uns angerichtet hat.

Als ich an der Reihe bin, klopft mein Herz wie verrückt. Nicht, weil Florian mich nervös macht, obwohl er zweifelsfrei besser aussieht als im Fernsehen, sondern weil ich fürchte, dass er meine Tarnung sofort durchschaut. Immerhin ist bisher niemand Maxime nähergekommen als er.

Seine Wangen fühlen sich weich auf meiner Haut an. Er ist glatt rasiert und verströmt einen leichten Geruch nach Aftershave. Etwas zu viel für meinen Geschmack, aber Maxime fährt da voll drauf ab. Seine Hand hält meine auch dann noch fest, als wir uns längst wieder voneinander gelöst haben.

»Ich freue mich sehr, dich wiederzusehen«, flüstert er so leise, dass niemand der Umstehenden es hören kann, auch wenn ich wetten würde, dass Ben es über seine Kopfhörer glasklar empfängt.

»Geht mir genauso«, behaupte ich und schicke ein, wie ich hoffe, maximäßiges Lächeln hinterher. »Das war sehr schön gestern.« Das ist durchaus gewagt, aber ich hoffe, dass es ihm eine Reaktion entlockt, die mir mehr über den gestrigen Tag verrät. Ich habe Maxime zwar inzwischen geschrieben und gefragt, ob ich irgendwas wissen muss, hatte aber bisher keine Gelegenheit nachzusehen, ob sie geantwortet hat. Das werde ich wohl erst heute Nacht im Schutz der Dunkelheit tun können. So lange muss ich mich so verhalten, als wisse ich genau Bescheid über das Date und unsere Gespräche, und hoffen, dass Florian nicht auf etwas Bezug nehmen wird, von dem ich keine Ahnung habe.

»Das fand ich auch. Du siehst toll aus, Maxime«, sagt Florian, und es klingt überhaupt nicht aufgesetzt, sondern ehrlich begeistert. Obwohl er diesen Satz heute Abend bereits unzählige Male von sich gegeben hat, fühle ich mich geschmeichelt.

»Du auch«, stammele ich, und das ist nicht mal gelogen. Er sieht wirklich gut aus. Auch wenn er mit seinen weichen Gesichtszügen und dem blonden Haar nicht unbedingt mein Typ ist. Außerdem kann er so schön aussehen, wie er will, von einem Typ, der fünfzehn Frauen gleichzeitig datet, halte ich nicht viel. Aber das muss ich auch nicht. Immerhin geht es nicht um mich.

In meinem Nacken spüre ich die Anwesenheit von Ben und Moritz, dessen Tonangel nun über meinem Kopf baumelt wie das berüchtigte Damoklesschwert. Am liebsten würde ich Florian meine Hand entziehen und mich so schnell wie möglich zu den anderen an die Tafel setzen. Doch das würde Maxime nicht helfen. Es ist Entscheidungstag. Wenn ich heute Abend eine Runde weiterkommen will, muss ich mich ins Zeug legen.

»Wo sitzt du?«, frage ich daher, und Florian deutet ans Kopfende der Tafel. Links davon hat sich bereits Nadja niedergelassen, die gerade eine Serviette auf ihrem Schoß ausbreitet.

»Ist der Platz neben dir noch frei?«, frage ich. Florian lässt meine Hand los, und für einen Moment fürchte ich, dass das zu plump war. Würde Maxime so mit ihm reden? Würde sie nicht eher warten, bis er sie fragt, ob sie neben ihm sitzen möchte? Auf Florians Gesicht breitet sich ein Grinsen aus, das erneut diese Grübchen in seine Wangen zaubert.

»Ist er.«

»Würde es dir was ausmachen, wenn ich mich dorthin setze?«, schiebe ich nach und streiche eine lose Haarsträhne zurück unter mein Diadem.

»Im Gegenteil. Ich würde mich freuen.«

»Na dann, bis gleich, Prinz Philipp.« Ich zwinkere ihm zu, raffe mein Kleid hoch und mache einen tiefen Knicks. Florian lacht und deutet eine Verbeugung an.

Als ich zu meinem Platz gehe, bemerke ich, wie Pia zufrieden lächelt. Die Szene zwischen Florian und mir ist die letzte, die wir live senden, danach schaltet Ben die Kamera fürs Erste aus. Noch bevor ich erleichtert aufatmen kann, sehe ich, wie Vico, die bis eben am hinteren Ende der Tafel gesessen hat, sich an mir vorbeischiebt und sich auf dem Stuhl niederlässt, den ich gerade angesteuert habe.

»Hey, da wollte ich mich hinsetzen«, zische ich, doch sie ist bereits dabei, sich Wein einzuschenken.

»Pech gehabt, jetzt sitze ich hier.«

Im Hintergrund stimmen die Streicher ein Rondo an. Als hätten sie darauf gewartet, dass sich die Situation verschärft.

Ich gehe im Kopf meine Möglichkeiten durch. Wenn ich eine Diskussion à la »Florian hat mir aber diesen Platz versprochen« anfange, klinge ich schnell wie ein trotziges Kind. Aber Vico den Platz kampflos überlassen? Auch keine Option.

»Gut, wie du meinst, Vico.«

»Mein Name ist Violetta-Constanze.« Sie funkelt mich unter ihrem dichten Wimpernkranz wütend an.

Ich ignoriere ihren Einwand und setze mich ohne ein weiteres Wort zwischen sie und Nadja – auf Florians Platz.

»Da darfst du nicht sitzen«, ruft Vico entsetzt.

»Wieso nicht? Siehst du irgendwo Tischkärtchen?«

»Da sitzt Florian. Ich habe mitbekommen, wie er es dir gezeigt hat.«

»Tja, jetzt nicht mehr.« Ich greife nach dem goldenen Kelch vor mir und gieße mir Wein ein.

»Ich dachte, du trinkst nur Rotwein.« Nadja mustert skeptisch mein Glas.

Ich *hasse* Rotwein. Maxime hingegen liebt ihn.

»Oh, ich war in Gedanken.« Mit wenigen Zügen stürze ich das halb volle Glas Weißwein hinunter. »Eigentlich wollte ich Wasser nehmen.«

Florian begrüßt gerade die letzte Kandidatin mit Küsschen, die daraufhin auf einen der zwei verbliebenen freien Plätze zuschwebt. Dann wendet sich Florian uns allen zu. Ben heftet sich an seine Fersen und folgt ihm zum Tisch. Florians Blick bleibt an mir kleben, und er zieht fragend die Brauen hoch. Ich nicke kaum merklich Richtung Vico. Er scheint zu begreifen und schüttelt grinsend den Kopf. »Dann später«, formen seine Lippen, und seine Augen lassen meine erst los, als er den Tisch umrundet und sich auf der anderen Seite niedergelassen hat. Mir genau gegenüber und dennoch so weit weg, dass ich brüllen müsste, um mich mit ihm zu unterhalten.

Jemand tritt hinter mich, und eine mir bekannte Stimme streift mein Ohr. »Möchtest du Suppe?«

»Bobby!«

Er beugt sich über mich und gießt mit einer großen goldenen Kelle weiße Tomatencremesuppe auf meinen Teller.

»Danke.«

»Wie läuft es bisher?«, fragt er leise und klappert dabei so laut mit dem Geschirr, dass uns niemand belauschen kann.

»Ganz okay. Und du bist heute als Koch eingeteilt?«

»Als Kellner.« Er lächelt mich an und richtet sich dann mit lauter Stimme an Vico, der er gerade ebenfalls Suppe auf den Teller geschöpft hat. »Noch mehr?«

»Auf keinen Fall. Willst du, dass ich platze?«

Auf ihrem Teller befindet sich nur ein lächerlich kleiner Klecks Suppe. Sie bröselt Brot hinein und schielt immer wieder verstohlen zu Florian hinüber.

»Hat jemand irgendwas bemerkt?«, flüstert Bobby mir zu, während er die Kelle lautstark von einem Ende der Suppenschüssel zum anderen wandern lässt.

»Ich glaub nicht. Aber ich muss ständig aufpassen, was ich sage. Ich hab das Gefühl, ich laufe über ein Minenfeld.«

»Kann ich mir gut vorstellen. Wenn du Hilfe brauchst, lass es mich wissen.«

»Alles klar, danke.«

Er zwinkert mir verschwörerisch zu und wendet sich dann an Nadja, die gerade dabei ist, sich Suppenreste aus den Mundwinkeln zu tupfen. Ihr Lippenstift sitzt dennoch bombenfest.

»Möchtest du noch was?«, fragt Bobby.

So vernichtend, wie Nadja ihn ansieht, könnte man meinen, er habe sie gefragt, ob er ein Nacktfoto von ihr haben könnte.

Nach dem Essen, bei dem ich, wie befürchtet, kein Wort mit Florian gewechselt habe, verlagern wir den Abend nach draußen. Die Musiker spielen weiterhin – ihr Repertoire ist anscheinend unerschöpflich. Die Nachtluft ist mild, und die leichte Brise vom Meer trägt den Geruch von Fisch und Salz zu uns herüber. Auch im Garten wurde ein Tisch aufgebaut, auf dessen schneeweißer Tischdecke neben einem Strauß Pfingstrosen zahlreiche Sektgläser und Eiskübel mit Flaschen stehen. Ich schnappe mir eine davon samt zwei Gläsern und steuere Florian an, der gerade von Vico, Nadja und Lisa belagert wird. Vico hat sich wie selbstverständlich bei ihm untergehakt. Ob da gestern doch etwas zwischen den beiden lief, so vertraut, wie sie miteinander sind?

»Darf ich Euch entführen, Prinz Philipp?«, frage ich, ohne auf Vicos entrüstetes Schnauben zu achten. Dass sie mir am liebsten ihre goldene Haarnadel in die Augen rammen würde, ist in ihrem Gesicht unmissverständlich abzulesen. Pia würde es vermutlich freuen und die Klatschpresse ebenfalls.

»Natürlich. Entschuldigt mich bitte, aber es gab da eben ein Missverständnis mit der Tischordnung, und ich habe den ganzen Abend noch nicht mit Maxime sprechen können.« Florian folgt mir in den unteren Teil des Gartens.

Aber sobald wir eine gewisse Stelle überschreiten, schrillt Pias Ruf durch die Nacht. »Nicht so weit! Die Kameras fangen euch sonst nicht ein.«

»Nie hat man mal Privatsphäre.« Florian lacht.

»Als Prinz ist das leider Teil der Berufsbeschreibung«, sage ich. Florian nimmt wie selbstverständlich meine Hand, und diesmal habe ich nicht den Impuls, sie ihm sofort wieder zu entziehen. Wir gehen wieder ein Stück die Wiese hinauf, und Florian deutet auf die Palme hinter uns. Bei genauer Betrachtung erkenne ich die Kamera, die daran angebracht ist.

»Das sollte reichen.« Florian bleibt stehen. Ich drücke ihm eins der Gläser in die Hand und schenke uns beiden Sekt ein.

»Wie gefällt dir der Abend bisher?«, frage ich, da ich keine Ahnung habe, wo ich sonst anknüpfen soll. Mir war nicht klar, wie schwer es ist, ein Gespräch mit jemandem zu führen, über den man kaum etwas weiß, der aber annimmt, man wisse bereits sehr viel.

Ich rufe mir meine Notizen in Erinnerung, die ich beim Angucken der ersten beiden Folgen angefertigt und durch einige Recherchen im Internet ergänzt habe.

Name: Florian
Alter: 26
Beruf: Architekturstudent
Hobbys: Surfen und Hockey
Sonstiges: Möchte mal eine Familie gründen, liebt das Abenteuer, aber nur in der Freizeit, nicht bei Frauen – da möchte er eine verlässliche, treue Seele finden
Ex-Freundinnen: drei
Längste Beziehung: vier Jahre

Viel ist es nicht, was ich über diesen Mann zusammengetragen habe.

»Ich war anfangs ganz schön skeptisch, als es hieß, wir feiern eine Disney-Party«, sagt Florian. »Ich konnte damit nicht viel anfangen.«

»Oh, das gibt aber mindestens fünf Sympathiepunkte Abzug.« Sofort schlage ich mir die Hand vor den Mund. Würde Maxime das so sagen?

Florian grinst. »Ja, ich weiß: unpopular opinion. Aber wenn schon Disney, hätten wir dann nicht als Star-Wars-Figuren gehen können?«

»Da hätten sich einige der Frauen sicher gefreut«, sage ich sarkastisch.

Florian lacht. »Ach, unter den Darth-Vader-Masken hätte man das nicht mal bemerkt.« Er ist viel sympathischer, als ich dachte. Allmählich kann ich verstehen, dass Maxime ihn auf Anhieb mochte.

»Mag sein. Aber Star Wars ist sowieso nicht so richtig Disney. Das zählt nicht.« Ich grinse ihn an, doch er sieht plötzlich ganz ernst aus.

»Mir ging unser Gespräch von gestern nicht mehr aus dem Kopf.« Mein Atem wird flach. Welches Gespräch? Verdammt, ich hätte mich nicht in diese Lage bringen sollen, bevor ich

Antwort von Maxime habe. Warum nur habe ich ihn um dieses Gespräch gebeten?

»Das ist … gut?«, antworte ich vage.

»Na ja, um ehrlich zu sein, hat es mich ganz schön verunsichert.«

Was zum Teufel hat Maxime ihm gesagt?

»Ich will dich zu nichts drängen.«

Wovon spricht er?

»Aber ich will natürlich auch nicht in der Luft hängen, verstehst du, was ich meine?«

Nein!

»Ja.«

»Also, wenn du immer noch der Meinung bist, dass es besser wäre, aus der Sendung auszusteigen, dann werde ich dich nicht davon abhalten.«

Aussteigen? Ich verstehe die Welt nicht mehr.

»Hab ich das … *so* gesagt?« Ich nehme einen großen Schluck aus meinem Glas. Mein Mund ist mit einem Mal ganz trocken.

»Ich hab verstanden, dass du es eigentlich nicht willst und dich nur der Gedanke, mich mit so vielen Frauen teilen zu müssen, zermürbt, aber so ist nun mal das Konzept dieser Sendung, und auch wenn ich das Gefühl habe, dass …« Er wirft einen Blick Richtung Palme. »Auch wenn ich dich mag, kann ich mich zum jetzigen Zeitpunkt nicht festlegen, immerhin kenne ich euch alle noch viel zu wenig. Das wäre auch den anderen gegenüber unfair.«

»Klar, das verstehe ich.« Ich lege ihm die Hand auf den Arm, da ich sicher bin, dass es genau das ist, was Maxime in dieser Situation tun würde. Im Gegensatz zu mir kommuniziert sie nicht nur mit dem Mund. Sie hat ein wahnsinniges Talent, den Menschen ein gutes Gefühl zu geben, sie selbst in schwierigen Gesprächen, einzig durch das Auflegen ihrer Hand, zu beruhigen.

»Darf ich stören?« Sonjas Stimme reißt mich aus meinen Gedanken. Mit ihren schwarzen Haaren und der blassen Haut ist sie die perfekte Besetzung für das Schneewittchen, dessen Kleid sie trägt.

»Natürlich«, sagt Florian, und Sonjas Wangen färben sich rot. *Natürlich.* Das ist es wohl, was Maxime meinte. Sie war schon so verschossen in ihn, dass sie es kaum ertragen konnte, ihn teilen zu müssen. Und wie schnell er von einer Frau zur nächsten wankt, zeigt allein dieses kleine Wort.

Natürlich. Dasselbe, was er gesagt hat, als ich in sein Gespräch mit Vico und Nadja geplatzt bin. Und auch wenn er recht hat und das nun mal Teil der Show ist, kann ich gut verstehen, dass es Maxime gekränkt hat. Es erinnert mich an Nik und seinen kleinen Harem. Nik hätte sicher nichts dagegen, Florians Rolle zu übernehmen.

Aber hat Maxime tatsächlich in Erwägung gezogen, auszusteigen? Oder wollte sie bloß von Florian hören, dass sie sich keine Sorgen zu machen brauche und er auf keinen Fall wolle, dass sie die Show verlässt? Falls das ihr Hintergedanke war, ging es wohl gründlich schief.

»Ich lasse euch dann mal alleine.« Ich drücke Sonja mein leeres Glas in die Hand. »Es ist noch Sekt da.« Ich deute auf die Flasche, die ich auf der Wiese abgestellt habe, und wende mich zum Gehen.

Ein Stück weiter oben im Garten steht Lisa am Pool. Gedankenverloren starrt sie aufs Wasser. Als ich neben sie trete, dreht sie sich zu mir um. »Und, wie war's?«

»Ganz okay. Aber ich hab keine Ahnung, woran ich bei ihm bin.«

»Ich glaube, du musst dir keine Sorgen machen.«

»Das denkt wahrscheinlich jede von uns.«

Lisa seufzt. »Kann sein. Irgendwie schafft er es, jeder ein gutes Gefühl zu geben, so als sei sie die einzige Frau weit und breit.«

»Eben. Aber am Ende wird nur eine von uns übrig sein.«

Ben schiebt sich mit seiner Kamera zwischen uns. »Maxime, was denkst du, wirst du heute Abend eine Runde weiterkommen?«

Ich unterdrücke den Impuls, ihn anzufahren, dass er unser Gespräch nicht so ruppig unterbrechen soll, und schaue direkt in die Kamera. »Ich hoffe es sehr«, sage ich mit sanfter Stimme, untermalt von einem Lächeln und einer ausladenden Armbewegung.

»Und du, Lisa?«, fragt Ben.

»Ich hab keine Ahnung. Heute Abend habe ich kein Wort mit Florian gewechselt. Aber zum Glück gibt es ja gleich die Show.«

»Welche …« Gerade rechtzeitig beiße ich mir auf die Zunge.

»Genau. Da kannst du das Ruder rumreißen.« Ben schaltet die Kamera aus. »So, das war's fürs Erste. Die alte Lady muss schließlich noch genügend Saft haben, wenn wir pünktlich zu eurer Performance wieder live gehen.«

Performance?

Kaum dass er weg ist, wage ich einen Vorstoß. »Und? Was hast du vorbereitet für die Performance?« Ich hoffe, dass es vage genug formuliert ist und Lisa nicht sofort misstrauisch werden lässt.

»Das hab ich dir doch gestern erzählt. Ich werde tanzen.«

Tanzen? Muss ich etwa auch tanzen?!

»Und was machen die anderen so?«, frage ich betont locker.

»Soweit ich weiß, wollte Nadja was singen. Sonja macht einen Zaubertrick. Sie hat ihn mir heute Morgen gezeigt – unter uns, er ist nicht besonders gut, ständig konnte man die Karte in ihrem Ärmel aufblitzen sehen. Aber ich wollte sie nicht noch mehr verunsichern, sie ist sowieso total nervös deswegen. Und du? Willst du mir nicht endlich verraten, was du vorhast? Wieso machst du so ein großes Geheimnis daraus?«

Wenn sie ahnen würde, wie gerne ich selbst wüsste, was ich

vorführen soll. Hätte Maxime die *Show* nicht wenigstens mit einer Silbe erwähnen können?

»Also?«, fragt Lisa und sieht mich aus ihren großen braunen Augen eindringlich an

»Nun … das erzähl ich dir später.«

Wenn mir bis dahin etwas einfällt …

Kapitel 9

»Das war fantastisch, Lisa!« Florian klatscht begeistert in die Hände, und auch wir anderen pfeifen und applaudieren frenetisch. Wenn Lisa die Tatsache, dass sie heute kein Wort mit Florian gesprochen hat, mit diesem Tanz nicht wettgemacht hat, dann ist Florian entweder blind oder dämlich. Ich habe noch nie einen Menschen gesehen, der so sehr eins mit den Rhythmen war. Lisa hat ihr Tiana-Kleid abgelegt und in einem grünen Unterkleid getanzt, das sich wie eine zweite Haut an ihren Körper schmiegt. Barfuß und voller Leidenschaft. Eine virtuose Bewegungsfolge von Hüftschwung, Sprüngen und Drehungen, die mich, wie offenbar auch die anderen, nahezu hypnotisiert und es unmöglich gemacht hat, an etwas anderes zu denken als den Körper, der mit der Musik verschmolz.

Nun hat mein Kopf wieder Platz für andere Gedanken, allen voran den, was zum Teufel ich tun soll, sobald ich an der Reihe bin. Nur noch drei Frauen sind vor mir dran. Sonja ist die Nächste. Lisa hatte recht, ihr Zaubertrick geht gehörig schief. Sie zittert so sehr, dass die Karte, die Florian zuvor unterschreiben sollte, aus ihrem Ärmel rutscht. Peinlich berührt stammelt sie eine Entschuldigung und probiert es erneut. Beim zweiten Mal weiß natürlich jeder längst, wo sie die Karte versteckt hat, und man muss wirklich keine Adleraugen haben, um sie zu entdecken.

»Bravo, Sonja!«, ruft Florian dennoch, während sich Sonja stocksteif verneigt. Es klingt kein bisschen ironisch. Genau wie Lisa sagte: Er schafft es, jeder von uns ein gutes Gefühl zu geben, was im Umkehrschluss aber bedeutet, dass man sich nie sicher sein kann, wie wichtig man ihm wirklich ist.

Nun tritt Vico auf die Terrasse, die als Bühne fungiert. Sie räuspert sich und zieht einen Zettel hinter ihrem Rücken hervor.

»Ich schreibe seit Kindertagen Gedichte«, sagt sie. »Das Schreiben ist meine große Leidenschaft. Was nicht heißt, dass es an erster Stelle steht. Da steht natürlich mein Partner, das ist klar. Auch wenn ich nicht bereit wäre, mein Hobby für ihn aufzugeben, aber der Richtige würde das sicher niemals von mir verlangen.«

»Komm zum Punkt«, zischt Nadja neben mir und rollt mit den Augen. »Dass die immer so viel labern muss. Denkt sie, das ist ein Bewerbungsgespräch?«

»Irgendwie ist es das schon ein bisschen«, flüstere ich und schalte auf Durchzug, während Vico weiterhin vom Hundertsten ins Tausendste kommt und ihren Werdegang als Hobbydichterin in allen Einzelheiten offenlegt.

Vielleicht sollte ich mir auch schnell ein Gedicht einfallen lassen.

Die Wiese ist grün, deine Augen sind blau,
ganz bestimmt bin ich die richtige Frau.

Ganz toll … Das wird ihn sicher umhauen.

Nein, dichten kommt nicht infrage, damit würde ich mich sofort ins Aus katapultieren. Aber was sonst? Singen kann ich nicht, und so gerne ich auch tanze, nach Lisas Performance würde sich selbst eine Primaballerina blamieren. Ich könnte ein paar Gesetzestexte rezitieren – das wäre sicher sehr romantisch …

Mein Hirn ist ein einziger Knoten, und ich schaffe es nicht, ihn zu entwirren. Erst recht nicht, als Vico sich theatralisch auf die Brust klopft und den Zettel in ihrer Hand glatt streicht.

»Das hier ist für dich, Florian:
Seit ich dich sah zum ersten Mal
wusst' ich, der ist die erste Wahl,
dein wollt ich sein, seit dem Moment
mein Herz für dich wie Feuer brennt.
Du bringst alles mit, das ich erträumt,
mein Körper sich dir entgegenbäumt.«

Nadja zieht scharf die Luft ein und verdeckt ihre Augen mit den Händen.

»Du bist mein Prinz auf dem weißen Pferd,
für mich bist du diesen Kampf hier wert.
Und wenn wir der Sonne entgegenreiten,
dann bleibe ich dein für alle Zeiten.«

Vico macht einen tiefen Knicks und hebt ihr goldenes Kleid dabei an den Seiten an.

»Das war wirklich Disney-Kitsch de luxe«, sagt Nadja und spricht damit genau meine Gedanken aus. Doch Florian scheint es gefallen zu haben. Er pfeift begeistert in Vicos Richtung.

»Das war ein ganz besonderes Gedicht, Violetta-Constanze. Noch nie hat jemand ein Gedicht für mich geschrieben. Danke dafür!« Vico läuft zartrosa an und stolziert zurück auf die Wiese, wo sie in der ersten Reihe auf einem der Gartenstühle Platz nimmt. Dabei haftet ihr Blick unaufhörlich an Florian, und sie wirft ihm eine Kusshand zu.

Nadja wartet, bis der Applaus abgeflaut ist, ehe sie sich erhebt und auf die Terrasse tritt. »Dann bin ich wohl jetzt an der Reihe.« Sie nickt dem Streichquartett zu, das noch immer seitlich auf der Terrasse sitzt, und sie stimmen Schuberts *Ave Maria* an.

Ich kenne das Stück aus dem Schulchor, in den Maxime mich in der fünften Klasse geschleppt hat, weil sie sich in Dominik aus der Parallelklasse, einen begnadeten Sänger, verknallt hatte, sich aber nicht traute, ihn anzusprechen. Das sollte ich für sie übernehmen, was zur Folge hatte, dass er am Ende keiner von uns beiden mehr in die Augen gucken konnte. Offenbar war ihm meine gestammelte Lobeshymne auf meine Schwester noch peinlicher als mir. Maxime warf mir vor, ich hätte es nicht richtig angestellt, und trat aus dem Chor aus, ohne mich darüber zu informieren, dass die Frist für die Abmeldung am nächsten Tag verstrich. Und so war ich am Ende gezwungen, für den Rest des Schuljahres jeden Mittwoch bis 18 Uhr in der stickigen Aula zu verbringen und meine Stimme in Höhen zu treiben, in die sie definitiv nicht gehörte.

Ganz im Gegensatz zu Nadjas. Glockenklar hallt ihre Stimme durch die Nacht. Beim Singen ist ihre Stimme eine ganz andere als beim Sprechen. Gefühlte sieben Oktaven höher. Und wunderschön. Wenn man nicht wüsste, wie derb sie sein kann, könnte man Nadja glatt für einen Engel halten. Ich könnte ihr ewig zuhören, und Florian geht es offenbar genauso. Er hat den Kopf in die Hände gestützt und sieht Nadja schwärmerisch an.

Leider schweigen auch Engel irgendwann, und nachdem Nadja die »Bühne« verlassen hat, fahren alle Köpfe zu mir herum. Regungslos sitze ich auf meinem Platz inmitten der anderen Teilnehmerinnen, schräg hinter Florian, der in der ersten Reihe sitzt und mich nun erwartungsvoll anschaut. In seinen Augen liegt Ermutigung. Anscheinend glaubt er, ich sei bloß schüchtern. Noch immer habe ich nicht die geringste Ahnung, was ich tun soll. Was hätte Maxime getan? Sie hätte wahrscheinlich einen lustigen Sketch aufgeführt. Als Kind hat sie mich mit ihrer Interpretation unserer Uroma Gundula regelmäßig zum Lachen gebracht. Über die Jahre, auch lange nach Gundulas Tod, war es eine Art Ritual zwischen uns geworden, dass sich Maxime jedes Mal, wenn eine von uns oder Mama schlechte Laune hatte, in Gundula verwandelte, bis wir Tränen lachten und alle Sorgen plötzlich halb so groß waren. Ich selbst habe mich nie an Uroma Gundula versucht – das war Maximes Ding. Soll ich es heute wagen?

Eine Welle der Scham durchströmt mich, obwohl ich mich nicht einmal von meinem Stuhl wegbewegt habe. Nein, das würde nur in einem Desaster enden, und sicher würde Florian mich danach sofort aussortieren. Ich muss mir was anderes einfallen lassen. Und zwar schnell!

»Maxime? Du bist dran«, zischt Lisa mir zu. Hitze strömt durch meinen Körper, ich spüre, wie meine Ohren zu glühen beginnen.

Etwas schiebt sich in mein Sichtfeld. Bens Kamera. Er kommt mir damit so nah, dass mir die Linse beinahe ins Auge sticht.

»Hey, pass gefälligst auf«, fahre ich ihn an. Meine Anspannung entlädt sich.

Ben zuckt mit den Achseln. »Ich mach hier nur meinen Job.«

»Dann tu mir einen Gefallen und mach ihn woanders als in meinem Gesicht, klar?« Blicke bohren sich in meine Haut. Skeptische Blicke, voller Unverständnis. Ich zucke zusammen. Das ist mir so rausgerutscht. Und wir sind gerade live. Wenn ich glaubhaft bleiben will, muss ich meine Emotionen dringend in den Griff bekommen und lernen, mich zu beherrschen. Man hat Maxime in den letzten Wochen als nette, aufgeschlossene Frau kennengelernt, da kann ich nicht plötzlich wie eine Furie verbal über Ben herfallen. Ein Blick in Florians Gesicht zeigt mir sein Entsetzen über meinen Ausbruch. Aber da ist noch etwas anderes. Neugier. So als warte er darauf, was als Nächstes passiert. Mir kommt plötzlich ein Gedanke.

»Sag mal, musst du mir ständig mit dem Ding auf die Pelle rücken? Hat das keine Zoomfunktion, oder was?«

Ben starrt mich an der Kamera vorbei fassungslos an. »Wie bitte?«

»Du hast mich schon verstanden. Oder funktionieren die albernen Dinger da etwa auch nicht?« Ich deute auf Bens Kopfhörer. Hinter ihm steht Moritz wie erstarrt mit der Tonangel in der Hand da.

»Könntet ihr nicht bitte tauschen?« Ich lasse meinen Finger zwischen Ben und Moritz hin- und hertanzen. »Sicher schafft Moritz es, dass ich nicht jedes Mal, wenn ich den Kopf drehe, aufpassen muss, um nicht in die Kamera zu rennen.«

»Was ist in dich gefahren, Maxime?« Ben steht mit dieser Frage sicher nicht alleine da. Ich kann die Verwirrung der Zuschauer wie Nadelstiche auf meiner Haut spüren.

»Nichts. Aber ich fände es schön, wenn deine Kamera nicht in meine Nasenlöcher eindringen würde.«

»In deine Nasenlöcher? Wie bitte?«

»Genau, in meine Nasenlöcher. Wie ein verdammtes Nasenspray.«

Ben schüttelt den Kopf, als halte er mich für völlig durchgeknallt. »Schätze, du hast was ganz anderes durch die Nase gezogen.«

»Na, das war zu erwarten, dass du mich als nicht zurechnungsfähig hinstellst, bloß weil du deinen Job nicht ohne Personenschaden durchführen kannst. Es reicht mir! Und das ist mein letztes Wort.« Dramatisch lasse ich die Pause einen Moment stehen. Spüre, wie sich die Blicke der anderen in meinen Körper brennen. Die Hitze, die mich durchströmt, ist kaum zu ertragen.

Es herrscht vollkommene Stille. Peinliche Stille.

»Das war's von mir.« Ich verbeuge mich.

Alle starren mich an. Auch Ben.

»Improvisationstheater«, sage ich, als sei das ganz offensichtlich. »Vielen Dank fürs Assistieren, Ben.« Ich klopfe ihm lachend auf die Schulter, gebe mir Mühe, meine Schultern zu lockern, auch wenn die Anspannung der letzten Minuten noch immer schwer auf ihnen lastet. Erneut verbeuge ich mich. Zähle die Sekunden, die verstreichen, ohne dass etwas passiert.

Endlich kann ich das erste zögerliche Klatschen vernehmen. Dann ein weiteres. Bis schließlich alle in den Applaus einstimmen.

»Das war ... ich dachte, das sei echt«, sagt Florian.

»Ach was. Ich spiele seit Jahren Improtheater«, behaupte ich. »Unsere Gruppe heißt *Musenkuss nach Ladenschluss*.« In Wahrheit ist das Sophies Improgruppe, die ich bei zahlreichen Auftritten auf der Bühne bestaunt habe.

»Deshalb hast du nichts erzählt«, sagt Lisa. »Damit es authentischer wirkt.«

»Genau.« Manchmal fügen sich die Dinge von selbst.

»Das war ein beeindruckender Auftritt«, sagt Florian. »Ich hätte gar nicht gedacht, dass du auch anders kannst, als immer der Sonnenschein zu sein. Spannend, was da noch so in dir steckt.«

Spannend. Ist das jetzt ein Kompliment?

»Coole Aktion.« Nadja klopft mir anerkennend auf die Schulter. Einzig Vico sieht mich gewohnt übellaunig an und schaut schnell in eine andere Richtung, als unsere Blicke sich kreuzen.

Ben hat sich inzwischen ein Stück von mir zurückgezogen. Die Kamera hat er abgeschaltet, die nächsten Minuten wird die Sprecherin im Studio den heutigen Abend zusammenfassen und die Highlights der Woche kommentieren. Ben mustert mich intensiv, als wolle er ergründen, was hinter meiner Stirn vor sich geht.

»Improtheater, so, so«, sagt er, und in meinen Ohren rauscht es. Es ist offensichtlich, dass er mir nicht glaubt.

Pia kommt auf uns zu. Sie hat die Show von der rechten Seite der Terrasse aus verfolgt. Sie legt ihre Hand auf Florians Schulter. Die Geste könnte etwas Zärtliches haben, in Pias Fall sieht es eher so aus, als wolle sie ihn kontrollieren. Als sei er eine Marionette und sie die Puppenspielerin.

»Gut, Florian, zieh dich in die Villa zurück und triff deine Entscheidung. Ben, Moritz, ihr geht mit rein – macht ein Interview, das wir auf Instagram posten können. Wir bauen hier inzwischen um.«

Die drei Männer verschwinden im Inneren der Villa, und sofort kommt Bobby herangeeilt und fordert uns auf, aufzustehen, damit er die Gartenstühle beiseiteräumen kann. Wir sollen am Pool warten, bis Florian zurückkommt und seine Entscheidung verkündet.

Die Anspannung der anderen Frauen ist beinahe körperlich spürbar. Ich hingegen bin einigermaßen entspannt. Zumindest verglichen mit den letzten Stunden. Auf der einen Seite will ich Maxime auf keinen Fall enttäuschen, auf der anderen wäre ich froh, die Sendung heute verlassen zu können. Bevor ich in weitere solcher Situationen gerate. Bevor ich mich und damit auch meine Schwester verrate.

»Was denkst du, wer heute gehen muss?« Lisa tritt nervös von einem Fuß auf den anderen.

»Ich kann es nicht einschätzen.«

»Ich hoffe, es ist Vico, sie geht mir ganz schön auf den Geist.«

Wie aufs Stichwort hallt Vicos schrilles Lachen durch die Nacht. Als ich mich umblicke, sehe ich, wie sie mit ihrem Weinglas neben den Musikern tanzt. Ganz alleine und mit geschlossenen Augen, als sei die Welt um sie herum nicht existent. Die Szene bewegt sich irgendwo zwischen grotesk und unbeschwert. Ich habe keine Ahnung, ob ich Mitleid mit Vico haben soll, weil sie sich so peinlich aufführt, oder sie für ihre Scheiß-egal-was-alle-von-mir-denken-Einstellung bewundern soll.

Nach einer gefühlten Ewigkeit taucht Pia auf der Terrasse auf und klatscht in die Hände wie eine Lehrerin, die ihre Klasse unter Kontrolle bringen will. Alle Köpfe fliegen zu ihr herum. Die Musiker unterbrechen ihr Spiel. Nur Vico tanzt weiter weltentrückt vor sich hin. Noch einmal klatscht Pia in die Hände und wirft einen strengen Blick zu Vico hinüber, den die aber durch ihre geschlossenen Lider nicht registriert.

»Violetta-Constanze«, ruft Pia, und Vico reißt so erschrocken die Augen auf, als habe man ihr einen Eimer eiskaltes Wasser übergeschüttet.

»Florian hat sich entschieden.« Pia lässt ihre Worte bedeutungsschwanger in der Luft schweben und dehnt die Pause danach so lange aus, dass man eine Haarnadel fallen hören könnte.

Endlich räuspert sie sich und fährt nervenraubend langsam fort. »Ihr reiht euch jetzt entlang des Pools auf und wartet auf Florian.« Sie dreht sich Richtung Villa und brüllt durch die offene Terrassentür: »Ben! Moritz!«

Die beiden kommen nach draußen, wobei Moritz rennt und Ben eher schlendert. Auf Bens Anweisung schiebt Moritz uns immer wieder von A nach B und von B nach A, bis wir in seinen Augen die perfekte Reihe bilden. Ein Blick nach links und rechts zeigt mir, dass wir so angeordnet wurden, dass nie zwei Frauen mit Kleidern in derselben oder einer ähnlichen Farbe nebeneinanderstehen und dadurch jedes einzelne Kleid wunderbar zur Geltung kommt. Ein bunter Strauß aus Stoff und Rüschen.

Ben schwenkt zunächst mit der Kamera über unsere Gesichter, geht dann ein paar Schritte rückwärts und nimmt uns aus einiger Entfernung in der Totalen auf.

Ich verberge meine Füße unter dem Kleid, so gut ich kann. Ich habe diese Folterwerkzeuge von Schuhen sofort nach meiner Performance ausgezogen und unter eine der Gartenliegen gestellt. Nach Pias Auftauchen blieb mir leider keine Zeit mehr, sie zu holen.

»Ich schwitze wie ein Schwein«, flüstert Lisa mir ohne Vorwarnung und so gar nicht prinzessinnenhaft zu, dass ich lachen muss.

Ben winkt Pia, die daraufhin mit einer ausladenden Bewegung Richtung Terrassentür fuchtelt.

Florian tritt aus der Villa. Das Mondlicht fällt auf sein Gesicht und lässt seine Züge weich und freundlich erscheinen, obwohl er ernst in die Runde blickt. Er kommt auf uns zu, und ich spüre zwei Hände, die nach meinen greifen. Lisas und Sonjas.

»Es ist mir wie immer nicht leichtgefallen, meine Entscheidung zu treffen«, sagt Florian, als er direkt vor uns steht. »Von Woche zu Woche lerne ich euch besser kennen und schätze jede Einzelne von euch wirklich sehr. Aber es geht mir hier, wie auch euch, um die große Liebe, und am Ende kann das nur eine von euch sein. Deshalb: Schließt nun bitte eure Augen.«

Ich kneife meine Lider fest zusammen und warte. Nur wenige Sekunden später höre ich rechts von mir den ersten Freudenschrei. Ich blinzele kurz und sehe, wie Alexandra Florian um den Hals fällt. Schnell schließe ich die Augen wieder.

Bilder schießen in meinen Kopf. Sophie, die mit offenem Mund vor dem Fernseher sitzt und Popcorn in sich hineinschaufelt. Selbst sie wird nach dieser Sendung mehr über Maximes letzte Woche hier wissen als ich. Vielleicht sollte ich mir die Zusammenfassung im Internet ansehen. Doch das würde zu lange dauern. Ich will mein Handy nicht mehr als nötig aus seinem Versteck holen.

Ein erneuter Aufschrei ertönt. Ganz in meiner Nähe. Ich kann Florians Anwesenheit fast körperlich spüren. Teilnehmerin um Teilnehmerin bewegt er sich weiter auf mich zu. Lisas Griff um meine Hand verkrampft sich. Ich unterdrücke einen Schmerzenslaut und versuche, ihr mit meiner Hand Kraft zu geben. Florian muss nun direkt vor ihr stehen. Ich öffne mein rechtes Auge einen winzigen Spalt weit und schiele zu Lisa hinüber, die das Kinn gereckt und die Lippen fest zusammengekniffen hat. Florian beugt sich nach vorne, sein Mund berührt Lisas Stirn. Sie atmet erleichtert auf, öffnet die Augen und küsst ihn dankbar auf die Wange. Florian schenkt ihr ein strahlendes Lächeln, und ich kann förmlich sehen, wie Lisas Herz in ihrer Brust flattert.

Jetzt wendet sich Florian mir zu, und gerade rechtzeitig schließe ich mein Auge erneut. Die Wärme seines Körpers lässt mich Sonjas Hand genauso fest drücken, wie Lisa zuvor meine gedrückt hat. Florians Atem streift mein Gesicht. Er riecht nach

Sekt, aber auf eine angenehme Weise, die Tanz, Sommer und leichtes Leben verspricht.

Ich kann spüren, wie sein Mund meinem Gesicht immer näher kommt, und halte die Luft an, bis meine Lungen zu bersten drohen. Mein Herz schlägt wie wild in meiner Brust. Obwohl ich das Gefühl habe, ganz allein mit Florian zu sein, ist mir bewusst, dass Tausende Augen uns beobachten. Allen voran Sophie und Maxime. Was sie wohl dazu sagen wird, wenn Florian mich nicht küsst?

Und wenn er mich küsst?

Wird Maxime sich freuen, dass ich eine Runde weiter bin, oder wird ihr plötzlich klar werden, dass es auch wehtun kann, wenn man zwar gemeint, aber nicht selbst beteiligt ist?

Und was ist mit Nik? Ob auch er zusieht? Ob er mit Redhead auf seiner durchgelegenen Matratze liegt, in derselben Bettwäsche, in der er mit mir gelegen hat, und mich beobachtet? Ob er froh ist, dass ich ihm nicht mehr hinterherlaufe – obwohl ich das natürlich nie offensiv getan habe. Oder ob er, wenigstens ein winzig kleines bisschen, ins Grübeln gerät, wenn er mitbekommt, dass ich mich für einen anderen Mann interessiere? Auf jeden Fall wird es an seinem Ego kratzen, da bin ich sicher.

Sonja neben mir keucht auf und rüttelt an meiner Hand. Erst jetzt bemerke ich, wie fest ich sie gedrückt habe, und lasse sie schnell los. Florians Hände streifen meine Wangen und jagen ein Kribbeln über meine Haut, das sich sofort über meinen gesamten Körper ausbreitet. Zärtlich streicht er mit den Fingerkuppen an meinen Schläfen entlang, über mein Haar, bis er mein Gesicht in beiden Händen hält. Langsam zieht er meinen Kopf zu sich heran.

Seine Lippen berühren meine Stirn. Der Kuss dauert eine kleine, angenehme Ewigkeit.

Ich schüttele mich. Es soll sich nicht angenehm anfühlen.

»Was ist los?«, flüstert Florian, der sich auf mein Schütteln hin zurückgezogen hat. »Alles in Ordnung?« Es klingt ehrlich besorgt.

»Klar. Ich kann es nur einfach nicht glauben.«

»Und?«, fragt er. »Möchtest du bleiben?«

Ich kann beinahe hören, wie Maxime den Fernsehbildschirm anbrüllt: »Sag Ja, Tildi! Sag Ja!«

Soll sie ruhig zappeln.

»Wir hatten ja bereits darüber gesprochen, dass ich meine Bedenken habe.« Ich spiele mit meinem Kleid herum wie ein verlegenes Kind, ohne Florian anzusehen. »Es gibt noch so viele andere Frauen hier. Ich bin nicht sicher, ob ich das auf Dauer aushalte.«

Florian hebt mein Kinn an und sieht mir fest in die Augen. »Das verstehe ich gut. Es ist deine Entscheidung. Auch wenn … auch wenn ich sehr traurig wäre, wenn du gehen würdest.«

Meint er das im Ernst? Oder würde er das zu jeder hier sagen? Maxime wird wahrscheinlich gerade ihren Fernseher schütteln. Soll sie ruhig. Strafe muss sein.

»Ich war echt ganz schön verunsichert in den letzten Tagen.« Ich will Florians Blick auszuweichen, doch es gelingt mir nicht. Zu eindringlich bohren sich seine blauen Augen in meine. Ich hole tief Luft und bin sicher, dass Sophie, Maxime und möglicherweise sogar Nik Tausende Kilometer entfernt dasselbe tun. »Aber jetzt habe ich mich entschieden.«

Florian zieht die Brauen hoch.

»Ich bleibe.« Neben mir seufzt Lisa erleichtert auf, was ich richtig nett finde. Immerhin hätte es eine Konkurrentin weniger bedeutet, wenn ich freiwillig ausgestiegen wäre. Aber offenbar hat sie mich tatsächlich ins Herz geschlossen. Nein. Sie hat Maxime ins Herz geschlossen. Ich habe nichts dazu beigetragen. Außer vielleicht dieses zarte Band, das die beiden in den letzten drei Wochen geknüpft haben, nicht innerhalb eines Tages zu zerreißen.

»Das freut mich sehr.« Florian drückt mir einen weiteren, diesmal viel intensiveren Kuss auf die Stirn. Es fühlt sich ein bisschen zu gut an. Ich schiebe das auf meine angespannten Nerven und den Sekt, der durch meine Adern fließt und alles irgendwie bunter, lustiger und schöner macht. Morgen werde ich wieder klarsehen. Morgen werde ich mir meine Uniunterlagen schnappen und mich an den Pool legen, bis die Paragrafen jeden anderen Gedanken überlagern. Am besten so wenig wie möglich reden, um nicht aufzufallen. *Aber wie willst du dann Florian für Maxime erobern?*, fragt eine Stimme in meinem Kopf. *Ziehst du dich zurück, ziehen andere an dir vorbei.* Da ist was dran. Andererseits kann ich ohnehin nicht beeinflussen, wen Florian für die Dates der nächsten Woche auswählen wird. Sollte ich dabei sein, werde ich mein Bestes geben. Falls nicht, halte ich mich so gut wie möglich im Hintergrund.

Neben mir wählt Florian neun weitere Frauen aus. Sonja ist leider nicht darunter. Sie gibt sich Mühe, stark zu sein und ihre Tränen zu unterdrücken, aber ihre Lippen beben verdächtig. Nachdem Florian sie lediglich umarmt und nicht geküsst hat, klammert sie sich an meiner Hand fest. Ich ziehe sie zu mir heran und nehme sie in die Arme. Ihre Schultern heben und senken sich hektisch, und sie zieht die Nase hoch. Ich würde ihr so gerne Trost spenden, doch ich weiß, dass Zeit das Einzige ist, das ihr helfen wird. Womöglich ist es besser, jetzt auszuscheiden, als zu einem Zeitpunkt, an dem sie gefühlsmäßig noch tiefer drinhängt.

Neben Lisa und mir schaffen es auch Nadja, Alexandra und leider auch Vico eine Runde weiter. Ebenso wie Claire, Lola, Sandra, Angi und Joya, mit denen ich bisher kaum ein Wort gesprochen habe. Ihre Namen habe ich aber zu Hause gepaukt sowie die Details, die Internet und Show bisher über sie bekannt gegeben haben: Alter, Wohnort, Beruf, Anzahl der bisherigen Beziehungen und Lebensmotto.

Nachdem Florian Claire den letzten Kuss des Abends gegeben hat, verabschiedet er sich von den Ausgeschiedenen. Sonja strafft die Schultern, wischt sich über die Wangen und geht ein wenig steif auf Florian zu. Sie umarmen sich ein letztes Mal, danach dreht Sonja sich zu uns um und winkt uns zu. Lisa schluchzt leise vor sich hin, aber als ich in Vicos Gesicht blicke, entdecke ich darin Genugtuung. Für sie gibt es hier im Haus keine Freundinnen – nur Konkurrentinnen, denen sie keine Träne nachweint.

Als Florian sich von allen verabschiedet hat, sieht er direkt in die Kamera: »Das war ein wunderschöner und zugleich trauriger Abend. Ich brauche jetzt erst mal eine Pause. Daher gebe ich zurück ins Studio. Wir sehen uns nächsten Sonntag wieder. Seien Sie gespannt, wie es hier in Portugal weitergeht, wir sind es auf jeden Fall.« Er hält sein Lächeln für etwa drei Sekunden aufrecht, dann schaltet Ben die Kamera ab.

»Das hätten wir.« Gemeinsam mit Moritz packt er seine Sachen zusammen.

Florian sieht müde aus. Es scheint, als nehme ihn die Enttäuschung der Ausgeschiedenen ernsthaft mit. Das Herz gebrochen zu bekommen, ist nicht leicht. Es jemand anderem zu brechen aber auch nicht.

Ich fühle mich völlig erschöpft. Höchste Zeit, dass ich ins Bett komme.

Sobald Vico eingeschlafen ist, werde ich endlich mein Handy hervorholen können. Ich hoffe bloß, dass Maxime sich gemeldet hat …

Kapitel 10

Hi Tildi, schön, dass du einen guten Einstieg hattest. Die meisten Mädels sind echt supernett, oder?
Tut mir total leid, dass du Stress am Gartentor hattest – ich hab Pias Ansprache am ersten Tag ehrlich gesagt nur mit halbem Ohr zugehört, sorry. Ich war so aufgeregt! Aber zum Glück ist es ja gut gegangen.
Zu deiner Frage: Nein, es gab keinen Kuss bei unserem Date (leider ☹), soweit ich weiß auch nicht zwischen Violetta-Constanze und Florian, obwohl sie sich einmal kurz zurückgezogen haben und ich nicht mitbekommen habe, was da passiert ist. Lass es dir gut gehen und pass mir gut auf Florian auf.
Deine Maxime

Tildi! Was ich total vergessen hab, dir zu sagen: Heute Abend findet eine kleine Talentshow statt. Du musst dir unbedingt was einfallen lassen, was du zeigen kannst!

Tildi?!?

Oh Gott, es ist gleich 20 Uhr, ich hoffe, du hast meine Nachricht noch rechtzeitig gelesen ...

Tildi! Was machst du mit mir? Ich dachte, ich dreh durch! Ja, ich hatte Zweifel, aber ich wollte nicht ernsthaft aussteigen! Bitte verunsichere Florian nicht so, sonst schmeißt er dich – bzw. mich – am Ende deswegen raus. Er braucht ganz viel Zuspruch. Lass ihn bitte nicht so zappeln, das ist riskant!

Hey Tilda. Ich bin echt platt. Du hast es WIRKLICH durchgezogen. Und ganz schön überzeugend. Ich glaub, keiner hat gecheckt, dass irgendwas anders ist. Selbst ich hab's dir fast abgekauft.
Nik und Antonia haben übrigens mit mir die Show geguckt. Nik war ganz schön wortkarg, als du mit Florian geflirtet hast, und von Antonia soll ich dir ausrichten, dass sie deine Aktion total mutig findet und es sich immer lohnt, für die Liebe zu kämpfen (stell dir hier bitte einen sehnsüchtigen Blick zu Nik vor, der diesen aber ignoriert hat, weil er nur auf den Fernseher gestarrt hat 😃). Ich freu mich auf nächste Woche. Meld dich mal, wenn du kannst. Drück dich. Sophie

Ich erwache mit dem Handy in der Hand. Zum Glück unterhalb der Bettdecke. Schnell schalte ich es ab und lasse es unter der Matratze verschwinden.

Maxime hat sich offensichtlich gestern ganz schön erschreckt. Ein bisschen verdient hat sie es ja, schließlich hat sie mir das alles eingebrockt. Dennoch meldet sich mein schlechtes Gewissen, und ich beschließe, mich in Zukunft nicht mehr zu solchen Spielchen hinreißen zu lassen, sondern mich voll und ganz darauf zu konzentrieren, dass Florian sich in »Maxime« verliebt und ich ihn meiner Schwester nach der Show in die Arme führen kann.

Was Sophie über Nik geschrieben hat, freut mich gegen meinen Willen sehr.

Obwohl es erst halb acht ist, ist Vico bereits aufgestanden. Ihr Bett ist so perfekt gemacht, als habe sie das Laken mit einem Bügeleisen bearbeitet. Im Bad riecht es säuerlich, und ich öffne das Fenster, um den Geruch zu vertreiben. Als ich den Klodeckel hochklappe, verraten mir die Spritzer, die die Spülung übersehen hat, den Grund für den üblen Gestank. Offenbar hat Vico sich schon wieder übergeben. Kein Wunder, so betrunken, wie sie gestern Abend war.

Ich putze mir die Zähne, dusche und schlüpfe in eine braune Shorts, die über dem Bauchnabel sitzt, und ein weißes Top. Schlicht, aber nicht langweilig, würde Sophie sagen. Meine Haare trage ich heute offen. Nach der halben Flasche Haarspray, die sie gestern in Form gehalten haben, tut ihnen das sicher gut.

Beim Frühstück sind alle recht still. Alexandra gähnt andauernd, und Nadja braucht eine geschlagene Viertelstunde, um ein Toastbrot zu essen. Das Esszimmer glänzt wie neu. Irgendein Heinzelmännchen – vermutlich Bobby – muss es über Nacht von den Überresten des Abends befreit haben. Auch die Terrasse erweckt den Eindruck, als sei sie frisch geschrubbt worden.

Zusammen mit Lisa und Nadja gehe ich nach dem Frühstück an den Pool. Wir strecken unsere müden Glieder auf den Liegen aus und setzen unsere Sonnenbrillen auf. Ich habe meine Uniunterlagen mitgenommen, bin aber viel zu träge, um mich damit zu befassen. Die Sonne brennt bereits jetzt so stark, dass das Einzige, was man machen kann, schlafen, essen und wieder schlafen ist. Etwas, das ich mir in Deutschland viel zu selten gönne und gegen das mein schlechtes Gewissen auch jetzt vehement ankämpft.

Doch die Müdigkeit und die Hitze gewinnen.

Irgendwann gegen Mittag wache ich mit einem Sonnenbrand im Gesicht auf und wechsele in den Schatten. Gerade will ich einen ersten Blick auf meine Mitschriften der Vorlesungen des letzten Semesters werfen, da kommt Alexandra aus der Villa gerannt. In der Hand trägt sie einen kleinen eckigen Gegenstand. »Guckt mal, was ich gefunden habe.« Sie hält das Handy hoch.

Vor Schreck lasse ich meinen Ordner fallen. Noch immer fuchtelt Alexandra mit dem Handy herum. Die anderen laufen ihr entgegen. Auch ich springe von meiner Liege auf und nähere mich ihr wie in Trance. Hat sie mein Zimmer durchsucht? Wieso? Habe ich Verdacht erregt?

Aber ich habe das Handy heute Morgen ausgeschaltet und könnte behaupten, dass es mir nicht gehört.

Und wer würde dir das glauben, nachdem es unter deiner Matratze lag?

»Gib es mir«, sage ich, als ich vor Alexandra stehe, und meine Stimme überschlägt sich, sosehr ich auch versuche, die Panik zu unterdrücken.

»Nein.« Alexandra schüttelt vehement den Kopf und macht instinktiv einen Schritt von mir weg.

»Bitte!«

»Vergiss es.« Sie hebt den Arm nach oben.

Mir bleibt keine Wahl. Ich strecke die Hand aus und entreiße ihr das Handy.

»Hey!« Alexandra sieht mich empört an.

Die anderen Frauen umringen uns. Alle starren das Handy in meiner Hand an. Auch ich. Dabei stelle ich fest, dass es ein ganz anderes Modell ist als meins. Erleichterung durchströmt mich. Gepaart mit der Scham, mich gerade völlig bescheuert aufgeführt zu haben. Aber, wenn das nicht mein Handy ist, wem gehört es dann? Hat noch jemand eins in die Villa geschmuggelt?

»Da ist eine Nachricht von Florian drauf.« Alexandra nimmt mir das Handy wieder weg. »Und keine Sorge Maxime, du bekommst sie auch zu sehen, wenn du dich mal entspannst.« Kopfschüttelnd sieht sie mich an. Mit ihr habe ich es mir gerade ganz schön verscherzt.

»Nun spiel sie schon ab«, ruft Nadja, deren Stimme heute

noch tiefer klingt als sonst. Alexandra drückt ein paar Knöpfe, und Florians Gesicht erscheint auf dem Display.

»Hallo, ihr Lieben. Ich hoffe, ihr habt euch gut von gestern Nacht erholt. Ich dachte mir, wir sollten die Sonne nutzen und aufs Meer rausfahren.«

Kreischen ertönt. Langsam habe ich mich an die Frequenz gewöhnt, auch wenn ich immer noch nicht begreife, was erwachsene Frauen dazu bringt, so zu schreien wie während eines Loopings in einer Achterbahn, wenn ein Mann sie zu einem Date einlädt.

»Wie sieht es aus?«, fragt Florian im Video. »Lisa? Hast du Lust?«

Lisa kreischt nicht. Stattdessen hüpft sie begeistert auf und ab und grinst von einem Ohr zum anderen. Vico hingegen sieht aus, als hätte man ihr soeben mitgeteilt, dass sie nie wieder Make-up benutzen dürfe. Mit zusammengepressten Lippen taxiert sie Lisa.

»Pack deine Badesachen ein und warte vor der Villa auf mich. Ich hole dich in einer halben Stunde ab«, sagt Florian.

Lisa erstarrt. »In einer halben Stunde? Wann hast du das Handy gefunden, Alex?«

»Gerade eben. Es lag auf dem Esszimmertisch, ich hab keine Ahnung, wie lange schon.«

Nun kreischt Lisa doch ein wenig und sprintet so schnell nach drinnen, als hätte jemand auf Fast Forward gedrückt. Keine Minute später klingelt es, und nun betätigt eine unsichtbare Hand sämtliche Fast-Forward-Knöpfe der Kandidatinnen. Alle rennen zur Haustür. Auch ich. Allerdings kriegt mein müder Körper das mit dem Schnellvorlauf nicht so ganz hin. Alexandra reißt die Tür auf, und Florian, in Jeans und weißem Hemd, lächelt uns entgegen. Küsschen fliegen durch die Luft, Komplimente und Beteuerungen, wie schön es sei, ihn zu sehen. Hinter Florian tauchen Ben, Pia und Moritz auf und schieben sich an ihm vorbei in die Villa, damit Ben ihn von allen Seiten aufnehmen kann. Pia gibt hektisch und mit großen Gesten wortlose Regieanweisungen.

Dreh dich nach da. Zoom mal ran. Geh Richtung Treppe.

Man muss keine Gebärdensprache beherrschen, um sie zu verstehen. Sophie würde sie lieben für das große Drama, das sie veranstaltet, ohne den Mund aufzumachen.

Kaum dass Ben sich Richtung Treppe begeben hat, kommt Lisa heruntergeeilt. Über ihren weißen Bikini hat sie einen weißen Overall mit tiefem Ausschnitt gezogen, der einen wunderschönen Kontrast zu ihrer Haut bildet. Ihr Haar wird von einem bunten Band zurückgehalten und flattert wie eine Löwenmähne hinter ihr her, während sie zwei Stufen auf einmal nehmend zu uns nach unten läuft.

»Hi, Florian.« Sie küsst ihn auf die Wange, und er errötet leicht unter ihren Lippen. Er kann seine Augen kaum von Lisa abwenden, was ich gut verstehen kann. Sie ist nicht nur unheimlich sympathisch, sie ist, das muss man neidlos anerkennen, eine wunderschöne Frau.

»Na dann, auf, auf«, sagt Pia und macht ein Zeichen Richtung Haustür. Florian geht mit Lisa voran, Pia, Ben und Moritz folgen ihnen.

»Viel Spaß euch beiden«, ruft Claire ihnen hinterher. »Habt einen tollen Tag!«

»Genieß es, Lisa!«, flötet Joya und winkt, obwohl Lisa es nicht sehen kann.

Nachdem Lisa, Florian und das Filmteam weg sind, ziehen wir uns ins Wohnzimmer zurück.

»Was sie wohl machen?«, fragt Nadja.

»Sicher eine Bootstour.« Claire gießt sich ein Glas aus der Karaffe ein, in die jemand Wasser, Zitronenscheiben und frische Minze gefüllt hat. Sie setzt sich auf eins der Sofas und nimmt einen großen Schluck. »Ich hoffe, sie wird seekrank.«

Vico und ein paar andere kichern.

»Findet Florian bestimmt richtig sexy, wenn sie sich übergeben muss.« Joya prostet Claire mit ihrem Kräutertee zu. Vico lacht am lautesten, und am liebsten würde ich sie dafür gegens Schienbein treten.

»Ihr Höschen war ganz schön knapp«, sagt Claire, und es klingt nicht wie eine Feststellung, sondern wie ein Urteil.

»Ja«, sage ich. »Toll, oder? Wer so schöne Beine hat wie Lisa, sollte sie zeigen.«

Claire wirft mir einen missbilligenden Blick zu. »Sprechen wir von denselben Beinen? Hast du ihre Organgenhaut etwa nicht gesehen?«

Wut steigt in mir auf. Was soll das? Haben sie nicht eben noch so getan, als würden sie sich für Lisa freuen? Ich kann verstehen, dass sie selbst gerne an ihrer Stelle wären, aber das hier geht mir entschieden zu weit.

Ich muss etwas sagen! Irgendwas! Aber wie so oft, wenn man sich wünscht, schlagfertig zu sein, verstreichen die entscheidenden Sekunden ungenutzt, und ehe mir eine passende Erwiderung einfällt, ergreift Vico das Wort. »Florian hat sich von ihrer kleinen Tabledance-Show gestern ködern lassen. Es ist so offensichtlich. Aber er wird bald merken, dass nichts dahintersteckt. Ein sexy Hüftschwung ist eben nicht alles.« Ich schäume innerlich vor Wut.

»Wie gut für Lisa, dass sie zusätzlich Charakter hat«, platzt es aus mir heraus. »Den kann man nämlich im Gegensatz zu seinem Körper nicht trainieren.«

Claire rollt mit den Augen. »Wer hat dich denn gebissen?«

Alexandra verschränkt die Arme vor der Brust. »Das hab ich mich eben auch schon gefragt. Was ist los mit dir, Maxime? Warum bist du heute so zickig?«

»Ich?« Ich bin so fassungslos, dass mir die Worte fehlen. Da hocken sie hier wie die Unschuldsengel in ihren perfekt sitzenden Bikinis und den harmlosen Puppengesichtern und verspritzen so viel Gift, dass mir übel wird.

»Ja, du. Tust immer so nett und entreißt mir dann das Handy, bloß damit du die Erste bist, die Florians Nachricht sehen kann.« Alexandra schiebt trotzig die Unterlippe vor und lehnt sich zurück. Ihr ganzer Körper drückt Ablehnung aus. Ich beiße mir auf die Zunge und unterdrücke all die nicht jugendfreien Worte, die in mir aufsteigen. Ich muss mich zusammenreißen, Maxime ist nie so aufbrausend, wie ich es gerade war. Ich darf mich nicht verraten, auch wenn es noch so schwerfällt, den Mund zu halten.

»Lisa war für mich von Anfang an keine ernst zu nehmende Konkurrenz«, behauptet Joya, und allein durch diesen Satz bin ich ziemlich sicher, dass genau das Gegenteil der Fall ist. Andernfalls müsste sie es wohl kaum so betonen. Und dass Lisa Florian gefällt, sieht man auf hundert Meter Entfernung. Das kann Joya nicht entgangen sein, egal, wie sehr sie die Augen davor verschließt.

»Sehe ich genauso.« Claire schenkt sich Zitronenwasser nach.

»Na, dann braucht ihr euch ja nicht über ihr Date aufzuregen«, sage ich.

»Tun wir gar nicht.« Joya sieht mich mit gespielter Unschuldsmiene an. »Wir gönnen es ihr total.«

»Ist klar.« Ich schnaube verächtlich.

Die Stimmung im Raum ist nicht mehr zu ertragen, und ich stapfe wütend nach draußen. Dort nehme ich ein paar tiefe Atemzüge. Das Meer schickt seine Düfte hinauf in den Garten, doch die Luft bleibt verpestet. Ich renne den Rasen hinunter auf das Tor zu. Ich brauche Salzwasser auf meiner Haut. Das Rauschen der Brandung in meinem Ohr. Den warmen Sand unter meinen Füßen.

Als ich nach der Klinke des Gartentors greife, fällt mir Lisas Warnung ein. »Du weißt doch, dass wir nicht mehr reinkommen, wenn das Tor erst zugefallen ist.« Verdammt, das hätte ich beinahe vergessen. Noch einmal möchte ich nicht den Ärger der Security-Männer auf mich ziehen, und so sinke ich vor dem Tor ins Gras und blicke durch die Gitterstäbe aufs Meer.

Gitterstäbe. Als sei das hier ein Gefängnis. Ein goldener Käfig. Das ist natürlich Unsinn, ich kann jederzeit gehen, wenn ich möchte. Das eigentliche Gefängnis ist in Berlin. In der Wohnung, die ich mir mit Nik und seiner Flamme teile. Ich bin dort eingesperrt in meinen eigenen vier Wänden, die sich seit Monaten eng und erdrückend anfühlen.

Ich atme tief die Brise ein, die das Meer in meine Richtung schickt, und die Wut und Beklemmung in meinem Inneren ziehen sich ganz allmählich zurück. Endlich habe ich das Gefühl, frei atmen zu können. Zum ersten Mal seit Ewigkeiten.

Meine Gedanken schweifen zurück zu den anderen. Was war das gerade da drinnen? Bisher hatte ich mit Joya und Claire zwar nichts zu tun, fand sie aber eigentlich ganz sympathisch. Aber im Gegensatz zu Vico, die ihre Ablehnung jedem gegenüber offen zur Schau stellt, tragen die beiden eine Maske aus Freundlichkeit, hinter der sich offenbar tiefe Abgründe verbergen. Ich muss in Zukunft noch vorsichtiger sein. Sollten die drei auch nur den geringsten Verdacht schöpfen, dass mit mir etwas nicht stimmt, werden sie mir das Messer in den Rücken rammen, bevor ich bis drei zählen kann.

»Du bist die Nächste.« Pia winkt mich zu sich heran. Vor einer Stunde ist sie mit Lisa, Florian, Ben und Moritz zurückgekehrt und hat seitdem eine Frau nach der anderen zum Interview in einen kleinen Nebenraum gebeten, den ich bisher nicht kannte. Claire kommt mir daraus entgegen und funkelt mich feindselig an. Ich würde darauf wetten, dass sie gerade über mich gelästert hat.

Mit einem beklommenen Gefühl in der Brust trete ich ein und setze mich auf das rote Sofa, dessen Lehne wie ein Herz geformt ist. Auch die vier weißen Kissen sind herzförmig und außerdem so flauschig, dass man sich am liebsten hineinkuscheln möchte.

Mir gegenüber sitzen Ben und Moritz auf Klappstühlen. Pia steht hinter den beiden, sie trägt eine halbmondförmige Brille auf der Nasenspitze und ein Klemmbrett in der Hand und erinnert mich damit ein wenig an eine ältere Version von Rita Kimmkorn aus *Harry Potter*. In ihren Augen liegt derselbe sensationsgeile Glanz.

»So, Maxime. Erzähl mal, was ging dir durch den Kopf, als Lisa heute Mittag zu ihrem Date aufgebrochen ist?«

»Ich hab mich für sie gefreut«, sage ich und gestikuliere dabei ein wenig zu wild mit den Händen. Pia macht mich irgendwie nervös.

»Gefreut? So, so. Aber tief im Inneren hast du sie sicher beneidet, oder?«

»Nein. Sicher, jede von uns hätte sich über das Date gefreut.« Zeit für eine Portion Maxime-Leidenschaft. »Ich meine, klar hätte ich es großartig gefunden, Zeit alleine mit Florian zu verbringen. Ich finde ihn toll.« Pia blitzt mich über ihre Brille hinweg an.

Scheiße, das war zu viel. Zurückrudern, zurückrudern!

»Aber trotzdem habe ich Lisa das Date gegönnt«, sage ich sachlich. »Immerhin hatte sie bisher kein Einzeldate.«

Pia schürzt die Lippen. Hatte sie doch? Oh Gott, hoffentlich nicht!

»Und du willst mir also weismachen, dass du nicht sauer auf Lisa warst? Du kannst ruhig offen sein. Unter uns: Die meisten Mädchen waren gar nicht erfreut darüber, dass Lisa das Date bekommen hat.«

»Nein, ich war nicht sauer«, sage ich bestimmt. Was soll das werden? Will sie mir irgendwelche Worte in den Mund legen? Wird die Cutterin es später so zurechtschneiden, wie Pia es haben will? Im Kopf gehe ich noch einmal alles durch, was ich bisher von mir gegeben habe. Wenn man ein bisschen an meinen Sätzen herumschnibbelt, könnte man ohne Weiteres *»Ich war sauer, ich hätte es großartig gefunden, Zeit allein mit Florian zu verbringen«* daraus machen. Muss ich ab jetzt jedes Wort auf die Goldwaage legen? Wie schaffe ich es, mich nicht angreifbar zu machen? Am besten, ich äußere mich so wenig wie möglich. Doch Maxime, aus der die Worte immer heraussprudeln wie aus einem Brunnen, würde die Gelegenheit, ein Interview zu geben, nicht einfach so vorbeiziehen lassen. Sie würde lachen, gestikulieren, ausufernd erzählen. Farbenfroh und detailreich.

»Und was hältst du von Lisas Performance gestern Abend?«, fragt Pia. »Die war ja *sehr* körperbetont.«

»Ich fand sie toll.« Das ist die reine Wahrheit. »Sie hat echt Talent.«

»Talent, einen Mann zu bezirzen?« Pias Augen bohren sich fest in meine.

»Florian schien es zu gefallen«, sage ich vage und schiebe ein Lächeln hinterher. Pia lächelt nicht zurück. Im Gegenteil. Sie könnte kaum genervter aussehen.

»Und wie fandest du die Darbietungen der anderen Mädchen?«, fragt sie und notiert sich dabei etwas auf ihrem Klemmbrett.

»Größtenteils auch gut.«

»Größtenteils. Aha.« Pia reißt die Augen auf. Ihr enormer Wimpernkranz stößt dabei gegen die Brille. »Welche fandest du nicht gut?«

Ich weiche ihrem Blick aus. »Das möchte ich nicht sagen.«

»Ach komm, es bleibt unter uns.« Sie lacht übertrieben laut auf und sieht zu Ben und Moritz. Moritz lacht trocken mit, aber Ben verzieht keine Miene, jedenfalls soweit ich das hinter der Kamera sehen kann.

»Ich fand, jede von uns hat es auf ihre Art gut gemacht, die eine mehr, die andere weniger.« Ich ziehe eins der Herzkissen auf meinen Schoß. Ich brauche irgendetwas, an dem ich mich festhalten kann. Meine Finger krallen sich in den Stoff. Die Luft in dem kleinen Raum ist so stickig, dass ich zu schwitzen beginne. Zu gerne würde ich das Fenster aufreißen, das hinter Pia in die Wand eingelassen ist.

»Wer hat es deiner Meinung nach weniger gut gemacht, Maxime?« Sowohl Pias Blick als auch ihre Stimme sind eine unterschwellige Drohung. Sie bemüht sich, die Frage freundlich klingen zu lassen, aber ich bin sicher, sie würde ihre langen Fingernägel am liebsten ebenso wie ich in einem Kissen vergraben, wenn sie könnte. Alternativ in meinem Gesicht. »Komm schon, Mädel, lass dir nicht alles aus der Nase ziehen!«

»Dazu möchte ich lieber nichts sagen«, murmele ich noch einmal.

»Ach nein?«

»Nein.«

»Na schön.« Pia nimmt ihre Brille ab. »Dann sind wir hier fertig. Ihr könnt Feierabend machen, Jungs.« Ohne sich von mir zu verabschieden, rauscht sie davon. Ihre schlechte Laune bleibt wie ein Schatten im Raum hängen.

»Boah, ich ersticke hier.« Ben stellt die Kamera ab und reißt das Fenster auf. Dankbar sauge ich die frische Luft ein.

»Das war sehr mutig von dir.« Moritz nickt anerkennend. »Niemanden ans Messer zu liefern.«

»Ja.« Ben dreht sich zu mir herum. »Aber auch sehr dumm.«

»Wie bitte?« Ich funkele ihn wütend an.

»Willst du weiterkommen oder nicht?«

»Was hat das denn bitte mit meinen Antworten zu tun?«

»Oh, sehr viel sogar.«

»Ach, wählt neuerdings Pia die Kandidatinnen aus?«

Ben seufzt, als sei ich begriffsstutzig. Er setzt sich mir gegenüber und stützt die Ellbogen auf seine Knie. »Nein. Trotzdem hat sie Einfluss. Sie berät Florian in seinen Entscheidungen.«

»Na, so würde ich das nicht …«, unterbricht Moritz ihn, doch Ben bringt ihn mit einer Handbewegung zum Schweigen.

»Man könnte es stattdessen auch *manipuliert* nennen.«

»Man kann niemanden manipulieren, der es nicht zulässt«, sage ich.

Ben lacht. »Du kennst Pia nicht.«

»Nein. Aber Florian.« Die Übertreibung des Jahrhunderts. Doch ganz sicher ein Argument, das Maxime in dieser Situation aus dem Hut ziehen würde. »Und überhaupt? Was mischst du dich da ein? Dir kann es doch egal sein, wer die Show gewinnt.«

»Ist es auch.« Ben erwidert meinen zornigen Blick. Für einen Moment herrscht Stille im Raum. Moritz' schneller Atem ist das einzige Geräusch, das zu hören ist. Dann entspannen sich Bens Gesichtszüge, und sein genervter Ausdruck macht einem schuldbewussten Platz. »Tut mir leid. Ich wollte nicht so patzig reagieren. Es ist nur: Moritz hat recht, es ehrt dich, dass du niemanden ans Messer geliefert hast. Dennoch könnte es dir schaden, Pia gegen dich aufzubringen. Das ist alles, was ich sagen wollte. Was du daraus machst, ist deine Sache.«

»Ganz genau. Vielen Dank, dass du mich meine eigenen Entscheidungen fällen lässt, ich dachte schon, die Entscheidungsfreiheit hätte ich zusammen mit meiner Privatsphäre an der Haustür abgegeben.« Ich nicke Moritz zum Abschied zu und verlasse den Raum.

Draußen atme ich tief durch, um meinen rasenden Puls wieder unter Kontrolle zu bringen. Auch wenn Bens Kommentar unangebracht war, so gibt er mir dennoch zu denken. Ich will auf keinen Fall ein Spielball der Produktion sein. Will meine eigenen Worte sagen, die oft eher Maximes Worte sind, aber auf keinen Fall die, die Pia mir in den Mund legt. Hat Ben recht, und Pia hat mehr Einfluss auf die Entscheidungen, als mir lieb ist? Was steht in Florians Vertrag? Darf er nur bis zu einem gewissen Grad selbst entscheiden, wer weiterkommt, und mischt der Sender sich ein und souffliert ihm, wer die Show verlassen muss? Kann ich dieses Risiko eingehen?

Ben kennt die Strukturen hinter den Kulissen besser als ich, muss ich mir eingestehen. Er wird mich nicht ohne Grund warnen. Was fange ich nun mit dieser Warnung an? Ich möchte nicht über die anderen lästern, auch wenn Claire, Joya und Vico es verdient hätten, so abfällig, wie sie sich über Lisa geäußert haben. Aber würde ich mich damit nicht auf ihr Niveau begeben? Wie kann ich sie dafür verurteilen und mich dann hinsetzen und über sie herziehen? Nein, es war richtig, mich zurückzuhalten.

Auf der anderen Seite habe ich Maxime das Versprechen gegeben, alles zu tun, um weiterzukommen. Kann ich riskieren, dass Pia mich auf dem Kieker hat und mich Florian ausredet? Andererseits: Wenn er tatsächlich der Richtige für Maxime ist, dann wird er sich wohl kaum von ihr derart beeinflussen lassen. Wenn er nicht für die Liebe kämpft, sondern seine Entscheidungen für die Quote fällt, ist er vielleicht doch nicht der Mann, den Maxime in ihm zu sehen glaubt.

Ich betrete den Wohnbereich und setze mich neben Lisa, die auf dem Sofa herumlümmelt. Sie trägt bereits ihr Nachthemd und hat sich in eine rosa Decke gekuschelt und scheint mich gar nicht zu bemerken. In der Hand hält sie eine Zeitschrift, deren Titelbild das Paar aus der letzten *The Dating Game*-Staffel zeigt. Die Headline lautet: *Rosenkrieg – Ist Isas Sexsucht schuld an der Trennung des einstigen Traumpaares?* Lisas Blick ruht jedoch nicht auf der Zeitschrift, sondern auf der stuckverzierten Zimmerdecke, so als würde sie träumen. Ich stupse sie sanft am Bein an, und sie zuckt zusammen.

»Wo warst du denn gerade?«, frage ich grinsend.

Sie errötet leicht. »In einem Traum«, flüstert sie. »Ach Maxime, es war unglaublich. Wir sind mit einem Boot rausgefahren. Nichts als das Meer und wir.«

»Und Ben, Moritz und Pia«, werfe ich ein.

»Nicht zu vergessen Bobby und ein Caterer.« Sie seufzt. »Trotzdem. Es war perfekt. Die anderen haben uns unsere Privatsphäre gelassen, so gut es ging.«

Ich frage mich, wie das auf einem Boot und mit einer Kamera möglich war, doch ich möchte ihre Schwärmerei nicht zerstören. Sie sieht so glücklich aus, dass mein Realismus hier absolut fehl am Platz wäre.

»Florian ist so ein Gentleman«, sagt Lisa. »Ich hab in der Vergangenheit so viele Männer gedatet, die nur von sich reden. Die erzählen dir in allen Einzelheiten Dinge aus ihrem Leben, nach denen du nicht mal fragen würdest. Und am Ende nennen sie das …«

»Ein tolles Gespräch.«

»Ganz genau. Florian ist einer, der nachfragt. Der wissen will, wie es dir geht, und nicht nur von sich selbst faselt. Ach, wem sage ich das? Du kennst ihn ja.«

»Klar … natürlich.«

Lisa legt die Zeitschrift beiseite, setzt sich auf und schiebt sich ein Kissen in den Rücken. »Ich hätte echt nicht gedacht, dass man hier auf so einen besonderen Mann treffen könnte. Ich dachte, ich mach mal mit, mal schauen, wie es wird. Dass ich mich hier ernsthaft verlieben könnte, damit hab ich nicht gerechnet.«

»Bist du denn verliebt?«, frage ich und stelle fest, dass die Frage nicht positiv klingt. So wie sie es eigentlich müsste, wenn man sie einer Freundin stellt. Wenn man sich für sie freut und hofft, dass sie Ja sagt. Wenn man sich daraufhin zuprostet und ihr alles Glück der Welt wünscht.

»So würde ich das nicht ausdrücken.« Lisa spielt mit einer Haarsträhne herum und schiebt sie sich hinters Ohr. »Aber verknallt bin ich schon. Ein ganz winziges bisschen.« Sie kichert wie ein kleines Mädchen, und mir wird klar, dass das nicht stimmt. Sie ist mehr als ein bisschen verknallt. Ich hoffe bloß, dass Florian ihr nicht das Herz brechen wird, das hat sie nicht verdient. Doch wenn es nicht ihr Herz sein wird, das am Ende bricht, dann könnte es Maximes sein. Und das will ich genauso wenig.

Langsam dämmert mir, dass es nicht bloß darum geht, dass jemand diese Show gewinnt, sondern vor allem darum, wie viele gebrochene Herzen den Weg dorthin pflastern werden.

Kapitel 11

»Violetta-Constanze, Nadja, Claire, Angi, Maxime – ich freue mich auf euch.« Kaum, dass Florians Videonachricht endet, bricht ein Tumult aus. Alle eilen zurück in ihre Zimmer, um sich in Schale zu werfen. Wobei *in Schale werfen* nicht der richtige Ausdruck ist, denn immerhin hat Florian gesagt, wir sollen uns sportlich anziehen, es könne anstrengend werden. Als totaler Sportmuffel hoffe ich bloß, dass ich mit den anderen mithalten kann, die allesamt ab morgens sieben Uhr auf ihrer Yogamatte am Pool stehen und den Tag begrüßen, ehe er für mich auch nur annähernd angefangen hat.

Dass man selbst in Sportklamotten aussehen kann, als sei man einem Werbekatalog entstiegen, beweist Vico, die in ihren knallengen pinken Leggins und dem langen weißen Top einfach bezaubernd aussieht. Einzig ihr wie üblich verkniffener Gesichtsausdruck passt nicht zu ihrem schönen Äußeren. Nadja, Claire und Angi haben sich ebenfalls sportlich-sexy gekleidet und ihre High Heels gegen schneeweiße Turnschuhe getauscht.

Ich bin die Einzige die rote Chucks trägt, die ihre besten Tage längst hinter sich haben. Dazu ein graues Top und schwarze flattrige Shorts, die zwar nicht figurbetont sind, in denen ich mich aber – im Rahmen meiner Möglichkeiten – gut bewegen kann.

Florian holt uns gemeinsam mit Pia, Ben und Moritz vor der

Villa ab. Wir steigen zu ihnen in den kleinen schlammfarbenen Bus, und Ben filmt die ganze Fahrt über. Gepaart mit Pias strengen Blicken frage ich mich, wie bei Lisa gestern romantische Stimmung entstehen konnte. Ich fühle mich eher wie im Zoo. Begafft, eingesperrt auf engem Raum und zur Schau gestellt.

Nach einer etwa zwanzigminütigen Fahrt kommen wir am Fuß eines Gebirges an.

»Da geht es gleich hinauf.« Florian deutet auf einen schwindelerregend hohen Berg.

»Wir laufen?«, fragt Vico.

»Nein, wir reiten auf weißen Pferden«, sagt Ben, und ich muss gegen meinen Willen lachen. Vico straft uns mit einem verächtlichen Blick.

»Wie ihr wisst, ist Sport meine große Leidenschaft«, sagt Florian. Genau wie bei Nik – neben Frauen, versteht sich.

Nik. Mir fällt auf, dass ich seit gestern Abend nicht mehr an ihn gedacht habe. Das ist absoluter Rekord. In den letzten Monaten ist er mir ständig im Kopf herumgespukt. Sieht aus, als sei die Sonnen-Strand-Daueradrenalin-Therapie bisher ziemlich erfolgreich.

»Wie schön. Sport ist auch meine größte Leidenschaft«, flötet Claire, obwohl sie erst gestern behauptet hat, ihr tägliches Workout sei für sie eine einzige Qual und sie würde es nur aus reiner Vernunft durchziehen.

Nadja und Angi nicken zustimmend. Ich vermeide es, Florian anzusehen. Ich will ihn nicht belügen.

Nicht noch mehr jedenfalls.

Mit Tonnen von Sonnencreme im Gesicht brechen wir in der Mittagshitze auf. Der Wanderweg führt uns in vielen engen Kurven einen sandigen Berg hinauf. Schatten spendende Pflanzen gibt es keine, lediglich ein paar trockene Büsche am Wegrand. Moritz ist für die Getränke zuständig. Der Arme. Ich habe bereits genug Schwierigkeiten damit, meinen eigenen Körper den

Berg hinaufzuschleppen, er trägt neben seiner Tonangel einen riesigen Rucksack voller Wasserflaschen auf den Schultern. So schmal, wie er ist, würde es mich nicht wundern, wenn er jeden Moment unter der Last zusammenbrechen würde. Wir unterstützen ihn tatkräftig, indem wir die Wasserflaschen nach jeder Kurve mehr leeren. Trotzdem ächzt Moritz bei jedem Schritt. Ben hingegen schultert seine Kamera, als sei sie leicht wie eine Feder, während mir der Schweiß in Sturzbächen die Stirn hinunterrinnt und ich Maxime mehr denn je verfluche.

Lisa hatte verdammtes Glück mit ihrem Date gestern. Nicht nur, dass sie Florian für sich alleine hatte, sie konnte auch auf dem Wasser relaxen, statt sich einen schier endlosen Bergpfad entlangzuquälen. Meine Schuhe fühlen sich an, als hätte jemand Blei hineingegossen, und es kostet mich unendlich Kraft, die Füße beim Gehen zu heben. Ich hoffe bloß, dass ich keine Blasen bekomme. Warum nur hat Maxime ihre Wanderschuhe nicht mit nach Portugal genommen?

Hinter jeder Kurve bete ich darum, endlich den Gipfel zu entdecken, oder zumindest eine Bank oder ein schattiges Plätzchen.

»Ich kann nicht mehr«, jammert Vico, die nur ein paar Schritte vor mir herläuft, und spricht damit genau das aus, was ich denke. Doch ich möchte mich stark zeigen. Will nicht das zerbrechliche kleine Mädchen sein, als das ich mich gerade fühle. Das würde Florian sicher abschrecken.

Fehlanzeige, würde es nicht …

Florian mustert Vico besorgt und lässt sich bis zu ihr zurückfallen. »Oje, du siehst ganz schön fertig aus, Violetta-Constanze.«

Auf Vicos Rücken kann ich große Schweißflecken erkennen. Seltsam, irgendwie hatte ich geglaubt, dass diese Frau gegen Schwitzen immun ist.

»Wir haben's bald geschafft.« Florian greift nach Vicos Hand und zieht sie mit sich. Sie lässt den Kopf hängen und schlurft wie ein missmutiges Kind neben ihm her. Am liebsten würde auch ich mich von ihm den Berg hochziehen lassen. Stattdessen beiße ich mir auf die Lippen und aktiviere die letzten Kraftreserven, die ich irgendwo tief in mir finde.

Angi, Claire und Nadja laufen ganz vorne. Für sie scheint der Aufstieg keine besondere Herausforderung darzustellen. Leichtfüßig wie Gämsen erklimmen sie den Berg und schaffen es selbst dabei, ihre Hüften lässig und gleichzeitig sexy schwingen zu lassen. Ob bewusst oder unbewusst, kann ich nicht sagen. Jedenfalls vergeblich, denn Florian hat momentan nur Augen für Vico. Die lamentiert weiterhin lautstark, wie schwindelig ihr sei und dass sie sicher gleich umkippen werde. Was für ein Theater …

Doch es zeigt Wirkung. Florian legt nun die Hand um ihre Hüfte und stützt sie so. Vicos Arm ruht auf seiner Schulter, und ich verdrehe die Augen. Eigentlich habe ich gedacht, dass Florian auf taffe sportliche Frauen wie Nadja und Co. steht, aber die »Jungfer in Nöten« scheint ihn magisch anzuziehen.

Ich schüttele den Kopf über mich selbst. Ich sollte aufhören, mir darüber Gedanken zu machen, worauf Florian steht, und stattdessen meinen Impulsen folgen. Und der erste wäre, mich hier an Ort und Stelle fallen zu lassen und keinen Schritt weiterzugehen. Sollen die anderen denken, was sie wollen.

Vico kommt mir zuvor. Mit einem lauten Aufschrei bricht sie dramatisch in Florians Armen zusammen. Moritz rennt nach vorne und reicht ihm eine Wasserflasche. Florian träufelt sofort Wasser in Vicos Gesicht und setzt ihr dann die Flasche an die Lippen. Gierig nimmt sie ein paar große Schlucke.

Währenddessen hole ich auf und bleibe neben den dreien stehen. Ich bin nicht mal sicher, ob Vico tatsächlich einer Ohnmacht nahe oder das Ganze reines Kalkül ist, um sich in den Mittelpunkt zu stellen. Was auch immer es ist: Pia liebt es.

»Halt drauf!«, ruft sie Ben zu, der mit seiner Kamera am Ende des Zuges gelaufen ist. »Näher ran, los!«

Betont langsam geht Ben auf Florian und Vico zu, bis seine Kamera förmlich an ihren Gesichtern klebt.

»Ben, geh mal zur Seite, sie braucht Luft!« Florian klingt ungewohnt ruppig. »Das muss nun echt nicht aufs Bild.«

Ben hebt abwehrend die linke Hand und weicht ein Stück zurück. Pia ist ganz deutlich anzusehen, dass sie im Gegensatz zu Florian findet, das müsse *unbedingt* aufs Bild. Doch der scheint ernsthaft besorgt um Vico zu sein. »Geht es wieder?«, fragt er sanft und streicht mit den Fingerkuppen über ihre gerötete Stirn, auf der jede Menge Schweißperlen glitzern. Möglicherweise geht es ihr tatsächlich schlechter, als ich dachte. Oder sie ist eine grandiose Schauspielerin.

Ich bin sehr gespannt, was Sophie von der Szene halten wird, wenn sie am Sonntag den Zusammenschnitt sieht. Dass sie es ins Fernsehen schafft, daran hege ich keinen Zweifel.

»Brauchst du einen Arzt?«, fragt Florian sanft, während er Vico dabei hilft, die Wasserflasche zu halten, sodass sie noch ein paar Schlucke daraus nehmen kann.

Sie setzt die Flasche ab und schüttelt den Kopf. »Nein, es geht sicher gleich wieder.« Sie klingt kraftlos. Der einzige Vorteil, den diese Einlage – ob echt oder gespielt – hat, ist, dass ich kurz verschnaufen kann. Ich stütze meine Hände auf die Knie und sauge so viel Luft in meine Lungen, wie ich kann.

Nachdem Moritz Vico mit genügend Wasser versorgt hat, strecke ich ihm wortlos meine Hand entgegen, zum Sprechen fehlt mir die Kraft. Moritz drückt mir eine volle Wasserflasche hinein, die immer noch erstaunlich kalt ist. Ich gehe ein Stück von Florian und Vico weg und leere die halbe Flasche in einem Zug. Dann schütte ich mir ein wenig Wasser auf die Hand und verteile es auf meinen Schläfen. Ben mustert mich von der Seite und zieht eine Braue hoch.

»Was?«, frage ich. »Noch nie was vom Wetlook gehört?«

Er grinst. »Dazu hättest du nicht das Wasser gebraucht.«

»Aber so ist es schöner.« Ich streiche die letzten Tropfen auf meine Stirn.

»Na wunderbar, wenn du verdurstest, siehst du wenigstens gut dabei aus.« Ben zwinkert mir zu.

»Hast du nichts zu tun?«, frage ich. »Dramatische Zusammenbrüche filmen zum Beispiel.«

»Nein.« Ben grinst mich frech an. »Ich spare mir den Akku lieber für den Moment auf, in dem du wieder ausflippst.«

Ich spüre, wie ich rot anlaufe. »Du hast mir das am Sonntag echt abgekauft?« Ich schicke ein Lachen hinterher, das viel zu gekünstelt klingt. »Ich nehme das mal als Kompliment dafür, dass sich das Improtraining der letzten Jahre gelohnt hat.«

Ben nickt auf eine Art, die seine Skepsis nicht verbergen kann, und ich wende mich schnell Florian und Vico zu, die ein paar Meter von mir entfernt immer noch in seinen Armen hängt.

Alle anderen bis auf Ben und mich haben sich um die beiden versammelt. Ihre Mienen zeigen von Sorge über Unmut bis hin zu offenkundiger Abneigung sämtliche Gefühlsregungen.

»Sollen wir lieber umkehren?«, fragt Florian und sieht Vico dabei tief in die Augen.

»Nein. Aber ich schaffe den Berg nicht alleine.« Vico klammert sich fester an Florian.

»Dann muss ich dich wohl tragen.« Kurzerhand hebt Florian Vico hoch. Sie kiekst vergnügt und kann plötzlich wieder lächeln. Scheinbar blitzgenesen, verschränkt sie ihre Finger hinter Florians Nacken.

Pia dreht sich zu Ben um und zieht ihre Brauen so weit hoch, dass sie beinahe ihren blonden Haaransatz berühren. Mit heftigem Kopfnicken drängt sie ihn, näher an Florian und Vico heranzugehen. Ben rührt sich nicht.

»Das Licht ist hier nicht gut«, sagt er. »Mit den Bildern können wir am Ende ohnehin nichts anfangen.« Pia sieht aus, als würde sie ihm die Kamera am liebsten über den Kopf ziehen.

»Das ist so lieb von dir«, haucht Vico in einer Mischung aus Glückseligkeit und Melodramatik. Dabei streift ihr Mund Florians Ohr. Ganz schön schlau, das muss ich ihr lassen. Sie kämpft mit allen Mitteln, und auch wenn ich dachte, dass niemand darauf hereinfällt, hat sie alle getäuscht. Pia, Florian, Moritz und die anderen Frauen. Einzig Ben wirkt so gleichgültig, dass ich davon ausgehe, dass er ihr die Nummer ebenso wenig abkauft wie ich. Oder er ist so abgebrüht, dass ihn das Ganze völlig kaltlässt.

Hinter der nächsten Kurve wartet endlich der Gipfel auf uns. Er empfängt uns mit einem herrlichen Ausblick über das Tal und weißen Sonnensegeln, die über bunte Teppiche gespannt sind, auf denen ein Picknick angerichtet wurde. Goldene Schalen mit frischen Erdbeeren, Ananasstücken und Melonenscheiben. Dazu Trauben-Käse-Spieße und Sekt.

Bobby läuft uns strahlend entgegen, die Baseballkappe tief in die Stirn gezogen.

»Hallo zusammen. Na, ihr habt euch ja ganz schön lange Zeit gelassen.« Sein Blick streift Vico und Florian. »Alles in Ordnung?«

»Nur ein kleiner Schwächeanfall.« Behutsam setzt Florian Vico unter einem der Sonnensegel ab und erkundigt sich mehrmals, ob sie irgendetwas brauche, Wasser, einen Snack, ein Kissen.

»Nur dich«, haucht sie mit gebrochener Stimme, greift nach seiner Hand und zieht ihn neben sich auf den Teppich hinunter. Was für eine Dramaqueen.

Ben filmt, wie Vico und Florian eng aneinandergedrängt auf der Picknickdecke knien, und fängt jeden von Vicos Augenaufschlägen ein, die sie Florian zuwirft.

»Florian, es wäre gut, wenn wir auch ein paar Bilder von dir und den anderen Mädchen hätten.« Pia schiebt Ben zur Seite, um Florian am Ärmel zu packen. Wie einen Hund an der Leine führt sie ihn zu Claire und Angi, die am Rand der Gruppe stehen und in die Ferne schauen. Lachend wenden sie sich zu Florian um. Ben filmt das Ganze aus einiger Entfernung, und Moritz fängt mit seiner Tonangel ihre Gespräche ein.

Während die Sequenz *sehnsuchtsvolle Blicke auf unberührte Landschaft* gedreht wird, setze ich mich zu Vico unter die Sonnensegel und mache mich über die Leckereien her, die Bobby für uns angerichtet hat. Ein Stück abseits, gefährlich nah am Abgrund, entdecke ich den Van, mit dem er mich vor ein paar Tagen in der Pampa abgeholt hat. Ich könnte ebenfalls einen Schwächeanfall vortäuschen und darauf hoffen, dass er mich später damit den Berg hinunterkutschiert.

Nach einer Weile setzen sich Florian, Claire und Angi zu uns, wobei jede der beiden Frauen darauf bedacht ist, so nah wie möglich bei Florian zu sitzen. Dass ihm keine von ihnen auf den Schoß krabbelt, ist wirklich alles.

»Machst du privat öfter solche Bergtouren?«, fragt Claire zwischen zwei Bissen Melone.

»Ab und an.« Florian nimmt einen Schluck Sekt, registriert dann, dass Angis Glas leer ist, und füllt es wieder. »Aber meistens zieht es mich ans Meer. Wenn es irgendwie geht, fahre ich an den Wochenenden an die Nordsee zum Surfen.«

»Ich finde Surfen wahnsinnig spannend.« Claire hält Florian nun ebenfalls ihr Glas hin, obwohl es noch halb voll ist.

»Hast du es mal ausprobiert?« Florian mustert sie interessiert, Claire schüttelt den Kopf.

»Das nicht. Aber ich beobachte die Surfer immer wahnsinnig gerne.«

Wow.

Claire setzt noch einen drauf. »Ich würde mich wahnsinnig freuen, wenn ich irgendwann mal am Strand sitzen und dir beim Surfen zuschauen kann. Das stelle ich mir wahnsinnig schön vor.«

Wenn sie noch einmal *wahnsinnig* sagt, werde ich genau das!

Florian hingegen ist von ihrer Antwort offenbar sehr angetan. Er strahlt Claire an, als habe sie soeben erzählt, dass sie bei *Ärzte ohne Grenzen* Kinderleben rettet.

Er ist wirklich leicht zu begeistern. Genau wie Maxime. Oder bin ich es, die zu skeptisch ist? Die nicht in jedem Menschen das Gute sieht? Dadurch tappe ich in weniger Fallen als meine Schwester, aber bin ich dadurch unterm Strich nicht auch weniger glücklich?

Florian sieht auf jeden Fall sehr glücklich aus. Er streckt sich auf dem Teppich aus und stützt den Kopf in seine Hände. »So lässt es sich leben.« Er schließt die Augen.

Keine Sekunde später liegen Vico rechts und Claire links von ihm. Viel zu nah. Angi legt sich ebenfalls hin, direkt neben Claire. Nadja und ich wechseln einen Blick, und ihrer sagt mir: »Das mache ich auf keinen Fall.« Auch ich habe nicht das geringste Bedürfnis, mich an Angi oder Vico zu kuscheln, und so bleibe ich im Schneidersitz sitzen und nippe weiter an meinem Sekt. Mein Kopf fühlt sich wie von Watte umhüllt an. Es war wohl keine so gute Idee, bei der Hitze und nach diesem Aufstieg Sekt zu trinken. Morgen werde ich sicherlich den Muskelkater des Grauens haben. Die anderen hingegen scheinen sich darum keine Gedanken zu machen. Glas um Glas leert sich und wird wieder aufgefüllt.

Wenig später liegen Claire und Vico nicht mehr nur neben Florian, sondern in seinen Armen. Ich bin sicher, hätte er mehr als zwei davon, hätte er nichts dagegen, wenn auch Angi, Nadja und ich uns dort hineinkuscheln würden.

»Wollen wir was spielen?«, fragt Angi plötzlich mit alkoholschwerer Zunge.

»Was denn?« Claire hat die Augen geschlossen und ihren Kopf auf Florians Brust abgelegt.

»Wie wäre es mit Wahrheit oder Pflicht?«, schlägt Angi vor.

»Au ja, das spiele ich wahnsinnig gerne!«, ruft Claire.

»Warum nicht?« Florian setzt sich auf, sodass Claire und Vico von seinem Brustkorb hinuntergleiten. Mit leicht pikierter Miene richten auch sie sich auf, und wir setzen uns alle in einen Kreis.

Ben und Moritz umrunden uns immer wieder, die Tonangel schwebt gefährlich nah an unseren Köpfen vorbei, und Vico stößt prompt dagegen, als sie schwungvoll ihre langen Haare nach hinten wirft.

»Au! Kannst du nicht aufpassen?«, keift sie Moritz an, bevor sie sich zu Florian umwendet. »Ich hab mich bloß erschrocken.« Florian nickt, aber ich kann ihm ansehen, dass er ihren Ton ziemlich unpassend fand. Seine Augen sind weit aufgerissen, seine Lippen gekräuselt. Ob es ihm ebenso missfallen hat, als ich Ben angefahren habe? Immerhin konnte ich das Ganze noch als Improvisation tarnen.

Florian scheint großen Wert auf Harmonie zu legen. Ein weiterer Punkt, der genauso auf Maxime zutrifft.

»Wer fängt an?«, fragt Nadja.

»Ich.« Florian blickt in die Runde. »Ich nehme Wahrheit.«

»Was ist dir an einer Frau am wichtigsten?«, fragt Angi, noch ehe wir uns darauf einigen können, wer die erste Frage stellen darf.

»Hm, definitiv Schönheit.« Florian streicht sich durchs Haar. »Gleich gefolgt von einem sexy Körper.« Angi starrt ihn entsetzt an, Vico lächelt siegessicher. Florian lacht, als er in Angis erschrocken aufgerissene Augen sieht. »Nein, war nur ein Witz. Ehrlichkeit. Das ist mir mit Abstand am wichtigsten. Wenn eine Frau nicht ehrlich ist, wie soll ich ihr dann vertrauen? Und ohne Vertrauen macht eine Beziehung meiner Meinung nach keinen Sinn.«

Na, herzlichen Glückwunsch, Maxime. Ehrlichkeit ist momentan nicht gerade unser zweiter Vorname.

»Gut, ich bin dran«, ruft Angi. »Ich nehme Pflicht.«

Normalerweise liegt ja der Reiz dieses Spiels vor allem darin, Leute aufzufordern, andere zu küssen. Ich erinnere mich gut, wie ich bei einer Runde Wahrheit oder Pflicht auf einer Übernachtungsparty von Sophie mit zwölf meinen ersten Kuss erhielt. Ausgerechnet von Christoph, dem bestaussehenden Schüler unserer Klasse. In jener Nacht verlor ich nicht nur meine ungeküsste Unschuld, sondern auch mein Herz an ihn. Und lernte zudem eine wichtige Lektion: dass ein Kuss manchmal nichts zu bedeuten hat. Besonders wenn er sich auf mehrere Lippen verteilt. Denn wie sich ein paar Stunden später herausstellen sollte, knutschte Christoph lieber mit Uta als mit mir – ganz ohne Wahrheit oder Pflicht. Und so hatte ich den schnellsten Crashkurs der Welt in Sachen Liebe absolviert. Kuss, Verliebtheit, Eifersucht, gebrochenes Herz, Wut, Trauer, Neubeginn. Alles in einer einzigen Nacht.

Leider brauchte mein Herz in den Jahren danach immer deutlich länger, um zu heilen, wenn es mal wieder dem falschen Typen in die Hände gefallen war. Auch wenn ich in der Regel skeptischer und vorsichtiger bin als meine Schwester, bin ich wohl nicht vorsichtig genug.

Bei der heutigen Wahrheit-oder-Pflicht-Runde sind die Aufgaben anders. Keine von uns würde es zulassen, dass eine andere Teilnehmerin Florian küsst. Und so muss Angi lediglich zeigen, wie viele Früchte sie gleichzeitig in den Mund nehmen kann, Nadja ein russisches Kinderlied singen (das womöglich mehr Wirkung auf Florian hat als jeder Kuss der Welt, so glockenklar, wie ihre Stimme klingt), und Vico muss ein spontanes Gedicht aus den Worten Kürbiskopf, Wein und Baumwipfel kreieren.

Wir laufen bis zum Gipfel,
hoch über die Baumwipfel.
Wie ein Kürbiskopf prall ist meine Birne,
der Schweiß, er rinnt mir von der Stirne.

Oben trinken wir ein Glas Wein,

bei dir – an dieser Stelle folgt ein koketter Augenaufschlag in Florians Richtung – *da will ich immer sein.*

Florian applaudiert, und die anderen stimmen halbherzig ein.

Als ich an der Reihe bin, wähle ich ebenfalls Pflicht, denn irgendwie fühlt sich Wahrheit seltsam an, wenn alles an mir eine Lüge ist.

»Zeig uns was vom Kunstturnen«, sagt Florian.

»Kunstturnen?« Ich reiße die Augen auf.

Kunstturnen! Eine Zeit lang Maximes liebstes Hobby. Verdammt, warum musste sie ihm bloß davon erzählen? Für mich hatte es schon was von Kunstturnen, diesen Berg zu erklimmen. Am Rad drehen kann ich zwar, aber wie man eins schlägt, habe ich spätestens in der achten Klasse verlernt, und was ein Flickflack ist, weiß ich nur vom Hörensagen.

Alle Augen sind auf mich gerichtet. Nebst Kamera und Tonangel. Gespannt warten sie darauf, dass ich mich erhebe und ihnen einen doppelten Salto mit Schraube und Korkenzieher oder wie all diese Übungen heißen, die Maxime im Schlaf beherrscht, vorführe.

»Das würde ich total gerne«, stammele ich im kläglichen Versuch, Zeit zu schinden, »aber …«

Aber? ABER*?*

Die Watte in meinem Kopf verdrängt jeden sinnvollen Gedanken. Hilfe suchend schiele ich zu Florian hinüber, in der verzweifelten Hoffnung, dass er meine Beklemmung bemerkt und die Aufgabe zurückzieht. Nichts dergleichen geschieht. Noch immer starren mich alle auffordernd an. Pia tippt ungeduldig mit dem Fuß auf den Boden. Ich blicke mich nach Bobby um. Vielleicht hat er eine Idee, wie ich mich hier rausmanövrieren könnte. Ich entdecke ihn in seinem Van, wo er telefoniert und keinerlei Notiz von mir nimmt.

Scheiße!

Ich wäge meine Möglichkeiten ab. Wenn ich jetzt etwas vorturne, in meinem Fall vorstolpere, werde ich im schlimmsten Fall verraten, dass ich nicht Maxime bin, im besten, dass sie gelogen hat, was das Kunstturnen angeht. Für Florian, der gerade erst betont hat, wie wichtig ihm Ehrlichkeit ist, wäre das ein Schlag ins Gesicht, und für mich höchstwahrscheinlich der direkte Weg raus aus der Show. Das kommt also nicht infrage.

Ich starre auf das leere Sektglas in meiner Hand. Warum hab ich bloß so viel getrunken? Sicher würde mir etwas einfallen, wenn mein Kopf nicht so benebelt wäre.

Das ist es! Manchmal ist Alkohol doch die Lösung.

»Aber mir ist leider ziemlich übel«, behaupte ich. Ich muss an Vicos Szene auf dem Weg hierher denken. Mitleid zieht bei Florian offenbar, deshalb lege ich noch eine Schippe drauf. »Ich habe das Gefühl, sobald ich ein Rad schlage, muss ich mich sofort übergeben, und das würde ich dir gerne ersparen.« Schüchterner Augenaufschlag, gefolgt von einem zarten Lächeln. »Tut mir leid. Ich hätte so gerne meine Leidenschaft mit dir geteilt.«

Zurück, zurück! Das ist zu viel!

Ist es nicht. Florian lächelt.

Dennoch fühle ich mich alles andere als gut. Eher verlogen. Florian gegenüber. Aber in erster Linie mir selbst. Und ein bisschen auch Maxime. Sie wäre aufgesprungen und hätte eine kleine Zirkusshow hingelegt. Selbstbewusst und taff und sich nicht hinter der Ich-bin-ein-kleines-Mädchen-dem-es-nicht-gut-geht-und-das-gerettet-werden-muss-Nummer versteckt.

Wir spielen ein paar Runden weiter, und ich erfahre, dass Florian gerne eine Beziehung auf Augenhöhe, Kinder und einen Hund haben möchte. Klassiker. Aber trotzdem irgendwie süß. Und vor allem genau das, was sich auch Maxime wünscht. Trotz Hundehaarallergie. Das mit der Augenhöhe muss ich bei Gelegenheit überprüfen, denn bisher hatte ich den Eindruck, dass er sich in der Rolle des starken Beschützers ganz wohlfühlt. Ob er überhaupt mit starken Frauen umgehen kann, die nicht auf einen Beschützer angewiesen sind?

»Was ist dein größter Traum, Maxime?«, fragt Florian, nachdem ich vorsorglich diesmal Wahrheit gewählt habe.

Ich überlege. Maximes größter Traum ist die Liebe. Den einen Mann zu finden, mit dem sie durchs Leben gehen kann. Und, ja, mein Traum ist das irgendwie auch. Ich meine, wer wünscht sich das nicht? Wer würde sagen: »So ein Seelenverwandter, das ist ganz nett, aber ich wäre dann doch lieber reich?« Dennoch, ist die wahre Liebe zu finden mein größter Traum?

Ich überlege weiter. Florian mustert mich gespannt.

Was ist mein größter Traum? Und wieso weiß ich das nicht auf Anhieb? Wie lange habe ich mich wohl nicht mehr mit dieser Frage befasst, wenn mir nicht aus dem Effeff eine Antwort einfällt? Ich möchte unabhängig sein. Nicht jeden Cent umdrehen müssen, wie ich es mein Leben lang gekannt und getan habe. Nicht mehr nächtelang in *Johnnys Kneipe* arbeiten müssen, um meine Miete bezahlen zu können. Aber ist das ein Lebenstraum? Irgendwie fühlen sich diese Gedanken an wie schaler Wein auf der Zunge. Denn sie bringen unweigerlich die Gedanken an mein Studium mit sich. An angestaubte Gesetzestexte, seitenlange Mitschriften der langweiligsten Vorlesungen der Welt und Karteikartenberge, mit denen ich ohne Weiteres die gesamte WG tapezieren könnte. Dass Jura nicht mein Lebenstraum ist, das ist mir klar. Aber ich habe mich für diesen Weg entschieden, und nun, so kurz vor dem Ziel, davon abzuweichen, wäre bescheuert. Mein Studium sichert mir den Weg zu einem sorgenfreien Leben. Und ist ein sorgenfreies Leben nicht mehr, als viele haben?

Doch ist es auch genug?, flüstert eine leise Stimme, die sich durch die Wattewand in meinen Kopf schält.

»Ich habe keine Ahnung.« Kaum dass ich sie gedacht habe, verlassen die Worte meinen Mund. Erschrocken reiße ich die

Augen auf. Die anderen schauen mich mit einer Mischung aus Entsetzen und Mitleid an. Ich ahne, was sie denken: die Arme. 24 Jahre alt und keinen Plan, was sie mit ihrer Zukunft anfangen will. Wie trostlos und leer muss ihr Leben sein?

Verdammt, ich hätte einfach Maximes Traum offenbaren sollen. Immerhin geht es hier um sie und nicht um mich. Und außerdem wäre es sicherlich genau das, was Florian hören will. *Die große Liebe finden*. Besser kann ein Traum nicht in dieses Format passen, selbst wenn er noch so abgedroschen klingt.

Ja, genau wie ich ist Maxime auf der Suche. Nach dem richtigen Studium, das sie dauerhaft glücklich macht, dem richtigen Mann, sich selbst. Aber trotz aller Rückschläge geht sie ihren Weg mit Leidenschaft, so verschlungen er auch sein mag. Ich hingegen quäle mich seit Jahren für ein Ziel, bei dem ich nicht mal sicher bin, ob es mich glücklich machen wird, wenn ich es erreicht habe. Der Weg dorthin tut es jedenfalls nicht.

Wie ein Schatten liegt das bedrückende Schweigen über der Gruppe. Maxime würde es kaum aushalten und die Situation mit einem frechen Spruch auflockern. Also bemühe ich mich, die angespannte Stimmung wegzulachen. »Tja, klingt nicht besonders sexy, was? Falls jemand eine Idee für einen guten Lebenstraum hat, ich bin ganz Ohr.«

Oh Gott, ich klinge wirklich erbärmlich.

Florian ringt sich ein Lächeln ab, das aber immer noch von Mitleid durchzogen ist und mich mehr schmerzt als sein fassungsloser Blick. Er stellt sein Sektglas ab, sieht mir tief in die Augen und fragt: »Hast du Lust, die Aussicht zu genießen?«

Mit *Aussicht genießen* meint er, dass wir uns ein paar Meter von den anderen entfernt an den Berghang setzen und abwechselnd auf das Meer am Horizont und einander in die Augen schauen. In Florians Fall macht das, wie ich überrascht feststelle, gar keinen so großen Unterschied. Dieselbe Farbe, dieselbe Unergründlichkeit, dieselbe Tiefe.

Florian legt seine Hand auf meine, und ihre Wärme breitet sich auf meiner Haut aus. Die Härchen auf meinem Unterarm stellen sich auf, ohne dass ich es verhindern kann. Was tut mein Körper da? Das sollte nicht passieren.

»Hast du das eben ernst gemeint?«, fragt Florian. Er mustert mich zärtlich und gleichzeitig besorgt. »Dass du keine Ahnung hast, was du im Leben willst?«

»Na ja, es gibt natürlich ein paar Punkte, die mir wichtig sind.« Ich streiche mir eine Haarsträhne hinters Ohr, die der Wind sich zum Spielen ausgesucht hat. »Ich möchte mein Studium gut abschließen, mir keine Sorgen um meine Zukunft machen müssen, mich verlieben.«

»Das klingt so sachlich. Als würdest du eine Liste abarbeiten.«

Nicht nur meine Füße baumeln überm Abgrund, auch meine Worte – und sie drohen jeden Moment hinunterzustürzen, wenn ich sie nicht schnell mit mehr Euphorie fülle.

»So meine ich das nicht. Bloß, dass ich jetzt nicht sagen könnte: Das und das ist es. Das eine große Ziel im Leben, für das ich alles andere hintenanstelle. Ich hoffe natürlich, dass ich das eines Tages finden werde.« Mein Blick taucht in seinen ein. Tiefer, als mir lieb ist.

»Das hoffe ich auch für dich.« Florian beugt sich so nah zu mir heran, dass ich für einen Moment fürchte, er könnte mich küssen. Fürchte? Wäre das wirklich schlimm? Ich bin mir mit einem Mal nicht sicher, ob ich ihn in diesem Fall wegstoßen oder mich freuen würde.

Natürlich wegen Maxime. Einzig und allein wegen Maxime!

»Vielleicht findest du ja hier das, was du suchst«, flüstert Florian.

»Wer weiß.« Aus dem Meer seiner Augen aufzutauchen erscheint unmöglich. Wir sprechen kein weiteres Wort. Schauen uns nur an. Eine Gänsehaut überzieht meinen Körper, und ich verspüre den heftigen Impuls zu blinzeln, habe aber Angst, unsere Verbindung abreißen zu lassen. Mein Gefühl sagt mir, dass dieser Moment Maxime ein ganzes Stück nach vorne bringen könnte. Gleichzeitig schleicht sich ein warmes Kribbeln in meinen Körper, das ich nicht einordnen kann.

»Hey, lass deine Finger von mir!« Vicos Aufschrei lässt Florian und mich herumfahren.

Vico fuchtelt wild mit den Armen. Im ersten Moment denke ich, sie schlägt nach einer Wespe oder Ähnlichem, aber dann bemerke ich Moritz, der mit verwirrtem Gesichtsausdruck neben ihr steht. Das Kabel seiner Tonangel hat sich um Vicos Arme verheddert, die unaufhörlich kreischt. »Er hat mich angefasst!«

Moritz läuft krebsrot an, sein Gesicht drückt Entsetzen aus. Florian springt auf, hilft mir auf die Beine, und so schnell wir können, laufen wir zu den anderen hinüber.

»Was ist passiert?«, fragt Florian.

»Sie hat sich im Kabel verfangen, und ich wollte sie daraus befreien.« Moritz sieht so beschämt aus, dass ich augenblicklich Mitleid bekomme.

Vico steigert sich nun richtig rein, mit zornfunkelndem Blick deutet sie auf Moritz. »Er wollte mich begrapschen!«

»Was? Nein! Ich wollte nur helfen.«

Florian sieht unsicher zwischen den beiden hin und her. »Hier liegt sicher ein Missverständnis vor.«

»Beruhig dich, Violetta-Constanze.« Angi legt Vico eine Hand auf den Arm, den diese sofort abschüttelt.

»Ich soll mich beruhigen? Er fasst mich an, aber *ich* soll mich beruhigen?«

Moritz sieht aus, als wisse er nicht, wohin mit sich. Er weicht den Blicken aus, die alle auf ihn gerichtet sind, und scharrt mit den Füßen am Boden. »Ich hab bloß das Kabel berührt.«

Wut steigt in mir auf. Dass Vico immer wieder ihre Show abzieht, ist eine Sache, eine ganz andere ist es, Moritz mit reinzuziehen und ihm so etwas Ungeheuerliches zu unterstellen.

»Wenn Moritz dich tatsächlich berührt hat, dann war das sicher keine Absicht«, sagt Florian sanft, und ich bewundere, wie souverän, liebevoll, mitfühlend und gleichzeitig beschwichtigend seine Stimme klingen kann.

»Und wenn doch?« Zum ersten Mal hat der Augenaufschlag, den Vico Florian zuwirft, nichts Kokettes an sich.

»War es nicht«, murmelt Moritz. Florian bringt ihn mit einem Kopfschütteln zum Schweigen.

»Natürlich nicht.« Florian legt seinen Arm um Vico, und sofort lehnt sie ihren Kopf gegen seine Brust, als hätte sie die ganze Zeit darauf gewartet. Florian streicht ihr durchs Haar und versetzt mir damit einen Stich. Hat er nicht gerade noch *mir* das Gefühl gegeben, dass nur ich für ihn zähle? Dasselbe Gefühl, dass er nun Vico zu geben scheint. Es könnte mir egal sein, ist es aber nicht. Es ärgert mich. Es ärgert mich wegen Maxime.

Wie wird sie sich fühlen, wenn sie die Szene im Fernsehen anschaut? Sieht wie meine – also quasi ihre – Augen in Florians versinken und er wenige Minuten später seine gesamte Aufmerksamkeit einer anderen schenkt?

Ich drehe mich nach den anderen Kandidatinnen um, die Vicos Vorwürfe bisher weder bestätigt noch widerlegt haben. Wahrscheinlich können sie auch nicht sicher sagen, was passiert ist.

Pia steht erstaunlich teilnahmslos am Rand und raucht. Sie wirkt, als interessiere es sie nicht die Bohne, ob jemand aus ihrem Team gerade eine Teilnehmerin begrapscht hat oder nicht. Oder aber sie hat Vicos Schreie nach Aufmerksamkeit genauso satt wie ich. Denn ich bin sicher, um nichts anderes handelt es sich hierbei.

Und wieder einmal zeigt es Wirkung. Florian weicht nicht mehr von Vicos Seite, redet ihr gut zu und spielt den Beschützer, auch wenn ihm anzumerken ist, dass er Moritz genauso wenig für schuldig hält wie ich. Bloß Vico würdigt Moritz keines Blickes mehr.

»Ich denke, wir sollten zurückgehen«, schlägt Florian vor, und alle nicken zustimmend. Offenbar glaubt niemand, dass die Stimmung noch einmal ins Positive kippt.

Pia tritt ihre Zigarette mit dem Schuh aus, hebt sie aber nicht auf, sondern lässt sie inmitten dieser unberührten Natur liegen. Während Bobby das übrig gebliebene Essen aufsammelt, setzen wir uns in Bewegung. Bobby nickt mir unauffällig zu, und ich winke über die Schulter.

Vico weicht während des gesamten Abstiegs nicht von Florians Seite, sodass ihm keine Gelegenheit mehr für Gespräche mit den anderen Teilnehmerinnen bleibt, die ihn dennoch wie ein Mückenschwarm umkreisen und immer wieder versuchen, sich in den Dialog zwischen Vico und ihm einzuklinken.

Genervt schlurfe ich hinter den anderen her, als ich neben mir eine Bewegung wahrnehme.

Es ist Ben. Er hat aufgehört zu filmen, und wahrscheinlich ist das auch nicht mehr nötig, denn dieser Ausflug hat schon jetzt mehr als genug Material für die Zusammenfassung am Sonntag geboten.

»Schade, dass wir nicht in den Genuss deiner Turnkünste gekommen sind.« Bens Brauen ziehen sich zusammen. Täusche ich mich, oder ist da Misstrauen in seinen Augen?

»Wie gesagt, mir ging es nicht so gut.«

»Schon klar, der Sekt. Dann sicher beim nächsten Mal.«

»Bestimmt.« Und bis dahin habe ich eine gute Ausrede oder ein gebrochenes Bein, wenn es sein muss.

»Hast du das eben eigentlich mitbekommen, das mit Moritz und Vico, ich meine Violetta-Constanze?« Themenwechsel sind immer gut, wenn man die Pistole auf der Brust hat.

Ben lacht. »Vico. Das gefällt mir. Ja, ich stand direkt daneben. Ich glaube, *Vico* hat sich da ein bisschen reingesteigert, und Moritz hat sich unglücklich angestellt.« Er zuckt mit den Schultern. »Trotzdem sollte man es immer ernst nehmen, wenn eine Frau solche Vorwürfe erhebt. Lieber einmal zu viel hinschauen als einmal zu wenig. Ich behalte Moritz im Auge.«

Überrascht starre ich ihn an. Obwohl ich Moritz keineswegs für einen Grapscher halte, bin ich dennoch positiv überrascht von Bens Worten. Bisher hatte ich angenommen, dass ihm so ziemlich alles egal sei, was hier vor sich geht. Dass er seinen Job macht und den nicht mal besonders gerne.

Aber nicht nur seine Kamera scheint genau aufzunehmen, was hier vor sich geht.

»Na ja, schaden kann es nicht«, sage ich.

Ben fährt sich durchs Haar. Ein paar der langen braunen Strähnen haben sich aus seinem Zopf gelöst und hängen ihm jetzt wirr in die Stirn. Er pustet sie weg, doch sie fallen wieder in sein Gesicht zurück.

Eine Weile laufen wir schweigend nebeneinander den Berg hinab. Ich weiß nicht so richtig, was ich mit ihm reden soll, aber vielleicht ist das auch gar nicht nötig. Vielleicht ist es sogar besser. Je weniger ich sage, desto weniger wird er Verdacht schöpfen. Schließlich war es ihm bereits suspekt, dass ich keinen Salto geschlagen habe.

Aus dem Augenwinkel bemerke ich, wie Ben mich von der Seite mustert. Scannt er meinen Körper auf Auffälligkeiten ab? Auf Auffälligkeiten, die seinen Verdacht, dass mit mir etwas nicht stimmt, stützen? Seine braunen Augen sind ganz offen auf mich gerichtet und wandern über meine Arme und mein Gesicht. Meine Schultern verkrampfen sich.

Locker, Tilda! Arme schwingen, so wie Maxime es beim Laufen tut. Mach schon!

Ich komme mir vor wie ein Roboter. So wird das nichts. Unter Bens prüfendem Blick ist mein Körper noch steifer als sonst.

»Wolltest du eigentlich immer Kameramann werden?«, frage ich, um irgendwas zu sagen, das ihn von mir ablenkt.

»Nein.« Er wendet sich von mir ab und sieht geradeaus.

Perfekt! Fürs Erste ist die Gefahr gebannt!

»Mir geht es da ähnlich wie dir. Ich wusste auch lange nicht, was ich will im Leben.«

»Na ja, ich weiß grundsätzlich schon, was ich will im Leben …«

»Das klang aber eben ganz anders.«

Ich beiße mir auf die Zunge. *So wenig wie möglich sagen!* »Jedenfalls habe ich Verschiedenes ausprobiert. Hab Musik gemacht, wollte Gitarrist werden, aber dazu hat mein Talent wohl nicht gereicht.« Er lacht. »Dann wollte ich unbedingt zum Film. Ich wusste nicht genau in welchen Bereich. Mich haben Ton und Kamera interessiert, vor allem aber Regie.«

»Und wie kommt es dann, dass du hier gelandet bist?« Es klingt abwertender, als es sollte.

»Das frage ich mich auch.« Über sein Gesicht huscht ein Schatten. »Ich wollte immer Filme machen. Independent Filme über wichtige Themen. Themen, die sonst zu wenig Aufmerksamkeit bekommen. Lebensmittelverschwendung, psychische Erkrankungen, Mobbing, solche Dinge. Es war nie mein Anspruch, massentaugliches Fastfood-Fernsehen zu machen.« Er tippt auf seine Kamera. »Tja, schätze, das tue ich jetzt.«

»Aber das ist doch toll.«

»Findest du?«

»Deine Aufnahmen werden von jeder Menge Leuten gesehen.«

»Du meinst wohl Pias Aufnahmen.«

»Wieso?«

»Nun, dir ist sicher aufgefallen, dass dieses Format wenig Spielraum für Kreativität bietet.«

»Aber wie kommt es dann, dass du für *The Dating Game* arbeitest und nicht die Filme machst, auf die du Lust hast?« Er sieht mir fest in die Augen, und ich schiebe trotz des ernsten Themas ein Maxime-Lächeln hinterher. Nur zur Sicherheit.

»Weil die mir selten meine Miete bezahlen können. Hier habe ich wenigstens ein sicheres Einkommen.« Es klingt bitter – es klingt nach mir. Ben ist wie ein Spiegel meiner Gedanken, denn auch ich denke bei meinem Jurastudium in allererster Linie daran, dass es mir irgendwann meine Miete und meine Brötchen bezahlen wird. Aus Bens Mund klingen die Worte wie eine Warnung. Von Frust getränkt und mit Vernunft überzogen. Werde auch ich irgendwann mit ausdrucksloser Miene meinen Job erledigen, weil es eben sein muss? Bei dieser Vorstellung läuft es mir kalt den Rücken hinunter.

Ich sehe Ben an und versuche, Zuversicht auszustrahlen. Für uns beide.

Ben erwidert meinen Blick. »Sag jetzt bitte nicht, dass man bloß das tun sollte, was einen glücklich macht.«

Hatte ich nicht vor. Aber Maxime hätte es ganz sicher gesagt, und das weiß Ben offensichtlich.

»Äh … doch. Jeder sollte die Dinge tun, die einen glücklich machen, und nicht das, was am vernünftigsten ist.« Die Worte klingen holprig. Ich habe sie unzählige Male von meiner Schwester gehört, aber nie selbst ausgesprochen.

»So wäre es am besten, das ist wahr.« Ben reibt sich über die verschwitzte Stirn. »Aber Traum und Vernunft sind leider zwei Paar Schuhe.«

Da hat er recht. Und was ist, wenn die Vernunft so groß ist, dass sie nicht einmal Platz für Träume lässt? Sie unterbuttert, sobald sie aufploppen?

»Heißt das, du hast deinen Traum vom Filmemachen vollständig aufgegeben?«

Wider Erwarten stiehlt sich ein Lächeln auf Bens Gesicht. Verschmitzt und jungenhaft. Als habe er einen geheimen Masterplan, wie er es am Ende doch noch schaffen kann, seinen Traum zu verwirklichen. »Nein. Ich war nie der vernünftige Typ. Ich muss von irgendwas leben, das schon. Das heißt aber nicht, dass ich nicht parallel Drehbücher entwickle und mit Freunden Projekte plane. Und eines davon werden wir, wenn das alles hier vorbei ist, endlich umsetzen. Sobald ich genug Kohle zusammenhab, aber ich bin guter Dinge, dass es bald so weit ist.« Er zwinkert mir zu, als habe er soeben ein Geheimnis mit mir geteilt.

»Klingt gut.« Und plötzlich bin ich wieder die Einzige hier, die Vernunft vor Träume stellt.

Ich seufze erschöpft.

Der Abstieg ist lange nicht so beschwerlich wie der Aufstieg, dennoch schmerzen meine Beine, und die Hitze macht es kaum erträglicher.

»Ich freue mich auf mein Bett«, murmele ich.

»Oh, darauf wirst du wohl eine Weile warten müssen.«

»Wieso? Geht es noch woandershin?«

»Allerdings.« Ben lächelt geheimnisvoll.

»Und wohin?«

»Eine kleine Überraschung.«

Die Art wie er *Überraschung* sagt, gefällt mir ganz und gar nicht.

Kapitel 12

»Keine Duschen?« Vico reißt entsetzt die Augen auf.

»Ich sagte, *keine Duschen in den Hütten*.« Pia schiebt sich ihre Lesebrille ins Haar. »Ihr müsst die Outdoorduschen benutzen – und das Plumpsklo.« Sie deutet zu einer Wellblechbaracke ein Stück von den Blockhütten entfernt.

»Plumpsklo?« Angi sieht genauso entsetzt aus wie Vico.

»Ist ja nur für eine Nacht.« Bei Florians Lächeln fallen die versteinerten Mienen von Vico und Angi in sich zusammen.

»Wer hat sich das nur ausgedacht?« Kopfschüttelnd betrachtet Nadja die windschiefen Hütten, von denen einige aussehen, als würden sie jeden Moment einstürzen.

»Jemand, der uns quälen will.« Vico schlägt dramatisch die Augen nieder, und ich muss ihr heimlich recht geben.

Aber Meckern hilft nichts. Immerhin sind wir nicht im Dschungelcamp und müssen Riesenraupen und Spinnen essen. Was ist schon eine Nacht in einer heruntergekommenen Blockhüttensiedlung, die dafür in Sichtnähe zum Strand liegt? Es gibt weitaus schlimmere Dinge als Outdoorduschen und ein Plumpsklo.

Okay, ich nehme alles zurück! Mir fällt beim besten Willen nichts ein, das schlimmer ist als dieses Klo.

Mit einer Hand halte ich meine Nase zu, um den beißenden Uringeruch irgendwie im Zaum zu halten, mit der anderen stütze ich mich an der Holzwand ab und versuche, meinen Körper daran zu hindern, auch nur den leisesten Kontakt mit der Klobrille zu haben. Normalerweise stelle ich mich nicht so an. Im Gegensatz zu den meisten Frauen setze ich mich auf öffentlichen Toiletten hin und balanciere nicht halb stehend, halb hockend über der Kloschüssel. Aber dieses Klo ist bestimmt seit Jahrhunderten nicht mehr geleert worden.

»Maxime, bist du da drin?« Florian! Oh Gott!

»Hm.« Meine Hand rutscht von der Wand ab und landet, im verzweifelten Versuch, irgendwo Halt zu finden, auf dem Rand der Kloschüssel. Ich kann förmlich spüren, wie sich sämtliche Keime in Nullkommanichts auf meiner Haut ausbreiten. Übelkeit steigt in mir auf.

»Wir wollten runter zum Strand, uns den Sonnenuntergang ansehen.«

»Okay, ich komme.«

Kann er jetzt bitte weggehen? Die Wände des kleinen Klohäuschens sind hauchdünn. Man hört da draußen sicher jedes Geräusch. Ich halte den Atem an, allein deswegen, weil dann weniger Gestank in meine Nase steigt, und zähle innerlich bis zehn.

»Bist du noch da?«

»Ja.« *Na toll.*

»Geht ruhig ohne mich.« Ich bemühe mich, freundlich zu bleiben, auch wenn ich ihn in Wahrheit am liebsten anschreien würde, er solle endlich verschwinden und die Situation für mich nicht noch entwürdigender machen.

»Kein Problem, Maxime, wir warten alle gerne auf dich.«

Alle? Das darf nicht wahr sein!

Meine Blase verkündet mir, dass sie nicht mehr lange durchhält, und in dieser Körperhaltung erst recht nicht.

Ich kneife zusammen, was ich kann, und lausche nach draußen. Nun höre ich auch die Stimmen der anderen Kandidatinnen. Und Bens. Läuft seine Kamera etwa schon? Angelt Moritz gerade über meinem Kopf nach dem Ton? Meine Blase droht jeden Moment zu platzen.

»Ich brauche noch ein bisschen«, rufe ich Florian zu. »Mir ist schlecht, ich hab mir wohl den Magen verdorben.«

Wieder Lügen. Als gäbe es davon nicht bereits genug zwischen uns.

»Sicher, dass wir dich allein lassen können?«

Ganz sicher!

»Ja. Geht schon mal vor, ich komme nach!« Ich höre selbst, wie verzweifelt mein Ausruf klingt.

Langsam entfernen sich die Stimmen und Schritte, und ich atme erleichtert auf.

Hoffentlich zeigen sie die Szene eines von allen umringten Klohäuschens und meiner Stimme, die panisch quietscht, sie brauche noch eine Weile, nicht im Fernsehen. Wobei Sophie sicher einen Mordsspaß daran hätte. Maxime wohl eher nicht.

Maxime! Da ich mein Handy in der Villa gelassen habe, kann ich heute keinen Kontakt zu ihr aufnehmen. Dabei würde ich so gerne mit ihr darüber sprechen, was sie geritten hat, die Sache mit dem Kunstturnen zu erwähnen, und sie außerdem fragen, wie um Himmels willen ich es anstellen soll, Florian davon zu überzeugen, Maxime zu sein, wenn das bedeutet, dass ich mir entweder den Hals breche oder er ihn mir, wenn die Wahrheit ans Licht kommt, umdreht.

Als ich am Strand eintreffe, ist die Sonne bereits zur Hälfte im Meer versunken. Die Stelle, an der sie ins Wasser einzutauchen scheint, ist ein einziges orange-rotes Funkeln. Es sieht wunderschön aus. Der Abendhimmel hat sich dunkelblau gefärbt, und der Mond zeigt bereits sein Gesicht, als wolle er der Sonne zu verstehen geben, sie solle sich beeilen und ihm endlich Platz machen.

Die anderen haben sich um ein Lagerfeuer in unmittelbarer Nähe zum Wasser platziert. Vico und Claire sitzen dicht bei Florian, Angi und Nadja direkt daneben. Von der Crew ist nur Ben da, der seine Kamera gegen eine Gitarre getauscht hat.

»Wir sind für heute abgedreht«, sagt er, als er meinen irritierten Blick bemerkt. »Ich brauche auch mal Feierabend, selbst wenn du es dir nicht vorstellen kannst.«

»Nein, ich dachte, so sehr, wie du deinen Job liebst, arbeitest du sicher Tag und Nacht durch.« Ich zwinkere ihm zu und frage mich im nächsten Moment, ob ich zu weit gegangen bin. Immerhin dürfte niemandem hier meine Ironie entgangen sein. Doch meine Mitstreiterinnen sind mehr damit beschäftigt, Florian anzuhimmeln, als Ben und mir zuzuhören.

»Das würde ich zu gerne.« Ben zupft ein paar Saiten. »Aber man muss auch mal loslassen können.«

»Das heißt, wir haben jetzt tatsächlich unsere Privatsphäre?« Ich werfe einen Blick auf die anderen Frauen. »Zumindest beinah.«

»Wir könnten unser eigenes Lagerfeuer errichten, dann hätten wir definitiv Privatsphäre.« Ben grinst mich frech an.

»Hey, hey! Das habe ich gehört.« Florian lacht.

»Sei nicht so egoistisch. Du hast bereits einen ganzen Harem.« Ben nickt zu Vico und Claire hinüber, die Schulter an Schulter neben Florian sitzen. »Du gönnst einem echt gar nichts.«

Florian grinst. »Ne, ich brauche dich hier, Ben. Ohne deine Musik kommt sonst gar keine romantische Stimmung auf.«

»Ach, ihr wollt uns mit solchen billigen Tricks einlullen?«, frage ich mit gespieltem Entsetzen.

»Das ist der Plan.« Ben tippt auf seine Gitarre. »Die ist verzaubert. Am Ende des Abends werdet ihr euch alle Hals über Kopf verliebt haben.« Er senkt die Stimme. »Aber was Florian nicht weiß, der Liebeszauber wirkt nur bei dem Mann, der sie spielt.«

Florian wirft eine Muschel nach Ben, der duckt sich zur Seite weg. »Okay, okay, war ein Scherz, ich schwöre es.«

»Na, das will ich hoffen.«

Claire und Vico kriechen noch näher an Florian heran, und ich setze mich neben Ben, der zu spielen beginnt. Die ganze Lagerfeuerhitparade von *Wonderwall* bis *Nothing else matters*, die ich eigentlich nicht mehr hören kann, rauf und runter.

Die Gitarre ist wirklich verzaubert.

Die Musik hüllt mich ein und trägt meine Sorgen weit weg von diesem Ort. Lässt für nichts Raum als das Rauschen des Meeres, den Sand unter mir, den Mond, der inzwischen die Alleinherrschaft am Himmel übernommen hat, und die Klänge, die Bens Hände erzeugen. Alles andere ist nicht mehr wichtig. Ich könnte für immer hier sitzen, den lauen Sommerwind auf meiner Haut spüren und Bens Gitarrenspiel lauschen.

Zu schade, dass er seinem Traum, Musiker zu werden, nicht gefolgt ist. Er hat echt Potenzial. Ich beobachte aus dem Augenwinkel, wie seine Finger sich über die Saiten bewegen und ihnen Töne entlocken, die sich wie eine warme Decke über jeden trüben Gedanken legen.

Bei *What's up?* lehnt Vico ihren Kopf gegen Florian und schließt die Augen, und für einen Moment wünsche ich mir, an ihrer Stelle zu sein und mich ebenfalls an jemanden schmiegen zu können. Gleichzeitig genieße ich es, hier zu sitzen und ganz mit mir selbst im Einklang zu sein. Niemandem etwas beweisen oder eine Rolle spielen zu müssen. Zumindest für den Moment. Ben hat ebenfalls die Augen geschlossen und singt den Text des Liedes leise mit. Sein Haar hängt zerzaust vom Wind über seine Schultern. Er ist so versunken in sein Gitarrenspiel, dass er nicht bemerkt, wie ich ihn beobachte. Seine Gesichtszüge, die sonst oft etwas Spöttisches an sich haben, sind jetzt ganz weich. Ich glaube, ich habe ihn noch nie so entspannt gesehen. Und diese Entspannung überträgt sich auf seltsame Weise auch auf mich.

Angi hat die Arme vor der Brust verschränkt und scheint sich sichtlich unwohl in der Runde zu fühlen. Dass Florian ihr keine Aufmerksamkeit widmet, gefällt ihr wohl ganz und gar nicht. In der Tat hat Vico es uns anderen Frauen heute bereits den ganzen Tag unmöglich gemacht, Florian näherzukommen. Ich bin froh, dass ich wenigstens ein paar Minuten mit ihm allein verbringen konnte.

Nun schlingt Vico ihre Arme um Florian und wiegt sich mit ihm gemeinsam zum Klang der Musik hin und her. Angi verdreht genervt die Augen. Florians Finger wandern über Vicos Schulter und ziehen sie näher an sich. Selbst in der Dunkelheit ist deutlich zu erkennen, wie vertraut die beiden miteinander sind.

Das Lied endet, und Ben packt die Gitarre in eine schwarze Tasche. »Genug für heute. Ich hau mich aufs Ohr.« Die Leichtigkeit, die bis eben meinen Kopf gefüllt hat, ist mit einem Mal verflogen. So, als habe mich jemand aufgeweckt und mir all die Sorgen, die für einen kurzen Moment vergessen waren, wieder eingepflanzt.

»Ich geh auch schlafen.« Ich erhebe mich ebenfalls. Den Anblick von Florian und Vico muss ich mir nicht länger geben. Es ist wie bei einem Unfall, bei dem man weder hin- noch weggucken kann. Außerdem schreit mein Körper förmlich nach Ruhe und Schlaf.

Florian sieht kurz zu mir auf, sagt aber nichts.

Gemeinsam mit Ben stapfe ich durch den Sand zurück auf die Blockhütten zu, die im Schein einiger Laternen ihre Schatten auf den Boden werfen. Sie haben etwas Unheimliches an sich, ein bisschen wirken sie wie kleine Hexenhäuschen. Ich würde mich nicht wundern, wenn jeden Moment Hänsel und Gretel an eine der Holztüren klopfen würden.

»Das war total schön«, sage ich zu Ben, und noch ehe ich darüber nachdenken kann, ob das nach einem Flirt klingt, wird mir klar, dass Maxime sich solche Fragen niemals stellen würde. Sie geht mit Komplimenten nicht sparsam um und macht damit viele Menschen glücklich. Einfach so, ohne jegliche Hintergedanken. Und alles, was mich nach Maxime klingen lässt, ist nützlich, auch wenn ich meine Worte nicht deswegen gewählt habe. Es war mir ein Bedürfnis, Ben mitzuteilen, wie sehr mich seine Musik berührt hat.

»Danke. Ich spiele viel zu selten, seit ich arbeite. Früher hab ich oft in Berliner Kneipen gespielt, bei Open Stages und so.«

»Ach, du bist auch aus Berlin?«

»Zugezogen – wie wahrscheinlich die meisten. Du auch?«

»Ja, ich bin …« Erschrocken schlage ich mir die Hand vor den Mund. »… auch mal eine Zeit in Berlin gewesen, inzwischen wohne ich in Bremen.«

Ben runzelt die Stirn, und ich bringe das Gespräch schnell wieder zurück auf sein Gitarrenspiel.

»Und heute? Trittst du nicht mehr auf?«

»Ich komme einfach nicht dazu. Manchmal denke ich, die Arbeit frisst sämtliche Hobbys auf.«

»Das ist schade. Besonders, wenn dir die Arbeit so wenig gibt, wie du gesagt hast.«

»Da hast du recht.« Er legt die Stirn in Falten, scheint nachzudenken. »Maxime?«

»Hm?«

»Es wäre ganz gut, wenn du das für dich behältst. Dass ich den Job hier nur wegen der Kohle mache und so. Muss nicht jeder wissen, dass ich andere Träume habe.«

»Klar, von mir erfährt keiner was.«

»Danke.«

Eine Weile laufen wir schweigend nebeneinanderher. Meine nackten Füße sinken beim Gehen im Sand ein. Er ist noch warm, die Hitze des Tages haftet an jedem einzelnen Korn und umhüllt meine Zehen.

»Was ist mit dir?« Ich entdecke mein eigenes Spiegelbild in Bens braunen Augen. »Gibt es eine Leidenschaft, der du nicht gefolgt bist zugunsten von Sozialwissenschaften?«

Ich gehe im Kopf all die Leidenschaften durch, denen Maxime in den letzten Jahren nachgegangen ist. Wenn auch nur für kurze Zeit. Im Gegensatz zu mir hat sie keine Gelegenheit ausgelassen, auf die Nase zu fallen. Aber auch keine, das zu entdecken, das ihr so viel gibt, dass sie nie wieder etwas anderes machen möchte.

Und ich? Wann bin ich zuletzt meinem Herzen gefolgt? Wann habe ich etwas Neues ausprobiert, bei dem der Ausgang ungewiss war?

Das Kellnern in *Johnnys Kneipe* kann man wohl kaum als Ausprobieren bezeichnen, das war eine reine Vernunftentscheidung. Als ich damals nach Berlin gezogen bin, hatte ich vorgehabt, in einem Kinderhort zu jobben, doch die Arbeitszeiten hatten sich nicht mit meinen Vorlesungen vereinbaren lassen. Dabei hätte mich die Arbeit mit den Kindern sehr interessiert.

Als ich jünger war, wollte ich unbedingt Kinderkrankenschwester werden, aber mit zunehmendem Alter dachte ich, ich müsse Abitur machen und studieren, um es einmal besser zu haben als meine Mutter. Finanziell unabhängig zu sein von einem Mann, und potenzielle Kinder auch ohne Partner durchbringen zu können. Daher hatte ich mich für einen Beruf entschieden, bei dem das Gehalt verlockend klang. Auch wenn mich an dem Projekttag, den unsere Schule durchgeführt hatte und an dem Leute aus verschiedenen Branchen ihre Berufe vorgestellt hatten, besonders die Sozialarbeiterin, die mit Jugendlichen aus schwierigen Verhältnissen arbeitete, beeindruckt hatte. Ich hatte mir sogar ihre Karte geben lassen und mit ihr über ein mögliches Praktikum nach der Schule gesprochen. Doch dann hatte ich es wieder verworfen – und mich direkt ins Jurastudium gestürzt.

Auch Bücher haben mich begeistert, seit ich denken kann. Eine Ausbildung zur Buchhändlerin hätte ich mir mit fünfzehn durchaus vorstellen können. Aber wollte ich wirklich in einer Branche arbeiten, in der Arbeitsplätze immer häufiger wegbrachen? Mein Herz hätte nichts dagegen gehabt, mein Verstand sagte Nein.

Und ich hatte auf ihn gehört. Wie so oft.

»Es gibt da ein paar«, sage ich leise. Es ist das erste Mal, dass ich das vor jemandem zugebe, bisher habe ich das nicht einmal vor mir selbst getan.

»Und? Glaubst du, du bereust es irgendwann?« Ben sieht mich mit ehrlichem Interesse an, und ich winde mich unter seinem Blick. Ich will nicht antworten, zu wackelig ist meine Überzeugung von dem, was ich tue. Ein Zweifel, ein Gespräch darüber, was richtig ist und was nicht, könnte sie ins Wanken bringen, und das kann und will ich nicht riskieren.

»Ich denke nicht. Ich habe mich für mein Studium entschieden, und ich glaube, es ist wichtig, dass man im Leben nicht nur träumt, sondern Entscheidungen trifft, auch wenn die nicht immer nur positive Konsequenzen nach sich ziehen. Alles hat zwei Seiten, meinst du nicht?«

Ben mustert mein Gesicht so intensiv, als wolle er sich jede einzelne Pore einprägen, und jagt mir damit eine Gänsehaut über den ganzen Körper. »Ja«, sagt er. »Alles hat zwei Seiten.«

»Bei dir ist das doch nicht anders. Du machst den Job hier, weil er Geld bringt, wer weiß, ob du anders glücklicher wärst. Meine Mutter zum Beispiel liebt ihren Job, aber sie hatte auch, solange ich denken kann, Sorgen und ein schlechtes Gewissen, weil sie uns … mich so oft allein lassen musste.«

»Das tut mir leid.« Er sieht ehrlich betroffen aus. »Trotzdem glaube ich, dass wir alle viel zu oft aus Vernunft die Dinge verpassen, die uns eigentlich guttäten.«

»Mag sein.« Verlegen weiche ich seinem Blick aus und starre auf den Sand am Boden. Was mich angeht, trifft das leider voll und ganz zu. Maxime hingegen hat sich nie sonderlich um Vernunft geschert, und sosehr ich mich um sie sorge, so sehr bewundere ich sie klammheimlich auch dafür.

Es ist leichter, sich über Maxime Gedanken zu machen als über mich selbst. Leichter, nicht tiefer in das Thema Zukunft und verpasste Wege einzutauchen.

Inzwischen haben wir die ersten Hütten passiert, und Ben stoppt. »Ich muss nach da drüben. Gute Nacht, Maxime, schlaf gut.« Seine Stimme ist weich und angenehm. Nicht so schroff und betont cool wie sonst.

Irgendetwas versetzt mir dennoch einen Stich.

Während ich die letzten Meter zu meiner Hütte zurücklege, überlege ich fieberhaft, was das sein könnte. Als mir auffällt, was es ist, verwerfe ich den Gedanken gleich wieder. Denn es spielt keine Rolle. Es ist unwichtig und albern, mir zu wünschen, dass er mich mit meinem eigenen Namen anspricht. Solange ich hier bin, bin ich Maxime, und ich sollte froh sein, dass Ben keinen Verdacht geschöpft hat, auch wenn ich schon öfter befürchtet habe, sein Blick könnte schärfer und wachsamer sein als der der anderen. Solange er mich Maxime nennt, ist alles gut. Und der Teil von mir, der sich eben wünschte, er könne *Tilda* sagen, sollte sich jetzt ganz dringend schlafen legen.

Ein Geräusch reißt mich aus dem Schlaf. Oder auch nur die Einbildung eines Geräuschs. Schwer zu beurteilen.

Ich setze mich auf meiner Pritsche auf und schlage mir prompt den Kopf an einem Balken über mir an. Der Fluch, der mir entfährt, klingt viel zu laut für die Nacht.

Es gibt nicht mal elektrisches Licht hier. Im Halbschlaf taste ich nach meinem Handy, ehe mir einfällt, dass es gut versteckt unter meiner Matratze in der Villa liegt. Unerreichbar weit weg.

Konzentriert lausche ich in die Dunkelheit. Eine Gänsehaut überzieht meinen Körper.

Atmet da jemand? Nein, das ist unmöglich.

Oder?

Das Geräusch, das mich geweckt hat, ist verstummt. Dennoch lässt das Gefühl mich nicht los. Das Gefühl, nicht alleine zu sein. Das Gefühl, dass jemand in meiner Hütte steht. In einer der stockfinsteren Ecken lauert.

»Hallo?«, flüstere ich in die Dunkelheit. Nichts passiert. Ich ziehe mir die mottenzerfressene Decke bis zum Kinn hoch und halte den Atem an. Meine Nackenhaare stellen sich auf, als stünde jemand direkt hinter mir. Aber das ist nicht möglich, hinter mir ist nichts als die nackte Wand. Warum hat man nie eine Taschenlampe dabei, wenn man eine braucht?

Die Vorstellung, mich blind durch die Dunkelheit zu tasten und dort womöglich auf jemanden zu stoßen, der heimlich in meine Hütte eingedrungen ist, macht mir eine Heidenangst. Nie und nimmer werde ich meine Pritsche verlassen. Und wenn ich die ganze Nacht in Habachtstellung hier hocken muss.

Ob ich um Hilfe rufen sollte? Andererseits, was, wenn ich mich getäuscht habe? Wenn das Geräusch bloß in meinen Träumen vorkam? Seit ich aufgewacht bin, ist alles ruhig. Trotzdem wage ich es nicht, mich wieder hinzulegen. Ich halte die Augen offen, auch wenn ich nicht das Geringste erkennen kann. Egal, ich werde wach bleiben. Werde wach bleiben. Werde … wach … blei…

Die Morgensonne, die durch die dreckverkrustete Scheibe auf mein Gesicht fällt, kitzelt meine Nasenspitze. Nein, ich will nicht aufstehen. Nicht in die Uni fahren, eine Vorlesung nach der anderen anhören und dann todmüde nach Hause radeln und mich in meine Bücher vergraben. Ich will schlafen. Nur schlafen.

»Maxime, bist du wach?«

Maxime? Ist sie hier?

Ich höre ein lautes Pochen, als würde jemand gegen eine Tür klopfen.

Langsam öffne ich die Augen einen Spalt weit. Über mir seilt sich eine dicke Spinne von der Holzdecke ab. Direkt auf mich zu. Mit einem Mal bin ich hellwach und springe auf. Das ist nicht mein Zimmer. Der Erleichterung, dass ich heute nicht in die Uni muss, folgt sofort die Ernüchterung, dass diese Option wahrscheinlich die entspanntere wäre.

»Hast du verschlafen? Wir gehen gleich alle an den Strand.« Nadja! Ich öffne ihr die Tür, und sie tritt mit einem irritierten Blick auf mein müdes Gesicht ein. »Du hast tatsächlich verschlafen.«

Ich antworte nicht, sondern durchwühle den kleinen Leinenbeutel, den jemand – ich nehme an, es war Bobby – für mich gepackt und in die Hütte gebracht hat. Gestern Abend habe ich ein paar Sachen herausgeholt: Zahnbürste, ein Stück Seife, einen Bikini, ein Schlafshirt. Die Vorstellung, dass Bobby die Sachen aus meinem Koffer in der Villa geholt und dabei in meiner Privatsphäre gestochert hat, gefällt mir gar nicht. Andererseits bin ich besonders für die Zahnbürste dankbar. Und für den Bikini. Nur … Wo ist er?

Noch einmal durchsuche ich den Beutel, nehme sämtliche Sachen heraus, drehe ihn auf links – nichts. Habe ich den Bikini gestern irgendwo aufgehängt? Ein Blick in die winzige Hütte sagt mir, dass das nicht möglich ist. Hier gibt es nichts zum Aufhängen. Bloß die schmale Holzpritsche, einen klapprigen Tisch und einen Stuhl, der aussieht, als halte er bestenfalls das Gewicht eines Kindes aus.

»Was suchst du denn?« Nadja hat sich an die Wand gelehnt und begonnen, ihr Haar kunstvoll zu flechten.

»Meinen Bikini.«

»Vielleicht haben sie vergessen, dir einen einzupacken.« Nadja zuckt mit den Schultern, ich schüttele vehement den Kopf. »Nein, gestern Abend war er noch da. Ich hab ihn gesehen, er war hier im Beutel.«

»Dann muss er irgendwo sein. Es sei denn …«

Es sei denn, jemand hat ihn gestohlen.

Jemand, der nachts in meine Hütte eingedrungen ist.

Ein kalter Schauer läuft mir über den Rücken. Habe ich mich also nicht getäuscht? War es kein Traum? Aber wer sollte mich beklauen? Und vor allem: warum?

Als ich zusammen mit Nadja an den Strand komme, sind die anderen Kandidatinnen bereits versammelt. Offenbar hat Bobby auch sie mit Klamotten ausgestattet, denn alle tragen schicke, knapp sitzende Bikinis. Nadja nimmt das rote Tuch, das sie um ihre Hüften geschlungen hatte, ab und rennt auf die anderen zu. Dabei klimpern ihre goldenen Armreife bei jedem Schritt, ihr Zopf wippt locker von links nach rechts. Es ist ein Bild wie aus einem Werbefilm. Für einen Rasierer, Sonnencreme oder Cluburlaub.

Ich folge ihr zaghaft und spüre schon von Weitem die Blicke meiner Mitstreiterinnen auf mir. Ich trage dieselben Sachen wie gestern, an denen noch immer der Dreck und Schweiß des Aufstiegs haften.

Vico, die – wie sollte es anders sein? – dicht neben Florian steht und ihren Körper mit Meerwasser besprenkelt, mustert mich abschätzig von oben bis unten. »Willst du etwa so baden gehen?« Sie klingt belustigt. *Zu* belustigt.

»Ich finde meinen Bikini nicht«, sage ich.

»Oh, das ist aber schade.« Vicos Blick, während sie das sagt, und die Worte selbst könnten gegenteiliger nicht sein. »Dann kannst du wohl gar nicht mit ins Wasser. Aber mach dir nichts draus, in der Villa haben wir ja einen Pool, da kannst du das Baden nachholen.«

Etwas an Vicos Grinsen gefällt mir ganz und gar nicht. Ein leiser Verdacht keimt in mir. Könnte es sein, dass sie es war, die ich heute Nacht in meiner Hütte gehört habe? Irgendjemand hat meinen Bikini gestohlen, so viel steht fest. Denn dass ich ihn gestern in der Hand hatte, war keine Einbildung. Genauso wenig, da bin ich inzwischen sicher, wie das nächtliche Geräusch, das mich aus dem Schlaf gerissen hat.

Und wer hätte etwas davon, wenn ich nicht mit ins Wasser gehe? Jede der Teilnehmerinnen. Aber keiner außer Vico traue ich solch ein falsches Spiel zu. Dass sie mit harten Bandagen kämpft, hat sie bereits mehr als einmal unter Beweis gestellt. Am liebsten würde ich sie auf der Stelle mit meinem Verdacht konfrontieren. Aber natürlich würde sie alles abstreiten, und ich habe keine Beweise. Nur ein Bauchgefühl. Ob ich mich in ihre Hütte schleichen und dort nach meinem Bikini suchen sollte? Doch wäre sie so dumm und würde ihn dort aufbewahren?

Aus Richtung der Blockhüttensiedlung kommen drei Gestalten auf uns zu. Pia eilt voraus, Moritz und Ben folgen ihr dicht auf den Fersen.

»Guten Morgen zusammen«, sagt Pia und hustet erst einmal kräftig. Das schnelle Gehen scheint ihr nicht zu bekommen. »Ich hoffe, die Nacht war nicht zu *hart*.« Sie lacht als Einzige über ihren Witz, und ich würde wetten, dass sie selbst die letzten Stunden nicht auf einer Holzpritsche verbracht hat.

»Gut, legen wir los. Ab ins Wasser mit euch, Mädchen. Habt Spaß, spritzt rum und zeigt eure Körper, das lieben die Zuschauer. Ben? Moritz? Wir drehen erst ein Statement von Florian, dann die Mädchen. Und bitte.«

Die Frauen stürzen sich in die Fluten, während Pia am Strand ein Interview mit Florian führt. Ich stehe ein wenig ratlos daneben und vergrabe meine nackten Zehen im Sand. Wenn Florian gleich ins Wasser geht, werde ich erst mal keine Gelegenheit haben, mit ihm zu sprechen. Das hat Vico ja toll eingefädelt. Ich beobachte sie dabei, wie sie wiederum Florian beobachtet. Besitzergreifend, so als würde sie sofort aus dem Wasser springen, sobald er sich mit einer anderen Frau als Pia unterhält.

Nachdem das Interview beendet ist, kommt Florian auf mich zu. Moritz und Ben folgen ihm mit Tonangel und Kamera. Ein wenig unbeholfen fummele ich an meinem T-Shirt herum. Florian lächelt mich an, und ich öffne den Mund, um etwas zu sagen, auch wenn ich nicht die geringste Ahnung habe, was das sein soll. Das muss ich auch nicht, denn er tätschelt mich nur leicht an der Schulter und zieht im Vorbeigehen sein Shirt aus. Seine Leidenschaft für Sport zeigt sich in jedem wohldefinierten Muskel. Auch von hinten sieht er fantastisch aus. Seine Schultern sind breit, sein Rücken durchtrainiert.

Ich zwinge mich, mich von Florians Anblick loszureißen, und drehe mich um. Vor meinem Gesicht schwebt die Kamera.

»Hast du deine Badesachen vergessen?« Bens Stimme klingt amüsiert. Wahrscheinlich freut er sich, dass er eine Story daraus zusammenschneiden kann. Die verpeilte Maxime, die wie bestellt und nicht abgeholt allein am Strand steht, ihre Konkurrentinnen dabei beobachtet, wie sie sich mit Florian im Wasser vergnügen.

Vicos Lachen dringt an mein Ohr. Als ich mich kurz zu ihr umdrehe, sehe ich, wie sie Florian Wasser ins Gesicht spritzt. Der schüttelt sich, taucht unter und hebt sie wenige Sekunden später in die Luft. Vico kreischt vergnügt, die anderen stürzen sich auf Florian.

Ben hält noch immer die Kamera auf mich gerichtet und ignoriert Vico völlig. *Das hier* ist die Story, nicht die Wasserschlacht der anderen. Doch wenn er glaubt, dass ich jetzt die Verzweifelte spiele, hat er sich gehörig geschnitten. Ganz sicher werde ich mich nicht zum Gespött der Zuschauer machen. Und erst recht nicht zum Gespött von Vico.

»Nein, habe ich nicht«, sage ich kurz entschlossen, »ich wollte zwei Fliegen mit einer Klappe schlagen und meine Sachen beim Schwimmen gleich mitwaschen.«

Ohne auf Bens Reaktion zu warten, renne ich auf die Wellen zu und stürze mich hinein. Sofort kleben Hose und Shirt wie eine zweite Haut an mir. Aber es ist mir egal. Ich spüre Bens Blicke, die sich in meinen Nacken brennen.

Tja, das war's wohl mit der Storyline der verpeilten Maxime! Ich schwimme auf Florian zu, der ein ganzes Stück weiter draußen im Meer steht und gerade von Angi und Nadja nass gespritzt wird. Als sie mich bemerken, mustern sie mich von oben bis unten.

»Das trägt man heute so!«, rufe ich und hänge ein glockenhelles Maxime-Lachen an. Meine Schwester wäre sicher nicht am Strand stehen geblieben, um den anderen beim Baden zuzusehen.

»Hey!« Florian lacht auf, während er sich vergeblich bemüht, dem Wasser, das ich in seine Richtung spritze, zu entkommen. Warum nur hat man immer den Impuls, Wasser auszuweichen, auch wenn man bis zur Hüfte darin steht?

Florian duckt sich, dann dreht er sich blitzschnell um, und nun bin ich es, die sich unter seinen Spritzern wegduckt. Gleichzeitig versuche ich, näher an ihn heranzuschwimmen, was mit der nassen Kleidung, die mich wie Gewichte nach unten zieht, gar nicht so leicht ist.

»Na warte!«, ruft Florian und schleudert mir eine weitere Ladung Wasser mitten ins Gesicht. Ich pruste und schlucke einen Teil davon. Salzgeschmack breitet sich in meinem Mund aus, und ich frage mich, ob ich es später bereuen werde, wenn eine Nahaufnahme von mir es in die Sendung schafft, auf der ich einen Schwall Wasser ausspucke.

Florian nutzt den kurzen Moment der Irritation und stürzt sich auf mich. Schnell lasse ich mich unter Wasser sinken. Als ich wieder auftauche, steht Florian direkt vor mir. Fast stoße ich mit dem Kopf gegen seine Nase, so blind sind meine Augen von dem Salzwasser. Ich schüttele mich und reibe mir übers Gesicht.

»Alles in Ordnung?«, fragt Florian und beugt sich ein Stück näher zu mir. Sein warmer Atem streift meine Haut, und ich bin froh, dass der Großteil meines Körpers unter Wasser und meine Gänsehaut somit gut verborgen ist.

»Ich weiß nicht«, behaupte ich. »Ich glaube, ich habe zu viel Wasser geschluckt.«

Florian streicht mir eine nasse Haarsträhne hinters Ohr. »Oh, das tut mir leid.«

»Mir auch.«

»Was?«

»Das hier!« Ich packe seine Schultern und versuche mit aller Kraft, ihn unter Wasser zu drücken. Obwohl mein Angriff ihn überrascht, schafft er es, schneller zu reagieren, als ich es eben konnte, und greift nach meinen Armen. Wir ringen miteinander. Meine Füße heben vom Boden ab, zappeln durchs Wasser, und treffen auf Florians Beine im kläglichen Versuch, mich von ihm abzustoßen. Er ist viel stärker als ich.

»Gib auf, Maxime!«, ruft er lachend.

»Niemals.« Ich sehe ihm fest in die Augen. »Du willst doch keine Frau, die leicht aufgibt, oder?«

»Nein. Im Gegenteil.« Er grinst, lässt meine Arme los und umfasst stattdessen meine Hüfte. Dann hebt er mich hoch, als sei ich eine Feder, und wirft mich, mein Kreischen (*oh Gott, jetzt tue ich es auch!*) ignorierend, einen guten halben Meter von sich entfernt ins Wasser.

Ein brennender Schmerz fährt mir durchs Bein, und meine belustigten Schreie verwandeln sich in schmerzhafte.

Es fühlt sich an, als habe mir jemand mit einer glühenden Axt ins Fleisch gehackt.

Florian kommt auf mich zugeschwommen und will meinen Kopf erneut unter Wasser drücken.

»Nicht!«, rufe ich. »Mich hat was erwischt.«

»Was meinst du?«

»Keine Ahnung.« Ich hebe mein rechtes Bein so weit aus dem Wasser, wie es möglich ist, und betrachte die roten Fäden, die sich über meine Haut ziehen, als hätte mir jemand in blinder Raserei Peitschenhiebe verpasst.

»Qualle!«, ruft jemand, und als ich mich umsehe, entdecke ich Nadja, die wie erstarrt dasteht und auf ein fast durchsichtiges Tier neben mir deutet. Ich weiche zurück und lande rücklings in Florians Armen. Die Qualle scheint noch nicht mit mir fertig zu sein. Als habe sie Gefallen daran gefunden, mich zu stechen, streift sie noch einmal mein Bein. Sofort jagt ein erneuter Schmerz durch meinen Körper, und ich keuche auf.

Ich will wegschwimmen, aber mein Bein streikt. Nutzlos hängt es da, als gehöre es nicht zum Rest meines Körpers.

»Ich bringe dich zurück an den Strand.« Ehe ich reagieren kann, hat Florian mich hochgehoben und trägt mich aus dem Wasser. Im Gegensatz zu Vico gestern wage ich es nicht, meinen Kopf gegen ihn zu lehnen. Von außen muss es ganz schön verkrampft wirken, wie ich wie eine starre Puppe in seinen Armen hänge, mit tropfnassen Klamotten und einem glühend roten Bein.

»Was ist passiert?« Pia kommt uns bereits entgegengerannt. Ben und Moritz haben ihr Equipment beiseitegelegt und beobachten uns aus einigem Abstand.

»Sie wurde von einer Qualle gestochen.« Florian legt mich sanft auf dem Sand ab. Das Brennen in meinem Bein weitet sich über meinen ganzen Körper aus. Ein einziger glühender Schmerz.

»Da sind noch Tentakelreste drin.« Pia mustert mein Bein mit einer Mischung aus Ekel und unverhohlenem Interesse. Sicher wittert sie eine Story. Eine Prise Drama hat bisher keiner Fernsehshow geschadet.

Florian tastet mein Bein ab, jede Berührung schmerzt. »Wie bekommt man die raus?« Die Überforderung in seiner Stimme macht mir Angst. Eben hat er noch Ruhe und Sicherheit ausgestrahlt. Mir ein Gefühl von »wir schaffen das« gegeben. Jetzt fürchte ich, dass er genauso wenig weiß, wie wir mit der Situation umgehen sollen, wie ich.

»Wir brauchen einen Arzt.« Florian starrt Pia Hilfe suchend an, die betont langsam ihr Handy rausholt und eine Nummer eintippt.

»Kein Empfang«, sagt sie schließlich ohne eine Spur von Bedauern. Dann wendet sie sich Ben und Moritz zu. »Wieso zum Teufel ist die Kamera aus? Sagt bloß, ihr habt das Ganze hier nicht gefilmt? Wofür bezahlt man euch eigentlich?« Dass Florian und die anderen Kandidatinnen mit offenen Mündern um sie herumstehen und sie anstarren, scheint Pia in keinster Weise zu stören. »Nun macht endlich.« Ben rührt sich keinen Millimeter. Moritz' Blick flackert unsicher zwischen ihm und Pia hin und her. »Braucht ihr eine Extraeinladung?« In Pias Stimme liegt nun ein Fauchen wie von einem wilden Tier.

Der Schmerz in meinem Bein lässt mich wimmern.

»Ich mach das.« Plötzlich steht Ben neben mir. Im Gegensatz zu Florians Stimme klingt seine fest und kein bisschen überfordert.

»Ben, du bist kein Sanitäter. Nimm jetzt gefälligst deine Kamera und mach deinen verdammten Job!«

»Gleich. Wenn ich hier fertig bin.« Pias Gezeter ignorierend, kniet Ben sich neben mich in den Sand und begutachtet die Tentakelreste, die wie winzige Nadeln in meiner Haut brennen. »Moritz, lauf hoch zu den Hütten und ruf einen Krankenwagen, nur für alle Fälle.«

Moritz sieht unsicher zu Pia hin.

»Mach schon!«, sagt Ben eindringlich. »Pia hat recht, ich bin kein Sanitäter.«

»Ich mach es«, ruft Nadja, und bevor Pia sie aufhalten kann, ist sie bereits davongerannt.

Ben betrachtet mein Bein mit eng zusammengezogenen Brauen.

»Das sieht übel aus.«

»Das beruhigt mich überhaupt nicht.«

»Willst du, dass ich dich beruhige oder dir helfe?«

Kommentarlos strecke ich mein Bein näher zu ihm hin. Stechender Schmerz jagt durch meine Adern, und ich beiße mir auf die Innenseiten meiner Wangen, um nicht zu schreien.

»Ich brauche eine Pinzette«, ruft Ben den anderen zu. Niemand rührt sich. »Hat niemand von euch eine Pinzette dabei? Ich dachte, ihr seid immer bis an die Zähne mit Schminkzeug bewaffnet.«

»Aber doch nicht am Strand«, sagt Claire.

»Pia?« Ben sieht auffordernd auf Pia, die ihre Handtasche fest an ihre Brust drückt, so als habe sie Angst, Ben könne sie ihr jederzeit entreißen.

»Nein«, sagt sie, und es ist für jeden offensichtlich, dass sie lügt.

Was ist, wenn ich sterbe? Dann hätte sie definitiv ihre Quote. Ob man meinen Tod zeigen dürfte? Meine Gedanken entgleiten mir. Ist das ein erstes Anzeichen für eine drohende Ohnmacht?

»Muss ich sterben?«, frage ich, und Ben schüttelt den Kopf. »Quatsch. Du stirbst nicht. Trotzdem brauche ich jetzt dringend deine Pinzette, Pia.«

»Ich habe keine.« Sie verschränkt die Arme vor der Brust und klemmt ihre Tasche dahinter ein.

»Pia, bitte, schau wenigstens mal nach«, mischt Florian sich ein. Pia seufzt dramatisch, gehorcht dann aber. Alle beobachten sie, wie sie ihr Schminkmäppchen durchwühlt, Florian schaut ihr von hinten über die Schulter.

»Da ist eine«, ruft er und greift hinein. »Hier.« Er reicht die Pinzette an Ben weiter, der sich nun wieder konzentriert meinem Bein zuwendet.

»Das könnte jetzt ein wenig wehtun.«

Ich bin gerade nicht sicher, ob ich noch mehr Schmerz ertragen kann, doch ich beiße die Zähne fest zusammen.

»Kein Problem, es ist nicht so schlimm, wie es aussieht«, presse ich hervor.

»Na, dann muss ich ja nicht behutsam sein.« Ben grinst mich an, aber mir ist gerade so gar nicht nach Scherzen zumute. Mir ist ganz schummrig, mein Kopf fühlt sich wie unter Wasser getunkt an. Umgeben von einem Rauschen, das jede Stimme, jedes Geräusch weit weg und dumpf klingen lässt.

Ben dreht mein Bein in eine Position, bei der er besser an die Tentakelreste herankommt.

Nadja kommt zurück. »Der Krankenwagen wird gleich da sein!«, ruft sie schon von Weitem.

»Kann jemand ihr Bein mit Wasser abspülen, das deaktiviert die Nesselzellen«, sagt Ben, und sofort eilt Florian los und bringt Meerwasser in seiner hohlen Hand, das er über meine Wunden schüttet.

Während Ben konzentriert die Tentakel herauszieht, redet Florian leise auf mich ein. Ich bekomme nur die Hälfte von dem mit, was er sagt. Irgendwas von »Mach dir keine Sorgen, das wird wieder«. Ich bin zu sehr damit beschäftigt, nicht ohnmächtig zu werden.

Eine gefühlte Ewigkeit dauert es, bis Ben den Blick von meinem Bein auf mein Gesicht richtet. Ein Lächeln liegt auf seinen Lippen. »Gleich geschafft, das ist die letzte.«

»D… danke«, stammele ich. Zu mehr Worten bin ich gerade nicht imstande.

»Kein Problem.« Ben zieht einen weiteren Tentakel aus meiner Haut. »Au, verdammt!« Bens Gesicht verzieht sich, und er betrachtet seine Hand. »Sie hat mich erwischt.« Er stößt ein paar Flüche aus, auf die der Sender mit Sicherheit einen Piepton legen würde, wenn er die Szene zeigen würde.

Pia reißt Ben die Pinzette aus der Hand, greift nach seinem Arm und zieht ihn unsanft hoch. »Stell dich nicht so an, und übernimm endlich wieder die Kamera.«

Ich sehe Moritz, der hinter Pia steht und Bens Kamera auf mich gerichtet hat. Er scheint die ganze Zeit über gefilmt zu haben, und ich habe es nicht mal bemerkt. Ich fühle mich vollkommen hilflos. Am liebsten würde ich mich im Sand vergraben. Stattdessen liefere ich gerade perfektes Material für die nächste Folge. Ich kann die Headline förmlich vor mir sehen: *Tentakel-Desaster am Strand. Ist für Maxime jetzt alles vorbei?* Ich werde wohl mehr Bildschirmzeit bekommen, als mir lieb ist.

Ich muss an Bens Worte denken: Pia berät Florian in seinen Entscheidungen. Am Ende war die Qualle womöglich ein Glücksgriff. Pia wird nach dem heutigen Tag sicher nicht wollen, dass Florian mich rauswählt. Aber was bringt es Maxime, wenn er mich nur in der Show behält, weil ich für Spannung bei den Zuschauern sorge? Darauf lässt sich wohl kaum eine Beziehung aufbauen. Höchstens eine Influencerkarriere.

Ben wäscht seine Hand im Meer, Florian betrachtet mich mit besorgter Miene. »Geht es dir gut?«

»Ich fühle mich ziemlich wackelig. Ich bin nicht sicher, ob ich aufstehen kann.«

»Dann bleib lieber sitzen, bis der Krankenwagen kommt. Dein Körper braucht Ruhe.« Er kniet sich neben mich. »Ich bleibe bei dir.«

Bei diesem Satz ist Vico sofort zur Stelle. Unaufgefordert setzt sie sich zu uns. »Oh, du Arme, das tut sicher höllisch weh«, sagt ihr Mund. *Glaub bloß nicht, dass du Florian damit rumkriegst*, sagen ihre Augen.

Von Weitem höre ich ein Martinshorn, wenig später trifft der Krankenwagen ein. So wie er über den Sand stolpert, befürchte ich, er könne jeden Moment umkippen. Zwei Sanitäter springen aus dem Wagen und laufen auf uns zu. In gebrochenem Englisch erkundigen sie sich, was passiert sei, und Ben erklärt ihnen die Situation, wobei er erst auf mich, dann auf seine Hand deutet.

»Sieht so aus, als wäre das Date an dieser Stelle zu Ende«, sagt Florian an die anderen Frauen gewandt.

Vico seufzt theatralisch. »Schade. Und das alles wegen dieser doofen Qualle.« Sie sieht mich so vorwurfsvoll an, als meine sie damit nicht das Tier, sondern mich persönlich. Mir egal. Von mir aus kann sie so viel Gift verspritzen, wie sie will – schlimmer als das Quallengift kann es gar nicht sein.

Kapitel 13

Wie ist die Lage? Bist du Florian nähergekommen?

Nicht wirklich.

Gar nicht?

Na ja, ein kleines bisschen.

Was heißt »ein kleines bisschen«? Mensch, Tildi, ich dreh hier noch durch, ich will wissen, was da bei euch los ist!

Er hatte heute ein Einzeldate mit Nadja, da konnte ich nix machen. Lag den ganzen Tag nur am Pool.

Lass mich raten: Du hast gelernt?

Wollte ich, aber ich konnte mich nicht konzentrieren.

Vielleicht ist das auch mal ganz gut so.

…

Und was sagt dein Bauchgefühl? Kommen wir in die nächste Runde? Hat Florian eine andere Favoritin? Lass dir nicht alles aus der Nase ziehen!

Ich muss aufpassen, Vico liegt neben mir, und ich bin nicht sicher, ob sie schläft.

Schnarcht sie?

Nein.

Dann pass auf!

…

…

…

Tildi?

Ja?

Ich vermisse Florian.

…

Und dich vermisse ich auch.

Gute Nacht, Maxime.

Gute Nacht, Tildi, ich hab dich lieb.

...

Heute ist der erste Tag, an dem mein Bein nicht mehr schmerzt, nur ein leichter Juckreiz ist zurückgeblieben, und ich bin unglaublich froh darüber. Die Sanitäter haben mir erklärt, dass die Beschwerden in schlimmen Fällen manchmal monatelang anhalten können. Da habe ich mit drei Tagen verdammt großes Glück gehabt. Auch damit, dass es sich um vergleichsweise harmlose Stiche gehandelt hat und ich nicht allergisch reagiert habe. Bens beherztes Eingreifen hat Schlimmeres verhindert, wie die Sanitäter erklärt haben. Wie gut, dass er da war und wusste, was zu tun war. Ich hoffe bloß, dass es seiner Hand inzwischen auch wieder gut geht. Seit wir am Strand versorgt wurden, habe ich ihn nur zwischen Tür und Angel gesehen, wenn er eine der anderen Kandidatinnen zum Date abgeholt hat. Ich selbst habe die letzten Tage alle gleich verbracht: mit Sonne, Meeresluft und einem Liegestuhl. Es gibt kaum Schöneres. Trotzdem ist es auf Dauer langweilig, besonders, wenn man sich nicht richtig unterhalten kann. Damit meine ich nicht, dass man das mit den anderen Kandidatinnen grundsätzlich nicht kann. Aber wenn man die ganze Zeit so tut, als sei man jemand anderes, und über ein fremdes Leben reden muss, ist das irgendwann extrem anstrengend. Und gefährlich.

Gestern, als Lisa mich über mein Studium ausgefragt hat, habe ich erst mal lange darüber geredet, wie trocken der Stoff ist und dass ich Mühe habe, ihn in meinen Kopf zu bekommen, bis mir einfiel, dass Maxime ihr Studium zwar schleifen lässt, aber dessen Inhalte ganz und gar nicht trocken findet. Zum Glück war das Wort »Jura« zu diesem Zeitpunkt nicht gefallen und Lisa lediglich verwundert darüber, dass ich bei einem vorangegangenen Gespräch viel euphorischer über mein Studium gesprochen habe. Ich redete mich damit heraus, nicht ganz ehrlich zu ihr gewesen zu sein, da ich auch mir selbst manchmal vormachen würde, es sei alles in Ordnung. In dem Moment, in dem ich es aussprach, bohrte sich ein leiser Zweifel in meine Gedanken, ob diese Ausrede nicht näher an der Wahrheit als an einer Lüge war.

Auch heute Morgen sitze ich auf der Liege direkt neben Lisa unter einem Sonnenschirm. Ich kann den Duft ihrer Sonnencreme deutlich riechen, und Bilder von zwei kleinen Mädchen am Strand schälen sich irgendwo aus den Tiefen meiner Erinnerung heraus. Sie bauen Burgen samt Wassergraben, den sie mit Nordseewasser füllen. Ihre Mutter ruft nach ihnen, doch sie sind so sehr in ihr Spiel vertieft, dass sie es lange Zeit nicht wahrnehmen. Auch wenn sie sich nicht ganz einig sind, wie die Burg auszusehen hat – die eine ist für eine breite Mauer, die andere legt besonders auf Pferde im Innenhof Wert –, werkeln sie konzentriert daran herum.

Endlich hören sie die Rufe der Mutter. Sie sehen einander an, was dem Blick in einen Spiegel gleichkommt. Ein Grinsen wechselt das Gesicht, wandert von einem Mädchen zum anderen. Sie werden weiter so tun, als würden sie die Mutter nicht hören, das beschließen sie, ohne ein Wort darüber zu verlieren. Noch ein bisschen mehr Zeit zum Spielen rauszuschlagen ist ihre Spezialität. Ganz besonders in diesem Moment, in dem sie an einem Strand sitzen. Zum ersten Mal in ihrem Leben. Zum letzten Mal für sehr, sehr lange Zeit.

Vielleicht wäre eine Sandburg zu bauen auch jetzt eine nette Abwechslung.

Von Florian ist bislang keine Nachricht eingetroffen, und wir alle fragen uns, wen er wohl heute zu einem Date entführen wird.

Dafür hat meine Schwester gestern Abend geschrieben. Sie scheint langsam, aber sicher nervös zu werden. Ich kann es ihr nicht verdenken, sicher würde sie mich am liebsten bei allem, was ich tue, beobachten und meine Schritte lenken. Auch mir wäre das lieber, dann würde ich mich vielleicht nicht ganz so aufgeschmissen fühlen und jedes Wort genau abwägen müssen. Doch nicht nur deswegen wünsche ich mir Maxime an meine Seite. Sie fehlt mir. Mit jedem Tag ein bisschen mehr. Ich stelle mir vor, wie es wohl wäre, wenn sie jetzt neben mir am Pool liegen würde.

Sicher würde sie versuchen, mir auszureden, dass ich nun nach meinen Karteikarten greife und einen erneuten Versuch starte, mir die Texte einzuprägen, die ich fein säuberlich darauf notiert habe. Die Buchstaben verschwimmen immer wieder vor meinen Augen.

Lass gut sein und genieß die Sonne, würde Maxime sagen, und ein Teil von mir würde nur zu gerne auf sie hören.

Ein anderer Teil zwingt mich, die Augen zusammenzukneifen und mein Gesicht mit einer Hand von der Sonne abzuschirmen, was jedoch kaum zu einer Verbesserung führt. Mein Körper ist heute so träge, meine Lider zucken und drohen endgültig zuzufallen.

»Hier passiert heute echt gar nichts. Mir ist langweilig.« Lisa gähnt laut und schmiert sich eine Ladung Sonnencreme auf die Nase.

»Du könntest eine Runde im Pool drehen«, schlage ich vor.

»Und was ist mit dir? Wieso hast du eigentlich keine Badesachen an?«

»Mein Bikini wurde geklaut, als wir in der Blockhüttensiedlung waren.«

Lisa starrt mich überrascht an. »Wie bitte? Von wem?«

»Keine Ahnung. Ich denke, es könnte Vico gewesen sein. Sie hat sich so komisch verhalten.« Mit wenigen Worten erzähle ich Lisa von der Nacht, als ich glaubte, jemand sei in meiner Hütte gewesen.

»Ich traue Vico so einiges zu.« Lisa stellt die Sonnencremetube neben sich auf dem Boden ab. »Und *Fair Play* gehört definitiv nicht dazu. Hast du sie damit konfrontiert?«

»Nein. Es ist ja nur ein Gefühl. Ich will ihr nichts unterstellen.«

»Dann sollten wir unbedingt nach Beweisen suchen.«

»Wie meinst du das? Willst du etwa ihre Sachen durchwühlen.«

Lisa schweigt.

»Oh Gott, im Ernst?«

»Klar, warum nicht? Nur so finden wir heraus, ob du recht hast.« Lisa deutet auf Vico, die ein paar Meter von uns auf ihrer Yogamatte steht und ihren Körper so sehr verdreht, dass jede Schlangenfrau vor Neid erblasst wäre.

»Sie wird noch eine Weile damit beschäftigt sein, unter ihren eigenen Beinen durchzutauchen«, flüstert Lisa mir zu. »Das ist *die* Gelegenheit.«

Sie springt auf und greift nach meiner Hand.

»Ich weiß nicht.« Ich betrachte die Karteikarten in meinem Schoß. Die Paragrafen, die ich darauf notiert habe, brüllen mich an. *Wann willst du dich uns endlich widmen? Wir müssen in deinen Kopf, verdammt! Du hast schon genug Zeit vertrödelt.*

»Bist du etwa wieder am Lernen?« Lisa klingt mehr nach Maxime, als ich es jemals könnte.

»Ich hätte dich gar nicht so eingeschätzt, ich dachte, du siehst das Ganze entspannter.«

Sie hat recht, momentan bin ich wieder mal alles andere als entspannt und damit weit davon entfernt, meiner Schwester ähnlich zu sein.

»Gut, von mir aus.« Ich erhebe mich und stecke die Karteikarten in die Tasche meiner Shorts. »Aber wir sollten schnell machen.«

»Uns wird schon niemand erwischen«, flüstert Lisa mir zu.

Wenn sie sich da mal nicht täuscht. Auch wenn Vico uns nicht auf frischer Tat ertappt, so wird es etliche Zeugen geben. Wie ein Mahnmal blinken Dutzende Kameras in den Palmen.

»Boah, was riecht denn hier so komisch?« Lisa rümpft die Nase. Auch ich nehme den säuerlichen Gestank wahr, der allem Anschein nach aus dem Badezimmer kommt.

»Riecht wie Kotze.« Lisa hält sich die Hand vor den Mund, und für einen Moment fürchte ich, sie würde sich nun auch übergeben.

»Vico erbricht sich ab und zu«, erkläre ich. »Sie glaubt, ich merke es nicht, aber ich höre die Geräusche aus dem Bad.«

»Komisch.« Lisa runzelt die Stirn. »Meinst du, sie hat sich was eingefangen?«

»Aber müsste sie dann nicht den ganzen Tag über der Kloschüssel verbringen?«

»Und das geht jeden Tag so?«

»Ich habe nicht Buch darüber geführt, aber es kommt schon ziemlich häufig vor.«

Lisa kaut auf ihrer Unterlippe herum, als würde sie angestrengt nachdenken. Dann reißt sie plötzlich die Augen auf und packt meinen Arm. »Was, wenn was anderes dahintersteckt?«

»Wovon redest du?«

»Könnte sie, nur so ganz theoretisch …« Sie tippt sich auf den Bauch.

»Was? Du meinst … Nein, das glaube ich nicht. Oder siehst du bei Vico auch nur das geringste Gramm Speck?«

»Nein. Aber das muss nichts heißen. Möglicherweise steht sie noch ganz am Anfang einer Schwangerschaft. Und wenn sie nichts bei sich behält, sieht man es erst recht nicht. War bei meiner Schwester auch so.«

»Aber was macht sie dann hier in der Show?«

»Karriere? Einen Ernährer für ihr Kind suchen? Sie wäre

sicher nicht die Erste, die aus den falschen Motiven an dieser Sendung teilnimmt. Denk an 2018, als diese Tanja Grützberger sich Andreas geangelt hat und später herauskam, dass sie eine Heiratsschwindlerin ist, die sich einen reichen Geschäftsmann anlachen wollte. Dumm nur, dass auch Andreas gelogen hat und seine Firma längst pleite war.«

Sie sollte unbedingt zusammen mit Sophie ein Nachschlagewerk für *The Dating Game* verfassen. Davon würden Betrügerinnen wie ich in der Zukunft ziemlich profitieren.

»Ja, daran erinnere ich mich gut.« Wie leicht mir die Lügen inzwischen über die Lippen kommen.

»Vielleicht finden wir in diesem Zimmer nicht nur Beweise für den Bikiniklau.« Lisa sieht mich vielsagend an.

»Was glaubst du? Dass sie irgendwo einen Schwangerschaftstest versteckt hat? Oder Babyschuhe? Ich denke, es könnte schwierig werden, eindeutige Beweis für diese Sachlage zu erbringen.«

Lisa lacht. »Du klingst wie eine Juristin.«

Ich merke, wie mir das Blut ins Gesicht schießt. »Los, wir sollten uns beeilen.«

»Ich schaue in ihrem Koffer nach.« Lisa deutet unter Vicos Bett, das wie immer perfekt gemacht ist. Die rosafarbenen und weißen Kissen sind der Größe nach am Kopfende aufgereiht.

Während Lisa den Koffer hervorzieht, gehe ich zurück ins Bad und durchsuche Vicos üppige Schminktasche, auch wenn ich mir kaum vorstellen kann, dass sie darin meinen Bikini aufbewahrt. Ich bin nach wie vor der Meinung, dass sie ihn noch in der Nacht, in der sie ihn entwendet hat, irgendwo entsorgt hat. Alles andere wäre viel zu riskant. Aber Lisa ist so voller Eifer bei der Sache, dass ich es nicht übers Herz bringe, ihr diesen Zahn zu ziehen.

Außer einer Menge Wattepads und unzähligen Lippenstiften finde ich nichts in der Schminktasche. Mir war gar nicht bewusst, dass es so viele Nuancen von Rosa gibt. Und noch weniger, dass man sie alle braucht.

»Hast du was gefunden?«, ruft Lisa aus dem Zimmer.

»Nein. Du?«

»Auch nicht. Ich schau mir mal den Schrank an.«

Da wir uns den Kleiderschrank teilen, wäre das wohl der letzte Ort, an dem Vico meinen Bikini verstecken würde, selbst wenn sie ihn aufgehoben hätte.

»Hier ist was!«

Sofort stürme ich aus dem Badezimmer. Triumphierend hält Lisa mir ein orangenes Bikinihöschen entgegen. »Jetzt haben wir sie!«

Ich schüttele den Kopf. »Das ist nicht meins. Meins war zitronengelb. Hör mal, Lisa, ich denke nicht, dass wir hier was fin…«

»Was um alles in der Welt tut ihr da?« Ich erstarre mitten im Satz. Lisa hat das Höschen vor Schreck fallen gelassen. Im Türrahmen steht Vico und sieht uns mindestens genauso entsetzt an wie wir sie.

»Äh, wir wollten nur die Sachen ein bisschen lüften«, sage ich lahm. Okay, so leicht kommen mir Lügen doch nicht über die Lippen.

»Na klar.« Vico tippt sich an die Stirn.

Ganz offensichtlich nicht.

»Wir haben Maximes Bikini gesucht«, sagt Lisa, und mein eindringlicher Blick bringt sie nicht wie erhofft zum Schweigen, sondern nur noch mehr in Rage. »Hast du eine Ahnung, wo der sein könnte? Sie vermisst ihn seit der Nacht in der Blockhüttensiedlung.«

»Und was hab *ich* damit zu tun?« Vico geht auf Lisa zu, hebt das Höschen vom Boden auf und legt es ordentlich zusammengefaltet zurück in den Schrank.

»Keine Ahnung – sag du es mir.« Lisa stemmt die Hände in die Hüften und funkelt Vico kampfeslustig an.

»Lass gut sein.« Ich lege meine Hand auf Lisas Arm. »Wir haben keine Beweise.«

»Ihr glaubt, ich hätte ihren Bikini geklaut?« Vico zeigt auf mich und lacht trocken. »Wieso sollte ich das tun? Der ist mir doch mindestens drei Nummern zu groß.«

Ich beiße mir auf die Lippen, um nichts zu sagen, was meine Schwester nicht mal denken würde. Ich bin mir der Kameras im Raum bewusst, die jedes Wort einfangen.

»Damit Maxime bei dem Date am Strand blöd dasteht«, sagt Lisa.

»Dazu brauche ich nicht ihren Bikini zu stehlen.« Vico lässt ein verächtliches Schnauben hören. »Das schafft sie ganz alleine.«

Ich zähle innerlich bis zehn und unterdrücke mit aller Kraft die Worte, die in mir aufsteigen und die Glaubwürdigkeit meiner Rolle gefährden würden.

»Wenn ich euch noch einmal dabei erwische, wie ihr meine Sachen durchwühlt, könnt ihr euch auf was gefasst machen, verstanden?«

Lisa und ich werfen uns einen Blick zu.

»Ob ihr mich verstanden habt?«

»Du bist nicht zu überhören.« Lisa sieht Vico trotzig ins Gesicht. Im Zweifel für den Angeklagten, schießt es mir durch den Kopf. Wir haben nichts gegen Vico in der Hand, das es rechtfertigt, ihre Drohung nicht zu akzeptieren. Nichts außer einem vagen Verdacht und einer Antipathie.

»Ach, hier seid ihr.« Nadja kommt ins Zimmer gestürmt und bleibt irritiert stehen. »Alles okay?«

»Bestens.« Vicos Stimme klingt gepresst. Ihre Augen lassen Lisa und mich keine Sekunde los. Mit diesem Ausdruck macht sie Pia glatt Konkurrenz. Sie könnten ein Eisskulpturenkabinett eröffnen, in dem sie all die Frauen ausstellen, die sie mit ihren Blicken eingefroren haben.

»Was gibt's?«, fragt Lisa, ohne Nadja anzusehen.

»Eine Nachricht von Florian. Er hat ein paar Mädels für ein Gruppendate ausgewählt. Vico, du bist dabei.«

Mein Herz sinkt in die Hose. Wieder ein Tag, an dem ich keine Chance haben werde, Florian näherzukommen.

»Und du auch, Maxime.« Nadja wendet sich zum Gehen. »Ihr solltet euch besser beeilen. Es geht in zwei Minuten los.« Vico und ich starren uns an. Feindselig, wütend. Dann rennen wir.

»Ein Escape Room, wie cool!« Claire sieht so begeistert aus, als habe man ihr gerade verkündet, dass sie eine Reise nach Hawaii gewonnen hat.

»Ich dachte, ich teste mal, wie stark eure Nerven sind.« Florian grinst. Zusammen mit Ben und Pia ist er zeitgleich mit uns an der Location eingetroffen, zu der wir Frauen von Bobby gebracht wurden. Die kurvenreiche Fahrt hat mir mehr den Magen verdreht als Florian Maxime den Kopf, und ich wundere mich, dass es bei Vicos empfindlichem Magen nicht genauso ist.

»Ich kann manchmal auch anstrengend sein«, fährt Florian fort, »daher ist es mir wichtig, dass ich eine Frau an meiner Seite habe, die damit umgehen kann und auch in schwierigen Situationen die Nerven behält. Wer von euch hat so was schon mal gemacht?«

Claire, Nadja und ich heben die Hände, auch wenn ich damals, als ich mit Sophie und ein paar ihrer Mitschüler aus der Schauspielschule eingeschlossen wurde, eher Zuschauerin als Mitspielerin war, so schnell fegten die anderen durch den Raum.

Vico sieht Florian ratlos an.

»Das Prinzip ist ganz einfach: Man erkundet einen Raum und löst diverse Rätsel, bis man den Schlüssel findet, der einen wieder nach draußen bringt.« Vico sieht auch nach Florians Erklärung verwirrt aus. »Du wirst es verstehen, wenn wir drin sind. Ich habe uns ein besonderes Thema ausgesucht. *Die verlorene Braut.*«

Wir folgen Florian und einer Mitarbeiterin in den Raum, wo

sie uns letzte Anweisungen erteilt, ehe sie die Tür hinter uns abschließt.

Wie sich herausstellt, ist dieser Raum tatsächlich besonders. Besonders gruselig. Es handelt sich um einen gigantischen Speicher, der über und über mit künstlichen Spinnweben bedeckt ist, in denen riesige Plastikspinnen angebracht worden sind. Zumindest hoffe ich, dass sie alle aus Plastik sind, ganz sicher bin ich mir nicht.

Der Raum ist ein endlos langer Schlauch, und neben einem klapprigen Bett stehen ein hölzerner Schminktisch mit allerlei altmodischen Utensilien wie einem Handspiegel und einer Bürste, ein Kleiderschrank und zwei Ohrensessel darin. Am Ende des Speichers gibt es einen in die Wand eingelassenen Kamin, in dem ein künstliches Feuer lodert. Darüber hängt ein Gemälde in einem verschnörkelten goldenen Rahmen, das eine Frau im Brautkleid zeigt, das aus dem vorigen Jahrhundert zu stammen scheint. Überall an den Wänden sind seltsame Runen eingeritzt, und auf dem Fußboden liegt ein alter Flickenteppich, unter dem sich garantiert weitere Rätsel verbergen.

Neben Florian, Nadja, Claire, Vico und mir sind auch Ben und Pia miteingesperrt worden. Zu meiner Verwunderung hat Ben heute jedoch nur einen Fotoapparat dabei. Pia erklärt uns, dass sie das Filmmaterial der Überwachungskameras, die überall angebracht sind, für die Show verwenden werden und Ben heute lediglich ein paar Fotos für die Social-Media-Kanäle von V-TV machen wird. Was sie selbst hier zu suchen hat, wird schnell klar. Im Weg stehen, Ben Anweisungen zubrüllen und so laut dazwischenreden, dass man sich kaum auf die Rätsel konzentrieren kann.

Unsere Aufgabe besteht darin, das Rätsel einer Braut zu lösen, die an ihrem Hochzeitstag ganz plötzlich verschwand und seitdem nicht mehr aufgetaucht ist.

Wir schwärmen in verschiedene Ecken des Raumes aus, wobei

sich Vico sofort Florian unter den Nagel reißt und ihn bewacht, als sei er ein Prinz und sie seine Leibwächterin.

Ich wende mich ab, rolle den Teppich zur Seite und entdecke darunter zwei Pfeile, die in unterschiedliche Richtungen deuten.

Einer zeigt genau auf das Gemälde der Braut über dem Kamin. Ein anderer zurück zur Tür, durch die wir gekommen sind.

Ein Blitz durchdringt das Dämmerlicht, das auf dem Speicher herrscht. Erschrocken fahre ich herum. Ben steht hinter mir und schießt ein paar Fotos, ehe er die Kamera sinken lässt und mir über die Schulter blickt.

»Ich denke, du solltest den Pfeilen folgen.«

»Ich krieg das schon hin.«

»Daran habe ich keinen Zweifel.« Er betrachtet neugierig die Pfeile. »Warum zeigen sie in verschiedene Richtungen?«

»Möglicherweise ist dort was versteckt.« Ich folge dem Pfeil, der Richtung Tür zeigt mit dem Blick, kann aber nichts Auffälliges entdecken.

»Lass uns mal nachsehen.« Ben geht voraus, und ich folge ihm penibel genau auf der imaginären Linie, die den Pfeil mit der Tür verbindet.

»Schau mal, da ist was eingraviert.« Ben deutet auf das untere Ende der Tür. Und tatsächlich: seltsame runenartige Symbole sind in das dunkle Holz geritzt, die man ohne den Hinweis mit dem Pfeil glatt übersehen hätte.

»Ben, hast du nichts zu tun?« Pias Stimme lässt uns zusammenfahren.

»Doch, klar.« Ben schießt ein Foto von mir, wie ich mich auf die Knie sinken lasse.

Als Pia sich umdreht und auf Florian und Vico zugeht, die gerade das Laken des Bettes hochgehoben haben, um es von allen Seiten zu betrachten, wendet Ben sich wieder den Runen zu.

»Was könnten die bedeuten?«

Ich zucke mit den Achseln. »Keine Ahnung. Aber warte mal.«

Ich laufe zurück zum Teppich und folge dem zweiten Pfeil bis ans andere Ende des Raumes zum Kamin, wo einige Holzscheite liegen. Ich nehme ein paar davon in die Hand und betrachte sie eingehend. Nichts.

Danach taste ich in dem künstlichen Feuer herum, ob dort irgendetwas versteckt ist, kann aber nichts finden.

Schließlich nehme ich die restlichen Holzscheite heraus, da entdecke ich es. An der Hinterwand des Kamins sind dieselben Runen eingeritzt wie in der Tür. Allerdings ist hier jeder von ihnen ein Buchstabe zugeordnet worden.

»Ich hab was«, rufe ich Ben zu. »Eine Art Decoder.«

Ben reckt den Daumen in die Höhe. Mein Blick wandert zu Pia hinüber, die gerade auf Claire einredet, weil diese ein wenig steif im Raum steht und sich nicht traut, unter den Spinnennetzen hindurchzugehen, die über ihrem Kopf gespannt sind. Niemand schenkt Ben und mir Beachtung, so sehr sind alle darin vertieft, eigene Rätsel zu lösen.

»Ich habe hier einen Kreis mit einem Kreuz obendrauf«, ruft Ben mir zu, und ich suche am Kamin nach dem entsprechenden Symbol.

»Das ist ein I.«

»Okay, dann ist hier so eine Art umgedrehte Vase mit zwei Bögen links und rechts.«

»Ein C.«

Gemeinsam übersetzen wir die Runen quer durch den Raum, bis Pia uns schließlich Einhalt gebietet. Ben seufzt und sieht entschuldigend in meine Richtung.

»Kein Problem«, forme ich mit den Lippen. Wir sind ohnehin fertig.

Die Braut hat eine eindeutige Botschaft in die Tür geritzt:

Ich wurde ermordet.

Wir sind ihrem Geheimnis ein ganzes Stück nähergekommen. Doch was ist genau passiert?

Ich durchquere den Raum. Vico und Florian haben das Bettgestell mittlerweile auseinandergenommen und neu zusammengesteckt, sodass die Stäbe am Kopfende nun die Zahl 21 bilden.

»Was soll das bedeuten?«, frage ich im Vorbeigehen.

»Das finden wir noch heraus«, zischt Vico. »*Alleine.*« Florian öffnet den Mund, um etwas zu sagen, doch Vico zupft an seinem Ärmel und deutet hektisch auf eine Stelle am Kopfende. Schulterzuckend gehe ich weiter, betrachte ein paar Spinnennetze, den Schminktisch, die Bürste, den Spiegel.

»Das kannst du dir sparen, da ist nichts.« Nadja ist neben mich getreten und runzelt die Stirn, ehe sie sich dem zerschlissenen Vorhang an einem der Dachfenster widmet.

Pia kann ich nirgendwo entdecken. Der Raum ist so lang und verwinkelt, dass man ihn nicht komplett überblicken kann.

»Wer sie wohl ermordet hat?«, flüstert eine Stimme in mein Ohr. Mein Nacken beginnt augenblicklich zu kribbeln, und ich fahre herum. Ben steht hinter mir. Die Hände in den Taschen seiner Jeans vergraben, den Fotoapparat um den Hals.

»Sie sieht ganz schön unheimlich aus«, sagt er und deutet auf das Bild über dem Kamin, auf dem die Braut uns anklagend entgegenstarrt. Ich nicke.

Gemeinsam gehen wir näher heran. Ich fahre mit den Fingern über das Gemälde, zeichne den Schleier und die Gesichtszüge der Braut nach, auch wenn ich nicht die geringste Ahnung habe, was das bringen soll.

Ben widmet sich währenddessen dem Rahmen und wandert dann ebenfalls mit den Fingern über den Schleier der Braut. Als unsere Fingerkuppen sich berühren, zucke ich überrascht zusammen.

»Sorry«, flüstert Ben, macht aber keine Anstalten, seine Hand zurückzuziehen.

Ich betrachte sie. Sie ist noch immer leicht gerötet an der Stelle, an der ihn die Tentakel erwischt haben.

»Geht es deiner Hand eigentlich besser?«, frage ich und lasse meine Hand sinken.

Ben nickt. »Und deinem Bein?«

»Ich könnte jetzt nicht unbedingt einen Marathon laufen«, sage ich. »Aber es geht ihm deutlich besser. Juckt ein bisschen, aber sonst ist es okay. Danke übrigens.«

»Für die Hilfe beim Rätseln?«

»Nein. Das hätte ich auch alleine geschafft.« Ich strecke ihm die Zunge raus, und er lacht. »Ich meine für neulich am Strand.«

»Gern geschehen. Ich konnte ja nicht riskieren, dass du abkratzt.«

»Wäre sicher gut für die Quote gewesen«, sage ich.

»Stimmt, Pia hätte es vermutlich gefreut.« Ich bin nicht sicher, ob das ein Scherz ist. »Mich allerdings nicht.« Ben sieht mir tief in die Augen, und ich spüre, wie meine Wangen zu glühen beginnen. Sein Blick ist offen und freundlich, und ich habe den Impuls, ihm auszuweichen und ihn gleichzeitig zu erwidern. Bens Blick lässt mich ebenso wenig los, wie es normalerweise die Linse seiner Kamera tut. Und genau wie in diesen Momenten fühle ich mich wie ein offenes Buch. Als könne er mitten hinein in meinen Kopf gucken und meine Gedanken lesen. Nur fühlt es sich seltsamerweise nicht unangenehm an. Ich schlucke schwer, sehe, wie Bens Kiefermuskeln sich bewegen. Er räuspert sich, und ein Grinsen legt sich auf sein Gesicht.

»Immerhin will ich dich noch turnen sehen.« Ich boxe ihn gegen den Arm.

»Hey, keine Gewalt am Set. Steht im Vertrag.«

»Den hab ich nur überflogen.« Ich zwinkere ihm zu.

Er lacht, und um seine Augen bilden sich unzählige kleine Fältchen, was ihm unheimlich gut steht. Er bewegt sein Gesicht auf meins zu, sodass ich seinen Atem auf meiner Wange spüren kann, während er spricht. Hitze steigt in mir auf, obwohl es hier oben eigentlich kühl ist.

»Wenn du den Vertrag nur überflogen hast, dann weißt du auch nicht, dass der Kameramann immer gut zu behandeln ist«, flüstert Ben. »Absatz 3 Paragraf 7. Alles, was der Kameramann sagt, muss …«

»Oh, mein Gott!« Vicos Schrei hallt durch den Raum. Ben und ich fahren zu ihr herum. Sie steht gut zehn Meter von uns entfernt unter der Dachschräge. Dort hat sich ein Fenster geöffnet, und ein Schwall Kunstblut hat sich vor Vicos Füße ergossen. »Iiih, ist das eklig!«, brüllt sie.

»Sorry, aber wenn ich das nicht für die Nachwelt festhalte, bringt Pia mich um«, sagt Ben und eilt zu dem Fenster hinüber, um ein paar Fotos zu schießen.

Ich sehe ihm nach, und noch immer ist mein Gesicht seltsam heiß. Ich atme tief durch und widme mich wieder dem Bilderrahmen, kann aber nach wie vor nichts Auffälliges entdecken. Mit beiden Händen greife ich danach und rüttele daran. Der Rahmen lässt sich ganz leicht von der Wand lösen. Ich blicke mich nach Ben um, der wie alle anderen mit Vico und der Lache aus Kunstblut beschäftigt ist.

Ich nehme das Gemälde von der Wand und drehe es um.

Was hat man mir angetan?, wurde in roter Schrift auf die Rückseite geschrieben.

»Man hat dich ermordet, das hab ich kapiert, aber was soll ich jetzt machen?«, sage ich laut.

Das Bild in meiner Hand beginnt zu vibrieren. Ich stoße einen erstickten Schrei aus, aber niemand nimmt Notiz von mir.

Mit einem Quietschen schwingt eine versteckte Tür im Kamin auf und gibt die Sicht auf einen weiteren Raum dahinter frei.

Erneut drehe ich mich zu den anderen um. Vico steht etwas abseits und tupft sich mit einem Taschentuch die Beine ab. Florian untersucht mit Claire und Nadja das Fenster. Ben geht auf und ab und schießt Fotos, von Pia ist nichts zu sehen.

Ich winke Ben zu und deute auf den geheimen Raum, den

ich entdeckt habe. Er macht mir ein Zeichen, dass ich allein gehen soll. Also lasse ich mich auf die Knie sinken und krieche durch den schmalen Gang in den nächsten Raum, der viel kleiner ist als der erste. Auch hier ist es dunkel, und alles hängt voll Spinnweben. Außer einem alten Ohrensessel mit ausgefranstem Polster hängen bloß die Porträts von drei Männern im Raum, von denen einer wie ein Bräutigam und ein anderer wie ein Jäger aussieht, der dritte trägt eine Uniform.

Ob einer davon der Mörder der Braut ist? Vielleicht der Jäger? Immerhin ist Töten ist sein Metier.

Geduckt gehe ich auf die Bilder zu, aufrecht zu stehen ist hier unmöglich.

Alle Rahmen lassen sich von der Wand nehmen, doch auf ihren Rückseiten ist nichts zu entdecken, und auch in die Rahmen selbst ist nichts eingraviert.

Plötzlich lässt mich ein Poltern zusammenfahren. Ich wirbele herum. Die Tür, die zurück auf den Speicher führt, ist zugefallen. Schnell laufe ich darauf zu und rüttele daran, aber sie lässt sich keinen Spalt weit öffnen.

»Hey! Was soll das?«, rufe ich und trommele mit den Fäusten dagegen. Niemand antwortet mir.

»Das ist nicht witzig.« Hitze steigt in mir auf. Der Raum scheint mit einem Mal enger geworden zu sein. Und stickiger. So als habe man mit dem Schließen der Tür alle Luft herausgesaugt.

Gehört das zum Spiel? Muss ich mich mithilfe der Bilder aus diesem Raum befreien?

Ich laufe zurück zu den Männerporträts, nehme mir jedes einzelne erneut vor. Auf der Weste des Bräutigams sind die Buchstaben T. S. junior, auf der Uniform des älteren Mannes T. S. aufgestickt. Der Bräutigam ist wohl der Sohn des Uniformierten und dieser somit der Schwiegervater der Braut.

Ich laufe zum Ohrensessel. Auf der Sitzfläche liegt eine aufgeklappte Zeitung. In der Todesanzeige, die auf der aufgeschlagenen Seite prangt, ist von einem Henry Miller die Rede, der am 15.12.1910 bei einem Jagdunfall starb.

Ich blättere weiter in der Zeitung und finde einen Artikel, der *die Hochzeit des Jahres* ankündigt. Der Redakteur findet den Zeitpunkt der Hochzeit seltsam gewählt. Kam doch ein Jahr zuvor, am 21.12.1909, die Mutter des Bräutigams, Mary Sparks, auf unerklärliche Weise ums Leben. Man habe damals ihren Ehemann verdächtigt, etwas mit ihrem Ableben zu tun zu haben, konnte ihm aber nie etwas nachweisen. Und noch etwas erwähnt der Schreiber: dass Agneta Durham, Timothy juniors Braut, seiner Mutter wie aus dem Gesicht geschnitten sei.

Am 21.12. war Henry Miller, der Jäger, bereits tot. Bleiben die beiden Sparks.

Sicher war es ein Schock für Timothy senior, seine verstorbene Frau plötzlich, als wäre sie wiederauferstanden, im Hochzeitskleid vor sich stehen zu sehen. Ob er in diesem Moment durchgedreht ist?

Ja, ich bin mir sicher, dass es Sparks senior war.

»Es war Timothy Sparks senior!«, rufe ich in der Hoffnung, dass diese Erkenntnis mir die Tür öffnen wird. Nichts geschieht. »Timothy Sparks senior hat seine eigene Schwiegertochter ermordet«, versuche ich es noch einmal. Wieder nichts. Die Luft hier drin kommt mir mit einem Mal viel dünner vor. »Hallo? Lasst mich raus! Das ist die Lösung, oder?«

Ich will endlich wieder zurück zu den anderen. Langsam bin ich mir nicht mehr sicher, ob das Teil des Spiels ist oder mich nicht jemand absichtlich eingesperrt hat.

»Hallo! Hört mich denn keiner?«, brülle ich in Richtung der Kaminöffnung. »Hilfe!«

Ein Vibrieren. Dann schwingt die Tür zur Seite, und Ben starrt mich an.

Ich schiebe mich an ihm vorbei zurück auf den Speicher. »Ich glaube, jemand hat mich hier eingesperrt.«

»Ich hab mich schon gewundert, wie du die Holzscheite wieder auftürmen konntest, wo du doch da drin warst.« Ben zieht die Brauen hoch.

Also ist es wahr!

Ich sehe mich auf dem Speicher um und entdecke Vico ein Stück weiter hinten. Sie betrachtet mich mit einem Ausdruck von Abscheu und Ärger.

Mit wenigen Schritten bin ich bei ihr. Ehe ich weiß, was ich tue, packe ich sie am Arm. »Warst du das? Du kannst bloß froh sein, dass ich nicht unter Klaustrophobie leide!«

»Wovon redest du?« Sofort setzt sie wieder die Unschuldsmiene auf. Aber ihre Scharade kann sie sich sparen. Wer außer ihr hätte mich einsperren sollen?

»Das weißt du ganz genau! Erst die Sache mit meinem Bikini und jetzt das. Was soll der Mist?«

»Maxime.« Florian legt mir beruhigend eine Hand auf die Schulter. Aber ich will mich nicht beruhigen. Ich will jetzt Tilda sein, und die lächelt das Ganze nicht einfach weg. Ich habe langsam die Nase gestrichen voll von diesen Spielchen.

»Ich habe nicht die geringste Ahnung, was du meinst.« Vico entreißt mir ihren Arm und wendet mir den Rücken zu.

Als ich dabei bin, für eine neue Schimpftirade Luft zu holen, geht Florian endgültig dazwischen. »Schluss jetzt.« Noch nie habe ich eine solche Schärfe in seiner Stimme gehört. »Maxime, was ist nur in dich gefahren?«

Na wunderbar, ich habe Vico einen Gefallen getan, indem ich die Beherrschung verloren habe. War es das, was sie wollte? Dass ich ausraste und vor Florian dumm dastehe?

Hat wohl funktioniert, denn dass Florian das kein bisschen sexy findet, zeigen seine missbillig hochgezogenen Brauen. Und morgen ist bereits Sonntag – Entscheidungsnacht. Habe ich soeben jegliche Chance verspielt, eine Runde weiterzukommen?

»Sie hat mich dahinten eingesperrt«, stammele ich und deute

auf den Kamin, wo Ben noch immer steht und Fotos schießt. Von mir und Vico. Von meiner Wut, Vicos beleidigtem Blick, meinen wild gestikulierenden Armen. Fotos, die sich sicher wunderbar vermarkten lassen. Mit einem Mal verkrampft sich mein Magen.

Was, wenn ich mich geirrt habe? Ich mag Vico nicht, doch weder das noch ihre seltsamen Blicke sind ein Beweis dafür, dass sie die Schuldige ist.

Ein Gedanke beschleicht mich. Hat überhaupt jemand außer Ben bemerkt, dass ich durch die Wand gekrochen bin? Was, wenn er … Nein, das kann nicht sein. Er hat mir eben sogar geholfen, das Runen-Rätsel zu lösen.

Oder war das Kalkül? Wollte er mich in Sicherheit wiegen, um danach für ordentliches Drama zu sorgen? Ich weiß plötzlich nicht mehr, was ich denken und wem ich glauben soll. Ich weiß gar nichts mehr …

Pia steht abseits und beobachtet jede meiner Regungen. Wenn ich nicht endgültig meine Maske fallen lassen will, sollte ich ganz dringend zurückrudern.

»Tut mir leid.« Ich quetsche die Worte mit Mühe aus mir heraus. »Ich war ziemlich angespannt.«

Vico zuckt mit den Schultern. Dann hakt sie sich bei Florian unter, der mich noch immer kopfschüttelnd betrachtet, als sei ich die Mörderin der Braut persönlich.

Apropos. »Ich weiß, wer die Braut umgebracht hat.«

Eine Sekunde später schwingt die Tür auf. Wir sind frei.

Kapitel 14

> Tildi, ich drücke dir/uns für heute Abend ganz fest die Daumen! Wie ist die Lage zwischen Flori und dir? Ich halt es echt kaum aus, hier zu sitzen und nichts tun zu können. Am Dienstag ist meine erste Klausur, und ich kann mich so gar nicht aufs Lernen konzentrieren. Hab dich lieb.

> Ich bin für heute Abend mit Nik zum Dating-Game-Abend verabredet – ohne Antonia. Sie guckt sich 'ne Wohnung an, wurde Nik wohl auf Dauer zu eng mit ihr. Er hat eben angedeutet, dass er ganz froh ist, wenn sie nicht mehr die ganze Zeit aufeinanderhängen. Gut, was?

Tatsächlich macht es wenig mit mir. Ich lese Sophies Nachricht und bin seltsam unberührt davon. Nik ist gerade so weit weg, und das meine ich nicht nur räumlich. Meine Gedanken kreisen mit jedem Tag, den ich in Portugal verbringe, weniger um ihn, und das ist gut so. Immerhin beweist die Sache mit Antonia mal wieder, dass ich ihn richtig eingeschätzt habe – er lässt keine Frau zu nah an sich heran. Mich nicht und auch sonst keine. Und sosehr ich mich in den letzten Monaten auch gegen diese Tatsache gesträubt und gehofft habe, bei mir könne es anders sein, so klar liegt sie nun vor mir. Wahrscheinlich wird Nik noch in zehn

Jahren in seinem WG-Zimmer leben und ständig wechselnde Frauen haben. Er wird sich nicht ändern. Und erst recht werde ich ihn nicht ändern. Weder, indem ich ihn in Ruhe lasse, noch, indem ich um ihn kämpfe.

Aber um Florian kann ich kämpfen. Noch ist nichts verloren, auch wenn mein Auftritt beim Escape Room mir nicht gerade Pluspunkte bei ihm eingebracht hat. Umso wichtiger ist es, dass ich gleich alles gebe. Jeden Moment kommt Florian zu uns in die Villa, wo er den Abend bei einer Cocktailparty mit uns verbringen wird, ehe er seine Entscheidung fällt.

Bei seinem Eintreffen fallen wir alle gleichzeitig über ihn her. Unsere Kleider schimmern in den wildesten Farben. Pailletten, wohin das Auge reicht. Geblendet von so vielen Glitzerpartikeln kämpft Florian sich zur Bar durch, die auf der Terrasse aufgebaut wurde und hinter der Bobby steht und die Getränke mixt. Ben, Moritz und Pia sind selbstverständlich auch anwesend, und Bens Kamera fängt ein, wie Gläser aneinandergestoßen werden, über die Unsinnigkeit von Plastikstrohhalmen philosophiert wird (Bobby hat diese durch Glasstrohhalme ersetzt) und Komplimente den Besitzer wechseln.

Ihr seht toll aus.

Du aber auch.

Ich habe mich sehr gefreut, euch alle heute Abend zu sehen.

Wir uns auch, es ist so toll, dich zu sehen.

Toll.

Toll.

Ich rühre wortkarg in meinem Coconut Kiss herum und bemühe mich, mir meine Anspannung nicht anmerken zu lassen. Momentan habe ich keine Ahnung, wie Florian zu mir steht. Gestern auf dem Speicher hatten wir kaum Gelegenheit, miteinander zu sprechen, und nach meinem Ausbruch Vico gegenüber hat er mich für den Rest des Tages so seltsam angesehen.

Während Vico einen Monolog über die richtige Zubereitung von Mojitos hält, durchforste ich meinen Kopf nach einem Thema, das alle Säulen eines Flirts enthält. Locker, lustig, trotzdem mit Tiefgang, Verbindung schaffend, Persönliches preisgebend und gleichzeitig geheimnisvoll bleibend, wie es in dem Magazin hieß, in dem Lisa neulich geblättert hat und dem ich an einem langen Pooltag mehr Aufmerksamkeit geschenkt habe als meinen Karteikarten. Natürlich fällt mir kein solches Thema ein. Dass alle meine Mitstreiterinnen, Pia, Moritz, Ben und Bobby in unmittelbarer Nähe stehen, macht es nicht leichter, locker mit Florian ins Gespräch zu kommen.

Vico beendet ihren Vortrag und lässt sich von Bobby einen neuen Cocktail zubereiten. Dabei schaut sie ihm genau auf die Finger und räuspert sich, als er zu viel Zuckersirup hineingießt.

»Willst du mich vergiften?« Sie lässt es wie einen Scherz klingen, doch ihre Augen verraten, dass sie Bobby am liebsten den Sirup über den Kopf schütten würde.

Ich beiße mir auf die Lippen. Flirten ist bereits unter normalen Umständen nicht meine Stärke, mit einem Mann, von dem ich keine Ahnung habe, worüber wir bereits gesprochen haben, und den ich von vorne bis hinten belüge, noch viel weniger. Dass mich dabei unzählige Augen beobachten können, setzt dem Ganzen die Krone auf.

Wir sind an diesem Abend immer wieder live auf Sendung. Zum Glück passiert das nur sonntags, und der Rest wird zusammengeschnitten. Somit kann ich immer noch hoffen, dass ich möglichst wenig Bildschirmzeit bekomme. Doch heute gibt es keinen Cutter, der peinliche Sequenzen rausschneidet, und das lässt meine Anspannung ins Unermessliche wachsen.

Ich bin überzeugt, dass Sophie, Nik und Maxime mir gerade zusehen, und wahrscheinlich beschwört Maxime mich just in diesem Moment, endlich meinen Mund aufzumachen und Florians Aufmerksamkeit auf mich zu ziehen. Ich kann sie förmlich rufen hören: »Tildi, nun mach schon! Sag was! *Irgendwas!*«

Und Sophie würde ihr recht geben. Sicher wirft sie gerade Popcorn auf den Bildschirm (sollten sie in Niks Zimmer fernsehen, wird es vermutlich noch ein paar Monate auf dem Boden liegen bleiben) und ruft mir zu, ich solle nicht so stocksteif dastehen.

Ich betrachte meine Finger, die sich um das Glas verkrampft haben. Mein Rücken und meine Beine sind durchgedrückt, meine Schultern hochgezogen, als sei mir kalt. Ich atme tief aus und versuche, mich zu entspannen, lasse die Schultern sinken und die Knie locker. Es hilft zumindest ein bisschen.

»Lächeln, Tilda, lächeln. Sei Maxime!«, ruft Sophie in meinem Kopf. Ihr Ton wird immer schärfer. Maxime stimmt mit ein. »Ich zähle auf dich! Enttäusch mich nicht!« Deutlich über ihrer Indifferenzlage schrillt ihre Stimme in meinem Ohr. »Los, Tildi, sag was!«, »Nicht so verkrampft!«, »Tildi? Worauf wartest du? MACH. SCHON.«

»Maxime?«

Erschrocken blicke ich auf und sehe dabei direkt in Florians Gesicht, der mich irritiert mustert.

»Ich habe gefragt, ob du einen Moment Zeit für mich hast.«

»Oh, … natürlich.«

»Geht es dir nicht gut?«

»Doch. Sehr bestens. Ich meine: sehr gut.« Ich muss unbedingt aufhören, so zu stammeln. Noch einmal atme ich tief durch, um mein flatterndes Herz unter Kontrolle zu bringen.

»Super. Komm, setzen wir uns an den Pool.«

Flankiert von Ben und Moritz, steuern wir die Liegestühle an. Die Kamera klebt in meinem Nacken wie ein Kaugummi, der sich nicht abstreifen lässt unter einem Schuh.

Ich setze mich auf eine der Liegen, und Florian rückt so nah an mich heran, dass ich sein Parfüm deutlich riechen kann.

»Wie war deine letzte Woche?« Florian nimmt wie selbstverständlich meine Hand. Ich werfe einen Blick über die Schulter.

Hinter uns stehen Ben und Moritz und fangen jedes Wort und jede Berührung mit der Kamera ein. Ein unangenehmes Kribbeln breitet sich in meinem Nacken aus. Die Situation könnte wirklich schön und romantisch sein, aber die Kamera nimmt ihr jeden Zauber.

»Ganz gut«, sage ich lahm. »Ich fand vor allem den Escape Room gestern spannend.«

»Du hast mich sehr beeindruckt an dem Tag.« Florian streicht sich mit der freien Hand durchs Haar. »Toll, wie schnell du das Rätsel der Braut gelöst hast.«

Ich merke, wie ich rot anlaufe, und zucke bloß mit den Schultern. »Ach, das war nichts Besonderes.«

Wir schweigen. Ich höre Ben und Moritz hinter mir atmen. Florian sieht mir fest in die Augen. Der Druck seiner Hand verstärkt sich. Es fühlt sich beinah beklemmend an, als sein Blick sich tief in meinen brennt. So als wolle er ergründen, was da wirklich in meinem Kopf vorgeht. Etwas, das er niemals erfahren darf.

»Du bist für mich irgendwie undurchschaubar, Maxime.« Ich versuche meine Anspannung wegzulächeln. Es klappt nicht.

»Seltsam«, sage ich. »Dabei behaupten immer alle, ich sei wie ein offenes Buch.«

»Echt? Das kann ich mir gar nicht vorstellen. Ich werde aus dir nicht schlau. Irgendwie hast du zwei Seiten.«

Mein Puls schlägt Alarm.

»Haben wir die nicht alle?« Ich lache kokett, doch Florian bleibt ernst.

»Mag sein, aber bei dir ist es anders. Du warst in den ersten drei Wochen der Sonnenschein schlechthin. Ich will nicht sagen, dass du der nicht noch immer bist, aber da ist auch diese andere Seite an dir, die immer wieder zum Vorschein kommt. Diese Ernsthaftigkeit und Distanziertheit. In der vergangenen Woche warst du irgendwie viel gereizter, angespannter, und dann gestern diese Sache mit Violetta-Constanze.«

Mir gefällt nicht, wie sich dieses Gespräch entwickelt.

»Du lernst mich jeden Tag besser kennen. Da entdeckt man zwangsläufig neue Facetten. Auch mal ein paar negative. Wobei ich zugeben muss, dass ich da wohl etwas überreagiert habe.«

Florian nickt langsam. Seine Hand hält meine noch immer fest umschlossen. »Vermutlich hast du recht. Ich wünschte bloß, ich wüsste mehr, woran ich bei dir bin. Manchmal habe ich das Gefühl, du bist dir nicht sicher, ob du Interesse an mir hast oder nicht.«

»Natürlich habe ich Interesse an dir«, sage ich schnell, und seltsamerweise fühlt es sich in diesem Moment nicht nach einer Lüge an. Bin ich inzwischen so sehr mit Maxime verschmolzen, dass ich ihre Gedanken denke? Oder sind es die abendliche Stimmung und Florians warme Hand, die mich meine eigenen Worte glauben lassen?

»Das ist schön zu hören.« Florians Finger streicheln über meinen Handrücken. Die Härchen an meinem Unterarm richten sich kerzengerade auf.

»Schon wieder!« Florian deutet auf mich.

»Was?«

»Du verkrampfst schon wieder.«

»Nein!«

»Klar. Deine Schultern sind total verspannt.«

Er hat recht. Ohne es zu merken, habe ich sie fast bis zu den Ohren hochgezogen.

»Du machst mich eben nervös«, sage ich, und auch an diesen Worten haftet mehr Wahrheit, als ich mir eingestehen möchte.

»Das ist doch gut.« Florian rückt ein Stück näher an mich heran. Auch seine zweite Hand greift nach meiner. Mein Herz hämmert wie verrückt gegen meine Rippen.

»Du verwirrst mich, Maxime«, flüstert Florian. »Manchmal erschreckt mich das, aber gleichzeitig fühlt es sich auch wahnsinnig gut an.«

Er beugt den Kopf vor. Ich starre ihn an. Tut er das, was ich denke? Oh Gott, was mache ich denn jetzt? Ich kann doch nicht den Mann küssen, in den meine Schwester verliebt ist! Unwillkürlich rücke ich von ihm ab, aber er kommt mir sofort nach. Sein Mund bewegt sich wie in Zeitlupe auf meinen zu, und dabei spüre ich die Anwesenheit der Kamera mehr als deutlich. Hinter ihr beobachten uns weit mehr Menschen als Ben. Tausende Zuschauer, die live dabei sind, wie ich mit mir ringe, ob ich Florian küssen soll oder nicht. Unter ihnen Sophie, Nik und Maxime, die wahrscheinlich gerade mindestens genauso angespannt ist wie ich.

Florians Lippen sind nun nur wenige Zentimeter von meinen entfernt. Er schließt die Augen. Jeden Moment wird sein Mund sich auf meinen legen. Und jetzt?

Will ich ihn überhaupt küssen? Ja und nein. Gott, ich weiß es nicht!

Es ist egal. Es tut nichts zur Sache, was ich möchte. Das hier mache ich für meine Schwester. Also reiße ich mich zusammen, komme Florian ein Stück entgegen und …

»Mist, der Akku ist leer.« Ich zucke zusammen und sehe aus dem Augenwinkel, wie Ben die Kamera sinken lässt. »Moritz, bringst du mir bitte schnell einen neuen?«

Florian schlägt die Augen auf und dreht sich zu Ben um. »Und jetzt?«

»Jetzt müssen sie im Studio schnell in die Werbepause gehen«, sagt Ben unbeeindruckt. »Schade. Wo es doch gerade so spannend war.« Seine Stimme trieft vor Ironie.

Florian sieht mich entschuldigend an. Der Moment ist vorbei, das ist uns beiden klar. Und ich bin dankbar dafür. Oder? Ich spüre in mich hinein, kann mir aber selbst keine eindeutige Antwort auf die Frage geben.

»Wollen wir zurück zu den anderen gehen?« Florian erhebt sich und streckt die Hand nach mir aus.

»Ich komme gleich nach.«

Erst mal muss ich wieder klarkommen.

»In Ordnung.« Florian haucht mir einen Kuss auf die Wange und schlendert dann zurück zur Cocktailbar, an der meine Mitstreiterinnen stehen und ihn freudig empfangen.

Ich könnte mich ohrfeigen. Warum habe ich den Moment verstreichen lassen? Warum habe ich die Chance, ihn zu küssen, nicht genutzt? Die wenigen Sekunden meines Zögerns haben Maxime womöglich alles verbaut.

Vielleicht, weil du Angst hattest, was es bei dir auslösen könnte.

Unsinn!

Ben ist nach wie vor hinter mir und fummelt an seiner Kamera herum. Wieso musste er uns ausgerechnet im entscheidenden Moment unterbrechen? Wäre er nicht gewesen, wäre Maxime sicher einen wichtigen Schritt vorangekommen.

»Konntest du nicht vorher mal checken, ob dein Akku voll ist?« Meine Wut entlädt sich schneller als jeder Akku der Welt. Und es tut gut.

»Tja, manchmal passiert das ganz überraschend.« Ben zuckt mit den Schultern.

»Dein Timing ist echt unterirdisch.«

»Seltsam, ich hatte das Gefühl, dass mein Timing sogar ziemlich perfekt war.«

»Was soll denn das bitte heißen?«

»Nun, du hast nicht gerade den Eindruck gemacht, als wolltest du, dass Florian dich küsst.«

»Wie bitte?« Entsetzt reiße ich die Augen auf.

»Nun, du warst ganz schön angespannt, und ich glaube, das lag nicht bloß an der Kamera, sondern daran, dass du ihn eigentlich gar nicht küssen wolltest.«

»Natürlich wollte ich das.«

»Sah aber nicht so aus.«

»Du hast überhaupt keine Ahnung!« Damit wären wir schon zu zweit.

»Entschuldige bitte, aber ich wollte bloß helfen. Ich wollte nicht, dass du dich zu etwas hinreißen lässt, das du nicht möchtest.«

»Woher willst du wissen, was ich will?« *Wenn ich das nicht mal selbst weiß.*

»Wie gesagt, es hat auf mich den Eindruck gemacht, als würdest du mit dir ringen.« Er hat eine erschreckend gute Beobachtungsgabe.

»Na und? Wie bitte soll man sich entspannen, wenn du die ganze Zeit hinter einem stehst?«

Ben hebt abwehrend die Hände. »Ich mach nur meinen Job.«

»Dann mach ihn beim nächsten Mal richtig und sorg dafür, dass dein Akku nicht im entscheidenden Moment den Geist aufgibt.«

»Sorry, ich habe es echt nur gut gemeint. Ich wollte nicht, dass du das Gefühl hast, du müsstest das jetzt tun, weil es die Sendung von dir verlangt.«

»Danke. Aber ich brauche deine Hilfe nicht. Ich kann selbst entscheiden, was ich tun möchte und was nicht.« *Wenn ich denn wüsste, was das ist.*

»Gut.«

»Gut.«

»Ist doch prima.«

»Prima.«

Wie Raubkatzen kurz vor dem Angriff starren wir uns an. Bens Gesichtszüge sind so verhärtet, wie mein Körper sich anfühlt. Keiner von uns senkt den Kopf. Keiner will klein beigeben. Was ist, wenn er die Wahrheit sagt? Wenn er mir nur helfen wollte? Dann hätte er ganz bewusst gegen das Konzept der Sendung gehandelt, um mich vor einem Fehler zu bewahren. Sollte ich ihm dafür nicht dankbar sein? Doch so feindselig, wie er mich ansieht, verspüre ich nicht die geringste Lust, mich zu entschuldigen. Im Gegenteil. Es tut gut, ein Ventil für meine verwirrten

Gefühle zu haben. Und obwohl ich weiß, dass es unfair ist – dass mir Bens Unterbrechung im Grunde eine Entscheidung erspart hat, die ich nicht treffen wollte –, kann ich nicht schweigen.

»Hast *du* mich gestern in dem Raum hinter dem Kamin eingesperrt?« Angriff ist immer die beste Verteidigung.

»Wie bitte?«

»Du hast mich schon verstanden. Warst du es? Hast du spannendes Material gebraucht, um die Quote zu pushen?«

»Quatsch. Wieso sollte ich das tun?«

»Keine Ahnung. Weil du dann einen Bonus kassierst oder so. Auf jeden Fall bist du sicher daran interessiert, für Eskalation zu sorgen, oder etwa nicht?«

»Maxime.« Die Art, wie er den Namen ausspricht, klingt seltsam. Irgendwie leicht ironisch. »Wenn es mir um die Quote gehen würde, warum hätte ich Florian dann ausgerechnet beim ersten Kuss unterbrechen sollen?«

Da ist was dran.

»Weil … weil … Du wirst deine Gründe haben.«

Du wirst deine Gründe haben? Schlagfertig – kann ich.

Aus Mangel an Argumenten und Überfluss an Wut springe ich von der Liege auf und lasse Ben einfach stehen.

Warum triggert er mich nur so? Bloß, weil er verhindert hat, dass ich Florian küsse? Oder ärgert es mich, dass er zu wissen glaubt, was gut für mich ist, wo ich es selbst nicht weiß?

Oder ist es am Ende die Tatsache, dass ein Teil von mir es ganz schön mutig findet, sich für mich einzusetzen, auch auf die Gefahr hin, dass Pia ihn feuern könnte, wenn sie herausfindet, dass er eine gute Storyline verhindert hat?

Eine Stunde und zwei Cocktails später verschwende ich keinen Gedanken mehr an Ben. Mit geschlossenen Augen stehe ich neben den anderen Kandidatinnen. Mein Herz hat sich in eine Trommel verwandelt, die laut und hektisch geschlagen wird.

Auch ohne Tonangel über meinem Kopf würde man es hören, da bin ich sicher.

Florian schreitet an uns vorbei – an einer nach der anderen – und küsst entweder die Anspannung von unserer Stirn oder verwandelt sie in die traurige Gewissheit, nicht weitergekommen zu sein. Ich kann die ersten Schluchzer hören, die ersten Freudenschreie, das erste Schniefen – ob vor Freuden- oder Kummertränen ist unmöglich zu unterscheiden.

Dass Florian genau vor mir steht, kann ich nicht sehen, aber deutlich riechen. Sein Parfüm hüllt mich ein, sein Atem bewegt sich auf mein Gesicht zu. Millimeter für Millimeter. Die Wärme, die von ihm ausgeht, breitet sich auf meiner Haut aus, und ich balle die Hände zu Fäusten, wünsche mir nichts mehr, als dass seine Lippen endlich meine Stirn berühren. Ob ich es mir für Maxime oder mich selbst wünsche, ist mir nicht ganz klar. Die Grenze verschwimmt allmählich. Aber in diesem Augenblick spielt es keine Rolle. Hauptsache, er küsst mich endlich, Hauptsache, ich komme eine Runde weiter. *Sie* kommt eine Runde weiter.

Ich halte meinen Atem an, um Florians besser spüren zu können. Er wandert über meine Nase, hoch zu meiner Stirn. Erleichterung durchströmt mich als er seine Lippen auf meine Haut drückt, sanft und bestimmt zugleich.

Ich schlage die Augen auf, und wir grinsen uns an. »Danke«, flüstere ich, und er zwinkert mir zu.

Von zehn Frauen bleiben in dieser Nacht nur fünf übrig. Zum Glück sind Lisa und Nadja zwei davon. Leider aber auch Vico und Claire.

Nachdem Florian den Abend abmoderiert und zurück ins Studio gegeben hat, schaltet Ben die Kamera aus, und allmählich löst sich die Anspannung, die den ganzen Abend in der Luft gelegen hat. Wir verabschieden die ausgeschiedenen Kandidatinnen, und ihre traurigen Augen zerreißen mir das Herz. Von

Woche zu Woche wird es für die, die gehen müssen, schwerer, das ist deutlich zu spüren. Florian gibt sich alle Mühe, Angi und den anderen tröstende Worte mit auf den Weg zu geben, aber nichts, was er sagt, kann über die Wahrheit hinwegtäuschen: dass er andere Frauen spannender findet als sie.

Und ich bin eine davon. Nein, Maxime ist eine davon. Ich glaube nicht, dass ich ohne ihre Vorarbeit in den ersten Wochen noch hier stehen würde.

Während Ben und Moritz zusammenpacken, beobachte ich, wie Vico einen großen Bogen um die beiden macht, um zur Terrassentür zu gelangen. Dabei lässt sie Moritz für keine Sekunde aus den Augen, so als könne er sie jeden Moment von hinten anspringen. Offenbar glaubt sie immer noch, er habe sie neulich auf dem Berg absichtlich berührt. Ich betrachte Moritz, der mit hochrotem Kopf das Equipment schultert und dem dabei der Schweiß in die Augen rinnt. Schwer, sich vorzustellen, dass er einer Frau nahekommt, ob beabsichtigt oder unbeabsichtigt. Er wirkt eher so, als habe er Angst vor Frauen. Besonders vor Pia, die in diesem Moment zu ihm geht und auf ihn einredet. Was er in ihren Augen wohl wieder falsch gemacht hat? Wüsste sie, was Ben heute falsch gemacht hat, würde sie Moritz wohl sofort in Ruhe lassen, um Ben im Pool zu ertränken.

Ich schlendere zu Florian hinüber, der gerade Joya gedrückt hat und ihr nun zuwinkt, während sie durch das Gartentor zu den anderen Ausgeschiedenen geht. Unten am Strand wartet Bobby bereits auf sie. Vermutlich fährt er die fünf gleich zum Flughafen oder zu einem Hotel. Hoffentlich können sie sich gegenseitig ein wenig Kraft geben. Ich stelle es mir grausam vor, nach einem öffentlichen Korb ganz allein mit den trüben Gedanken und der Nacht zu sein.

Florian dreht sich zu mir um, und ein Strahlen breitet sich auf seinem Gesicht aus, das die Grübchen herbeizaubert, die ich anfangs nicht einmal bemerkt hatte.

»Ich wollte dir Gute Nacht sagen«, flüstere ich. Auch wenn Ben zusammengepackt hat, bin ich mir durchaus bewusst, dass über uns in den Palmen jede Menge Kameras nur darauf warten, einen intimen Moment einzufangen, den die Cutterin in die nächste Folge einfügen kann.

»Schlaf gut, Maxime.« Im Gegensatz zu Ben klingt der Name aus Florians Mund kein bisschen zweifelnd, sondern wunderbar zärtlich. Wie eine Umarmung. Eine Umarmung mit einem einzigen Wort.

Für einen kurzen Moment fühle ich den Impuls, mich in diese Umarmung hineinfallen zu lassen. Im nächsten Augenblick verwirrt mich der Gedanke. Was ist nur los mit mir?

Sophie wäre begeistert, wenn sie hören würde, dass sich Maxime nicht nur in mein Handeln und Sprechen, sondern auch in mein Denken geschlichen hat. Und meine Schwester? Sie darf es nie erfahren! Allein dass ich für einen winzigen verwirrten Moment Lust hatte, mich Florian in die Arme zu werfen, käme einem Hochverrat gleich. *Es ist nicht real,* rede ich mir ein, *du bist verwirrt, angespannt, überfordert. Kein Wunder, dass du auf dumme Gedanken kommst, das hat nichts zu bedeuten.*

Ich würde mir gerne glauben. Ich versuche es. Wirklich.

Doch mein Unterbewusstsein schickt mir in dieser Nacht Träume, in denen Florian viel zu oft und Maxime viel zu wenig vorkommt.

Kapitel 15

Kopfarbeit hilft gegen Kopfkino. Das habe ich schon in der Schule verinnerlicht. Wann immer ich von Gefühlen überwältigt wurde, auf die ich keine Lust hatte, egal ob Liebeskummer, Ärger oder Angst, habe ich mich in die Arbeit gestürzt. Habe wie eine Besessene gepaukt und mich in Büchern vergraben, als seien sie eine Schutzmauer gegen die Verwirrungen der echten Welt.

Dieser Taktik folge ich auch heute. Nach der Entscheidungsnacht haben wir alle lange geschlafen und dann gemeinsam gefrühstückt. Alle bis auf Vico, die es vorzog, sofort nach dem Aufstehen mit ihrem Sportprogramm loszulegen und nichts weiter als einen Salat ohne Dressing zu essen. Lisa hat sich daraufhin zu mir gebeugt und verschwörerisch auf Vicos Bauch gedeutet, was im Grunde die Übertreibung des Jahrhunderts ist, denn einen Bauch kann man unter ihrem weiten Leinentop nicht ausmachen. So als wäre da ein Hohlraum in ihrer Körpermitte.

»Bestimmt isst sie so wenig, weil ihr ständig schlecht ist«, hat Lisa geflüstert. »Wegen der Schwangerschaft.« Das Wort Schwangerschaft presste sie undeutlich hervor, damit es niemand außer mir hören konnte.

Auch heute Morgen habe ich Vico im Bad wieder würgen gehört, und so langsam glaube ich, dass an Lisas Verdacht etwas dran sein könnte. Wenn es tatsächlich so ist, frage ich mich, ob

Vico es Florian erzählt hat. Irgendwie kann ich mir das nicht vorstellen. Aber sollte sie es verschwiegen haben, wäre das ziemlich dumm von ihr, denn dass Florian Ehrlichkeit am wichtigsten ist, hat er uns unmissverständlich klargemacht.

Sofort fühle ich mich mies. Je näher ich ihn kennenlerne, desto weniger will ich ihm etwas vorlügen. Andererseits, wenn er es nie erfährt, kann er auch nicht enttäuscht sein. Ich kann nur hoffen, dass er niemals Verdacht schöpft, wenn er irgendwann mit Maxime, meiner Mutter und mir gemeinsam bei Kaffee und Kuchen am Tisch sitzt.

Schon wieder hat mein Kopfkino einen Film abgespielt, den ich gar nicht sehen wollte. Heute Nacht hat es mir mehr als genug Szenen mit Florian serviert.

Es reicht! Ich werde jetzt das tun, was ich die ganze Zeit tun wollte und immer wieder aufgeschoben habe. Ich werde mich jetzt auf meine Zukunft konzentrieren. Die chillt nicht mit Florian unter Palmen, sondern befindet sich auf den Karteikarten, die in meinem Schoß liegen und nur darauf warten, meinen Kopf mit Wissen zu füllen. »Paragraf 1684. Umgang des Kindes mit den Eltern.«

Ich strecke mich auf der Liege aus und frage mich, wie ich mir das alles nur merken soll.

Die Sonne hat sich hinter einer Wolke versteckt, und ich schiebe mir die Sonnenbrille ins Haar, um besser lesen zu können. Lisa döst neben mir. Claire und Nadja machen Yoga, und von Vico fehlt jede Spur. Nicht zu wissen, wo sie ist, löst bei mir immer Unbehagen aus. Was, wenn sie sich für gestern rächen will und in meinen Sachen wühlt und dabei auf mein Handy stößt?

Schon wieder Gedanken, die mich nicht weiterbringen.

»Nach einem entspannten Sonnenbad sieht das aber nicht aus.« Ben grinst mich frech an. Ich habe ihn überhaupt nicht kommen gehört. Sein Gesicht verrät, dass er in den letzten Tagen viel Sonne getankt hat. Einzig ein kleiner Kreis um sein rechtes Auge, dort, wo die Kamera die meiste Zeit über an seinem Gesicht klebt, ist ein wenig blasser als der Rest seiner Haut. Die Kamera lugt aus der Tasche, die über seiner Schulter hängt. Ben trägt dunkle Shorts und ein graues, verwaschenes T-Shirt mit dem Aufdruck irgendeines Independent-Films, von dem ich noch nie gehört habe. Als er meinen Blick bemerkt, wird sein Lächeln breiter.

»War einer meiner ersten Filme. Damals war ich Kabelträger alias Fußabtreter.« Er schielt zu Pia hinüber, die auf uns zukommt. »Okay, streichen wir ehrlicherweise das *damals*.«

»Bist du noch nicht fertig?« Pias Stimme ist wie ein Tinnitus. Penetrant und nicht auszublenden.

»Ich bin gerade erst gekommen.«

»Du hättest bereits vor einer halben Stunde hier sein sollen. Mein Zeitplan ist exakt durchgetaktet. Ich wollte die Interviews führen, solange das Licht gut ist.«

»Sorry, kommt nicht wieder vor.« Ben hebt abwehrend die Hände, doch auf seinem Gesicht ist nicht die Spur von echtem Bedauern zu erkennen.

Pia schnaubt. Dann wendet sie sich an mich. Der Ausdruck in ihren Augen gleicht dem einer Kobra, die jeden Moment vorschnellen und zubeißen könnte. »Was ist das denn?«

»Meine Uniunterlagen.«

»Das ist nicht erlaubt. Kein Privatvergnügen hier am Set.«

»Vergnügen würde ich das nicht gerade nennen.« Ich versuche es mit einer Prise Maxime-Charme, aber an Pia prallt der ab wie an einer Mauer.

»Es ist nicht erlaubt, hier zu lernen.« Pia streckt die Hand nach meinen Karteikarten aus. Ich zucke zurück und umklammere sie fester. Das kann nicht ihr Ernst sein.

Wenn Pia sich meine Unterlagen näher anguckt, wird sie feststellen, dass es sich dabei um Juranotizen handelt. Wie soll ich ihr erklären, warum Maxime plötzlich für ein ganz anderes Fach büffelt als das, das sie studiert?

»Gib sie mir!« Pia greift grob nach meiner Hand.

»Aber Pia, verstehst du es denn nicht? Sie will sich davon befreien.« Wovon redet Ben da?

Er sieht mich beschwörend an. »Nicht wahr, Maxime?«

»Ja, genau.« *Was?*

Bevor ich etwas dagegen tun kann, hat er sich über mich gebeugt und mir eine Karteikarte aus der Hand gerissen.

»Hey!«

»Keine Sorge, ich helfe dir bei deinem Plan.« Mit ein paar gekonnten Handgriffen faltet er die Karteikarte wie einen Flieger zusammen. Ich kann gar nicht so schnell eingreifen, wie seine Finger über das Papier gleiten. »Ist das nicht eine tolle Idee, Pia? Maxime wollte ihre Unisachen im wahrsten Sinne des Wortes in den Wind schießen.« Er lässt den Papierflieger über den Pool segeln. Er schafft es nicht ganz bis ans andere Ufer und landet im Wasser. Mir klappt der Mund auf, und ich starre Ben entgeistert an.

Pia wirkt nicht überzeugt. Argwöhnisch mustert sie erst mich, dann Ben. Dieser schnappt sich bereits die nächste Karte. »Hier, mit dieser Falttechnik fliegen sie am besten«, erklärt er und macht es mir, diesmal deutlich langsamer, vor. »Probier es mal aus.«

Den Teufel werde ich tun!

Doch ein Blick in Pias Gesicht zeigt mir, dass ich nur eine Wahl habe, wenn ich nicht will, dass sie mir das Leben zur Hölle macht: mitspielen.

»So?« Mit vor Wut zitternden Händen imitiere ich Bens Origamitechnik. Er nickt zufrieden.

»Und jetzt: loslassen.«

Meine Finger verkrampfen sich um den Flieger. Ben sieht mich auffordernd an. »Los-lassen.«

Ich spüre, wie mein ganzer Arm bebt. Pias wachsamer Blick

bohrt sich in meine Haut, ihre Hand ist noch immer nach den Karteikarten ausgestreckt. Sie darf sie auf keinen Fall in die Finger bekommen!

Ich lasse los. Der Flieger segelt nur ein paar Meter weit, ehe er zu Boden fällt.

Lisa, die die ganze Zeit über gedöst hat, blinzelt zu mir herüber. »Was machst du denn da?«

»Sie befreit sich von Altlasten.« Ben faltet den nächsten Flieger.

»Cool.« Lisa richtet sich auf. »Kann ich helfen?«

»Nein, nicht nötig«, presse ich hervor.

»Klar.« Ehe ich protestieren kann, entwindet Ben mir ein paar der Karten und drückt sie Lisa in die Hand. »Gute Story, oder Pia?« Er grinst, Pia hingegen sieht aus, als habe sie auf eine Zitrone gebissen.

Lisa stellt sich beim Falten deutlich geschickter an als ich, ihr erster Flieger schafft es bis auf die gegenüberliegende Seite des Pools.

»Nicht übel.« Ben reckt anerkennend einen Daumen in die Höhe, und ich funkele ihn wütend an. *Nicht übel?* Hier fliegt gerade meine Zukunft durch die Luft.

Andererseits werde ich wohl keine haben, wenn Pia mich enttarnt und ich für den Rest meines Lebens damit beschäftigt sein werde, die Vertragsstrafe abzubezahlen.

Also falte ich einen weiteren Flieger und lasse ihn starten. Er schafft es ein paar Meter weiter als der erste. Während ich ihn dabei beobachte, wie er über das Wasser fliegt, durchströmt ein seltsames Gefühl meinen Körper. Es fühlt sich irgendwie … gut an.

Wie kann das sein?

Ben und Lisa entlassen derweil einen regelrechten Schwall Papierflieger in die Luft. Die bunten Papiere, die in verschiedene Richtungen davongeweht werden, sehen wunderschön aus.

Wunderschön? Was denke ich denn da?

»Toll, oder?« Bens Frage geht an Pia.

»Noch toller wäre es, wenn du das Ganze *filmen* würdest, wie es dein verdammter Job verlangt.«

Ben packt die Kamera aus und richtet sie auf mich. Für einen Moment bin ich wie gelähmt. Weiß nicht, was ich tun soll, obwohl mir klar ist, was alle von mir erwarten. Ich soll das Spiel weitertreiben. Soll die Unterlagen in meinem Schoß in alle Himmelsrichtungen auf die Reise schicken. Die Arbeit von Monaten einfach so wegwerfen. Das können sie nicht ernsthaft von mir verlangen! Auf der anderen Seite weiß ich, dass mir keine Wahl bleibt.

Daher tue ich, worauf alle warten. Ich falte den nächsten Flieger. Und den übernächsten. Knicke, streiche glatt, korrigiere und lasse los. Einen nach dem anderen. Rote, gelbe, blaue, grüne, weiße Flugzeuge werden vom Wind davongetragen.

Mit jedem einzelnen, das meine Hand verlässt, löst sich ein Knoten in mir, von dem ich gar nicht wusste, wie groß er ist. Die Flugzeuge entwirren ihn, lassen ihn schrumpfen, leicht werden.

Irgendwann bin ich auf den Beinen und stehe, ehe ich mich's versehe, auf dem Liegestuhl, von wo aus ich meine kleinen Kunstwerke dem Wind übergebe. Lisa unterstützt mich tatkräftig. Ihr Gesicht glüht vor Vergnügen, und sie lacht wie ein kleines Kind, das in ein lustiges Spiel vertieft ist. Für sie ist es genau das: nichts weiter als ein Spiel. Und für mich? Mit jedem Knick, bei dem die Schrift verschwindet, die Gesetze auf Papier gebannt hat, um sie von da aus in meinen Kopf zu pressen, fühlt es sich mehr danach an. Ein Spiel, eine Rebellion. Gegen die Uni, die unglaublich komplizierten Gesetzestexte und gegen mich selbst. Gegen den Teil von mir, der selbst bei Hitze und Semesterferien von mir verlangt, produktiv zu sein. Der mir einbläut, dass ein Tag ohne Lernen ein verlorener Tag sei, und das bereits, solange ich denken kann. Ben verfolgt die Flugzeuge bei ihren Turns,

Saltos und Abstürzen mit der Kamera, und ich kann mir gut vorstellen, wie Maxime und Sophie auf diese Szenen reagieren werden. Ungläubig, entsetzt, aber vor allem begeistert. So begeistert wie der Teil in mir, der gerade die Oberhand hat. Der Teil, dem ich sonst viel zu wenig Raum gebe, den der vernünftige, pragmatische Teil schon so lange unterbuttert und der ihm kaum Gelegenheit gibt, zum Vorschein zu kommen.

Das Farbenspiel in der Luft lässt diesen Teil kämpfen. Lässt ihn den anderen niederringen und seine Proteste ignorieren.

Die ganze Arbeit war umsonst! Hast du vergessen, wie viele Stunden du am Schreibtisch verbracht hast, um dir all diese Notizen zu machen? Die holst du wieder aus dem Wasser! Jede einzelne Karte!

Vergiss es!, ruft der Teil, der in mir normalerweise ganz klein und in Maxime gigantisch ist. Der, um den ich sie beneide und den sie seit Jahren aus mir herauszukitzeln versucht.

Mach dich mal locker! Es sind bloß Worte! Worte, Worte.

Der letzte Flieger hebt von meiner Handfläche ab. Er macht eine Linkskurve und vollführt dann einen zweifachen Salto, ehe er unter einer der anderen Liegen landet. Ein Meer aus bunten Tupfern umgibt nun den Poolbereich. Es sieht toll aus.

»Das war's.« Ich hüpfe von der Liege hinunter. Ja, ich hüpfe. Ohne es zu tun, weil Maxime es sicher tun würde. Einfach, weil mir nach Hüpfen ist. Als sei ich wieder drei Jahre alt und habe noch nicht die Last der Jahre auf meinen Schultern, die Hüpfen unmöglich macht.

»Ist alles im Kasten.« Ben trommelt mit den Fingern auf seine Kamera. Er sieht zufrieden aus. Pia ebenfalls, was bei ihr einem Wunder gleichkommt.

»Gut, nun ist es zu spät für die Interviews, ich muss wieder los, aber das hier ist mindestens genauso gut wie eine lästernde Violetta-Constanze.« Dass es unprofessionell sein könnte, vor Lisa und mir schlecht über eine andere Kandidatin zu reden, auf diese Idee scheint sie nicht zu kommen.

»Es wäre gut, wenn du ein bisschen Atmosphäre einfängst, Ben.« Pia zeigt in den Garten, wo Claire und Nadja die Sonne grüßen oder wie auch immer man diese Yogaübung nennt. »Ein wenig Alltag in der Villa. Klar?«

»Klar.«

Pia nickt uns kurz zu und rauscht dann Richtung Terrasse davon. »Ich glaub, ich brauch eine Dusche. Ich habe das Gefühl, mein Körper ist ein Ofen.« Sie verabschiedet sich lächelnd, und ich sehe ihr nach, wie sie in der Villa verschwindet.

Eine Weile stehe ich regungslos da. Die Worte auf dem Papier liegen wahlweise unter den Liegen oder im Pool. Die Worte in meinem Kopf sind gerade irgendwie verschollen.

Ben stellt die Kamera ab, sobald Pia außer Sicht ist, und setzt sich an den Beckenrand. Offenbar hält er nichts von ihrer Anweisung. Er streift seine Turnschuhe ab und lässt die Beine ins Wasser hängen.

Er sieht so entspannt aus, wie ich mich eben gefühlt habe. Im Gegensatz zu mir kann er das auch sein. Ich hingegen werde Stunden brauchen, die Karten wieder einzusammeln und das, was ich noch entziffern kann, auf neue zu übertragen.

»Was fällt dir ein, meine Notizen zu zerstören?« Ich habe nicht gemerkt, wie der Teil von mir, der vernünftig und diszipliniert ist, wieder die Überhand gewonnen hat. Es fühlt sich an, als sei ich aus einem angenehmen Traum aufgewacht und wieder in der Realität gelandet, obwohl ich mich viel lieber weiterhin dem Traum hingeben würde.

Ben hebt abwehrend die Hände und blinzelt mich ohne eine Spur von Bedauern an. »Ich wollte nur helfen.«

»Jetzt kann ich ganz von vorne anfangen. Hast du eine Ahnung, wie viel Arbeit in diesen Karteikarten gesteckt hat?«

»Entspann dich. Das hat doch gutgetan, oder etwa nicht?«

»Entspannen? Ich bin total entspannt – to-tal!«

Ich merke selbst, dass das Gegenteil der Fall ist.

»Dann will ich nicht wissen, wie du bist, wenn du unentspannt bist.« Ben spritzt mir eine Ladung Poolwasser ins Gesicht.

»Lass das!«

»Dachte, das kühlt dein erhitztes Gemüt runter.« Er lacht.

»Für dich ist das bloß ein Spiel, was? Für mich hängt an diesen Karten meine Zukunft!«

»Ganz ehrlich, wenn deine Zukunft von ein paar Karteikarten abhängt, solltest du dir ernsthaft Gedanken machen.« Ben zuckt mit den Schultern. »Aber gut. Beim nächsten Mal überlasse ich dich Pia, wenn dir das lieber ist.«

»Das ist es«, sage ich, obwohl ich es nicht so meine.

Wenn Pia die Wahrheit herausgefunden hätte, hätte es mich wesentlich mehr als die Karten gekostet. Ich bin Ben dankbar, aber gleichzeitig bin ich wütend auf ihn. Warum nur?

Weil er recht hat, und weil dir das eine Heidenangst macht.

»Gut. Dann reg dich ab.« Ben spritzt erneut Wasser auf mich.

»Hör auf damit!«

»Sonst was?« Er grinst mich herausfordernd an. Er braucht nicht zu glauben, dass sein Charme ihm weiterhilft. Ich bin nicht empfänglich dafür. Kein bisschen. Da kann er noch so unschuldig lächeln und den Kopf schief legen wie ein junger Hund.

»Sonst was?«, fragt Ben erneut. Weitere Wassertropfen landen auf meiner Brust.

»Sonst … Sonst …« Ehe ich verstehe, was ich tue, habe ich ihn in den Pool gestoßen. Er taucht unter und wenige Sekunden später prustend wieder auf.

»Hey!«

Wie versteinert verharre ich am Beckenrand. Was ist nur in mich gefahren?

Ben starrt mich einen Moment lang fassungslos an, als könne auch er nicht glauben, was passiert ist, dann zieht er sich am Beckenrand empor. Im Nu ist er aus dem Pool geklettert, und ehe ich mich's versehe, hat er mich gepackt und hochgehoben.

Ich stoße einen überraschten Schrei aus, während Ben mit mir zusammen ins Wasser springt.

Als ich wieder auftauche, blicke ich Ben direkt ins Gesicht. Er wirkt nicht zornig. Im Gegenteil. Er wirkt amüsiert. »Bist du nun abgekühlt?«, fragt er.

Gegen meinen Willen spüre ich, wie mein Unmut sich auflöst wie die Luftbläschen auf der Wasseroberfläche.

»Nein«, sage ich, »dazu braucht es etwas mehr.«

»Und was?«

»Das!« Ich tauche unter, fülle meinen Mund mit Wasser und spucke es beim Auftauchen mitten in Bens Gesicht. Er prustet und reibt sich über die Wangen. Sein Pferdeschwanz hat sich aufgelöst und sein Haar treibt nun neben ihm her wie eine Löwenmähne.

»Na warte!« Mit einem Aufschrei stürzt Ben sich auf mich. Ich mache einen Hechtsprung zur Seite, aber er erwischt mich in der Bewegung. Er packt mich um die Taille und zieht mich mit sich unter Wasser. Ich schaffe es gerade noch, Luft zu holen, ehe wir gemeinsam untertauchen.

Ben ist stark, und ich schaffe es nicht, mich aus seinen Armen zu befreien. Ich strampele wie wild, treffe dabei seine Beine, aber das stört ihn offenbar nicht. Nach ein paar vergeblichen Befreiungsversuchen zieht er mich wieder an die Oberfläche. Gierig sauge ich die Luft ein.

»Das war nicht fair!«, rufe ich und kann nicht verhindern, dass ein Lachen in meiner Stimme mitschwingt. Wie hat er es bloß geschafft, meinen Ärger in Lachen zu verwandeln? So wie er es eben bereits geschafft hat, dass ich mich leicht und unbeschwert fühle – wie die Papierflieger in der Luft.

»Ach nein? Aber unschuldige Männer in den Pool zu stoßen ist fair?« Ben hält weiterhin meine Taille umklammert. Er dreht mich zu sich um, sodass ich ihn ansehen muss.

»Wenn sie es verdient haben.« Ich stemme meine Hände

gegen seine Brust, um mich von ihm abzustoßen, und diesmal gelingt es mir. Ben reißt überrascht die Augen auf, als ich Richtung Leiter schwimme. Dann setzt er mir nach. Er greift nach meinem rechten Bein und fängt mich wieder ein.

»So leicht kommst du nicht davon!«

Ich drehe mein Bein wie einen Korkenzieher in seiner Hand, aber er lässt nicht los. Erst als ich mit dem linken Fuß gegen seine Hand trete, lockert sich sein Griff, und ich kann mich freischwimmen. Ich tauche neben Ben auf und werfe mich mit meinem gesamten Körpergewicht auf ihn, umklammere seinen Kopf und tunke ihn unter Wasser.

Sein Aufschrei geht mit ihm unter. Wir ringen miteinander, Beine und Arme treffen aufeinander, Hände greifen nach dem Körper des anderen, um ihn am Auftauchen zu hindern. Solange wir Luft haben, bleiben wir unter Wasser, dann tauchen wir atemlos auf und halten für einen Moment inne, beide damit beschäftigt, unsere Lungen mit Luft aufzufüllen.

»Na, was ist? Gibst du auf?«, fragt Ben und sieht mich herausfordernd an.

»Nein. Du etwa?«

»Niemals.« Er macht einen Satz nach vorne, doch ich ducke mich rechtzeitig unter ihm weg, und sein Angriff endet mit einem Bauchklatscher. Ich nutze die Chance und werfe mich auf ihn, kralle mich an seinen Schultern fest und drücke ihn nach unten. Währenddessen greift er über seinen Rücken nach hinten, bis er meine Arme zu fassen bekommt. Er zieht sie über seine Schultern, sodass ich huckepack auf ihm sitze, als wir wieder auftauchen.

»Gib es zu, ich habe gewonnen!«, rufe ich.

»Wenn dir so viel daran liegt. Gut, von mir aus.« Er schüttelt sich lachend, und ich komme mir vor, als säße ich auf einem Rodeo. In hohem Bogen lande ich im Wasser.

Ben grinst in meine Richtung. »Geht es dir jetzt besser?«

Ja.

»Wieso sollte es?«

»Weil du wieder lächeln kannst.«

Ich friere mein Gesicht ein, will ihm nicht zeigen, dass er recht hat. Dass ich für einen Moment alles um mich herum vergessen und mich beschwingt und glücklich gefühlt habe wie ein Kind. Ein Kind, das im Moment lebt und sich nicht um seine Zukunft sorgt. Oder darum, wie es auf andere wirkt. Zum Beispiel auf die Kameras, die unsere Wasserschlacht eingefangen haben.

Ben bemerkt meinen Blick hoch zu den Palmen. »Keine Sorge. Das lösche ich alles. Ich hab keine Lust, dass Pia mir den Kopf abreißt, wenn sie sieht, dass wir hier fröhlich planschen.«

»Tun wir ja gar nicht.«

»Nein?«

»Nein. Wir ... haben was ausdiskutiert.« Ich grinse ihn an. Wieso nur kann ich nicht anders, als ihn anzugrinsen? Das muss das Adrenalin sein, das die Wasserschlacht durch meine Adern gepumpt hat.

»Genau. *Ausdiskutiert.*« Ben streckt mir die Hand entgegen. »Frieden?«

Ich hebe die Brauen und warte einen Augenblick ab, als müsse ich erst darüber nachdenken. »Für heute.«

Er lacht. »Okay.« Er streicht sich eine nasse Haarsträhne hinters Ohr. »Das ist ein Anfang.«

Ich ergreife Bens Hand, um sie zu schütteln. Sein Händedruck ist fest, und er hält meine Hand einen Moment länger in seiner als nötig. Dabei sieht er mir so tief in die Augen, dass ich ganz verlegen werde. Ich will wegschauen, kann es aber aus unerfindlichen Gründen nicht. Mein Puls beginnt genauso zu rasen wie eben, als ich wütend war, doch diesmal auf eine gute Art.

Schließlich lässt Ben meine Hand los und krault auf die Leiter zu, die in den Pool führt, und klettert hinaus. Ich folge ihm und wickele mich in ein Handtuch.

»Na, Maxime? Hast du mal wieder in deinen Klamotten gebadet?« Vico steht feixend am Beckenrand.

»Schon mal was von Nachhaltigkeit gehört?«, frage ich ernst. »So spare ich mir die Waschmaschine.«

»Habt ihr da drin etwa rumgemacht?« Vicos Blick wandert von mir zu Ben, der tropfnass neben mir steht und seine Haare auswringt.

»Natürlich nicht!« Wieso nur fühle ich mich trotzdem ertappt? »Ben ist am Beckenrand ausgerutscht, und ich habe ihm aus dem Wasser geholfen.«

»Kann er nicht selbst schwimmen?«, fragt Vico.

»Doch. Und er kann sogar selbst reden, man muss gar nicht über ihn sprechen, als wäre er nicht da.« Ben schüttelt sein Haar mit einer übertrieben großen Bewegung aus, und Wasser platscht in Vicos Gesicht. Sie verzieht den Mund zu einer beleidigten Schnute und eilt ohne ein weiteres Wort Richtung Villa davon.

Ben sucht meinen Blick. »Hoffentlich verpfeift sie uns nicht.«

»Wieso? Es ist ja nichts passiert.«

»Nein, stimmt. Du hast mir nur aus dem Wasser geholfen, wir haben nicht rumgemacht oder so – nur ein bisschen gefummelt.« Er zwinkert mir zu, und ich schnappe erschrocken nach Luft. Seine Worte jagen mir einen Schauer über den Rücken. Keinen so gänsehautmäßigen Horrorschauer, eher ein angenehmes Kribbeln. Das muss sofort aufhören.

Ich streiche mein nasses Shirt glatt und straffe die Schultern. Haltung einnehmen, mich auf das Wesentliche fokussieren, das ist es, was jetzt zählt, das, worin ich gut bin. »Äh, genau.« Wieso, verdammt noch mal, zittert meine Stimme so? »Ich zieh mir dann mal lieber was Trockenes an.«

»Klar.« Ben hält mich fest, ohne mich anzufassen. Nur mit seinem Blick. Meine Füße kleben am Boden, als seien sie aus Blei.

Hallo, Körper? Was tust du da? Würdest du dich jetzt bitte endlich in Bewegung setzen?

Mein rechter Fuß macht einen Schritt von Ben weg.

Geht doch!

Mein linker Fuß folgt, und ich reiße mich von Ben los, der tropfend und frech lächelnd dasteht, und mein Blick haftet sich auf die Schiebetür, die in die Villa führt. In den sicheren Hafen, in dem ich meine Gefühle wieder klarkriegen kann. In dem mich keine braunen Augen und kein breites Grinsen mehr erreichen können.

Dumm nur, dass man vor deren Anblick zwar davonlaufen, sie aber nicht aus dem Kopf löschen kann.

»Habt ihr euch geküsst?«

»Wer?«

»Na, du und Florian, wer denn sonst?«

»Ach so, klar, wer sonst. Nein, haben wir nicht.«

»Worauf wartest du noch, Tildi? Wir nähern uns dem Finale. Es wird allerhöchste Zeit.«

Ich atme tief durch. Seit ich sie angerufen habe, kritisiert Maxime an mir herum. Zum gefühlt hundertsten Mal werfe ich einen Blick über die Schulter auf die Villa, die im Dunkeln daliegt. Während die anderen beim Abendessen waren, habe ich mich mitsamt dem Handy an den Strand geschlichen. Das Gartentor habe ich vorsichtshalber mit einem dicken Stein versehen, um später wieder zurückzukönnen. Nach der Sache mit Ben hatte ich das dringende Bedürfnis, mit meiner Schwester zu sprechen. So wie immer, wenn ich nicht weiß, wohin mit mir, und hoffe, dass allein ihre Stimme es schafft, mich wieder auf den Boden zurückzuholen. Normalerweise klappt das, aber diesmal sind ihre Worte getränkt von Vorwürfen.

Warum bist du Florian noch nicht nähergekommen?

Wie kann es sein, dass Vico dich abhängt?

Worauf wartest du denn noch, die Zeit rennt dir davon!

»Es hat sich halt nicht ergeben.«

»Nicht ergeben? Du warst bei der letzten Entscheidungsshow so kurz davor, ihn zu küssen.«

»Bis Ben verkündet hat, dass sein Akku leer sei.«

Nun denke ich schon wieder an Ben, dabei wollte ich genau das vermeiden. Sein schiefes Grinsen taucht vor meinem inneren Auge auf, und ich schüttele mich, um das Bild zu vertreiben.

»Kamera-Ben?«

»Genau. Aber das war vielleicht auch ganz gut so, irgendwie hat es sich … nicht richtig angefühlt.«

»Seit wann hörst du auf dein Gefühl, Tildi? Ich dachte, du entscheidest immer mit deinem Verstand.«

Da ist was dran. Normalerweise tue ich das.

»Ich habe mich auf dich verlassen.«

»So leicht ist das nun mal nicht!«

»Du hast versprochen, alles zu tun, damit ich die Show gewinne.« Ihre Stimme nimmt einen wehleidigen Klang an. Einen Klang, mit dem sie mich normalerweise jedes Mal weichkocht. Heute macht er mich wütend.

»Hast du eine Ahnung, wie anstrengend es ist, die ganze Zeit so zu tun, als sei man jemand anders? Mir geht permanent die Pumpe, weil ich jeden Tag Angst habe, aufzufliegen. Ich hab weiß Gott Besseres zu tun, als hier zu sein, aber ich tue es für dich, und was machst du? Du machst mir Vorwürfe!«

»Ich meine es nicht böse. Ich habe bloß eine Heidenangst, dass du es nicht schaffst, und dann hab ich Florian für immer verloren!«

Ich seufze. »Ich werde es schon schaffen.«

»Und wie? Indem du Florian zappeln lässt, bis Vico oder eine der anderen ihn an deiner Stelle am Haken hat?«

»Ich habe gesagt, ich werde es schon schaffen!«

»So wie du es mit Nik geschafft hast?«

Ich bin so fassungslos, dass mir die Worte fehlen.

»Tut mir leid, das hätte ich nicht sagen sollen. Das war nicht fair.« Ich kann Maxime am anderen Ende der Leitung tief durchatmen hören. »Tildi, bist du noch dran?«

Ich schweige.

»Ich habe dir zu viel zugemutet, das war dumm von mir. Ich hätte diesen Tausch nicht vorschlagen sollen. Ich hab dich damit in eine echt beschissene Lage gebracht, tut mir wirklich leid. Vielleicht ist es besser, wenn ich zurück nach Portugal komme.«

»Du willst was? Nein, das ist nicht nötig, ich …«

»Maxime?« Das ist Florians Stimme. Und sie ist viel zu nah. Ich wirbele herum und sehe, wie er durch das Gartentor auf mich zugelaufen kommt.

»Ich muss Schluss machen.« Eilig verstaue ich das Handy in meiner Hosentasche.

»Was tust du denn hier unten?«

»Nichts Besonderes. Ich wollte nur den Kopf ein wenig freibekommen.«

»Ach so. Ich hab mir Sorgen gemacht, weil du nicht bei den anderen warst und keiner wusste, wo du bist.«

»Ich brauchte mal Zeit für mich.«

»Das versteh ich gut. Dann will ich dich mal nicht weiter stören.« Er wendet sich zum Gehen.

Du hast versprochen, alles zu tun, damit ich die Show gewinne.

Vielleicht ist es besser, wenn ich zurück nach Portugal komme.

Indem du Florian zappeln lässt, bis Vico oder eine der anderen ihn an deiner Stelle am Haken hat?

Maximes Worte kreisen durch meinen Kopf.

»Warte!«

Florian dreht sich zu mir um. »Ja?«

Ich hole tief Luft und gehe langsam auf ihn zu. Mit jedem Meter, den ich zurücklege, steigt meine Herzfrequenz, bis sie schließlich zum Stillstand kommt, als ich genau vor ihm stehe.

»Was ist los?« Florian sieht mich aus großen Augen an. Sein Gesicht verrät dieselbe Anspannung, die ich fühle. Aber wenn ich verhindern will, dass Maxime eine Dummheit begeht, indem sie tatsächlich zurück nach Portugal kommt, muss ich endlich handeln. Sie hat recht, viel Zeit bleibt nicht mehr bis zum Finale, und Florian hat bereits geäußert, dass er nicht sicher ist, woran er bei mir ist. Zeit, es ihm zu zeigen.

Ich lege meine Hände auf Florians Wangen. Sie fühlen sich ganz warm an. Dann stelle ich mich auf die Zehenspitzen und drücke meine Lippen auf Florians. Er öffnet überrascht den Mund, und ich ziehe ihn noch näher zu mir heran.

Meine Zunge gleitet in Florians Mund, berührt seine und fängt an, mit ihr zu spielen. Seine Hände wandern meine Wirbelsäule entlang und pressen meinen Oberkörper gegen sich. Wir küssen einander, ohne Luft zu holen. Kein Sandkorn würde mehr zwischen uns passen.

Der Kuss dauert eine gefühlte Ewigkeit, und als Florian sich keuchend von mir löst und mich angrinst, schießen mir sämtliche Empfindungen auf einmal durch den Kopf. Verlangen, Glück, Stolz und die Scham, etwas Dummes getan zu haben.

Wie viel kann ein Mensch gleichzeitig fühlen?

»Das war ein wunderschöner Kuss.« Florian streicht mir sanft über die Wange, und ein wohliger Schauer jagt durch meinen Körper.

Ja, das war er. Ein echt schöner Kuss.

Wieso nur fühle ich mich dann so mies?

Ich habe es für Maxime getan. Genau das, was sie von mir erwartet hat, was also habe ich mir vorzuwerfen?

Mir wird klar, dass es nicht der Kuss selbst ist, sondern das, was er mit mir gemacht hat.

Ich wollte nicht, dass er endet.

Scheiße.

Kapitel 16

Drei Tage später habe ich meine Gefühle noch immer nicht geordnet. Der Kuss mit Florian geht mir nicht mehr aus dem Kopf. Ich habe ihn Maxime bisher verheimlicht, da ich ihr nicht guten Gewissens davon erzählen konnte, obwohl es genau das ist, was sie von mir verlangt hat. Ganz sicher hat sie dabei aber nicht im Traum daran gedacht, dass er meine Gefühle derart durcheinanderwirbelt.

Auch heute, als Florian die Villa betritt, fahren meine Emotionen Achterbahn. Einerseits möchte ich am liebsten wieder mit ihm alleine sein, auf der anderen Seite möchte ich davonlaufen, bevor ich meine Schwester und mich noch tiefer ins Chaos stürze.

Ben, der hinter Florian durch die Tür kommt, macht es nicht besser. Bei seinem Anblick habe ich ebenfalls das Bedürfnis, davonzulaufen, auch wenn ich mir nicht genau erklären kann, warum.

Womöglich bin ich nur gestresst und mache mir zu viele Sorgen. Das ist alles … Ganz bestimmt.

Nachdem wir alle Florian begrüßt haben, kommen Pia und Moritz dazu. In der Hand trägt Pia einen golden glitzernden Schuhkarton, den sie nun mit theatralischer Geste öffnet. Moritz knippst ein paar Fotos von dem Glasschuh, der daraus zum Vorschein kommt.

»Was soll das denn werden?«, flüstert Lisa mir zu, und ich zucke mit den Achseln.

Ich habe ihr ebenfalls nichts von dem Kuss erzählt, und obwohl sich das in diesem Fall deutlich weniger nach Verrat anfühlt, habe ich ein schlechtes Gewissen deswegen. Immerhin schwärmt Lisa unaufhörlich von Florian, und ich halte diese Information ganz bewusst vor ihr geheim.

»Sind wir hier bei *Cinderella*, oder was?« Nadja lacht auf, aber niemand stimmt mit ein.

»Ganz genau.« Pia drückt Florian den Schuh in die Hand. »Setzt euch dahinten hin.« Sie deutet auf die Sofalandschaft, die trotz des gestrigen Filmabends samt zerwühlter Decken und platt gesessenen Kissen nun wieder akkurat aufgeräumt ist. Die Heinzelmännchen in diesem Haus sind wirklich fleißig.

Wir nehmen Platz, und Florian kommt auf uns zu.

»Ben, du stellst dich dort drüben hin – Moritz nach da.« Pia deutet auf einen Platz direkt neben mir. Beim Näherkommen fängt Ben meinen Blick ein, dem ich sofort ausweiche. Ob er von dem Kuss weiß? Reden die Männer untereinander über solche Dinge? Und falls ja, wäre er enttäuscht von mir, dass ich mich doch dazu habe drängen lassen, wenn auch von jemand anderem, als er denkt?

Aber hat Maxime mich tatsächlich gedrängt? Klar, sie hat mir Druck gemacht, aber am Ende war es meine eigene Entscheidung. Ich hätte es einfach sein lassen sollen. Das wäre das Beste gewesen. Und dann auch wieder nicht. Gott, ich drehe noch durch!

Wie die anderen schlage ich die Beine übereinander und setze ein Lächeln auf, das mir alles an Selbstdisziplin abverlangt.

»Und bitte!«, ruft Pia, und alle verstummen. Alle bis auf Florian. Er hält den Schuh in die Luft, deutlich sichtbar für die Kamera. Im Hintergrund klickt Moritz' Fotoapparat. Er beugt sich über uns, und ich ziehe unwillkürlich mein Top ein Stück nach oben, da er aus diesem Winkel sonst womöglich tiefer in meinen Ausschnitt hinein fotografieren könnte, als mir lieb ist.

»Heute gibt es ein ganz besonderes Überraschungsdate zu gewinnen«, sagt Florian. »Für diejenigen unter euch, denen dieser Schuh passt. Ich habe keine Ahnung, welche Schuhgröße ihr habt, und habe aus dem Bauch heraus nach einer gegriffen. Vielleicht passt er mehreren, oder nur einer, womöglich auch keiner von euch, dann wird es heute kein Date geben.«

Vico schnappt empört nach Luft, der Fotoapparat klickt im Sekundentakt.

»Darf ich euch nun bitten, euch untenrum frei zu machen?« Florian zwinkert uns zu, und wir streifen unsere Schuhe ab. Zumindest tun die anderen das, ich bin ohnehin barfuß.

Ben stellt sich nun hinter Florian und filmt ihn dabei, wie er Lisa als Erster den Schuh über den rechten Fuß streift. Lisa wirkt viel angespannter als sonst. Kein Wunder, sie hatte eine ganze Weile kein Date mehr, und das, obwohl sie Florian wirklich gernhat.

»Ich könnte mir die Ferse abschneiden, wie die Stiefschwester im Märchen«, sagt sie, als klar wird, dass der Schuh ihr nicht passt. Es soll ein Scherz sein, aber es klingt so ernst, dass es mir Sorgen macht.

Florian wendet sich nun Vico zu, die ihm kokett lächelnd ihren Fuß entgegenstreckt.

»Passt wie angegossen!« Vico strahlt übers ganze Gesicht und streckt ihren Fuß so weit nach oben, dass ich mir an ihrer Stelle längst eine Oberschenkelzerrung zugezogen hätte.

Als Nächstes ist Claire an der Reihe. Ihr ist der Schuh viel zu groß.

»Welche Schuhgröße hast du?«, flüstert Nadja Vico zu, doch die tut so, als würde sie sie nicht hören.

Offenbar hat sie aber dieselbe wie Nadja, denn auch an ihrem Fuß sitzt der Glasschuh perfekt.

Als Florian vor mir kniet, finden sich unsere Blicke. Wir schenken dem Schuh kaum Beachtung, nur uns. Seine Augen blitzen freundlich, und ich ertappe mich dabei, wie ich wieder einmal darin zu versinken drohe.

Tilda, reiß dich zusammen!

»Alles okay?«

»Alles prima.«

Florian lächelt, und in seinen Augen liegt so viel Zärtlichkeit, dass mein Herz sich krampfhaft zusammenzieht, denn sie gilt nicht mir, sondern der Frau, die ich vorgebe zu sein.

Florian umfasst vorsichtig mein Bein und zieht mir den Schuh an. Er passt.

»Wunderbar, damit haben wir drei Gewinnerinnen!«, ruft Pia und klatscht in die Hände.

Ben kommt näher und richtet seine Kamera direkt auf meinen Knöchel. Gerade als ich ihn fragen will, ob er bis in meine Haut eindringen wolle, schießt mir das Blut ins Gesicht. Ein Rauschen dröhnt in meinem Kopf und verschlingt Pias nächste Worte.

Nur Fetzen dringen zu mir durch.

Überraschung. Gleich los. Niemand rechnet damit. Spaß.

Ich zucke zurück, streife hektisch den Schuh ab, der zu Boden fällt und dort in tausend Scherben zerspringt wie in der Disney-Version von *Cinderella*. Ich kann nur beten, dass das Sprichwort wahr ist und Scherben tatsächlich Glück bringen. Und dass niemand die Nahaufnahme, die Ben gerade von meinem rechten Knöchel angefertigt hat, genauer anschaut. Dann würde er etwas entdecken, was mein gesamtes Lügengerüst zum Einsturz bringen könnte.

Beziehungsweise *nicht* entdecken. Denn auf meiner Haut fehlt eine Kleinigkeit. Der daumennagelgroße schwarze Stern, den Maxime sich mit sechzehn hat stechen lassen, als Symbol für die Liebe zu ihrem damaligen Freund Serkan, die wenig später in mindestens genauso viele Teile zerbrach wie der Schuh gerade.

Ich erinnere mich an die Szene, als die Kandidatinnen in der ersten Folge vorgestellt und dabei gezeigt wurden, wie sie sich für das Eintreffen von Florian zurechtmachten. Maxime hatte in dieser Sequenz betont langsam die Bänder ihrer braunen High Heels um die Knöchel gewickelt, und dem aufmerksamen Zuschauer dürfte der kleine schwarze Stern auf ihrer Haut dabei nicht entgangen sein. Das Tattoo, das ich nicht habe und das das einzige optische Merkmal ist, das mich von Maxime unterscheidet.

Das Einzige, das uns verraten könnte.

»Hinter dieser Hecke wartet jemand auf euch, mit dem ihr sicher nicht rechnet«, flüstert Florian uns zu.

Wir haben einen Minigolfplatz betreten und die erste Bahn erreicht, neben der mehrere Schläger und Bälle platziert worden sind.

Aus dem Augenwinkel sehe ich Bobby davonhuschen. Sicher hat er das Set für uns vorbereitet. Als er mich bemerkt, tippt er zum Gruß an seine Schirmmütze, ehe er zum Parkplatz geht, auf dem sein Van auf ihn wartet.

»Die Erste kann kommen«, ruft Pia, und Ben richtet die Kamera direkt auf den Busch, dem sie zuwinkt. Die Erste? Oh Gott, stocken sie jetzt etwa die Kandidatinnen auf? So kurz vorm Ende? Wäre nicht das erste Mal, wie mir Sophie in der Vorbereitung auf meine Teilnahme erzählt hat.

Eine Frau kommt hinter dem Busch hervor, die ich noch nie in meinem Leben gesehen habe. Oder halt, nein. Ich habe sie schon einmal gesehen. Eine jüngere Version von ihr. Das muss Vicos große Schwester sein.

»Mama!«

Oder auch nicht …

Entweder hat sie verdammt früh mit der Familiengründung angefangen, oder aber sie hat ihr Gesicht künstlich verjüngt.

Beim Näherkommen stelle ich fest, dass eindeutig Letzteres der Fall ist. Ich hoffe bloß, dass Vico ihrem Beispiel nicht folgt und ihr schönes Gesicht mit Spritzen in eine Maske ohne jede Regung verwandelt, wo ihr das Lächeln doch ohnehin schwerfällt.

Mutter und Tochter fallen sich in die Arme und führen einen von lautstarken Rufen untermalten Freudentanz auf.

Ich blicke zu Nadja hinüber, die wie gebannt auf den Busch starrt, hinter dem Vicos Mutter zum Vorschein gekommen ist. Sicher erwartet sie, dass gleich auch ihre Mutter auftaucht.

Ob meine ebenfalls hier ist? Schwer vorstellbar. Ich glaube kaum, dass sie Lust hätte, sich den Kameras und Fragen des Teams auszusetzen und Maxime und mich dadurch womöglich in Gefahr zu bringen. Zumindest hoffe ich, dass sie sich dieser Gefahr bewusst und zu Hause geblieben ist.

»Die Nächste, bitte!«, ruft Pia, und eine Frau, die fast noch ein Mädchen ist, betritt die Wiese.

Sie stürmt auf Nadja zu, die sie lachend auffängt und herumwirbelt. »Marina!« Eindeutig: ihre kleine Schwester.

Ein Stich der Eifersucht bohrt sich in meine Eingeweide. Wie gerne würde auch ich meine Schwester in die Arme schließen. Beim Anblick von Nadja und Marina, die sich eng aneinanderschmiegen, wird mir bewusst, wie sehr ich Maxime vermisse. Bei aller Wut, die ich auf sie habe. So selten wie in den letzten Wochen haben wir uns noch nie gesprochen, und es fühlt sich an wie kalter Entzug.

Nervös trete ich von einem Fuß auf den anderen. Es liegt auf der Hand, dass jeden Moment ein Verwandter von mir hinter dem Busch auftauchen wird. Offenbar hat V-TV keine Kosten und Mühen gescheut, um unsere Liebsten einzufliegen. Dumm für die, denen der Schuh nicht gepasst hat. Ihre Angehörigen haben die Reise höchstwahrscheinlich umsonst angetreten.

Aber wer aus meiner Familie hat sich freiwillig in einen Flieger nach Portugal gesetzt, um mich dort *eventuell* zu treffen? Maxime und meine Mutter schließe ich aus, und ansonsten habe ich zwar ein paar Tanten und Onkel, zu denen ich aber nur wenig Kontakt habe. Sie wissen nicht mal, dass ich an dieser Show teilnehme, und wenn ich so darüber nachdenke, wann wir uns das letzte Mal gesehen haben, bin ich nicht mal sicher, ob sie sich überhaupt an meinen Namen erinnern. Ohnehin war ich für die meisten von ihnen immer *Til-nein-Maxime* oder *Max-äh-Tilda*.

»Und hier ist deine Überraschung, Maxime.« Pia lächelt auf ihre übliche halbherzige Art. »Deine Cousine Mona.«

Mona? Das muss eine Verwechslung sein. Oder ein übler Scherz. Denn ich habe überhaupt keine Cousine. Nur einen kleinen Cousin, und der ist zu jung für eine Geschlechtsumwandlung. Außerdem haben wir uns …

»Maxiii!« Ein lang gezogenes iii, die Stimme quietschend hoch, aber voller Lebensfreude. Nein! Das kann nicht sein!

Ich renne ihr entgegen, bevor mich jemand daran hindern kann. Den Impuls, sie augenblicklich wieder hinter den Busch zu zerren und am besten unter einer der Minigolfbahnen zu vergraben, bis das alles hier vorbei ist, unterdrücke ich nur mit Mühe.

»Was machst du denn hier? Bist du komplett wahnsinnig geworden?«, zische ich ihr ins Ohr, während sie mich an sich drückt. Ihre Umarmung fühlt sich so vertraut und gut an, gleichzeitig könnte ich sie schlagen vor Wut.

»Ich hatte solche Sehnsucht nach Florian. Ich musste einfach herkommen und abchecken, wie die Lage ist.«

»Die Lage wird schnell zu einer Katastrophe, wenn du nicht sofort wieder verschwindest!«

»Ach Quatsch. Niemand wird dahinterkommen. Ich bin deine Cousine Mona, das hast du doch gehört.«

»Sie werden dich erkennen!« Ich löse mich aus ihren Armen und packe sie bei den Schultern, als könne ich so den Irrsinn dieses Unterfangens aus ihr herausschütteln.

»Werden sie nicht. Sophie hat mir die hier besorgt.« Sie deutet auf ihre Nase und ihr Kinn. In der Tat ist ihre Nase ein ganzes Stück länger und das Kinn breiter als normalerweise. Und auch ihr Haar ist anders. Sie trägt eine schwarze Kurzhaarfrisur, die ich niemals als Perücke identifiziert hätte, wenn ich es nicht besser wüsste. Sie sieht mir beziehungsweise sich selbst zwar noch immer ähnlich, aber selbst ich hätte sie fast nicht erkannt.

»Was ist das?« Ich deute auf ihr Gesicht.

»Latex. Man klebt es über die Nase, eine Tonne Make-up über die Ränder – voilà.« Tatsächlich fällt mir auf, dass Maxime viel dicker geschminkt ist als üblich, was sie mindestens fünf Jahre älter erscheinen lässt.

»Ihr seht euch echt wahnsinnig ähnlich.« Florian ist hinter mich getreten.

»Wir sind ja auch Cousinen.« Maxime lächelt kokett und streckt ihm ihre Hand entgegen. »Unsere Mütter sind Schwestern. Hi, ich bin Mona.« Ich registriere, wie sie Florians Hand selbst dann nicht loslässt, als er sie ihr längst entziehen möchte.

»Das ist Florian.« Schnell löse ich seine Hand aus der meiner Schwester.

»Na, da hast du aber großes Glück gehabt, Ti… Maxime! So ein hübscher Mann.«

Florian errötet leicht. »Na, ich habe aber auch Glück gehabt.« Er legt mir einen Arm um die Schulter, und Maxime zuckt unwillkürlich zusammen. Sofort meldet sich mein schlechtes Gewissen, obwohl sie natürlich damit rechnen musste, dass so etwas passiert. Immerhin *wollte* sie, dass so etwas passiert.

»Ja.« Maximes Gesichtszüge verziehen sich wieder zu einem Lächeln, und für einen Moment fürchte ich, dass Florian sie trotz ihrer perfekten Maskerade allein daran erkennen könnte.

»Ihr gleicht euch echt enorm«, sagt er, und ich halte den Atem an. Gleich wird er stutzig werden, merken, dass wir uns ein bisschen *zu* sehr gleichen.

»Das hören wir oft.« Maxime lacht. »Nicht wahr, Maxime?«

Ich nicke und greife nach Florians Hand. »Wollen wir nicht zurück zu den anderen gehen?«

Niemand scheint Verdacht zu schöpfen, als Maxime sich allen als meine Cousine vorstellt. Wahrscheinlich, weil die Wahrheit so abwegig ist, dass niemand auch nur im Traum darauf kommen würde. Außerdem gleichen sich Vico und ihre Mutter und Nadja und Marina ebenfalls stark, sodass es niemanden wundert, dass auch meine Cousine und ich dieselben Augen und dasselbe Lächeln haben.

Pia begrüßt alle kurz und gibt ihnen ein paar Anweisungen, wie man sich an einem Set zu verhalten hat. Anweisungen, die ich heute zum ersten Mal höre.

Nicht in die Kamera schauen. Sich so natürlich verhalten, als sei die Crew nicht anwesend. Pia, Ben und Moritz nicht ansprechen, solange wir drehen. Und, was das Wichtigste ist: ganz man selbst sein.

Nach ihrer kleinen Ansprache teilt Pia die Schläger und Bälle aus. Vico, Nadja und ich sollen in Teams mit unseren Verwandten um ein Einzeldate mit Florian spielen.

Gar kein Druck …

Nadja vollführt den ersten Schlag und trifft direkt ins Loch, was meine Zuversicht auf den Sieg deutlich sinken lässt – wenn ich eins noch weniger beherrsche als Kunstturnen, dann ist das Minigolf. Als Kind habe ich immer einen regelrechten Tobsuchtsanfall bekommen, wenn Maxime mich wieder einmal abgezockt hat.

Während Vico sich den Ball auf der ersten Bahn zurechtlegt, zieht Maxime mich zur Seite.

»Wenn wir das Date gewinnen, tauschen wir!«

»Wie bitte?«

»Lass mich den Abend mit Florian verbringen. Nur diesen einen Abend! Bobby kann dich so lange in seinem Hotelzimmer verstecken, ich habe mit ihm geredet. Er hat mich vom Flughafen abgeholt und vor Pia als deine Cousine ausgegeben.«

»Das ist die bescheuertste Idee, die du je hattest, und – seien wir ehrlich – in letzter Zeit hattest du so einige davon.«

»Bitte, Tildi! Nur ein Abend. Morgen fliege ich in aller Frühe zurück, und übermorgen schreibe ich brav meine Klausuren, so wie du es wolltest.«

»Wie *ich* es wollte? Es ist dein Leben, Maxime, du tust das nicht für mich.«

»Was flüstert ihr denn da?« Florian sieht uns mit gespielter Strenge an.

»Wir besprechen bloß unsere Strategie.« Maxime lächelt so zuckersüß, dass Florians Wangen sich rosa färben und er sich nervös durchs Haar fährt.

»Und, was ist eure Strategie?«

»Die werden wir dir wohl kaum verraten.« Maxime geht näher auf ihn zu, und ich strecke meine Hand zu spät nach ihr aus, um sie aufzuhalten. Selbst wenn er sie nicht an ihrem Aussehen erkennt, dann womöglich an ihrem Geruch, ihrer Aura oder ihrem verliebten Gesichtsausdruck. Wir sollten vorsichtig sein und Florians Unbedarftheit nicht ausreizen.

»Ihr seid dran!« Ben fuchtelt mit dem Arm in unsere Richtung.

»Lass mich anfangen«, zische ich Maxime zu. »Es ist wohl besser, wenn du die schwierigeren Bahnen übernimmst. Die hier werde ich schon irgendwie schaffen.«

Schaffe ich auch. Mit nur sieben Versuchen. Oh Mann.

Maxime sieht mich kopfschüttelnd an, als ich den Ball, den ich nach zahlreichen verkorksten Schlägen endlich ins Loch befördert habe, wieder daraus hervorziehe und ihr in die Hand drücke.

»Tut mir leid«, murmele ich.

»Ich hatte dich ja schlecht in Erinnerung. Aber *so* schlecht …«

Langsam habe ich ihre Nörgeleien satt. Ich erwarte wirklich

keinen Kniefall, aber ich tue das alles hier für sie, und dann macht sie mir ständig Vorwürfe. Wäre Maximes Leben ein Minigolfspiel, hätte auch sie sehr viele Fehlschläge zu verbuchen, weil sie immer wieder ein neues Loch anvisieren würde.

Ihr Blick fliegt zu Florian hinüber und heftet sich an ihm fest wie eine Klette.

Ich muss sie von ihm fernhalten, ehe sie alles hier zum Einsturz bringt.

Als ich auf sie zulaufe, pralle ich um ein Haar mit Ben zusammen. Der folgt gerade Marina, die zur zweiten Bahn geht, um ihren nächsten Schlag auszuführen.

Seit unserem Bad im Pool haben Ben und ich kein Wort mehr miteinander gewechselt. Irgendwie finde ich das sehr schade, aber auf der anderen Seite ist es wohl besser so, denn Bens Aufmerksamkeit auf mich zu ziehen heißt auch, die der Kamera auf mich zu ziehen, und wohin das führen kann, hat die Nahaufnahme meines Knöchels gezeigt.

Betont lässig schlendere ich zu Florian hinüber, der sich gerade mit Vico und ihrer Mutter unterhält. Beide haben ihm jeweils eine Hand auf den Arm gelegt, und es wirkt nicht so, als hätten sie vor, ihn jemals entkommen zu lassen. Er sieht leicht überfordert aus.

Maxime steht ein paar Meter entfernt und beäugt jede Geste, die Vico macht, mit unverhohlener Abneigung.

»Ich glaube, ihr seid dran.« Ich deute auf Marina, die gerade den Ball eingelocht hat.

»Na, dann wollen wir mal.« Vicos Mutter lacht schrill auf und geht mit ihrer Tochter zur Minigolfbahn.

»Ich fürchte, ich werde heute Abend nicht diejenige sein, die das Date mit dir haben wird.« Ich rücke ein Stück näher an Florian heran. Sofort taucht Maxime neben mir auf. Als sei sie von der plötzlichen Nähe, die zwischen Florian und mir herrscht, angezogen worden wie von einem Magneten.

»Wir schaffen das schon«, sagt sie. »Nur nicht so schnell aufgeben.«

»Das sollte man nie.« Florians Worte richten sich an mich.

»Ich gebe nicht zu schnell auf«, sage ich. »Ich will bloß keine falschen Erwartungen schüren.«

»Wir schaffen das schon«, wiederholt Maxime, diesmal eindringlicher. »Wir werden um dich kämpfen, Florian.«

Wenige Minuten später sind Maxime und ich wieder an der Reihe. Es fällt ihr sichtlich schwer, sich von Florian loszureißen und zur zweiten Bahn hinüberzugehen. Auf dem Weg dorthin dreht sie sich immer wieder zu Florian um.

»*Wir werden um dich kämpfen, Florian?* Dicker auftragen konntest du wohl nicht?«, zische ich meiner Schwester ins Ohr, als sie zum Schlag ausholt.

»Na hör mal, soll er etwa denken, es sei uns egal, ob wir das Ding hier gewinnen? Ich will dieses Date!«

»Wenn überhaupt, werde ich dieses Date bekommen.« Ich seufze. Wieso versteht sie das nicht?

Der Ball fliegt in die Luft und landet ein gutes Stück vom Loch entfernt. »Du lenkst mich ab«, fährt Maxime mich an. »Und was soll das überhaupt heißen, *wenn überhaupt, werde ich dieses Date bekommen*? Klingt fast so, als wären wir Konkurrentinnen.«

»Nein, aber ich werde nicht zulassen, dass du alles auffliegen lässt, bloß um einen Abend mit Florian zu verbringen!«

»Nur darum geht es dir?« Maxime stapft wütend auf den Ball zu, und ich folge ihr auf den Fersen. Zum Glück filmt Ben gerade Vico, die wieder an Florian klebt, und bekommt von alldem nichts mit.

»Wie meinst du das?«

»Ich hab deinen Blick bemerkt, als ich Florians Hand gehalten habe. Kann es sein, dass du aus ganz eigennützigen Gründen verhindern willst, dass ich heute Abend ein Date mit ihm habe?«

»Spinnst du? Ich will bloß nicht, dass du uns beide in Gefahr bringst!«

»Also stehst du nicht auf Florian«?

»Nein!« *Zumindest hoffe ich das …*

»Ganz sicher?«

Nein.

»Ja.«

»Ganz, ganz sicher?«

»Maxime!«

»Mona«, korrigiert sie mich, dann holt sie mit dem Schläger aus, und für einen kurzen Moment frage ich mich, was sie wohl damit tun würde, wenn ich ihr erzählen würde, dass ich mir nicht sicher bin, ob das gerade die Wahrheit war oder nicht.

»Treffer!«, ruft Maxime und wendet sich zu Florian um. »Sieht so aus, als käme meine Cousine dem Date mit dir langsam näher.«

Wir gehen zurück zu den anderen, und Maxime sucht permanent Florians Aufmerksamkeit. Der scheint nicht so recht zu wissen, wie er damit umgehen soll, dass meine Cousine ihn so offensiv anflirtet, und flüchtet sich in meine Nähe. Erneut legt er den Arm um mich und beantwortet Maximes Fragen einsilbig.

Die lässt nicht locker. Immer wieder versucht sie, das Gespräch mit Scherzen aufzulockern, und setzt dabei ihren ganzen Charme ein, der in so wilden Funken durch die Luft fliegt, dass man sie eigentlich sehen müsste. Ich werfe ihr drohende Blicke zu, da ich fürchte, dass Florian sie an ihrem Esprit und ihrem Witz erkennen könnte, aber er hat nur Augen für mich, und sosehr mir das schmeichelt, so nervös macht es mich. Wegen Florian, aber vor allem wegen Maxime, die nach einer Weile zu bemerken scheint, dass ihr Flirt ins Leere läuft.

»Violetta-Constanze, was machst du denn da?« Vicos Mutter schlägt sich die Hand gegen die Stirn. »Sechs Versuche. Sind deine Kontaktlinsen verrutscht? Mach gefälligst deine Augen auf!«

Pia wittert offenbar eine Story und scheucht Ben und Moritz zu den beiden Frauen hin. Auch Florian, Maxime und ich wenden uns zu ihnen um.

»Tut mir leid«, murmelt Vico. Ihre Mutter winkt mit großer Geste ab.

»Konzentrier dich, das kann doch nicht so schwer sein!«

Obwohl Vico deutlich besser spielt als ich, versaut sie die nächste Runde erneut. Ihre Mutter verzieht das Gesicht, als hätte Vico sie bitter enttäuscht, und ich frage mich, warum es ihr so wichtig ist, zu gewinnen. Will sie auch mit ihr die Rollen tauschen, wenn Vico Florian erobert hat? Wohl kaum.

Während Vicos Mutter Pia und Ben ein Interview gibt, tritt Vico neben ihr nervös von einem Fuß auf den anderen. Moritz schießt ein paar Fotos von ihr, und sie fährt ihn an, ihr bloß nicht zu nahe zu kommen. Pia fuchtelt wild in Vicos Richtung, um sie zum Schweigen zu bringen, immerhin ist ihr Ausbruch nun mitten in das Interview geplatzt, und ihre Mutter muss noch einmal von vorne anfangen.

Nadja und Marina widmen sich derweil der nächsten Bahn, und ich frage mich, ob sie die Situation, dass gerade niemand auf sie achtet, ausnutzen, um zu schummeln. Maxime würde es ganz sicher tun. Aber selbst das würde nichts nützen, denn wie es aussieht, sind Nadja und ihre Schwester nicht mehr einzuholen, sosehr Maxime und Vicos Mutter auch darauf pochen, doch noch den Sieg zu erringen.

»Meine Tochter hat kein Talent für Ballsportarten. Egal, wie klein der Ball ist.« Vicos Mutter lacht, aber es klingt nicht freundlich, sondern gefährlich. »Das hat sie von ihrem Vater. Wobei der sich durchaus für Bälle interessiert hat – wenn Sie wissen, was ich meine.« Vico errötet vor Scham, und für einen Moment tut sie mir ganz schön leid. So von der eigenen Mutter bloßgestellt zu werden, und dann noch vor laufender Kamera, ist das Letzte!

»Dafür hat meine Tochter andere überzeugende Argumente.«

Vicos Mutter zieht Vico an sich, die sich gegen die grobe Umarmung sträubt. »Sie ist sehr dehnbar, das hilft beim …«

Schnell wende ich mich ab. Ich kann mir diesen Mist nicht länger anhören. Stattdessen versuche ich, Blickkontakt zu Florian aufzunehmen, der wieder von Maxime in Beschlag genommen wird, die unaufhörlich auf ihn einredet. Im Gegensatz zu eben hört er meiner Schwester nun aufmerksam zu. Und nicht nur das: Er strahlt. Von seinem Gesicht geht ein Leuchten aus, das sich in Maximes Augen widerspiegelt. Sie bringt ihn zum Lachen, so wie sie es bereits in den ersten Wochen getan hat.

Ich muss sie aufhalten!

»Los, komm! Wir sind die Nächsten.« Ich will Maxime am Arm von Florian wegziehen. Sie steht viel zu dicht bei ihm.

»Ach, erst mal sind Violetta-Constanze und ihre Mutter an der Reihe«, erwidert Maxime, ohne mich anzusehen.

»Aber wir könnten uns in der Zwischenzeit mit der nächsten Bahn vertraut machen.«

»Ich mache mich gerade mit Florian vertraut.« Ihre Augen nehmen einen gläsernen Ausdruck an. Meine Alarmglocken schrillen.

»Komm, *Mona*«, sage ich eindringlich. »Wir wollen doch dieses Date gewinnen.«

»Das schaffen wir eh nicht mehr. Wir sollten die Zeit hier nutzen, meinst du nicht auch, Florian?«

»Deine Cousine hat recht.«

Täusche ich mich, oder haben Florians Augen denselben gläsernen Ausdruck angenommen wie Maximes? Am liebsten würde ich vor seinem Gesicht herumschnipsen, um ihn aus seiner Hypnose aufzuwecken.

Als er mein entgeistertes Gesicht sieht, schafft er es von ganz alleine zu erwachen.

»Oh, … aber ja, Maxime, klar, ihr solltet euch die Bahn mal angucken.«

Er wischt sich verlegen mit der Hand über die Hose und hinterlässt ein paar Schweißflecken darauf. In seinem Gesicht steht das schlechte Gewissen förmlich geschrieben. Denkt er etwa, ich sei eifersüchtig? Das bin ich nicht! Ich will nur … sie sollen einfach nicht mehr als nötig miteinander sprechen, das ist alles. Dieses Spiel ist so schon riskant genug.

»Ich werde das Gefühl nicht los, dass wir uns schon mal begegnet sind«, sagt Florian verwirrt, und Maxime lächelt verführerisch.

Lass das gefälligst!

»Seid ihr nicht!« Meine Stimme ist mehr ein Kieksen.

»Vielleicht doch.« Wieso nur klingt ihre Stimme wie ein Hauchen? Sexy und geheimnisvoll. Wie macht sie das nur?

»Unsinn.« Ich lache nervös. »Mona, wir sollten nun wirklich …«

»Möglicherweise in einem anderen Leben«, fährt Maxime fort. »Ich habe irgendwie das Gefühl, dich ewig zu kennen.« Ihre Augen blitzen, und ich muss all meine Willenskraft aufwenden, um mir nicht gegen die Stirn zu schlagen – oder Maxime auf die Latex-Nase.

»Ja, ich finde auch, dass …« Florians Blick trifft auf meinen. Ich ahne, wie ich auf ihn wirken muss. Wie eine eifersüchtige Furie. Meine Schultern sind wieder einmal total angespannt, meine Kiefer mahlen, und mit meinem Blick könnte ich zweifellos neue Skulpturen zur Eisfigurenausstellung von Vico und Pia beisteuern.

»Das Gefühl hatte ich auch bei Maxime«, sagt Florian schnell. »Da merkt man, dass ihr eine Familie seid. Ich fühle mich sofort mit euch verbunden.« Er grinst unsicher und sieht mich an, als wolle er fragen, ob das als Entschuldigung dafür reicht, dass er ganz offenkundig mit meiner Cousine geflirtet hat. Tut es nicht. Aber das spielt im Moment keine Rolle. Ich schnappe mir Maximes Hand und zerre sie so weit wie möglich von ihm weg.

»Au, lass mich los! Ich wollte bloß mit ihm reden.«

»Mensch, Maxime, begreifst du es denn nicht? Dein Reden kann alles zerstören, was ich aufgebaut habe.«

»Was soll das sein? Du hast ihn nicht mal geküsst, ich hingegen habe ihm innerhalb von Minuten das Gefühl gegeben, dass wir uns schon ewig kennen.«

»Das ist nicht wahr.«

»Du hast es selbst gehört.«

»Nein, das meine ich nicht. Das mit dem Küssen. Wir haben uns geküsst.«

»Was?« Sie reißt entsetzt die Augen auf. »Wann? Wieso hast du nichts erzählt?«

»Ich wollte dich nicht aufregen.« *Und ich wollte nicht, dass meine Stimme dir verrät, dass ich den Kuss mehr genossen habe, als ich sollte.*

»Ich rege mich nicht auf.« Sie ist die schlechteste Lügnerin der Welt. Florian hat recht, sie ist ein offenes Buch.

»Doch tust du. Dabei wolltest du, dass ich ihn küsse.«

»Schon, aber … Ach Scheiße, es fühlt sich trotzdem schrecklich an.«

»Ich weiß.« Ich streiche ihr durchs Haar und zucke sofort zusammen, als ich ihre Perücke dabei versehentlich ein Stückchen verschiebe.

Ausgerechnet in diesem Moment taucht Ben neben uns auf. Er mustert Maximes schiefe Frisur, die ich gerade zu richten versuche. Ben hebt eine Braue, es ist nur ein Millimeter, aber genug, um mich vor Angst erstarren zu lassen. Hat er etwas bemerkt? Und wenn ja, was denkt er, was hier los ist? Immerhin könnte meine Cousine aus etlichen Gründen eine Perücke tragen. Harmlosen Gründen. Wegen kreisrundem Haarausfall zum Beispiel. Oder weil sie sich gerne verkleidet. Wäre ja möglich. Dass sie in Wahrheit meine Zwillingsschwester ist, darauf wird er wohl kaum kommen. Oder?

In der nächsten halben Stunde werde ich das Gefühl nicht los, dass Ben mich intensiver beobachtet als zuvor, doch ich kann mich jetzt nicht darum kümmern, schließlich habe ich beide Hände voll damit zu tun, Maxime von Florian fernzuhalten und nebenbei Bälle in Löcher zu schlagen. Zumindest Ersteres gelingt mir einigermaßen gut.

Wie erwartet gewinnen Nadja und Marina das Einzeldate mit Florian. Vicos Mutter sieht aus, als würde sie jeden Moment vor Wut in ihren Minigolfschläger beißen, und auch Maxime ist ihre Enttäuschung deutlich anzumerken. Ich hingegen bin erleichtert, dass meine Schwester gleich verschwindet, selbst wenn das bedeutet, dass ich wieder alleine mit mir und meinem Gefühlswirrwarr bin.

Ihre Verabschiedung von Florian fällt länger aus als nötig, was diesen jedoch nicht im Geringsten zu stören scheint. Immer wieder beteuert Maxime, wie schön es für sie war, ihn kennenzulernen, und hält ihn so lange im Arm, bis Vicos Mutter sich lautstark räuspert, nur um dann im nächsten Moment ihren »vielleicht Schwiegersohn in spe« an ihre Brust zu drücken.

»Tschüss, Tildi«, flüstert Maxime in mein Ohr, während sie mich umarmt. Nicht halb so herzlich wie Florian.

»Bist du sauer wegen des Kusses?« Wieso nur frage ich das, wenn ich die Antwort gar nicht wissen will?

»Nein«, sagt sie, aber ich höre ihr Ja in den Zwischentönen.

»Du willst doch weiterkommen, und du hast selbst gesagt, dass ich es tun soll.«

Maxime atmet schwer aus. »Das stimmt. Und ich will auch echt nicht sauer sein. Aber es fällt mir ganz schön schwer, vor allem jetzt, wo ich dich mit Florian erlebt habe. Ich habe einfach …« Sie stockt und senkt den Blick.

»Was?«

»Ich habe einfach Angst, dass du ihn mir wegnimmst. Dass du dich am Ende selbst in ihn verliebst.« Sie lacht und winkt ab.

»Ich weiß, das ist albern. Aber solche Gedanken kommen hoch, ich kann nichts dagegen machen.«

Auch ich lache. Hohl und trocken. »Ja, das ist wirklich albern. Ich werde mich nicht in ihn verlieben – mach dir da mal keine Sorgen.«

Es reicht, wenn ich mir welche mache.

Kapitel 17

»Vico scheint ganz schön enttäuscht zu sein, dass sie kein Date gewonnen hat.« Lisa schiebt sich einen Löffel Nudeln in den Mund und grinst mich mit Tomatensoßenmund an. »Ich hab sie nicht mehr gesehen, seit ihr zurückgekommen seid, du?«

»Ne, sie ist sofort ins Zimmer gegangen.«

»Das Beste, was sie für die Allgemeinheit tun kann.«

Mein Lachen bleibt mir auf halber Strecke im Hals stecken. Ich kann nicht leugnen, dass ich ebenfalls froh bin, Vico nicht den ganzen Abend sehen zu müssen, auf der anderen Seite tut sie mir leid. Da ist sie schon im Haus die Außenseiterin, und dann kommt endlich eine nahestehende Person und behandelt sie so von oben herab.

Nachdem Nadja, Marina, Florian und das Filmteam aufgebrochen waren und Bobby den Rest von uns zurück zur Villa fuhr, hat Vicos Mutter ihrer Tochter vor allen anderen eine Riesenszene gemacht. Sie hätte sich mehr anstrengen sollen, nie könne sie eine Sache durchziehen, sie sei eine echte Enttäuschung und so weiter und so weiter.

Irgendwann hat Maxime eingegriffen und gefragt, wie noch mal dieses Sprichwort von wegen Apfel und Stamm ginge, daraufhin hat Vicos Mutter zumindest für den Rest der Fahrt geschwiegen. Als ich aus dem Auto stieg, war ich froh, endlich der furchtbaren Aura dieser Frau zu entkommen. Und meiner Schwester, die mir zwar nicht mit Worten, aber mit Blicken zu verstehen gab, dass sie maßlos enttäuscht war, dass das Einzeldate an Nadja gegangen war.

»Wollen wir Vico nicht fragen, ob sie auch ein paar Nudeln haben möchte?«, frage ich und werfe einen Blick auf Claire, die nach wenigen Löffeln vom Tisch aufgestanden ist und seitdem vor dem Sofa Yogaübungen macht. Meines Wissens nach ist Sport mit vollem Bauch nicht ideal, aber erstens kenne ich mich mit Sport nicht besonders gut aus, und zweitens kann man nach der mickrigen Portion, die Claire gegessen hat, wohl kaum von einem vollen Bauch reden.

»Um uns eine Abfuhr ersten Grades einzuholen?« Lisa sieht mich an, als hätte ich den Verstand verloren. »Ich habe es nach den ersten drei Tagen aufgegeben, Vico zu fragen, ob sie mitessen will, wenn wir gekocht haben. Sie scheint diese Frage als persönliche Beleidigung zu empfinden.«

»Vielleicht liegt es an ihrer Schwangerschaft.«

»Wer ist schwanger?« Claire schaut zwischen ihren Beinen hindurch zu uns hinüber.

»Niemand ist schwanger«, sage ich schnell und mache mir eine gedankliche Notiz, in Zukunft nicht davon auszugehen, dass Claire genauso weggetreten ist, wie sie nach außen hin wirkt, wenn sie ihre Übungen macht.

»Du meinst, weil ihr vom Essen schlecht wird? Kann natürlich sein. Aber deswegen muss man nicht so abweisend reagieren, wie sie es immer getan hat, wenn ich ihr was angeboten hab«, flüstert Lisa. Ich werfe einen schnellen Blick zu Claire, die wie ein Paket zusammengefaltet auf ihrer Matte liegt und keine Notiz von uns zu nehmen scheint.

»Vicos Mutter ist ein richtiges Ekel«, sage ich leise.

»Das wundert mich nicht. Der Apfel fällt nicht weit vom Stamm.«

»Genau das hat Max– meine Cousine auch gesagt.« Ich drehe ein paar Spaghetti auf meine Gabel. »Trotzdem tat sie mir leid.«

Lisa seufzt. »Du bist zu gutmütig, Maxime. Aber okay, wenn du meinst, dann lass uns nach oben gehen und sie fragen, ob sie mitessen möchte. Aber du wirst sehen, das bringt nichts.« Sie erhebt sich, und wir gehen die Treppe nach oben zu den Schlafräumen.

Vorsichtig öffne ich unsere Zimmertür, spähe hinein und zucke erschrocken zurück. »Was ist denn hier passiert?« Sämtliche Klamotten sind aus dem Schrank gerissen und zu Boden geworfen worden. Ich betrachte mein Bett. Jemand hat die Decke und die Kissen zerwühlt. Das Handy!

Ich stürze zum Bett hinüber und greife unter die Matratze, taste hektisch nach dem Gerät. Scheiße, ist es weg? Hat Vico es gefunden? Mir wird mit einem Mal ganz heiß, obwohl die Klimaanlage hier auf Hochtouren läuft. Schweiß rinnt über meine Stirn. In heller Panik taste ich weiter.

Endlich spüre ich einen kleinen Gegenstand zwischen meinen Fingern und keuche vor Erleichterung auf. Das Handy ist noch da.

»Was hat sie getan?« Lisa steht mitten in einem Haufen Unterwäsche und sieht sich fassungslos im Zimmer um.

Ich habe nicht die geringste Ahnung. Aber es sieht ganz danach aus, als habe Vico etwas gesucht. Bloß was? Falls es ein Beweis dafür war, dass etwas an mir faul ist, hat sie ihn hoffentlich nicht gefunden. Außer dem Handy gibt es schließlich keinen, zumindest fällt mir keiner ein.

»Sie ist im Bad«, flüstert Lisa und deutet auf die Tür. Auch ich höre nun das inzwischen vertraute würgende Geräusch. Offenbar hängt Vico wieder über der Kloschüssel.

»Wir gehen da jetzt rein und fragen sie, was das Chaos hier soll.« Lisa macht ein paar Schritte auf die Tür zu.

»Warte!« Was, wenn mein Bauchgefühl stimmt und Vico etwas ganz Bestimmtes gesucht hat? Etwas, das mich auffliegen lassen könnte? Ich kann auf keinen Fall riskieren, dass sie Lisa davon erzählt.

»Ich rede alleine mit ihr«, sage ich, doch im nächsten Moment fällt mir auf, dass auch das unmöglich ist. Immerhin bin ich niemals allein. Ben und Moritz haben jederzeit Zugriff auf die Bänder der Kameras in diesem Zimmer. Wenn Vico mich vor laufender Kamera beschuldigt, mit mir stimme etwas nicht, wird das den beiden nicht entgehen. Bei Ben bin ich mir seit heute Mittag sowieso nicht sicher, ob er nicht eine leise Ahnung hat, dass meine Cousine nicht die war, die sie vorgab zu sein. Ich kann nicht zulassen, dass Vico zusätzlich Öl ins Feuer gießt.

»Geh du schon mal runter.« Ich schiebe Lisa zur Zimmertür. »Ich rede mit ihr und komme dann na…«

»Wo ist es?« Vico steht in der Badezimmertür. Ihre Augen sind gerötet, als habe sie geweint. Sie hat die Hände in die Hüften gestemmt und blitzt mich wütend an.

»Was?« Lisa spiegelt Vicos Haltung, indem sie nun ebenfalls die Hände in die Hüften stemmt.

Mir schießt das Blut in den Kopf. Meint sie das Handy? Klar, was sollte sie sonst meinen? Aber woher zur Hölle weiß sie davon? Hat jemand mitbekommen, wie ich mich neulich damit an den Strand geschlichen habe? War ich am Ende nicht so vorsichtig, wie ich dachte?

»Wo hast du es versteckt?«

»Wovon redest du, Vico?«, fragt Lisa.

»Erstens heiße ich Violetta-Constanze, und zweitens rede ich mit Maxime und nicht mit dir. Ich frage dich jetzt zum letzten Mal: Wo hast du es versteckt?«

Ich habe nur eine Möglichkeit. Eine, die ich in den letzten Wochen perfektioniert habe. Lügen.

»Ich habe keine Ahnung, wovon du sprichst.«

»Lüg mich nicht an. Wer sonst sollte denn mein Höschen

klauen? Du dachtest, ich hätte deinen Bikini gestohlen, und nun wühlst du in meiner Unterwäsche rum. Schau nicht so, es war alles so schlecht zusammengelegt, dass ich es sofort gemerkt habe. Du hast bestimmt geglaubt, ich bekomme nicht mit, dass ein Höschen fehlt, wenn du alles wieder faltest. Aber deine Falttechnik ist ganz anders als meine – also: Wo ist es?«

Falttechnik? Höschen? Hä?

»Du glaubst, dass Maxime dein Höschen geklaut hat? Warum sollte sie das tun?« Lisa schnaubt verächtlich.

»Was weiß ich? Um es mir heimzuzahlen, weil sie immer noch denkt, dass ich ihren Bikini gestohlen habe – was natürlich vollkommener Blödsinn ist.«

»Ich habe dein verdammtes Höschen nicht angerührt«, sage ich. »Ich habe überhaupt nichts angerührt.«

»Lüg nicht!«

Das tue ich ausnahmsweise mal nicht, möchte ich am liebsten schreien.

»Woher willst du überhaupt wissen, dass ein Höschen fehlt? Vielleicht hattest du es gar nicht dabei«, sagt Lisa.

»Ich hatte es gestern erst in der Hand, habe mich dann aber für ein anderes entschieden.« Vicos Wut kippt langsam, aber sicher in Verzweiflung um. »Und jetzt ist es weg.«

»Wahrscheinlich hast du nur nicht richtig nachgesehen«, schlage ich vor.

Vico zeigt auf den Klamottenhaufen am Boden. »Ich habe jedes gottverdammte Kleidungsstück aus dem Schrank gezogen. Es ist weg. Du hast in meiner Wäsche rumgewühlt. Gib es doch zu!«

»Ich kann nichts zugeben, was ich nicht getan habe.«

Ich gebe ja nicht mal die Dinge zu, die ich getan habe.

Vicos Augen füllen sich mit Tränen. »Warum nur passiert mir immer so was?«

»Was meinst du?«

Ihr Gesicht läuft feuerrot an, und sie schlägt sich die Hände davor. »Ach, lasst mich in Ruhe!« Sie schiebt sich an uns vorbei und stürmt aus dem Zimmer. Vollkommen verdattert starren Lisa und ich ihr hinterher.

Lisa tippt sich an die Stirn. »Sie ist vollkommen verrückt. Als ob du so was tun würdest. Du bist der ehrlichste Mensch, der mir je begegnet ist.«

Ich finde Vico am Strand. Sie sitzt ganz nah am Meer und hat die Füße im Sand vergraben. Wie ich vor einigen Tagen hat auch sie das Gartentor mit einem Stein gesichert. Außer uns ist weit und breit niemand zu sehen.

»Hey.« Als sie meine Stimme hört, fährt sie erschrocken zu mir herum.

»Hau ab!«

»Ich will nur mit dir reden.«

»Ich wüsste nicht, was wir zwei zu bereden haben.« Ihre Stimme klingt ganz brüchig, und ich bin sicher, dass sie geweint hat.

Wahrscheinlich ist das alles zu viel für sie. Die Sache mit ihrer Mutter, die Schwangerschaft, der Kampf um Florian. Kein Wunder, dass sie sich in Kleinigkeiten so reinsteigert. Sicher taucht ihr Höschen über kurz oder lang wieder auf.

»Ich schwöre dir, ich habe nichts damit zu tun.« Ich setze mich neben sie. Sofort rückt sie ein Stück von mir ab und schlingt die Arme um ihre Beine. Sie wirkt viel zerbrechlicher als sonst, was wohl daran liegt, dass ihre aufgesetzte coole Fassade sie nicht mehr schützt.

»Ach, und wer sonst?«

»Ich bin sicher, es taucht wieder auf.«

»So wie dein Bikini?«

Ich stutze. Das ist in der Tat ein komischer Zufall. Was, wenn Vico recht hat? Zumindest zur Hälfte? Denn dass ich nichts mit dem Verschwinden ihres Höschens zu tun habe, steht fest. Aber was, wenn es jemand anderer war. Lisa? Unvorstellbar. Claire? Sie war sowohl beim Date in der Blockhüttensiedlung dabei als auch heute den ganzen Tag in der Villa. Theoretisch könnte es auch Nadja gewesen sein, sie war heute Morgen ebenfalls in der Villa. Oder hat sich nachts jemand in unser Zimmer geschlichen, so wie zu mir in die Hütte?

Schwer vorstellbar.

»Was meintest du denn eben mit ›Warum nur passiert mir immer so was‹?« Ich sehe Vico erwartungsvoll an. Sie weicht mir aus und scharrt mit ihren langen rosa Fingernägeln im Sand.

»Nichts.«

»Okay.« Ich warte ab, ob sie weiterspricht, und als da nichts kommt, fahre ich fort. »Dir geht es nicht so gut, oder? Liegt es an den Hormonen?«

»Was für Hormone?«

»Na ja, Lisa und ich denken … wir haben mitbekommen, dass du sehr wenig isst und dich sehr viel übergeben musst und da dachten wir …«

»Mischt euch nicht in mein Leben ein!« Mit einem Satz ist Vico auf den Beinen.

»Keine Sorge, von mir erfährt niemand was.« Ich stehe ebenfalls auf, doch sie stößt mich zur Seite.

»Ihr kennt mich gar nicht! Ihr wisst nichts! Du begrapschst einfach meine intimsten Sachen, ohne dir was dabei zu denken.«

Das Wort *begrapscht* kommt mir irgendwie unpassend vor, aber ehe ich mich fragen kann wieso, spricht sie weiter.

»Ich habe eben einen empfindlichen Magen, das ist alles.«

»Und das könnte nicht daran liegen, dass da drin …« Ich deute auf ihren Bauch und ziehe vielsagend die Brauen hoch.

»Das da drin was? Oh, halt … nein. Warte, du denkst …« Vico lässt ein hysterisches Lachen hören. Sie lacht so sehr, dass sie sich hinsetzen muss. Schließlich geht ihr Lachen in Schluchzen über.

»Ich bin nicht schwanger.« Sie ist kaum zu verstehen, ihre Worte gehen in einem Schniefen unter.

»Was ist es dann? Nur ein empfindlicher Magen? Hey«, ich mache eine ausholende Geste übers Meer. »Keine Kameras weit und breit. Von mir erfährt niemand was.«

»Warum sollte ich ausgerechnet dir vertrauen?«

Darauf fällt mir keine Antwort ein, also schweige ich.

Mein Blick streift Vicos Arme, die genauso dünn sind wie ihre Beine.

Stumm sitzen wir nebeneinander. Das Rauschen des Meeres und Vicos Schluchzen sind die einzigen Geräusche weit und breit. Ich warte, ob sie noch etwas sagt, und als ich nach gefühlten fünf Minuten Schweigen aufstehen will, hält ihre Stimme mich zurück.

»Es fing vor ein paar Jahren an.« Der Wind zerpflückt Vicos Worte, und ich muss mich schwer konzentrieren, um alles zu verstehen. »Mein Ballettlehrer, er … er hat mich ein wenig zu intensiv korrigiert.«

Ich starre sie entgeistert an, will mein Bedauern ausdrücken, den Arm um sie legen, aber etwas sagt mir, dass jedes Wort und jede Geste sie am Weitersprechen hindern würde. Daher bleibe ich still und warte darauf, dass sie von selbst fortfährt.

»Ich habe es meiner Mutter erzählt, aber die meinte bloß, ich soll die Zähne zusammenbeißen, und hat mich weiterhin zum Training geschickt. Sie wollte, dass aus mir eine Primaballerina wird, und dafür müsse man Opfer bringen.« Sie lacht bitter auf. »Opfer bringen. In meinem Fall hieß das, mich begrapschen zu lassen wie eine Puppe, wenn er an mir eine neue Übung demonstrierte oder wenn niemand hinsah.« Mir wird bereits vom Zuhören schlecht.

»Ich hatte das Gefühl, dass mein Körper nicht mehr mir gehört, und meine Mutter hat das sogar unterstützt, indem sie ständig an ihm herumgemäkelt hat. Ich fing an, mich für meinen

Körper zu schämen, der einen fremden Mann dazu einlud, ihn anzufassen, und für meine Mutter nie gut genug war.«

Ich beginne zu begreifen, welchen Kampf Vico seit Jahren kämpft. Nicht nur gegen ihre Mutter und ihren Peiniger, sondern in erster Linie gegen sich selbst.

»In Stresssituationen ist es besonders schlimm. Oder wenn mich Dinge an damals erinnern.«

»So wie das *Begrapschen* deiner Unterwäsche«, flüstere ich. Sie nickt.

»Wieder ist jemand in meine Intimsphäre eingedrungen.« Tränen laufen über ihr Gesicht, und ich muss mich zusammenreißen, um nicht mitzuweinen, so traurig macht mich ihre Geschichte. Wie grausam kann eine Mutter sein, dass sie ihre Tochter nicht vor so einem Monster beschützt? Sie stattdessen zwingt, sich weiter in seine Nähe zu begeben, völlig egal, welche Konsequenzen das hat? Kochende Wut steigt in mir auf. Wut auf den Ballettlehrer, Wut auf Vicos Mutter und Wut auf die Person, die ihre Wunden erneut aufgerissen hat, indem sie sich an ihrer Wäsche zu schaffen machte.

»Wir müssen herausfinden, wer hinter alldem steckt«, sage ich. »Ich bin sicher, dass die Person, die meinen Bikini gestohlen hat, auch dein Höschen genommen hat.«

Vico wischt sich übers Gesicht. Ihre Augen sind ganz verquollen, aber es tut ihrer Schönheit keinen Abbruch.

»Es kann nur eine von uns gewesen sein«, murmelt sie.

So wenig wie ich mir das vorstellen mag, so sehr muss ich ihr leider recht geben. Höchst unwahrscheinlich, dass sich ein Fremder in die Villa geschlichen hat. Der Täter kommt von innen – oder besser gesagt, die Täterin.

Die Frage ist nur, wer es ist.

Obwohl ich nicht sicher bin, ob ich die Antwort wirklich wissen will, gibt es nur eine Möglichkeit dieser Frage nachzugehen – ich werde mich auf die Lauer legen.

Kapitel 18

»Und deswegen haben Vico und ich beschlossen, morgen mit Pia zu reden und die Sache zu melden, falls wir das Höschen bis dahin nicht wiedergefunden haben«, schließe ich meinen Vortrag. Claire, Lisa und Nadja haben bisher stumm auf den Sofas gesessen und mir mit offenen Mündern gelauscht. In ihren Mienen ist Ratlosigkeit, aber auch Ärger zu erkennen, dass wir in Erwägung ziehen, eine von ihnen könnte dafür verantwortlich sein. Ich blicke von einer zur anderen. Keine verdächtige Regung ist zu sehen. Was habe ich erwartet? Dass die Schuldige sich durch einen falschen Wimpernschlag verrät? Falls eine der drei die Täterin ist, verfügt sie über ein verdammt gutes Pokerface.

Ich wische meine verschwitzten Hände an meinem Shirt ab. Hoffentlich geht mein Plan auf. Wenn eine von ihnen Dreck am Stecken hat, wird sie kaum wollen, dass Kommissarin Pia ermittelt, und das Höschen zurückbringen, bevor wir es als gestohlen melden können. Und dabei werden wir sie auf frischer Tat ertappen.

Vico und ich werden die ganze Nacht wachsam sein und kein Auge zutun, für den Fall, dass die Schuldige zurückkommt.

Vico schnarcht leise. Na toll! So viel zum Thema *kein Auge zutun*. Ich liege mit bis zum Kinn hochgezogener Decke im Bett und starre auf die Zimmertür oder zumindest in ihre Richtung, denn richtig erkennen kann ich sie im Dunkeln nicht.

Meine Nerven sind zum Zerreißen gespannt, und obwohl ich hundemüde bin, schafft es das Adrenalin, das durch meine Venen gepumpt wird, mich wach zu halten.

Ich lausche in die Dunkelheit, aber außer Vicos Schnarchen ist nichts zu hören.

Im Kopf gehe ich noch einmal meine Mitstreiterinnen durch. Lisa scheidet allein deswegen aus, weil sie nicht in der Blockhüttensiedlung war. Außerdem wäre sie die Letzte, der ich so was zutrauen würde. Bleiben Nadja und Claire. Claire hat in der Vergangenheit mehrfach gezeigt, was sie für ein Biest sein kann, aber das heißt nicht, dass sie klaut. Und selbst wenn, aus welchem Grund sollte sie das tun? Um Vico und mich gegeneinander aufzuhetzen? Und Nadja? Ihr traue ich so was noch viel weniger zu. Aber sind nicht oft die unverdächtigsten Menschen die mit den tiefsten Abgründen?

Ich reibe mir über die Augen und gähne herzhaft. Keine Ahnung, ob das hier überhaupt etwas bringt. Wer garantiert mir denn, dass die Täterin zurückkommen wird? Das könnte sie auch tagsüber machen. Nein. Tagsüber sind die Kameras eingeschaltet, und sie würde riskieren, entdeckt zu werden. Wenn sie das Höschen zurückgeben will, um jeden Verdacht von sich zu lenken, dann kann sie das nur nachts machen, wenn alle schlafen. Alle außer mir. Ich werde wach bleiben, bis …

Sind das Schritte auf dem Flur?

Mein Herz hämmert schmerzhaft gegen meine Rippen. Da schleicht eindeutig jemand herum.

Ich setze mich kerzengerade auf, mein Herz gerät aus dem Takt, und ich muss einen Moment innehalten, um es zu beruhigen.

So vorsichtig wie ich kann, schlage ich die Decke zurück und klettere aus dem Bett. Unter der Tür dringt ein schwacher

Lichtschein hindurch – wie von einer Taschenlampe. Ich folge dem Licht auf Zehenspitzen, penibel genau darauf bedacht, nirgendwo anzustoßen. Endlich erreiche ich die Tür, strecke meine Hand nach der Klinke aus, drücke sie hinunter und reiße die Tür schwungvoll auf. Das Licht der Taschenlampe blendet mich, sodass ich nicht erkennen kann, wer da vor mir auf dem Flur steht.

Ich schnelle nach vorne und greife nach dem Arm, der die Taschenlampe hält. Mit beiden Händen packe ich zu, doch die Person lässt nicht locker.

»Lass los!«, rufe ich, und mittlerweile ist es mir egal, ob andere davon wach werden könnten. Dann würden sie zumindest mit eigenen Augen sehen, wer hier ein falsches Spiel spielt.

»Lass du los!« Eine Männerstimme.

Ich bin so verblüfft, dass ich seine Hand tatsächlich loslasse. Sofort richtet er die Taschenlampe wieder auf mich, aber jetzt kann ich die Schemen hinter dem Lichtstrahl erkennen. Groß, breite Schultern und … lange Haare.

»Ben?«

»Pst, nicht so laut!«

»Was … wieso … ich …« Die Gedanken schaffen es nicht bis zu meinem Mund.

Er war es. Er war es die ganze Zeit. Natürlich! Jetzt ergibt alles Sinn. Er wollte eine Story. Einen Skandal. Ein verschwundener Bikini, ein gestohlenes Höschen, Verdächtigungen, Zickenkrieg, Kandidatinnen, die sich gegenseitig an den Pranger stellen. Besser kann es für V-TV nicht laufen. All das Gerede, dass er den Job nur wegen der Kohle mache, war wahrscheinlich völliger Unsinn. Er hat Zwietracht gesät, wo er nur konnte. Ob er dafür eine Gehaltserhöhung erhält? Eine Beförderung?

Die Enttäuschung liegt wie ein bitterer Geschmack auf meiner Zunge. Ich kann nicht glauben, dass ich ihn so falsch eingeschätzt habe. Ich habe mich in seiner Gegenwart unglaublich leicht und unbeschwert gefühlt, habe mich mehr fallen lassen als bei jedem anderen, und in Wahrheit hat er mich die ganze Zeit benutzt. Hat sich mein Vertrauen erschlichen und mich gegen Vico ausgespielt.

»Du hast unsere Sachen gestohlen!« Meine Stimme gleicht mehr einem Fauchen und ist alles andere als *maximemäßig*, aber es ist mir egal.

»Nein, du verstehst das völlig falsch.«

»Ach ja? Und wieso schleichst du mitten in der Nacht hier herum? Du wolltest nicht, dass Pia auf das Thema aufmerksam wird und sich die Bänder genauer anschauen will. Dann würde sie nämlich sehen, wie du in Vicos Sachen wühlst, habe ich recht?«

»Tut mir leid, dich enttäuschen zu müssen, Frau Staatsanwältin.« Die Art, wie er *Staatsanwältin* sagt, gefällt mir nicht. »Es gibt keine Aufnahmen davon.«

»Weil du sie gelöscht hast?«

Ich kann ihm kaum in die Augen schauen, zu sehr schmerzt mich die Erkenntnis, wie tief ich mich in ihm getäuscht habe.

»Nicht so laut«, Ben macht einen Schritt auf mich zu und hält mir die Hand vor den Mund. Ohne nachzudenken, beiße ich hinein.

»Au! Verdammt, was soll das?«

Ich stoße mich von ihm ab und renne Richtung Treppe, doch er folgt mir und greift nach meinem Arm. »Warte. Hör mir wenigstens zu!«

»Warum sollte ich? Ich will deine Lügen nicht hören. Du hast mich die ganze Zeit verarscht. Du hast so getan, als sei dir alles hier egal, aber in Wahrheit bist du keinen Deut besser als Pia – du tust alles für die Quote. Hast du überhaupt eine Ahnung, was du bei Vico damit ausgelöst hast?«

»Ich war es nicht, das habe ich dir schon gesagt. Ich habe gestern Abend mit Moritz die Aufnahmen des Tages gesichtet und dabei mitbekommen, wie Vico und du die anderen verdächtigt habt, das Höschen gestohlen zu haben.«

»Und dann hast du dir gedacht, bevor wir zu Pia gehen, bringst du es lieber zurück.«

Er hebt die Arme, wie ein Verbrecher, den die Polizei gestellt hat. »Du kannst mich gerne durchsuchen, wenn du magst. Aber Vorsicht, ich bin kitzelig.«

»Das ist nicht witzig!« Glaubt er ernsthaft, mich mit einem Scherz beruhigen zu können? Ich werde auf keinen Fall noch einmal auf seinen Charme reinfallen.

»Du hast recht.« Er lässt die Arme wieder sinken. »Jedenfalls wurde ich stutzig und wollte mir die Bänder der letzten Tage noch mal ansehen. Wie du dir vorstellen kannst, überfliegen wir sie für gewöhnlich nur, und in die Aufnahmen aus den Zimmern schauen wir generell selten rein, weil da meistens nichts Weltbewegendes passiert.« Er reibt sich über die Stirn. »Nun, dabei kam heraus, dass die Kamera in eurem Zimmer vor zwei Tagen abgeschaltet wurde. Das kam mir komisch vor.«

Ich muss an Bobby denken. Hat er nicht erzählt, dass er jederzeit Zugriff auf die Kameras hat? Mein Herz stolpert vor Enttäuschung. Aber wenn es Bobby war, dann würde das bedeuten, dass es nicht Ben war, auch wenn ich nach wie vor an seiner Geschichte zweifle. Wer sagt denn, dass er die Wahrheit erzählt? Womöglich will er die Schuld bloß jemand anderem in die Schuhe schieben.

»Das erklärt aber nicht, warum du hier mitten in der Nacht herumschleichst.« Ich verschränke die Arme vor der Brust.

»Weil ich ihn erwischen will. Ich bin sicher, er möchte verhindern, dass Pia Nachforschungen anstellt, denn dann käme heraus, dass die Kamera nicht lief, und das würde Fragen aufwerfen.«

»Glaubst du, dass es Bo…«

»Pst!« Ben legt den Finger an die Lippen. Eine Sekunde später erlischt das Licht der Taschenlampe, und ich spüre seine Hand auf meiner Schulter. Er zieht mich von der Treppe weg und drückt mich nach unten. »Da kommt jemand.«

Eng aneinandergepresst knien wir neben dem Treppenabsatz.

Tatsächlich höre ich, wie sich jemand durch den unteren Flur bewegt. Jemand kommt die Treppe hoch. Jemand, der nicht entdeckt werden will. Nur fahles Mondlicht dringt durch ein Fenster und weist der Gestalt den Weg.

Offenbar hat Ben die Wahrheit gesagt, und die Erleichterung darüber durchströmt mich wie eine warme Welle. Ich spüre Bens Körper dicht an meinem. Seine Hand hält noch immer meine Schulter umklammert, und seltsamerweise habe ich nicht den Impuls, sie abzuschütteln. Im Gegenteil, ich genieße seine Nähe. Wie schon im Pool fühlt es sich gut an, von ihm berührt zu werden.

Gott, was denke ich da? Ist es nicht kompliziert genug, dass ich Florian geküsst habe? Muss ich mich auch noch in Bens Arm wohlfühlen?

Bens Griff um meine Schulter wird fester. So, als leite er seine eigene Anspannung an mir ab. Bevor ich darüber nachdenken kann, was ich tue, greife ich nach seiner Hand und drücke sie. Nur um mich zu beruhigen, versteht sich. Nicht wegen der Berührung selbst. Es geht allein um die Sache. Darum, den Täter in flagranti zu erwischen. Und wenn Ben sich an mir festklammert, dann werde ich das ja wohl ohne Hintergedanken auch bei ihm machen dürfen, oder etwa nicht?

Mein Herz schlägt so laut, dass ich Angst habe, Bobby könnte es hören, und eine leise Stimme in mir fragt, ob das allein an der Situation oder vielleicht doch an Bens Nähe liegt. Ich ignoriere sie. Sie hat mir bisher nichts als Ärger gebracht.

Ein Teil von mir klammert sich weiterhin an die Hoffnung, dass es nicht Bobby ist, der da die Treppe hinaufgeht, aber sosehr mich Bobbys Verrat auch schmerzt, so erleichtert bin ich, dass es nicht Ben war.

Die Stufen knarren unter Bobbys Füßen. Er bewegt sich nervenzerreißend langsam, und ich drücke Bens Hand fester. Zu fest. Er keucht auf. Bobby muss es gehört haben. Er macht auf dem Absatz kehrt und rennt die Treppe wieder hinunter.

»Scheiße!« Ben springt auf, schaltet die Taschenlampe an und nimmt die Verfolgung auf.

Einen Moment lang bin ich so irritiert, dass ich ein paar Sekunden brauche, um zu verstehen, was passiert ist. Dann rappele auch ich mich hoch und renne den beiden hinterher. Bobby hat inzwischen die Terrassentür erreicht. Er reißt sie auf und flüchtet ins Freie. Ben ist ihm dicht auf den Fersen, sie rennen durch den Garten Richtung Strand. Ich folge ihnen, so schnell ich kann, das Gartentor lasse ich weit offen stehen.

Bobbys Vorsprung hat sich verringert, und aus einiger Entfernung beobachte ich, wie Ben die Hände nach ihm ausstreckt. »Halt!«, ruft er, doch Bobby denkt nicht daran, stehen zu bleiben.

Endlich schafft Ben es, ihn am Arm zu fassen zu bekommen. Er stürzt sich auf ihn, und sie rollen über den Sand und ringen miteinander. Der Wind zerpflückt ihre Schreie und trägt sie in alle Himmelsrichtungen davon. Ich habe inzwischen übles Seitenstechen und trabe nun langsamer auf die beiden zu. So wütend, wie Ben eben klang, wird er Bobby wohl kaum wieder entwischen lassen.

Die Taschenlampe ist ein Stück von den beiden entfernt im Sand liegen geblieben, und ich hebe sie auf, obwohl der Mond und die Sterne hier draußen genug Licht spenden, um sich zurechtzufinden. Dennoch richte ich den Strahl der Lampe auf die sich am Boden wälzenden Körper. Die Beine und Arme der beiden Männer sind ineinander verschlungen, aber Ben hat eindeutig die Oberhand. Als ich näher komme, hält er Bobby am Boden fest und setzt sich auf seinen Brustkorb. Ich leuchte ihm direkt ins Gesicht, und er reißt erschrocken die Augen auf, so als habe er erst jetzt bemerkt, dass nicht nur Ben ihm gefolgt ist.

»Du?« Ich bin mindestens genauso erschrocken wie Moritz, als er mich entdeckt. »Aber ich dachte, dass Bobby ...«

»Bobby?« Ben fährt zu mir herum. »Ne, ich hab mir gleich gedacht, dass es Moritz war. Er hat so komisch reagiert. Und dann die Sache mit Vico auf dem Berg. Du bist ein verdammter Spanner, Moritz, hab ich recht?!«

Moritz sieht aus, als würde er jeden Moment in Tränen ausbrechen. »Geh runter von mir!«

»Nicht, bevor du mir nicht die Wahrheit sagst.«

»Lass mich.«

»Ich warte.«

»Ich kann nichts dafür.« Moritz klingt weinerlich.

»Du kannst nichts dafür, dass du eine Frau betatscht und Unterwäsche geklaut hast?« Bens Stimme überschlägt sich vor Zorn. »Willst du uns verarschen? Wer kann denn deiner Meinung nach etwas dafür? Vico? Maxime? Gott?«

»Ich hab nichts Schlimmes getan ... Ich dachte, sie bemerken es nicht mal, wenn die Sachen fehlen.«

»Warum?« Ich bemühe mich, meine Stimme fest klingen zu lassen, obwohl ich mich am liebsten wie Ben auf Moritz stürzen würde. »Warum hast du das getan? Für die Quote?«

Moritz nickt eifrig. »Ja, genau. Bloß deswegen.«

»Lüg nicht!«, schreit Ben ihn an.

Moritz' Gesicht bekommt hektische Flecken. »Das ist die Wahrheit. Nur für die Quote, nur für die Quote hab ich das getan – Pia macht immer so viel Druck, sie hat mich angestiftet.«

Es ist ganz offensichtlich, dass er lügt.

»Ach ja? Fragen wir Pia doch mal.« Ben zückt sein Handy.

»Nein! Nicht!« Moritz reißt panisch die Augen auf.

»Wieso nicht? Soll sie nichts von deinem Doppelleben als Spanner erfahren?«

Moritz zieht die Nase hoch. »Ich bin kein Perverser. Ich hab nur manchmal – ich konnte einfach nicht widerstehen.«

»Du warst nachts in meiner Hütte!« An Moritz' Gesicht ist deutlich abzulesen, dass ich damit mitten ins Schwarze getroffen habe.

»Ich wollte bloß schauen, ob alles in Ordnung ist!«

»Ob alles in Ordnung ist? Dass ich nicht lache. Du hast mich im Schlaf beobachtet!«

»Was ist denn dabei?«

»Was dabei ist? Tickst du noch ganz richtig?« Ben drückt ihn tief in den Sand, und für einen Moment fürchte ich, er könne ihn ernsthaft verletzen.

»Ich war nur kurz da«, fährt Moritz fort, als sei das eine Entschuldigung. »Und da lugte dieser Bikini aus dem Beutel. Ich hatte das nicht geplant, aber er sah so schön aus im Schein meiner Taschenlampe, deshalb hab ich ihn einfach mitgenommen.«

Ein kalter Schauer läuft mir über den Rücken. Die Vorstellung, dass er nachts vor meinem Bett stand und mich angestarrt hat, ekelt mich an.

Ben wohl ebenfalls, denn er schreit: »Du wirst morgen früh zu Pia gehen und kündigen! Und wenn du es nicht tust, werde ich ihr alles erzählen.«

»Wie denn?« Moritz stößt ein kehliges Lachen aus. »Du hast keine Beweise. Es gibt keine Aufnahmen davon.«

»Aber uns beide als Zeugen.«

»Für Pia zählt eine gute Geschichte mehr als jede Moral, das weißt du genau!«, sagt Moritz. Er deutet auf mich. »Dich hat sie sogar im Escape Room hinter dem Kamin eingesperrt, um für Zwist zu sorgen, ich habe es beim Sichten der Aufnahmen entdeckt. Ich glaube nicht, dass es sie stören würde, wenn sie erfährt, was ich getan habe.«

Pia war das also. Oh Mann, ich habe Vico echt unrecht getan. Ich werde mich bei ihr entschuldigen müssen.

»Wenn du das wirklich glauben würdest, hättest du dich nicht heute Nacht in die Villa geschlichen, um das Höschen zurückzugeben.« Ben funkelt ihn wütend an. »Pia mag skrupellos sein, aber alles hat Grenzen. Und bei sexueller Belästigung hört der Spaß auf! Apropos.« Er greift in Moritz' Hosentasche und zieht ein Stück hauchdünnen roten Stoff hervor. »Hier.« Er drückt mir Vicos Höschen in die Hand, und ich verstaue es in der Tasche meiner Shorts.

Moritz starrt Ben aus weit aufgerissenen Augen an.

»Also«, wiederholt dieser. »Entweder du kündigst morgen, oder wir sprechen mit Pia – mal sehen, was sie dazu sagt, wenn Vico mit einer Anzeige droht. Wobei ich nicht versprechen kann, dass sie das nicht so oder so tun wird.«

Moritz nickt langsam. »Na schön«, zischt er. »Ich werde kündigen. Zufrieden?«

»Zufrieden wäre ich erst, wenn ich deine perversen Gedanken aus dir herausgeprügelt hätte.« Ben erhebt sich, und Moritz springt auf. »Aber ich fürchte, dann würde ich mich auf dein Niveau herabbegeben. Doch eins verspreche ich dir: Sollte Vico Anzeige erstatten, bin ich der Erste, der mit Freude gegen dich aussagt.«

Moritz schnaubt. Schließlich dreht er sich um und rennt davon. »Fick dich, Ben!«, ruft er, sobald er einen sicheren Abstand zwischen uns und sich gebracht hat. »Jeder hat seine Leichen im Keller – auch du. Verurteile mich nicht für eine Sache, für die ich nichts kann!«

»Er glaubt tatsächlich, er sei unschuldig«, murmelt Ben. »Wenn es nicht so schlimm wäre, könnte er einem fast leidtun.«

»Mir tut vor allem Vico leid«, sage ich. Die Geschichte mit dem Ballettlehrer verschweige ich lieber. Das geht Ben nichts an.

Ich gehe ein Stück weiter den Strand hinunter, bis ich das Meer erreiche, und lasse mich auf den Boden sinken. Ben setzt sich neben mich. »Was für eine Nacht.«

Ich nicke.

Als ich mich in meinem Bett auf die Lauer gelegt habe, hätte ich nicht im Traum daran gedacht, dass ich am Ende der Nacht mit Ben am Strand sitzen und den Wellen dabei zusehen werde, wie sie meine Knöchel umspielen. Meine Knöchel! Für alle Fälle vergrabe ich meine Füße tief im Sand. Doch Ben sieht sowieso nicht hin. Sein Blick ruht auf meinem Gesicht. »Wirst du ihn anzeigen?«

Ich zucke mit den Schultern. »Ich fürchte, das wird nichts bringen. Er hat leider recht – wir haben keine Beweise.«

»Es macht mich so sauer, dass er damit durchkommt.« Bens Hände ballen sich zu Fäusten. Ich löse seine Finger, und er lässt es zu.

»Ich werde auf jeden Fall mit Vico reden, und dann schauen wir, was sich machen lässt.«

Das scheint Ben zu beruhigen. »Hast du wirklich geglaubt, dass ich das war?« In seinen Worten schwingt ein Flehen mit. Als wolle er auf keinen Fall ein Ja als Antwort erhalten.

»Es hätte mich bitter enttäuscht, wenn du es gewesen wärst.« Die Beklemmung, die ich gefühlt habe, als ich dachte, jedes Lachen, jedes Wort von ihm sei reines Kalkül gewesen, verfliegt.

Eine Weile sitzen wir schweigend da. Außer dem Rauschen des Meeres ist nichts zu hören.

»Hast du Lust, schwimmen zu gehen?«, fragt Ben plötzlich.

»Jetzt? Es ist mitten in der Nacht, und außerdem hab ich keine Badesachen mit.«

»Das stört dich doch sonst nicht.« Er zwinkert mir zu, springt auf, und ehe ich etwas entgegnen kann, nimmt er auch schon meine Hand und zieht mich mit sich.

»Ben, warte mal, ich denke es ist besser …«

»Komm mit!« Er rennt aufs Wasser zu und stürzt sich in die Fluten. »Das Wasser ist herrlich warm.« Eine dreiste Lüge, aber sein Lachen lockt mich dennoch.

Mit einem Mal ist es wieder da. Dieses Gefühl von Unbeschwertheit, von Freiheit, von »alles ist möglich«.

Was macht er nur mit mir? Wie schafft er es, diese Seite in mir hervorzulocken, wo ich selbst ständig dagegen ankämpfe? Er entlockt mir mehr Maxime als jedes Coaching bei Sophie.

»Na schön, aber nur kurz!«, rufe ich ihm zu, dann folge ich ihm ins Meer. Es ist kalt, aber das stört mich nicht weiter. Auch nicht, dass meine Klamotten wie ein nasser Sack an mir hängen – Ben hat recht, das bin ich inzwischen gewohnt.

Ben taucht unter und direkt neben mir wieder auf.

»Ich wusste, dass du nicht so vernünftig und kontrolliert bist, wie du immer tust«, sagt er.

»Ich bin überhaupt nicht kontrolliert«, gebe ich zurück und frage mich, wem von uns beiden ich hier eigentlich was vormachen will.

Ben lacht, und ich kann nicht anders, als mit einzustimmen. »Okay, du hast recht. Vielleicht bin ich manchmal wirklich etwas zu kontrolliert.«

»Etwas?« Er spritzt mir eine Ladung Wasser ins Gesicht.

»Okay, etwas viel.«

»Langsam kommen wir der Sache näher.«

»Tja, schätze, ich kann nicht aus meiner Haut.«

»Das dachte ich anfangs auch.« Ben wird plötzlich ganz ernst. Seine Augen bohren sich in meine, er schwimmt zu mir heran, und ich verspüre gleichzeitig den Impuls, stehen zu bleiben und wegzulaufen.

»Aber dann habe ich gemerkt, dass das nicht stimmt. Du kannst sehr wohl aus deiner Haut. Das finde ich gut.«

»Oh … danke.« Verlegen fahre ich mir durchs Haar. Wohin soll ich nur mit meinen Händen? Obwohl ich mir gerade kein bisschen Mühe gebe, Maxime zu sein, schaffe ich es nicht mal, ich selbst zu sein. Ich spüre, wie mir die Röte ins Gesicht schießt, und bete, dass die Nacht sie vor Ben verbirgt.

»Erst dachte ich, du seist nett, aber oberflächlich, dann dachte ich, du seist ernst und anstrengend.«

»Wie charmant, mach gerne weiter.«

Er grinst.

»Und schließlich hab ich kapiert, dass vieles davon Fassade ist.«

»Bist du jetzt Psychoanalytiker?«

»Jetzt unterbrich mich nicht dauernd! Anstrengend – sag ich ja.« Ben rollt lachend mit den Augen, und ich mache eine Bewegung, als würde ich meinen Mund verschließen und den Schlüssel ins Meer werfen.

»Und hinter dieser Fassade da ... ich weiß, ich sollte das nicht sagen, nicht mal denken, aber ...« Er lässt den Rest des Satzes unausgesprochen in der Luft hängen. Am liebsten möchte ich ihn schütteln, damit er weiterspricht. Ich will es hören. Will unbedingt wissen, was er über mich denkt.

»Ich mag dich ... Maxime.« Wieder klingt der Name irgendwie unehrlich aus seinem Mund. »Mir ist klar, dass mich das hier meinen Job kosten könnte.« Sein Gesicht ist plötzlich ganz nah vor meinem.

»Was?«, flüstere ich.

»Das.« Er zieht mich an sich heran. Erst vorsichtig, dann bestimmt. Seine Arme streichen über meinen Rücken. Sein Mund findet meinen und nimmt mir den Rest der Luft, die ich angehalten habe.

Bevor ich begreife, was hier passiert, küsse ich ihn zurück. Werfe mich ihm entgegen wie ein ausgehungertes Tier. Sein Kuss ist leidenschaftlich und zärtlich zugleich. Und unglaublich intensiv.

Mein ganzer Körper kribbelt. Die Gänsehaut breitet sich so schnell aus, dass ich das Gefühl habe, komplett die Kontrolle über mich zu verlieren. Und seltsamerweise macht mir das keine Angst. Ich will die Kontrolle verlieren. Will sie abgeben, sie Ben übertragen, mich ihm voll und ganz hingeben. Ihm und seinen Armen, die mich fest umschlingen. Seinen Händen, die plötzlich überall sind. An meinem Gesicht, meinem Rücken, meinem

Hintern, meiner Hüfte. Die nach meinen Brüsten tasten und sich unter mein Shirt schieben. Ich stöhne leise auf. Mein Mund löst sich von seinem, und ich helfe ihm, mir das T-Shirt auszuziehen. Ich trage keinen BH, aber es fühlt sich völlig natürlich an, oben ohne vor Ben zu stehen. Er betrachtet mich, und in seinem Blick liegt Verlangen.

Ich nehme seine Hände und lege sie auf meine Brüste. Er drückt sanft zu, und ein weiteres Stöhnen entfährt mir. Dann zieht Ben mich wieder an sich, küsst mich weiter, spielt mit meiner Zunge. Ich fummele an seinem Oberteil herum, bis ich es endlich schaffe, es ihm über den Kopf zu ziehen. Ich will seine Haut auf meiner spüren. Mein Körper steht in Flammen. Was macht dieser Mann nur mit mir? Es ist ganz anders als bei Florian, schießt es mir durch den Kopf. Ja, auch der Kuss mit ihm war toll. Hat meinen Körper zum Kribbeln gebracht. Aber die Küsse mit Ben lassen ein Feuerwerk in mir explodieren. Lassen mich alles vergessen und mich allein der Sehnsucht nachgeben wollen, von ihm berührt zu werden. Seine Hände finden den Weg in meine Shorts, und ich keuche auf, als sie meinen Slip zur Seite schieben und mich zwischen den Beinen berühren. Es fühlt sich unglaublich an. Mein Hirn hat sich verabschiedet und meinem Körper die Führung überlassen. Meinem Körper, der nichts anderes möchte, als Ben zu spüren. Auf mir, an mir, in mir. Meinem Körper, der gehalten, geküsst und begehrt werden will. Meinem Körper, der selten die Entscheidungen für uns trifft, weil ich es nie zulasse aus Angst vor …

Ein Bild schiebt sich in mein Bewusstsein. Eine Nacht, in der ich auch meinen Körper entscheiden ließ. Eine Nacht, die wunderschön war und so viel Chaos ausgelöst hat. Nik. Wie habe ich mich damals nach seinen Berührungen gesehnt, wie hoch haben sie mich emporgehoben, wie tief haben sie mich fallen lassen?

»Ich kann das nicht.« Ben sieht mich irritiert an, als ich seine Hand aus meiner Hose und ihn von mir wegschiebe.

»Es tut mir leid, ich habe die Kontrolle verloren.«

»Aber das ist doch *gut*!« Er zieht mich erneut an sich. Küsst mich. Meine Entschlossenheit bröckelt. Es fühlt sich so richtig an. Aber ich weiß auch, wie weh es im Nachgang tun kann.

Ich löse meinen Mund von seinem.

»Nein, ist es nicht. Bisher hat mir das nur Ärger beschert, ich …«

»Hey.« Er streicht mir zärtlich eine Haarsträhne hinters Ohr. »Ich möchte nichts tun, was du nicht auch willst.«

»Das ist es nicht«, flüstere ich.

Ich möchte dich auch, will ich sagen, *so, so sehr*. Aber ich bringe die Worte nicht über die Lippen.

»Und wovor hast du dann Angst?« Seine Hand ruht auf meiner Wange. Allein diese leichte Berührung schickt Stromstöße durch meinen Körper. Mein Verstand meldet Gefahr.

»Ich bin wegen Florian hier.« Ich schiebe seine Hand zur Seite. *Ich bin für Maxime hier.*

»Ich muss … ich *will*, dass das was wird mit ihm und mir.«

Ben sieht aus, als hätte ich ihm eine Ohrfeige verpasst. »Es tut mir leid. Ehrlich.«

»Ehrlichkeit ist ja deine Stärke, nicht wahr?«

»Wie meinst du das?«

»Ach, nichts.«

»Ben, bitte versteh mich.«

Wie sollte er, wo ich es selbst nicht tue? Wieso nur lasse ich die Angst gewinnen?

Weil du weißt, wie tief der Schmerz gehen kann, wenn es wieder nur für eine Nacht ist.

»Dann tut es mir auch leid«, presst Ben hervor. »Ich wollte dich nicht überfallen.«

»Hast du nicht.« Ich sehe die Traurigkeit in seinen Augen, weiß, dass ich es bin, die sie ausgelöst hat, und kann trotzdem nichts sagen, das sie ihm nimmt.

»Ich habe mich für einen Moment vergessen, das ist alles.«

So wie ich es in deiner Nähe ständig tue, und das kann ich nicht riskieren. Allein wegen Maxime. Aber vor allem wegen mir. Du bringst mich aus dem Gleichgewicht, das ich in letzter Zeit mühsam wieder aufgebaut habe.

All das denke ich, spreche es aber nicht aus. Was würde es auch ändern?

Ben schnaubt. »Gut, dann weiß ich jetzt, woran ich bin.«

Der Ausdruck in seinem Gesicht bricht mir das Herz. Immerhin wird es nicht Ben sein, der es mir bricht, wenn er sich nach dieser Nacht zurückzieht wie Nik damals. Das habe ich gerade noch verhindern können. Ich sollte stolz auf mich sein.

Wieso nur fühle ich mich dann beschissener als je zuvor in meinem Leben?

Kapitel 19

»Wieso ist er noch hier? Ich dachte, er hätte gekündigt.« Vico deutet auf Moritz, der hinter Florian, Pia und Ben die Villa betritt.

»Ich habe keine Ahnung«, flüstere ich. »Hast du dich denn inzwischen entschieden, ob du Anzeige erstatten willst?«

Vico nickt. »Sobald wir wieder in Deutschland sind, werde ich mit einem befreundeten Anwalt reden. Ich bin mir nicht sicher, ob es was bringt, aber ich werde es auf jeden Fall versuchen.«

Ich tätschele ihren Arm, und sie zieht ihn erschrocken zurück, der Waffenstillstand zwischen uns ist für uns beide noch ungewohnt. Ich beobachte, wie Ben und Moritz ihr Equipment auspacken und Pia zuhören, die ihnen Anweisungen für den Verlauf des Abends erteilt.

Ben sieht wütend aus, und ich bin nicht sicher, ob das an Moritz oder mir liegt. Seit zwei Tagen haben wir kein Wort miteinander gewechselt. Zwar war er öfter hier und hat Interviews oder das alltägliche Leben in der Villa aufgenommen, aber dabei hat er jeden persönlichen Kontakt mit mir vermieden, und ehrlich gesagt war ich auch ganz froh darüber, ich bin nämlich nicht sicher, ob ein Blick in seine Augen nicht all meine Vorsätze zum Einsturz bringen würde. Ich darf mich nicht von ihm ablenken lassen. Dass ich ihn überhaupt geküsst habe, war riskant und dumm. Was, wenn es rauskommt? Dann bin ich bei Florian ein für alle Mal unten durch, und Maxime hat keine Chance, jemals mit ihm zusammenzukommen.

Die Stimmung ist heute noch angespannter als sonst, und das liegt nicht bloß an Bens schlechter Laune: Heute ist Halbfinale.

Drei von uns müssen die Sendung verlassen. Drei von Fünf. Und ich kann absolut nicht einschätzen, ob ich eine davon sein werde. Gestern hatte Vico ein Einzeldate mit Florian, und auch wenn sie nicht erzählt hat, ob es dabei zum Kuss gekommen ist oder nicht, hat ihr verträumter Gesichtsausdruck bei ihrer Rückkehr doch Bände gesprochen. Nadja ist sich sicher, dass sie heute ausscheidet. Sie findet, der Draht, den sie zu Florian hat, sei zu dünn, um eine Beziehung darauf aufzubauen, und hat bereits verkündet, freiwillig auszusteigen, falls Florian sie wider Erwarten ins Finale wählen sollte. Lisa ist der Meinung, dass Nadja das nur sagt, um erhobenen Hauptes aus der Sache rauszukommen, wenn Florian sich gegen sie entscheidet.

Florian kommt zu Vico und mir an den Pool und begrüßt uns beide mit einer langen Umarmung.

»Wollen wir reden?«, fragt Florian und ergreift meine Hand.

Ben folgt uns mit der Kamera, Moritz schießt gerade ein paar Setfotos von Nadja und Claire, die in ihren Glitzerkleidern der Abendsonne glatt die Show stehlen.

Florian führt mich ein Stück vom Pool weg die Wiese hinunter, und Ben weicht uns nicht von der Seite. Meine Beklemmung wächst. In so einer Situation war ich noch nie. Allein mit zwei Männern, die ich innerhalb weniger Tage geküsst habe. Nein, viel schlimmer: Allein mit zwei Männern, die ich innerhalb weniger Tage geküsst habe, beobachtet von Tausenden Zuschauern. Ich spüre, wie meine Knie weich werden, jeden Moment könnten sie nachgeben. Florian räuspert sich, sein Gesicht wirkt angespannt.

Oh Gott, weiß er etwas? Bitte nicht!

»So, nun stehen wir tatsächlich bereits kurz vorm Finale«, sagt

Florian, und der Knoten, der die ganze Zeit in meiner Brust saß, wird größer. Bens Anwesenheit macht es nicht besser. Ich kann seinen leisen Atem hören, den Duft, der von seiner Haut ausgeht, riechen. Im Gegensatz zu Florian benutzt er kein Aftershave, sondern verströmt lediglich seinen ganz eigenen Geruch, gepaart mit Sonnencreme und einer leichten Brise salziger Meeresluft.

»Ja«, sage ich. Mehr fällt mir nicht ein.

»War eine spannende Reise bis hierhin.« Florian sieht viel zu ernst aus, und mein Magen krampft sich zusammen. »Eine Reise voller Überraschungen.«

Spielt er jetzt auf Ben an? Oh Mann, ich muss aufhören, so zu denken! Am Ende sieht er es mir an der Nasenspitze an.

»Du bist mir immer noch in vielerlei Hinsicht ein Rätsel«, sagt Florian, und ich frage mich, ob das nun gut oder schlecht ist.

»Tut mir leid, wenn ich dich verwirre. Das ist nicht meine Absicht. Ich möchte, dass du weißt«, ich schiele zu Ben hinüber und ringe das schlechte Gewissen nieder, das in mir aufsteigt und mir die nächsten Worte verbieten will, »dass ich dich mag. Und ich wünsche mir nichts mehr, als hier bei dir zu bleiben.«

»Das ist schön zu hören.« Florian streicht mir eine Haarsträhne hinters Ohr, und ich muss unwillkürlich daran denken, wie Ben vorgestern Nacht dasselbe tat. Auch Florians Berührung fühlt sich gut an, obwohl das Kribbeln, das sie auslöst, lange nicht so intensiv ist wie bei Ben.

Florian wirft einen Blick hoch in den Garten, als wolle er sich vergewissern, dass uns niemand beobachtet. Das tut auch niemand – abgesehen von all den Zuschauern, die unser Gespräch gerade live über ihre Bildschirme verfolgen. Dann beugt er sich zu mir hinunter und küsst mich auf den Mund. Ich bin so überrascht, dass ich vergesse, einzuatmen. Sofort muss ich husten, und Florian weicht erschrocken zurück. »Sorry«, stammele ich. »Ich war nur so überrascht.«

»Ich hoffe, positiv.« Er streicht über meinen Arm.

»Natürlich.« Ich hole tief Luft und kreuze meine Finger hinter seinem Nacken. Dann recke ich mein Kinn zu ihm empor, um ihn zu küssen. Ich spüre ganz deutlich, wie Bens Blicke sich in meinen Rücken brennen, und mein schlechtes Gewissen läuft Amok. Aber ich kann ihm jetzt nicht nachgeben, mir rennt die Zeit davon.

»Wir schalten zurück ins Studio.« Ben klingt kühl. Florian drückt seine Lippen weiterhin auf meine. Es ist ein schöner Kuss. Wenn auch nicht so gut wie der erste. Und längst nicht so berauschend wie der mit …

Ben räuspert sich hinter uns, und wir lösen uns langsam voneinander. »Tja, das haben die Zuschauer jetzt *leider* verpasst«, sagt Ben.

»Aber es hat sich trotzdem gelohnt.« Florian lächelt verschmitzt. »Ich glaube, ich sollte mal zurück zu den anderen gehen, bevor sie dich vor Eifersucht zerfetzen.«

Ich sehe, wie Claire unverhohlen zu uns hinstarrt. Das Glas in ihrer Hand, das sie gerade mit Wein füllt, läuft über, doch sie scheint es nicht zu bemerken.

Florian geht zu ihr und legt den Arm um sie. Wie macht er das nur? So schnell umzuswitchen und jeder Frau seine ungeteilte Aufmerksamkeit zu schenken? Ich könnte das nicht.

»Na, du kannst ja schnell umswitchen«, sagt Ben sarkastisch.

»Nun, ich … du hast das falsch verstanden.«

»Du meinst unseren Kuss am Strand? Da habe ich offenbar ganz gehörig was falsch verstanden.« Sein Tonfall schneidet mir tief ins Herz. Scham, Traurigkeit und das Bedürfnis, meine Ängste einfach auszublenden und nach seiner Hand zu greifen, all das überrollt mich wie eine Flutwelle.

»Ist auch egal«, sagt er, bevor ich etwas erwidern kann. »Du hattest recht, es war ein Fehler.«

Ich zucke zurück, so hart treffen mich seine Worte, auch wenn er sich an meinen eigenen bedient hat.

»Ich wechsele mal besser den Akku, damit mir heute Abend auch bloß kein Rumgeschlecke mehr entgeht.« Ben lacht bitter auf.

Ich habe nicht rumgeschleckt!, will ich rufen. *Und überhaupt, was geht es dich an? Hast du nicht gerade selbst gesagt, dass es ein Fehler war?*

»Was macht Moritz eigentlich noch hier?«, frage ich stattdessen. Ein unverfängliches Thema ist immer besser, als sich mit seinen Gefühlen auseinanderzusetzen. »Hat er nicht gekündigt?«

»Hat er. Aber Pia hat ihn nicht ziehen lassen.«

»Was, wieso das denn nicht?«

»So kurzfristig findet sie keinen Ersatz. Er bleibt bis zum Finale, und ich soll ihn im Auge behalten. Hab ja sonst nix zu tun.« Er seufzt und geht dann, ohne mich eines weiteren Blickes zu würdigen, die Wiese hinauf.

Einen Moment bleibe ich stehen, starre ihm nach, wie er da mit schnellem Schritt nach oben marschiert. Als sei er auf der Flucht. Vor mir. Dabei dachte ich, dass es umgekehrt sei.

Eine knappe Stunde später halten Lisa und ich uns fest an den Händen. Eine von uns wird weiterkommen. Eine wird die Villa heute Nacht verlassen müssen, das ist uns beiden klar. Und sosehr ich auch hoffe, dass ich bleiben darf, so sehr täte es mir für Lisa leid. Sie hat so hart gekämpft und gehofft. Außerdem mag ich gar nicht daran denken, mich von ihr verabschieden zu müssen.

Florians Anwesenheit direkt vor uns ist deutlich zu spüren. In welche Richtung werden seine Lippen sich bewegen? Nach links zu Lisa oder nach rechts zu mir? Lisa zerquetscht mir beinahe die Finger. Ich atme den Schmerz weg, ohne dass ein Laut meine Kehle verlässt.

Ich spüre den Hauch einer Bewegung. Florian beugt sich offenbar nach vorne. Zu ihr? Zu mir? Ich traue mich nicht zu blinzeln.

Gebannt halte ich den Atem an, während mein Kopfkino einen Film nach dem anderen abspielt. Der Kuss mit Florian, Maxime alias Cousine Mona, die ihn anflirtet, ihre Vorwürfe, mein schlechtes Gewissen, der Kuss mit Ben, der so viel intensiver war als … Florians Lippen berühren meine Stirn, und Erleichterung durchströmt mich.

Ich habe es tatsächlich ins Finale geschafft! Der Sieg ist in greifbare Nähe gerückt, nie hätte ich das für möglich gehalten.

Ich falle Florian um den Hals, mein Mund landet auf seiner Wange. Es fühlt sich immer vertrauter an, ihm so nah zu sein. Neben mir höre ich ein Schniefen, Tränen rinnen über Lisas Gesicht. Ich löse mich von Florian und umarme sie. Meine Schultern werden ganz nass, trotzdem presse ich Lisa fester an mich.

»Es tut mir sehr leid.« Florian versucht, Lisa aus meinen Armen in seine zu ziehen, doch wir lassen einander nicht los.

»Scheiße, scheiße, scheiße.« Lisas Worte gehen in ihren Schluchzern unter. Ich zermartere mir den Kopf nach tröstenden Dingen, die ich ihr sagen kann, Dinge, die ihr klarmachen, dass das nichts mit ihr zu tun hat und sie eine wundervolle, wunderschöne Frau ist, die ganz sicher ihr Glück finden wird. Aber ich ahne, dass es in diesem Moment keine Worte gibt, die ihr den Schmerz und die Enttäuschung nehmen können.

Langsam löst sie sich aus meinen Armen und wischt die Tränen weg. »Ich drücke dir die Daumen, Maxime.« Es ist deutlich zu spüren, welche Überwindung es sie kostet, das auszusprechen. Mir ist klar, dass sie liebend gerne an meiner Stelle wäre. Oder an Vicos, die mit mir gemeinsam im Finale steht.

»Du wirst das schaffen, ich bin mir sicher, dass Florian sich am Ende für dich entscheidet. Ich weiß, Vico hatte es in der Vergangenheit nicht leicht, aber es fällt mir trotzdem immer noch schwer, sie zu mögen. Sie ist so fake. Du bist viel authentischer und so ein ehrlicher, offener Men…«

»Schon gut«, sage ich schnell und fühle mich wie die mieseste Verräterin aller Zeiten.

Ich küsse Lisa auf die Stirn, wenn Florian das schon nicht getan hat, und drücke sie noch einmal fest an mich, ehe ich sie in seine Arme entlasse und mich abwende. Was auch immer er ihr zuflüstert, es geht mich nichts an. Genauso wenig wie all die Menschen, die dank Moritz' Tonangel jedes intime Wort mithören können, das die beiden wechseln.

Ich gehe zu Vico, und sie nickt mir zu. Keine Umarmung, kein Lächeln, aber immerhin auch kein missbilligender, verachtender Blick. Wir werden wohl keine Freundinnen, aber zumindest werden wir uns nicht mehr bekriegen, und das ist mehr, als ich mir je hätte vorstellen können.

Nachdem wir uns auch von Claire und Nadja verabschiedet haben, die nicht müde wird zu betonen, dass sie ohnehin gegangen wäre, wenn Florian sie nicht rausgekickt hätte, erklärt Pia uns, wie es weitergeht. Vico wird morgen den ganzen Tag mit Florian verbringen. Ich übermorgen. Danach findet das Finale statt.

Zwei Tage noch. Zwei Tage Scharade, Lügen, Lächeln und meine Gefühle irgendwie unter Kontrolle halten. Immerhin habe ich morgen einen Tag »frei«. Das ganze Team wird mit Florian und Vico unterwegs sein, was bedeutet, dass ich allein in der Villa sein werde. Endlich Zeit, mich auf mein Examen vorzubereiten, ohne dass mich irgendwer davon ablenkt. Wenn das kein Grund zur Freude ist …

»Ich bin so stolz auf dich, Tildi!«

»Schrei doch nicht so!«

»Wieso, ich denke, du bist alleine?«

»Ja, aber mir fallen fast die Ohren ab.«

Maxime lacht glockenhell am anderen Ende der Leitung. Ich lasse Sand durch meine Finger rieseln, er landet auf meinen

Knien, die mittlerweile richtig braun geworden sind. Ich würde sogar behaupten, so braun wie nie zuvor in meinem Leben. An den Orten, an denen ich mich sonst aufhalte (hauptsächlich die Unibibliothek) lässt sich leider deutlich weniger Sonne tanken als hier.

»Aber ich muss zugeben, es war ganz schön hart, euch beim Küssen zuzugucken.« Maxime seufzt tief.

»Tut mir leid.«

»Muss es nicht. Du hast das alles für mich getan. Es war dumm von mir, dir zu unterstellen, dass du Florian für dich haben willst.«

Nicht halb so dumm, wie es von mir war, mich eine kurze Zeit zu Florian hingezogen zu fühlen.

»Boah, Tildi, ich dreh echt durch. Zwei Tage! In zwei Tagen wissen wir mehr. Was, wenn er sich für Vico entscheidet?«

»Das wird er nicht.«

»Wie kannst du dir da so sicher sein?«

Bin ich nicht.

»Weil … ich hab das so im Gefühl.«

»Du und im Gefühl? Sagst du nicht immer, dass nur logisches Denken einen weiterbringt?«

»Manchmal haben Gefühle auch recht.«

Und genau das ist ja so gefährlich.

»Wenn du gewinnst, dann hast du so was von was gut bei mir!« Ich kann Maximes Strahlen beinahe durchs Telefon sehen.

»Das will ich hoffen. Du könntest mein Examen für mich schreiben.«

Sie lacht. »Da müsste ich aber viel nachholen.«

Mit einem bitteren Geschmack im Mund denke ich an die Bücher, die unberührt in meinem Rucksack liegen. Obwohl ich mir fest vorgenommen habe, den Tag heute mit ihnen zu verbringen, habe ich es nicht einmal geschafft, sie auszupacken. Als seien sie eine heiße Herdplatte, die man auf keinen Fall anfassen darf. Allein beim Gedanken an die dicken Wälzer fühle ich mich vollkommen erschlagen.

»So viel nun auch wieder nicht. Ich bin hier kaum zum Lernen gekommen.«

»Oh, das tut mir leid.«

Mir auch. Und dann wieder nicht. Seit ich die Papierflieger in die Luft entlassen habe, fühlt es sich an, als hätte ich ein Band durchschnitten, das mich bisher an mein Studium gefesselt hat. Was das zu bedeuten hat, darüber bin ich mir noch nicht ganz im Klaren, aber es fühlt sich beängstigend und befreiend zugleich an.

»Muss es nicht.«

Hinter mir knirscht der Sand. Es klingt wie Schritte. Schnell drücke ich den Anruf weg und wirbele herum. Vor mir steht Bobby.

»Na, telefonierst du wieder heimlich?« Er zwinkert mir zu.

»Das war Maxime.«

»Hab ich mir gedacht. Und, aufgeregt wegen morgen?«

»Ich will es einfach nur hinter mich bringen.«

»Das klingt ja sehr leidenschaftlich.«

»Ich bin echt froh, wenn das alles hier vorbei ist.«

»Kann ich mir vorstellen. Komm, ich hab dir Abendbrot mitgebracht. Essen hilft gegen Grübelei.« Er lacht.

»Ist Vi…oletta-Constanze wieder zurück?«, frage ich, während ich ihm Richtung Gartentor folge.

»Nein. Weißt du es denn nicht? Es ist ein Übernachtungsdate. Sie darf die ganze Nacht mit Florian verbringen. Ohne Kameras. Aber keine Sorge. Das darfst du morgen auch.«

Ich mache mir keine Sorgen wegen Vico und Florian.

Ich mache mir Sorgen wegen Florian und mir.

Ich habe keine Ahnung, wie Vicos Date verlaufen ist. Als sie heute Morgen zurück in die Villa kam, war sie recht schweigsam und wirkte irgendwie geknickt. Zeit zum Reden blieb nicht, denn ich saß gerade am Schminktisch, während die nette Maskenbildnerin Miriam meinem Gesicht den letzten Schliff verlieh.

Bereits kurz darauf holte Bobby mich ab und brachte mich zu dem Hotel direkt am Meer, auf dessen Dachterrasse ich nun stehe und die Augen nicht von der herrlichen Aussicht abwenden kann. Florian hingegen interessiert sich ganz offensichtlich mehr für meinen Anblick.

Das tief ausgeschnittene weiße Kleid, zu dem Miriam mir geraten hat, verfehlt seine Wirkung nicht, auch wenn ich immer wieder damit beschäftigt bin, es hochzuziehen, da ich fürchte, das Dekolleté könne mir sonst bis zum Bauchnabel rutschen. Moritz gehe ich, so gut ich kann, aus dem Weg, um ihm keine zu tiefen Einblicke zu gewähren, doch Ben lässt sich um einiges schlechter abschütteln. Manchmal habe ich das Gefühl, dass er mir näher kommt als Florian, wenn seine Kamera mal wieder beinahe auf meiner Schulter liegt oder direkt vor meinem Gesicht herumtanzt.

Langsam glaube ich, dass er das mit Absicht macht. Als wolle er Florian und mich auf Abstand halten. Pia findet das überhaupt nicht lustig und scheucht Ben andauernd zur Seite, um Florian und mir einen intimen Moment zu ermöglichen, aber ein Knistern will einfach nicht entstehen. Dabei kommt es so sehr auf heute an!

Warum nur kann ich mich nicht entspannen und den Moment genießen? Den Cocktail, der mit seinen bunten Schirmchen nicht nur ein Genuss für den Gaumen ist, die Sonne, die die Küste weit unter uns in wunderschönes goldenes Licht taucht, Florians Nähe, die sich angenehm und vertraut anfühlt.

Bens Nähe hingegen jagt tausend kleine Blitze über meinen Körper, und ich hoffe, dass niemand etwas davon mitbekommt, am allerwenigsten Ben selbst.

Oh Mann, ich muss aufhören, mir Gedanken über ihn zu machen. Ich sollte mich auf Florian konzentrieren.

Nur auf Florian.

»... und das ist natürlich immer schwierig, alles unter einen Hut zu bekommen.«

Ich habe keine Ahnung, wovon Florian da redet. Wann genau bin ich aus dieser Unterhaltung ausgestiegen? Ich hoffe, dass mir mein Lächeln eine Antwort erspart, doch Florian sieht mich erwartungsvoll an, als warte er darauf, meine Meinung zum Thema – welches auch immer das ist – zu hören.

»Ja, ja. Echt schwierig.« Ich blinzele zu ihm auf und bemühe mich, unschuldig und gleichzeitig interessiert zu wirken.

»Wie ist das bei dir?«

»Bei mir?«

Äh...

»Lass uns da später drüber reden«, sage ich. »Erst mal sollten wir die tolle Aussicht genießen.« Ich lehne mich gegen das weiße Geländer, das die Dachterrasse umrahmt, und Florian stellt sich hinter mich und umschlingt mich mit seinen Armen. Für einen Moment flackert ein Bild in meinem Kopf auf. Ben, der mich im Wasser an sich zieht, während seine Hände unter mein nasses Shirt gleiten. Ich schüttele das Bild schnell wieder ab.

»Alles okay?«

»Ja, da war bloß eine Mücke.«

Genau: bloß eine Mücke. Kein Grund, einen Elefanten aus der Sache zu machen.

Florian umarmt mich fester. Es fühlt sich irgendwie zu eng an.

»Mir ist warm.« Ich ducke mich unter seinen Armen hinweg. »Gibt es noch was zu trinken?«

Er deutet auf mein halb volles Glas. »Aber du hast doch ...«

»Gott, hab ich einen Durst!« Ich stürze den Cocktail in einem Zug hinunter. Zum Glück ist er alkoholfrei, sonst würde ich vermutlich jeden Augenblick über die Balustrade kippen.

Florian winkt dem Barkeeper zu, der extra für uns hier oben abgestellt worden ist, und ordert einen neuen Cocktail für mich.

Ich konzentriere mich darauf, mir beim Trinken nicht mit den Schirmchen die Augen auszustechen und gleichzeitig Florians Worten zu lauschen. Er erzählt von seinem Studium und seinem Nebenjob und dass er manchmal das Gefühl hat, alles werde ihm zu viel. Das kenne ich nur zu gut. Auch ich denke oft, dass der Tag zu wenig Stunden hat. Sophie sagt immer, er habe genug, man müsse bloß darauf achten, womit man sie füllt.

»Wie ist das bei dir? Kannst du gut den Kopf ausschalten?« Florian mustert mich über den roten Zuckerrand seines Glases hinweg.

Ich werfe einen Blick Richtung Ben, der genau in diesem Moment hinter der Kamera hervorlugt.

»Ja«, sage ich. »Das kann ich gut.« Ben lacht trocken auf, aber ich ignoriere es. »Ich finde, man sollte viel öfter die Dinge tun, auf die man Lust hat, statt die Dinge zu tun, die vermeintlich vernünftig sind.« Das ist das, was Maxime sagen würde. Und von dem ich wünschte, es würde mir auch nur halb so leichtfallen wie ihr.

Ich spüre noch immer Bens Blick auf mir.

Mit ihm tat es das. Mit ihm fühlte sich alles leicht und unbeschwert an.

Es ist eine Seifenblase!, schrillt eine Stimme in mir. *Nur eine Seifenblase, die jederzeit zerplatzen kann.*

Florian stellt sein Glas ab und kommt näher. Oh Gott, wird er mich wieder küssen? Unwillkürlich weiche ich ein Stück zurück und stoße mit dem Rücken gegen das Geländer. Unter mir geht es Hunderte Meter in die Tiefe.

»Willst du nichts mehr trinken?«, frage ich und höre selbst, wie dämlich das klingt.

»Nein, erst mal will ich etwas ganz anderes.« Er kommt näher. Ben ebenfalls. Beide stehen nun so dicht vor mir, dass ihre Gerüche sich mischen. Mein Herz springt auf und ab, als sei mein Körper ein Trampolin.

Florian beugt sich nach vorne und schließt die Augen.

Ich tue dasselbe, und sofort schleicht sich Bens Bild erneut in meine Gedanken. Seine Lippen auf meinen. Sein Haar, das meine Wangen kitzelt. Ich bemühe mich, ruhig zu atmen, die Gesichtszüge vor meinem geistigen Auge in die von Florian zu verwandeln, aber es gelingt mir nicht. Bens Gesicht schwebt hartnäckig in meinem Kopf herum.

»Wir sollten nach unten gehen, die Sonne blendet so, dass die Szene im Eimer ist«, sagt Ben laut.

Ich öffne die Augen und sehe, wie Florian ihn entgeistert anstarrt. Pia hingegen ist außer sich. »Wie kannst du ausgerechnet jetzt unterbrechen? Ich habe hier eine Sendung aufzuzeichnen, die nicht allein von der schönen Aussicht lebt, verdammte Scheiße!«

So wütend habe ich sie noch nie erlebt, und das will was heißen.

»Es reicht mir langsam mit deinen Alleingängen, Ben! Moritz, du übernimmst!«

Ben öffnet den Mund, um zu protestieren, doch Pia reißt ihm die Kamera aus der Hand, was keine gute Idee ist, denn sie scheint so schwer zu sein, dass Pia sie kaum halten kann. Schnell springt Moritz ihr zur Seite und schultert die Kamera, während er mit der anderen Hand die Tonangel balanciert.

»Geh in dein Zimmer, Ben«, sagt Pia, als sei sie seine Mutter und er ein Kind, das sich danebenbenommen hat. »Morgen bist du hoffentlich wieder zurechnungsfähig!«

Ich frage mich, ob hier überhaupt irgendjemand zurechnungsfähig ist. Ich jedenfalls nicht, fürchte ich.

Ben schüttelt den Kopf, als halte er Pia für geistesgestört, dann wendet er sich mir zu. Sein Blick durchbohrt mich, trifft mich in der Brust und setzt dort einen Sturm in Gang.

»Viel Spaß noch«, murmelt er, ohne sich von mir abzuwenden. Ich kann ihm kaum in die Augen sehen, aber ich werde den

Teufel tun und ihm ausweichen. Was denkt er denn? Dass ich Florian von mir stoße und stattdessen ihn küsse?

Ben schlurft davon, und Moritz richtet die Kamera auf Florian und mich.

»Wo waren wir stehen geblieben?«, fragt Florian keck.

Ich deute zum Geländer. »Ich glaube, dort drüben.«

Zum ersten Mal, seit wir uns kennen, sind wir ganz allein. Das Team hat sich für die Nacht zurückgezogen, und ich liege in einem riesigen Hotelbett mit gestärkten Laken in Florians Armen. Er ist oberkörperfrei, und ich kann nicht leugnen, dass mich das nervös macht. Mit seinen Fingerkuppen streicht er über meinen Arm und jagt einen wohligen Schauer über meine Haut. Ich schmiege mich näher an ihn, atme seinen Duft ein und lege meine Hand auf seine Brust. Darunter kann ich deutlich seinen Herzschlag fühlen. So schnell, als sei er gerade einen Marathon gelaufen.

Florian schiebt mein Shirt ein wenig hoch, sodass wir nun Haut an Haut daliegen. Unsere Körper, die sich den ganzen Tag mit Sonne vollgesogen haben, sind glühend heiß. Florian streicht durch mein Haar, das sich auf dem Kopfkissen ausbreitet wie ein Fächer. Er zieht mein Gesicht zu seinem heran, und ich lasse es geschehen.

Sein Kuss schmeckt nach süßem Cocktail und Sonnencreme.

Gut. Vielversprechend. Vertraut.

Seine Zunge erkundet meinen Mund, und ich drücke mich ihm mit dem gesamten Körper entgegen. Lasse mich von ihm küssen und streicheln und tue dasselbe mit ihm. Es ist schön. Aber es ist anders. Anders als beim ersten Mal. Anders als mit Ben. Es fühlt sich an, als würde ich einen guten Freund küssen. Das Feuerwerk bleibt aus.

Florians Hände greifen nach meiner Hüfte. Ziehen mich auf ihn. Ich kann seine Erregung deutlich unter mir spüren.

»Warte«, flüstere ich.

»Ich will dich so sehr, Maxime«, haucht er in mein Ohr, und ich wünschte, meine Schwester könnte das hören. Immerhin ist das alles, was sie sich wünscht. Und ich? Ich wünsche es ihr von Herzen. Ihr, aber nicht mir. Ich kann das hier nicht.

Ich rolle mich von Florian herunter und setze mich auf. »Es tut mir leid. Mir geht das alles zu schnell.«

»Das verstehe ich.« Dennoch sieht er mich eine Weile nachdenklich an.

»Was ist?«

»Ist das alles?«, fragt er zurück, und mein Puls beschleunigt sich dramatisch.

»Wie meinst du das?«

»Wenn dir das wirklich zu schnell geht, ist das absolut kein Problem für mich, ehrlich nicht. Im Gegenteil, ich gebe dir gerne alle Zeit der Welt. Aber ich habe schon länger das Gefühl, dass mehr dahintersteckt. Dass du mir etwas verheimlichst.«

»Quatsch!« Ich bin viel zu schrill. »Was sollte ich dir denn verheimlichen?«

»Ich habe keine Ahnung, sag du es mir.« Es klingt in keinster Weise vorwurfsvoll, eher verständnisvoll. Er streicht mir über den Rücken, und ich wage es nicht, ihm in die Augen zu sehen.

»Es ist alles gut, ich bin nur … unglaublich müde«, behaupte ich und lege mich zurück ins Bett. Dort kuschele ich mich erneut in seine Arme und ziehe trotz der Hitze die Bettdecke über mich – als Schutzschild.

»Okay, dann sollten wir wohl schlafen.« Florian klingt enttäuscht.

»Ich mag dich sehr, Florian«, flüstere ich, und das ist nicht gelogen. Ich mag ihn. Er wäre ein toller Schwager.

Ich küsse ihn auf die Wange und schmiege mein Gesicht in die Kuhle zwischen seinem Hals und seiner Schulter. Es passt genau hinein, wie ein Puzzlestück.

»Bei dir fühle ich mich ganz«, flüstere ich und lege noch eine weitere Schippe maximemäßiges Pathos drauf. »Ich glaube ganz fest daran, dass wir zusammengehören.«

Und tatsächlich, in diesem Moment glaube ich aus vollstem Herzen, dass meine Schwester und er zusammengehören. Und ich hoffe, dass alles, was ich getan habe, um ihnen den Weg zu ebnen, ausreicht.

Ich hoffe wirklich so sehr, dass es ausreicht.

Kapitel 20

Nun stehe ich tatsächlich hier.

Mein schwarzes Kleid reicht bis zum Boden. Ob es eine gute Idee war, diese Farbe auszuwählen? Ist das nicht ein schlechtes Omen? Aber Florian wird seine Entscheidung wohl kaum aufgrund meines Outfits treffen.

Vico wurde eine Stunde vor mir aus der Villa abgeholt, und ich habe keine Ahnung, was seitdem passiert ist. Hat Florian schon mit ihr geredet? Hat sie den finalen Kuss bekommen?

Ich wische meine schweißnassen Hände an dem hauchdünnen Stoff des Kleides ab.

Der Raum hängt voller Glaslüster, die sich in den Spiegeln vertausendfachen.

Nervös trete ich von einem Fuß auf den anderen. Ich solle hier warten, bis ich abgeholt werde, hat Bobby gesagt. Wie lange das wohl dauert? Und was erwartet mich auf der anderen Seite der Flügeltür? Die Location für den letzten Drehtag könnte nicht besser gewählt sein. Florian wird seine Favoritin in einem Schloss verkünden. Allein der Garten, durch den Bobby mich vor etwa einer halben Stunde geführt hat, stellt den der Villa vollkommen in den Schatten. Rosenbüsche, wohin man schaut, und ein gigantischer marmorner Springbrunnen mit tanzenden Engeln inmitten der akkurat zurechtgestutzten Wiese.

Der Prunk setzt sich auch im Inneren des Schlosses fort, und ich habe Angst, irgendetwas zu berühren, denn selbst die kleinste Vase hier sieht so kostbar aus, dass ich wahrscheinlich mein Leben damit verbringen würde, sie abzubezahlen, sollte ich sie in meiner Nervosität versehentlich anrempeln.

»Maxime? Du kannst reinkommen.« Pia steht in der Flügeltür und winkt mich zu sich heran.

Das Erste, was ich sehe, ist Ben. Er richtet die Kamera direkt auf mich. Hinter ihm, auf einem Podest, steht Florian. Er trägt einen weißen Anzug, und sein Lächeln ist so hell wie der Saal, durch dessen riesige Fenster das Sonnenlicht fällt.

Atmen, Tilda, atmen. Und immer einen Fuß vor den anderen setzen.

Ich habe ganz vergessen, wie schwer Gehen ist. Jeder Schritt auf Florian zu fühlt sich an, als müsse ich meine Füße erst aus einer Betonschicht ziehen, doch schließlich stehe ich genau vor ihm. Sein Lächeln wird breiter. »Du siehst fantastisch aus.«

»Du auch.« Obwohl weiße Anzüge so gar nicht mein Ding sind, kann ich nicht leugnen, dass Florian sie tragen kann. Beim Parfüm hat er wieder ein wenig übertrieben, aber der Anlass ist ja auch mehr als besonders. Er wird heute einer Frau sein Herz schenken, und ich bete so sehr, dass ich – beziehungsweise Maxime – diejenige sein wird.

»Genauso schön wie an dem Tag, als ich dich das erste Mal gesehen habe.« Florian nimmt meine Hände. »Ich war von Anfang an fasziniert von dir. Wir waren uns gleich so vertraut, alles hat sich richtig angefühlt, das habe ich vorher noch nie erlebt.« Seine Worte streicheln mich sanfter, als Hände es je könnten, obwohl ich weiß, dass sie nicht mir gelten. Ich war es nicht, mit der er dieses Gefühl aufgebaut hat.

»Dann hast du mir mitgeteilt, dass du überlegst auszusteigen, und ich habe gemerkt, dass ich das nicht ertragen könnte. Ich wollte unbedingt, dass du bleibst, und zum Glück hast du das letztendlich auch getan. Seitdem hatte ich jedoch immer wieder das Gefühl, dass du nicht genau weißt, was du willst. Dass du dir nicht sicher mit mir bist, und das fand ich sehr schade.«

Oh nein! Wird das hier eine Abfuhr? Meine Eingeweide ziehen sich schmerzhaft zusammen.

»Doch *ich* war mir sicher. Ich hielt an dem Gefühl vom Anfang fest.« Er macht eine Pause, fährt sich durchs Haar und bohrt seinen Blick tief in meinen. Ich lasse es zu. Lasse ihn so tief schauen, wie er will, versuche ihm stumm zu verstehen zu geben, dass er keine Angst haben muss. Dass die Maxime, die er kennengelernt hat, auf ihn wartet, wenn auch ganz anders, als er glaubt.

»Und das tue ich bis heute.« Sein Lächeln erstirbt.

Mein Herz klopft lauter. Wird er mir gleich sagen, dass es trotzdem nicht reicht? Dass er gemerkt hat, dass seine Gefühle zu Vico stärker und tiefer sind als die zu mir?

»Maxime«, sagt er, und ich kann förmlich sehen, wie meine Schwester vor dem Fernseher genauso die Luft anhält, wie ich es in diesem Moment tue. Heute wurde zuerst der Zusammenschnitt der Einzeldates ausgestrahlt, aber jetzt, dessen bin ich mir deutlich bewusst, sind wir live.

»Ich habe mich in dich verliebt. Und zwar so sehr, wie ich es nie für möglich gehalten hätte.«

Ich bilde mir ein, den Freudenschrei meiner Schwester bis hierher zu hören. Sicher tanzt sie nun durch den Raum. Erleichterung durchströmt mich. Ich habe es geschafft. Er hat sich für mich entschieden – für sie. Heute Abend werde ich im Flieger sitzen, und danach wird Maxime alles regeln. Sie werden sich in Deutschland wiedersehen und hoffentlich glücklich für immer und ewig sein, so wie im Mär…

»Aber ich kann dir den letzten Kuss nicht geben.«

Die Gedankenblase in meinem Kopf platzt laut und krachend. Ich muss mich verhört haben.

»Ich möchte etwas Ernstes, etwas Festes. Und ich habe bei dir sehr oft das Gefühl gehabt, dass du nicht ganz mit dir im Reinen bist und erst mal selber klarkriegen musst, was du willst, bevor ein Mann in deinem Leben Platz hat.« Sind das Tränen in seinen Augen? Ja, tatsächlich. »Ich hätte mir so sehr eine Zukunft mit dir gewünscht. Doch es geht einfach nicht. Es tut mir leid.« Mein entsetztes Gesicht spiegelt sich in seiner Iris. Seine Augen sind durchzogen von Traurigkeit. Das kann er nicht machen. Er kann doch nicht gegen sein Herz entscheiden! Das ist das Verkehrteste, das ein Mensch tun kann.

Ich blinzele irritiert. Woher kommen diese Gedanken?

Florian hält weiter meine Hände fest, er führt sie zu seinem Mund und küsst sie zärtlich. »Bitte, versteh mich, Maxime«, flüstert er. »Ich wäre so gerne meinem Herzen gefolgt, aber ich glaube, es ist besser, wenn wir getrennte Wege gehen.«

Wahrscheinlich klingelt mein Handy gerade Sturm. Maxime wird am Boden zerstört sein. Wie gerne würde ich sie jetzt in den Arm nehmen. Ihr sagen, wie leid es mir tut, dass ich sie enttäuscht habe. Dass ich alles versucht habe, aber am Ende eben doch Tilda bin. Und für Tilda gibt es kein Happy End. Das ist der Grund, warum ich meine Gefühle normalerweise in einen Hochsicherheitstresor einschließe.

»Es ist okay.« Ich umarme Florian ein letztes Mal. Am liebsten würde ich ihm sagen, dass nicht ich diejenige bin, der er soeben das Herz gebrochen hat. Dass es meine Schwester ist, die darunter leiden wird. Und er. Er hat seine Entscheidung nicht nur gegen mich, sondern auch gegen sein Gefühl getroffen. Und ich bin nicht sicher, ob sein Tresor so stabil ist wie der, den ich über all die Jahre errichtet habe.

Doch ist meiner wirklich so stark, wie ich glaube? Hat nicht Nik ihn in einer einzigen Nacht gesprengt? Seitdem liegt er in Trümmern vor mir, und ich habe ihn nicht schnell genug zusammengebaut, bevor …

Die Lichter gehen aus. Pia klatscht. Sie klatscht tatsächlich.

Es kommt mir unglaublich unpassend vor, aber so macht man das wohl am Set, wenn jemand »abgedreht« ist, das weiß ich von Sophie. Ihr Klatschen wird von den Wänden zurückgeworfen und klingt seltsam grotesk in dem riesigen Raum.

»Gut, das war's«, sagt sie. »Ben, geh mit Maxime in den Garten und nimm ein Statement von ihr auf. Und Maxime – lass alles raus: Wut, Trauer, Hass. Nur bloß kein gefasstes ›mir geht es gut‹, klar?«

»Aber …«

»Geh.« Sie schiebt mich von Florian weg, der immer noch aussieht, als habe man ihm eine Ohrfeige verpasst.

Pia ist es offenbar egal, ob wir uns nach all den Wochen voneinander verabschieden möchten oder nicht.

Das dramatische Finale ist im Kasten, alles Weitere interessiert sie nicht.

»Wie war es für dich, zu hören, dass Florian sich nicht für dich entschieden hat?« Bens Stimme klingt monoton. So, als habe er diese Frage schon tausendmal heruntergeleiert.

»Ich war ziemlich geschockt«, sage ich. »Aber vermutlich ist es das Vernünftigste.«

»Aha, das Vernünftigste also.« Wenn man Augenrollen in Worten hören kann, dann in Bens.

»Florian hat recht. Ich wusste lange Zeit nicht, was ich will.«

»Und jetzt weißt du es?« Ben lässt die Kamera sinken, und seine braunen Augen kommen dahinter zum Vorschein. Sie haben denselben traurigen Ausdruck angenommen wie Florians.

»Jedenfalls weiß ich, was ich nicht will«, sage ich und bin selbst überrascht davon, wie klar es vor mir liegt.

Ben schaltet die Kamera ab und sieht mich herausfordernd an. »Ach ja? Und was?«

»Ich will nicht mehr bleich wie ein Käsekuchen sein.«

»Hä?«

»Weil ich den ganzen Sommer in Bibliotheken verbringe.«

Er mustert mich, als hätte ich vollkommen den Verstand verloren.

»Ich will nicht mehr an einem Tresor herumschrauben, der im Ernstfall sowieso nichts taugt.«

Ben tippt sich an die Stirn. »Könntest du mal Klartext reden?«

»Ich will nicht mehr all die Erwartungen erfüllen, die andere an mich haben«, fahre ich fort. »Und vor allem nicht die, die ich selbst an mich habe und die sowieso unerreichbar sind.«

Ben nickt. »Was willst du stattdessen?«

Es sind nur vier kleine Worte. Und dennoch habe ich keine Antwort darauf. Keine vollständige jedenfalls. Nur eine Sache liegt ganz klar vor mir. Ich hätte den Tresor meterhoch und so stark wie den stärksten Felsen bauen können: Am Ende hätte doch ein Papierflieger ausgereicht, um ihn zum Einsturz zu bringen. Ein bunter Papierflieger, gefaltet von dem Mann, dessen Gegenwart mir eine Heidenangst einjagt – weil ich ahne, dass er meine Mauern ohne Weiteres einreißen kann, und ich nicht will, dass mir das noch einmal passiert. Aber es ist passiert. Entgegen all meiner Vorsätze.

»Was machst du nach Drehschluss?« Mein Herz droht mir aus der Brust zu springen, so viel Überwindung kostet mich die Frage. »Mein Flug nach Berlin geht erst um zehn, und ich dachte, wir könnten bis dahin …«

»Nein, könnten wir nicht.«

»Wie?«

Ben lacht trocken auf. »Glaubst du im Ernst, ich habe Lust, deine zweite Wahl zu sein?«

»Nein, du verstehst das nicht, ich …«

»Ich glaube, ich verstehe das sehr gut. Du wolltest dir erst mal alle Optionen offenhalten, genau wie Florian. Im Gegensatz zu ihm musste ich keine zwanzig Frauen testen, um zu wissen, welche mir gefällt.«

»Ben …«

»Komm mir nicht mit Ben.«

»Soll ich dir lieber mit Ken kommen?«

Er lacht nicht. Sein Humor ist aufgebraucht. Kein Wunder, ich habe ihn echt verletzt.

»Okay, ich habe dir wehgetan«, sage ich. »Das war dumm von mir. Aber vielleicht gibst du mir trotzdem noch eine Chance, wenn wir wieder zurück in Deutschland sind.« Ich atme tief durch, nehme all meinen Mut zusammen. »Bobby hat meine Nummer. Und warte nicht zu lange, sonst ist der Tresor wieder aufgebaut, bevor du anrufst.« Ich sehe ihn lange an. »Und das wäre echt schade.«

»Ich habe keine Ahnung, wovon du da redest.« Ben verschränkt die Arme vor der Brust. Sein ganz eigener Tresor. Wenn ich will, dass dieses Spiel nicht für alle Zeit so weitergeht, muss ich nun der Papierflieger sein. Auch auf die Gefahr hin, abzustürzen.

Ich lehne mich nach vorne und küsse ihn auf die Stirn. »Du bist nicht meine zweite Wahl. Mir hat bloß der Mut gefehlt, mir das einzugestehen.«

Seine Gesichtszüge entspannen sich, doch er antwortet nicht. Ich warte einen Moment, beobachte ihn dabei, wie er mit sich ringt, dann gehe ich mit laut pochendem Herzen den Kiesweg entlang, der zu Bobbys Van führt.

Ich zähle die Sekunden. Hoffe, bete, flehe, dass ich Schritte hinter mir hören werde. Dass Ben nach mir ruft, mich zu sich herumreißt und küsst.

Nichts von alledem geschieht. Er lässt mich ziehen.

Und wie ein Papierflieger taumele ich hilflos durch die Luft, versuche verzweifelt, Aufwind zu bekommen, scheitere und stürze schließlich im Sinkflug durch die Autotür, die Bobby für mich aufhält, bis ich auf dem Polster des Rücksitzes bruchlande.

Kapitel 21

So lange habe ich ewig nicht mehr geschlafen, beinahe zwölf Stunden. Nachdem ich gestern Nacht mit meinen Klamotten auf dem Bett eingeschlafen bin, habe ich mich in einem Traumwirrwarr wiedergefunden, in dem Maxime, Florian und Ben mich im Wechsel anklagend ansahen und mir Vorwürfe um die Ohren hauten. Einzig und allein Vico küsste mir die Wangen und dankte mir dafür, dass sie nun meinetwegen eine Zukunft mit Florian haben könne.

»Bist du wach?« Für einen kurzen Moment glaubt mein schlaftrunkenes Herz, es sei Ben, der da den Kopf in mein Zimmer steckt. Ist er mir gefolgt? Hat er es sich anders überlegt und will mir eine zweite Chance geben?

Aber es ist bloß Nik, der mit einem Kochlöffel in der Hand dasteht. Ein seltener Anblick.

Träume ich etwa? Der Duft nach Zwiebeln und Knoblauch ist jedenfalls sehr real.

»So halbwegs«, sage ich und strecke mich.

»Hast du Hunger?«

»Und wie!«

»Na dann.« Er schenkt mir ein Lächeln. Eines, auf das ich seit Monaten warte und das mir nun nichts mehr bedeutet. Gähnend rappele ich mich hoch und folge ihm in die Küche.

Sophie sitzt bereits am Tisch, als wir eintreten. Sobald sie mich bemerkt, springt sie auf und fällt mir um den Hals.

»Oh Mann, ich bin so froh, dass du wieder da bist! Das war echt hochemotional gestern. Maxime hat heute ungefähr siebzig Mal angerufen.«

Das ist mir nicht entgangen. Sie hat es auch auf meinem Handy unzählige Male probiert und mir etliche Nachrichten geschickt, die ich bisher nicht gelesen habe.

Nik rückt den Stuhl für mich zurecht.

Er rückt den Stuhl für mich zurecht?

Hat er während meiner Abwesenheit einen Gentleman-Crashkurs belegt?

Auf dem Tisch stehen nur zwei Gedecke und zwei Weingläser.

»Ich will alles ganz genau wissen.« Sophie nimmt meine Hand, nachdem ich mich an den Tisch gesetzt habe.

Ich sehe mich nach Nik um, der gerade das Essen abschmeckt und den Herd abdreht.

»Ich weiß gar nicht, wo ich anfangen soll.«

»Ist die Villa so pompös, wie es im Fernsehen wirkt? Hat irgendwer was gemerkt? Du hast das echt gut gemacht, ein paarmal hab selbst ich vergessen, wer du wirklich bist. Gut, manchmal«, sie verschränkt die Arme vor ihrer Brust und schiebt das Kinn vor, »sahst du auch in etwa so aus. Ganz die abwartende Tilda. Ist außer mir sicher keinem aufgefallen.« Sophie lacht. »Aber jetzt erzähl endlich!«

Ich überlege, wo ich anfangen soll. Wie kann man die letzten Wochen zusammenfassen? Ob ich einfach alles überspringen und zu dem Punkt kommen soll, über den ich am dringendsten mit Sophie sprechen möchte: Ben.

Nik räuspert sich. Sophie dreht sich zu ihm um. Er steht hinter ihr und zieht die Brauen hoch.

»Was? Oh, ach so, klar. Ich lasse euch dann mal in Ruhe essen.« Sie springt auf.

»Willst du nicht mitessen?« Eben wollte sie doch noch jedes Detail meines Abenteuers wissen.

»Nein, ich lass euch zwei lieber allein.« Sophie blinzelt mir verschwörerisch zu.

»Ist was mit deinen Augen?«

»Hä? Nein. Wir sprechen später, Tilda, okay? Guten Appetit.« Weg ist sie.

Nik stellt den Kochtopf vor mir auf dem Tisch ab, schöpft Spaghetti auf meinen Teller und verteilt Gorgonzolasoße darüber. Am Ende garniert er das Ganze mit einem Basilikumblatt. Ich dachte, unser Basilikum wäre tot. Normalerweise überlebt er bei uns nicht lange, und bisher war ich die Einzige, die für Nachschub gesorgt hat, wenn wieder mal einer das Zeitliche gesegnet hat.

Nik setzt sich neben mich und hebt die Flasche. »Wein?«

»Ist es dafür nicht zu früh?«

»Ist es das jemals?« Er legt den Kopf schief, und ich lache.

»Gut, warum nicht?«

Wir stoßen an.

»Schön, dass du wieder da bist.« Nik wirkt irgendwie angespannt, ich hingegen bin nur erschöpft und hungrig.

»Ich bin auch froh, wieder hier zu sein.«

Niks Gesicht nimmt einen hoffnungsvollen Ausdruck an. Einen, den ich nie zuvor darin gesehen habe.

»Was ist?«

»Mir ist was klar geworden.« Nik stellt die Flasche ab und legt seine Hand auf meine. Ich bin so perplex, dass ich sie nicht wegziehe. »Ich hab jede Folge von *The Dating Game* verfolgt und … ich kam echt nicht drauf klar, wie du diesen Typen angehimmelt hast.«

»Das tut mir leid.«

»Es hat mich echt fertiggemacht.« Nik drückt meine Hand fester. »Und da habe ich verstanden, was ich die ganze Zeit direkt vor Augen hatte, aber nicht erkennen wollte.« Er rückt mit dem Stuhl näher an mich heran. Sein vertrauter Duft steigt in meine Nase. Wie oft habe ich mich danach gesehnt, ihm noch einmal so nah zu kommen.

»Tilda, es tut mir leid, dass ich dir in letzter Zeit ständig aus dem Weg gegangen bin. Ich wusste einfach nicht, was ich will, und …«

»Und das weißt du jetzt?«

»Ja.« Er beugt sich zu mir hinüber, genau so, wie er es etliche Male in meinen Träumen getan hat. Der Moment, auf den ich so lange gewartet habe, ist endlich da. Ich müsste vor Freude schreien, ausrasten, tanzen. Stattdessen fühle ich … nichts.

»Tut mir leid, Nik, aber ich weiß es jetzt auch.«

»Was?«

»Was ich will.« Ich schiebe seine Hand von meiner herunter und rücke ein Stück von ihm ab. »Und das bist leider nicht du.«

Er sieht mich erschrocken an. Nicht verletzt wie Ben, eher in seinem Ego gekränkt. Ich möchte wetten, dass er diesen Satz noch nie gehört hat.

»Und wer ist es dann?«

»Ich …«

»Tilda?« Schwungvoll reißt Sophie die Küchentür auf. »Du musst mitkommen. Es ist was passiert. Schnell!«

Kapitel 22

inDeed, 24.08.2021

Zwillinge treiben falsches Spiel mit der Liebe

Gerade mal einen Tag liegt das Finale der beliebten Kuppelshow »The Dating Game« zurück, da erreichen unsere Redaktion Informationen, dass Finalistin Maxime S. gar nicht die ist, die sie vorgibt zu sein. Wie ein Insider berichtet, kam es während der Sendung zu einem Austausch der Teilnehmerin.
Wer sich die Aufnahmen der Sendung genauer anschaut, dem könnte auffallen, dass es einen entscheidenden Unterschied gibt zwischen der Maxime, die in den ersten Wochen über den Bildschirm flackerte, und der, die später im Finale stand.

An dieser Stelle ist ein Foto meines Knöchels in den Artikel eingefügt worden, direkt neben dem von Maxime, auf dem das Sterntattoo eindeutig zu erkennen ist.

Wann und wie genau die Zwillinge während der Sendung ihren Platz getauscht haben, ist bisher unklar. Fest steht, dass selbst Junggeselle Florian nach eigenen Angaben bis zum Finale nichts von dem Schwindel bemerkt hat. Für ein Statement stand er bis Redaktionsschluss nicht bereit.

Maximes – oder wie auch immer die eigentliche Finalistin heißt – Mitstreiterin Claire hingegen sagt: »Ich hatte seit Wochen ein komisches Gefühl. Maxime war am Anfang wahnsinnig locker drauf und in letzter Zeit irgendwie verkrampft. Ich habe das immer auf die Situation geschoben, immerhin waren einige von uns wahnsinnig angespannt aufgrund der Konkurrenz und dem ständigen Aufeinanderhocken, aber nun wird mir einiges klar. Wahnsinn, was für ein mieses Spiel die beiden hier getrieben haben.«

Sieht man sich die Aufnahmen des Familiendates genauer an, kann man Hinweise erkennen, dass Maximes Cousine Mona eine Perücke trägt. Auf dem nachfolgenden Foto ist sie bei genauerer Betrachtung ein klein wenig verrutscht. Ist auch diese Cousine fake? Oder könnte es sich dabei um die Zwillingsschwester handeln, die anfangs in der Sendung war?

Dem Foto von Maximes Kopf, auf dem ihre Perücke leicht verrutscht ist, folgt ein stark vergrößertes Bild ihres Beins neben der Minigolfbahn. Bei genauem Hinsehen kann man auch hier ihr Tattoo erahnen.

»Ich bin entsetzt und sehr enttäuscht«, sagt Lisa, eine weitere Kandidatin von »The Dating Game«. »Sollte es wahr sein, hätte Maxime nicht nur Florian, sondern uns alle an der Nase herumgeführt.« Ein derber Vertrauensbruch für die hübsche junge Frau, war sie doch Maximes engste Vertraute in der Villa.

Die Frage, was sie dazu bewogen hat, den Platz mit ihrer Schwester zu tauschen, wird uns wohl nur Maxime selbst beantworten können, allerdings stand sie bisher zu keinem Interview zur Verfügung. Wir bleiben dran und halten euch auf dem Laufenden.

»Das Internet ist voll von solchen Artikeln. Und du solltest Instagram in nächster Zeit besser meiden, da geht es richtig ekelhaft zu.« Sophie schaut mich mitleidig an.

»Scheiße. Also hat am Ende doch jemand zu genau hingesehen. Wie konnte ich nur glauben, dass es niemandem auffällt?«

»Wenn du mich fragst, hat das jemand der Presse gesteckt. Jemand, der Bescheid wusste. Hier.« Sie tippt auf den Artikel.

Wie ein Insider berichtet …

Mein Handy vibriert.

Eine unbekannte Nummer leuchtet auf, die mir trotzdem seltsam bekannt vorkommt.

»Geh lieber nicht dran, das ist bestimmt die Presse.«

»Woher sollten die meine Nummer haben?«

»Keine Ahnung.«

»Egal. Hat eh aufgelegt.«

Ich klicke mich durch meine Anrufliste, und tatsächlich: Die Nummer hat mich schon einmal angerufen. Am 30. Juli. An dem Tag, als Maxime mich aus Portugal anrief, um mich zu bitten, ihren Platz in der Sendung einzunehmen. Hatte sie nicht gesagt, sie hätte sich das Handy von jemandem aus dem Team geliehen? Ich bin die ganze Zeit davon ausgegangen, dass es Bobby war. Aber seine Nummer ist eine andere. Wieso nur habe ich damals nicht darauf geachtet? Wenn Maxime sich das Handy geliehen hat, dann wusste noch jemand außer Bobby von ihrem Plan. Der Insider, von dem in der Presse die Rede ist.

Entschlossen rufe ich die unbekannte Nummer an.

»Hey.« Seine sonore Stimme dringt tief in mich ein. Tiefer, als mir lieb ist.

»Du?«

»Du hast gesagt, ich solle dich anrufen und … hör mal, ich habe nachgedacht. Ich war ziemlich gekränkt, als du mich hast abblitzen lassen. Aber ich kann es auch verstehen. Für dich war es sicherlich ein ganz schönes Dilemma und …«

»Dass du es wagst, hier anzurufen!«

Ich höre, wie Ben nach Luft schnappt.

»Wieso? Du wolltest doch, dass ich mich melde.«

»Du hast es die ganze Zeit über gewusst, nicht wahr? Du wusstest, dass ich nicht Maxime bin. Jetzt macht alles Sinn! Deshalb hast du den Namen auch immer so komisch ausgesprochen. Oder mich vor Pia gerettet, als sie meine Karteikarten anschauen wollte. Du wolltest verhindern, dass ich zu früh auffliege, denn sonst hättest du deine Story nicht mehr verkaufen können. Du hast Maxime damals dein Handy geliehen, damit sie mich anrufen kann. War das dein Plan? Von Anfang an? Wolltest du abwarten, bis alles vorbei ist, um es dann der Presse zu stecken?«

»Ja.«

Ich habe erwartet, dass er sich in Ausflüchte stürzt, alles leugnet, mich als hysterisch hinstellt. Niemals habe ich mit einem plumpen *Ja* gerechnet.

»Ich habe dir vertraut!«

»Das hast du nicht. Sonst wärst du nicht weggelaufen vor deinen Gefühlen.«

»Du hast nicht die geringste Ahnung von meinen Gefühlen! Du bist echt der mieseste Typ, der mir je begegnet ist!«

»Das ist nicht wahr. Du hast recht, ich wusste die ganze Zeit, dass du nicht Maxime bist, und ja, ich wollte die Story nach dem Finale an die Presse verkaufen und richtig Kasse machen. Pia hatte mir vor Drehbeginn eindeutig zu verstehen gegeben, dass das unsere letzte Zusammenarbeit sein wird. Ich wollte es ihr heimzahlen und nebenbei ein hübsches Sümmchen kassieren.«

»Es ging dir also nur ums Geld. Deshalb hast du mich auch immer wieder davor gerettet, aufzufliegen – damit ich möglichst lange in der Show bleibe und du die Story so richtig ausschlachten kannst. Wie armselig du bist.«

»Ja, das ist wahr. Zunächst war genau das mein Plan, ich

wollte, dass du weiterkommst. Aber dann habe ich dich immer besser kennengelernt. Du hast mir den Kopf verdreht. Ich wollte das nicht, ich habe dagegen angekämpft. Lange Zeit wollte ich, dass du die Show gewinnst und mit Florian nach Hause gehst. Irgendwann wollte ich genau das Gegenteil.«

»Und als ich dir eine Abfuhr erteilt habe, hast du meine Schwester und mich zur Strafe an den Pranger gestellt. Wegen dir haben wir jetzt eine fette Vertragsstrafe am Hals!«

»Nicht wegen mir. Verstehst du es denn immer noch nicht? Ich hab der Presse keinen Tipp gegeben! Das muss Moritz gewesen sein – er hat vor ein paar Tagen alle Aufnahmen der letzten Wochen für den Rückblick, den sie im Finale gezeigt haben, durchgesehen und zusammengeschnitten. Dabei muss ihm die Sache mit dem Tattoo aufgefallen sein. Du hast mitbekommen, dass Pia ihn wegen der Sache mit Vico nach Drehschluss gefeuert hat. Sicher wollte er sich dafür rächen. Mit dieser Aktion konnte er zwei Fliegen mit einer Klappe schlagen und sowohl V-TV als auch dir schaden.«

»Na, das hast du dir echt schön zurechtgelegt. Moritz, der ewige Sündenbock. Ich glaube dir kein Wort.«

Er hat mich die ganze Zeit über angelogen.

Genau wie ich ihn … Jedoch aus ganz anderen Gründen. Mir ging es um Maxime, ihm ging es nur um seine beschissene Story.

»Du steigerst dich da in was rein!« Ben klingt regelrecht verzweifelt. »Ich habe angerufen, um dir zu sagen, dass wir …«

»Es gibt kein *Wir*. Es gab nie eins, und es wird nie eins geben!«

Wutentbrannt schleudere ich das Handy auf Sophies Bett. Sofort beginnt es wieder zu vibrieren.

»Wer war das?«

»Ein Arschloch!«

»Das hab ich ganz subtil rausgehört.« Sophie geht zum Bett hinüber und schaut auf mein Handy. »Es ist Maxime.«

»Ich will nicht mit ihr reden.«

»Gut, dann mach ich's.«

»Untersteh dich!«

»Hi, Maxime.« Schon hat Sophie den Anruf entgegengenommen. »Ja, die ist da. Warte, ich gebe sie dir.«

Ich hebe abwehrend die Hände, doch Sophie drückt mir das Handy bereits ans Ohr.

»Hallo«, presse ich hervor.

»Hast du eine Ahnung, was du da angerichtet hast?«

Maximes Stimme überschlägt sich. Ich kann mich nicht erinnern, wann ich sie zuletzt so außer sich erlebt habe – ob ich sie überhaupt *jemals* so außer sich erlebt habe.

»Ich?«

»Ja, du! Konntest du nicht besser aufpassen? Nun bin ich bei Florian ein für alle Mal unten durch!«

»Noch mal zur Erinnerung für diejenigen unter uns, die es nicht mitbekommen haben: Er hat sich für Vico entschieden.«

»Das hat er nur getan, weil du ihm kein gutes Gefühl gegeben hast. Er hat sich in *mich* verliebt, das hat er selbst gesagt! Ich hätte einfach eine Weile abgewartet – früher oder später wäre das mit den beiden eh vorbei – und mich dann wieder bei ihm gemeldet. Ich bin absolut sicher, dass er mir eine zweite Chance gegeben hätte. Aber dank dir ist das nun nicht mehr möglich!«

»Ich habe nichts getan!«

»Du hättest deine Knöchel nicht so auffällig in die Kamera halten müssen. Es ist alles deine Schuld!«

Ich schnappe empört nach Luft. Das kann nicht ihr Ernst sein.

»Meine Schuld? Wer wollte denn unbedingt die Plätze tauschen? Wer hat mich angefleht, Florian zu erobern? Und wer verdammt noch mal hat Ben eine Fährte gelegt, indem er sich sein Handy geliehen hat? Tut mir leid, Maxime, aber diese Suppe hast du dir selbst eingebrockt, und ich werde sie dieses Mal ganz sicher nicht für dich auslöffeln!«

Sophie starrt mich irritiert, aber mit unverhohlener Anerkennung an.

»Wie redest du denn mit mir?« In Maximes Stimme liegt Überraschung, allerdings nicht die Spur von Anerkennung.

»Wie ich rede? So, wie ich schon lange hätte reden sollen, statt dich immer in Watte zu packen wie ein verdammtes Baby! Aber du bist kein Baby mehr. Und ich bin nicht deine Mutter! Ich habe es satt, dich immer wieder aus der Scheiße zu ziehen, wenn du mal wieder mit dem Kopf durch die Wand gerannt bist, obwohl ich zehnmal ›Achtung, Wand!‹ geschrien habe. Ich habe es satt, mir deine Vorwürfe anzuhören, wieso ich die Wand nicht einfach abgetragen habe. Und ich habe es satt, deinem Leben mehr Aufmerksamkeit zu schenken als meinem eigenen!«

»Tildi …«

»Nein, nichts *Tildi*! Es reicht! Guck, wie du aus der Nummer wieder rauskommst. Was die Strafzahlung angeht, da lasse ich dich nicht hängen. Aber glaub bloß nicht, dass ich die Schuld auf mich nehme und für dich die Scherben zusammenkehre. Ich hab genug damit zu tun, das mit meinen eigenen zu machen.« Mit diesen Worten lege ich auf.

Sophie sieht beeindruckt aus. »Was war das denn?«

»Etwas längst Überfälliges.«

Sie nimmt mich in die Arme. »Das war es.«

Als wir uns wieder voneinander lösen, sieht sie mich besorgt an. »Und was willst du jetzt tun? Der Shitstorm im Internet tobt sicher noch eine ganze Weile.«

»Dann muss ich wohl untertauchen.« Ich grinse sie an.

»Musst du nicht zurück an die Uni?«

»Nein.«

»Wie bitte?« Sophies Mund klappt auf, als sei sie ein Karpfen.

»Dieses Studium ist ein Teil meines Scherbenhaufens. Ich dachte immer, ich kann das Ganze neu zusammensetzen, aber das war ein Irrtum. Dazu bräuchte ich Elan und Spaß an dem, was ich tue, und den hab ich bereits nach dem ersten Semester verloren.«

»Und was wirst du stattdessen tun?«

Ich atme schwer aus. Gute Frage.

»Ich habe mich noch nicht entschieden. Vielleicht werde ich Kunstturnerin oder Schauspielerin oder Sozialarbeiterin oder Cutterin. Ganz egal, ich werde jetzt auf das hören, was mein Gefühl mir sagt, und ich bin sicher, wenn ich ihm erst wieder zuhöre, hat es eine ganze Menge zu erzählen.«

»Dein Gefühl? Was ist hier los? Bist du in Wirklichkeit Maxime und tust nur so, als seist du Tilda?« Sophie grinst mich an, und ich muss unwillkürlich lachen.

»Nein. Aber möglicherweise steckt ein Teil Maxime in mir. Und sosehr der mich auch nervt, ist er hin und wieder gar kein so schlechter Ratgeber.«

Kapitel 23

inDeed, 30.08.2021
Neuigkeiten im Zwillingsskandal von »The Dating Game«:
Es ist wahr. Die echte Maxime wurde vor zwei Tagen beim Shoppen in Bremen gesichtet. (s. Foto) Doch wo steckt ihre geheimnisvolle Zwillingsschwester?

Ihr seid echt das Letzte! Man sollte eure Mutter dafür verbrennen, dass sie eine solche Brut in die Welt gesetzt hat. (Grillmeister17)

Wahre Liebe oder Freundschaft plus?
Florian und Violetta-Constanze aus »The Dating Game«: »Wir wollen es miteinander versuchen.«

Schämt euch! Schämt euch, ihr hässlichen Bitches! (Blümchen1995)

Weser Kurier, 05.09.2021
Florian und Violetta-Constanze aus der beliebten Fernsehshow »The Dating Game« eröffnen Einkaufscenter in Bremen.

Wie kann man nur so fake sein? (Silikonwunder137)

inDeed, 10.09.2021
Maxime S. »Nun rede ich«. Kandidatin aus »The Dating Game« stellt klar, wie es wirklich war.
»Ich habe mich Hals über Kopf in Florian verliebt. Aber ich musste zurück nach Deutschland. Deshalb habe ich meine Schwester gezwungen, mir zu helfen. Sie kann nichts dafür, sie wollte nur das Beste für mich.«

Hey, Twins. Bock zu F*****? (DerHengst)

inDeed, 15.09.2021
Florian und Violetta-Constanze aus »The Dating Game« geben ihre Trennung bekannt.
»Es hat nicht gepasst. Wir wollen Freunde bleiben.«

Weiß jemand, wann die nächste Staffel »TDG?« ausgestrahlt wird? (Grillmeister17)

inDeed, 22.09.2021
Florian aus »The Dating Game« mit unbekannter Frau in Bremen gesichtet. Welche Schönheit verbirgt sich unter dieser Kapuze?

Kann man Brot eigentlich auch einfrieren? (UnknownUser)

inDeed, 24.09.2021
Endlich Einigung im Scheidungsdrama zwischen Isa und Cornelius aus der siebten Staffel von »The Dating Game«.
»Sie nimmt die Kinder, ich den Hund.«

»Tilda, glaubst du, ich habe eine Chance bei ihm?«

»Nein, das glaube ich nicht, ich weiß es. Ich hatte gestern Abend ein langes Gespräch mit ihm. Ich kann dir keine Details verraten, nur so viel: Sprich mit ihm!«

»Echt? Krass! Boah, ich könnte dich küssen. Darf ich?«

»Verlockendes Angebot, Rico, aber ich muss mich an die Regeln halten.« Ich knuffe den Jungen gegen die Schulter und wette, es sieht nicht halb so lässig aus wie bei den Jugendlichen untereinander.

Seit ich hier vor vier Wochen angefangen habe, gab es Zoff zwischen Alexander und Rico, der, wie ich nun verstanden habe, eine ganz andere Ursache hat, als ich zunächst dachte. Ihr albernes Machogehabe war lediglich Fassade, hinter der sich tiefe Gefühle verbergen. Gefühle, die die beiden Jungs erschrecken, da sie in ihrer Welt aus Coolness und falsch verstandener Männlichkeit nicht vorkommen dürfen.

Ich habe meine Nachtschichten oft mit Deeskalieren und Gesprächen verbracht statt mit Schlaf, aber wenn Rico sich jetzt ein Herz fasst und Alexander seine Gefühle gesteht, dann hat sich das mehr als gelohnt.

Ich kann mich nicht erinnern, dass Jura mich je so erfüllt hat wie die Arbeit mit den Jugendlichen. Auch wenn ich nicht sicher bin, ob das hier meine Endstation sein wird. Ob ich wirklich Soziale Arbeit studieren und in einer betreuten Wohngruppe wie dieser arbeiten möchte. Doch das muss und will ich nicht sofort entscheiden.

Ich habe mir ein Jahr Zeit gegeben. Ein Jahr, um herauszufinden, was mir Spaß macht. Das Praktikum hier ist der Auftakt. In zwei Wochen fange ich bei einer Filmproduktion als Setrunnerin an. Was ich nach den sechs Wochen Dreh machen werde, weiß ich nicht. Aber das macht nichts, ich bin mir sicher, dass mir etwas einfallen wird.

»Danke, Tilda.« Rico kontert meinen Knuff mit einem, der ziemlich hart auf meine Schulter trifft. »Du bist echt in Ordnung.«

Aus seinem Mund ist das so was wie ein Ritterschlag.

»Danke. Dabei hab ich gar nichts gemacht«, sage ich. »Nur

genau hingehört.« Eine Sache, die ich weiterhin lernen muss, in der ich aber immer besser werde.

Auf dem Weg nach Hause werfe ich einen Blick auf mein Handy. Keine verpassten Anrufe. Ben hat vor ungefähr zwei Wochen aufgegeben, mich erreichen zu wollen. Gut so. Ich will ohnehin nicht mit ihm reden. Wozu auch? Ich will seine Lügen und Ausflüchte nicht hören. Der Gedanke, die ganze Zeit nur benutzt worden zu sein, tut genauso weh wie der Gedanke daran, Ben für immer verloren zu haben. Oder vielmehr, den Ben, den ich glaubte zu kennen.

Stattdessen hat Maxime mir geschrieben.

Ich bin übermorgen mit Flori in Berlin. Wir übernachten in Kreuzberg bei Freunden von ihm. Wollen wir uns treffen? Kuss.

Nach dem Interview, das sie vor einiger Zeit der *inDeed* gegeben hat, hat es keine Stunde gedauert, bis Florian sich bei ihr gemeldet hat. Offenbar konnte er sie genauso wenig vergessen wie sie ihn. Die beiden haben sich ausgesprochen und sich bereits zwei Tage später heimlich getroffen. Maxime hat mir erzählt, dass es beiden in dem Moment klar wurde, in dem sie sich in die Augen sahen. Trotz aller Lügen, trotz aller Zeit, die vergangen war: Sie gehören zusammen. Sie hatten es von Anfang an gespürt, und daran hatte sich nichts geändert.

Mir tut bloß Vico leid, aber wenn ich Maxime Glauben schenken kann, dann hat sie es wohl ganz gut verkraftet. Offenbar hatte sie die ganze Zeit das Gefühl, dass Florian nicht zu hundert Prozent hinter ihrer Beziehung steht. Außerdem war sie sich, wie sie kurz nach der Trennung auf Instagram postete, nicht mal sicher, wie es um ihre eigenen Gefühle bestellt ist. Sie macht sich Vorwürfe, dass sie sich selbst zu sehr unter Druck gesetzt hat und es ihr möglicherweise mehr um Bestätigung ging als um Florian selbst.

Ob das die Wahrheit oder ein Schutzmechanismus ist, weiß ich nicht. Ich hoffe für Vico Ersteres.

Mit Lisa habe ich seit dem Finale keinen Kontakt. Ich habe ihr auf Instagram geschrieben, aber sie hat meine Nachrichten bisher ebenso hartnäckig ignoriert wie ich Bens. Ich kann es ihr nicht verübeln, hoffe aber sehr, dass ich irgendwann die Gelegenheit bekommen werde, mich bei ihr persönlich für meine Lügen zu entschuldigen.

Als ich wenig später die Wohnungstür aufschließe, steigt mir der Geruch von Wein in die Nase.

Sophie sitzt auf dem Schoß eines hübschen Mannes und lacht kokett.

»Hi, Tilda«, sagt sie, ohne aufzuschauen. »Das ist Lars, ein Kollege von mir.« Und offensichtlich nicht nur das. »Magst du dich zu uns setzen?«

Früher hätte ich mich in so einer Situation sofort in mein Zimmer verzogen und Gesetzestexte gewälzt – vorausgesetzt, ich wäre nicht vor Erschöpfung auf der Stelle eingeschlafen. Heute fühle ich mich trotz meiner Acht-Stunden-Schicht im Wohnheim und einer langen S-Bahn-Fahrt munter und beschwingt. »Gern.«

Ich nehme mir ein Weinglas aus der Spülmaschine, die seit vorgestern niemand ausgeräumt hat, und setze mich zu den beiden an den Tisch. Lars küsst Sophie in den Nacken, und sie kichert.

»Tilda ist meine Mitbewohnerin«, sagt sie. »Wir kennen uns seit der Grundschule.«

Lars prostet mir zu, dann legt er den Kopf schief und betrachtet mich interessiert. »Du kommst mir total bekannt vor. Kennen wir uns irgendwoher?«

»Nicht dass ich wüsste.« Ich nehme einen Schluck Wein. Mein Handy vibriert in meiner Hosentasche, es ist Maxime.

Ein schaler Geschmack steigt in meiner Kehle auf.

Was habe ich denn erwartet? Dass es Ben ist? Es ist gut, dass er nicht mehr anruft. Und dennoch schmerzt allein der Gedanke an ihn.

»Hi.«

»Hast du meine Nachricht bekommen?«

»Hm.«

»Und? Wollen wir uns treffen?«

»Ich bin nicht sicher …«

»Komm schon, Tildi, wie lange willst du mir noch aus dem Weg gehen? Du hast gesagt, du brauchst Zeit, und das verstehe ich absolut, ich hab echt Mist gebaut, aber wir haben uns seit Wochen nicht gesehen. Ich vermisse dich.«

»Ich überleg es mir, okay?«

»Okay. Florian würde sich auch freuen, dich wiederzusehen.«

Irgendwie finde ich die Vorstellung, ihm gegenüberzustehen, merkwürdig.

»Hm.«

»Tildi, bitte, denk drüber nach. Ich war echt unfair, und das tut mir unendlich leid. Wenn es irgendwas gibt, das ich tun kann, um es wiedergutzumachen, musst du es nur sagen.«

»Ich melde mich später, Maxime, ich sitz hier gerade mit Sophie zusammen. Bis dann.«

»Maxime! Jetzt weiß ich, woher ich dich kenne!« Lars' Augen blitzen aufgeregt. »Du warst Kandidatin bei *The Dating Game*, stimmt's? Ich habe die Schlagzeilen gelesen.«

Ich seufze. Wie lange mich das wohl noch verfolgen wird? Auch in der Wohngruppe kennt jeder die Geschichte um mich und Maxime, und die meisten finden es »obercool«, einen echten Promi unter sich zu haben. Wann genau hat es eigentlich angefangen, dass es ausreichte, an einer TV-Show teilzunehmen, um als »Promi« zu gelten?

»Stimmt«, sage ich und nehme einen weiteren Schluck Wein.

»Und welche der Zwillinge bist du jetzt? Die, die zuerst da war, oder die Nachrückerin?« Er schielt zu meinem Bein hinunter, aber die Jeans verbirgt meine Knöchel.

»Die Nachrückerin.«

»Krass, so klein ist die Welt. Ich hab vor ein paar Tagen erst auf einem Dreh den Typen getroffen, der die ganze Story aufgedeckt hat. Hat ganz schön damit geprahlt.«

Er hat Ben getroffen? Und der prahlt auch noch damit? Aber mir will er weismachen, dass er mit der ganzen Sache nichts zu tun hat. Dieser miese …

»Seltsamer Typ. So ein hagerer, blonder. Meine Spielpartnerin meinte, sie kenne ihn von einem anderen Dreh. Damals war er Kameraassistent, aber er hat sich wohl irgendwas zuschulden kommen lassen und arbeitet jetzt als Caterer.«

Ich stutze.

»Und er hat behauptet, er habe die Story an die Presse verkauft?«

»Ja. Ich glaube, er wollte sich wichtigmachen und zeigen, was er für ein gutes Auge hat. Hat damit geprahlt, dass seinem Kollegen im Gegensatz zu ihm nichts aufgefallen wäre, obwohl der Kameramann war. Aber offenbar kein guter, meinte er, sonst wäre er wohl nicht gefeuert worden. Dabei ist er ja selbst gefeuert worden, keine Ahnung, warum.«

Ich weiß es dafür ganz genau. Vico hat Anzeige erstattet, das Verfahren gegen Moritz läuft.

Und mein persönliches Verfahren gegen Ben? Gegen den vermeintlichen Insider, der mich hintergangen hat …

Im Zweifel für den Angeklagten, das habe ich bereits im ersten Semester gelernt. Dennoch habe ich ihm nicht geglaubt. Habe ihn auf die Anklagebank gesetzt, auch wenn er immer und immer wieder seine Unschuld beteuert hat. Was bin ich bloß für eine Idiotin! Ein Glück, dass ich mein Studium geschmissen habe, ich wäre eine miserable Staatsanwältin geworden.

Die Indizien waren erdrückend. Aber die Beweise nicht ausreichend.

»Entschuldigt mich bitte«, sage ich und lasse Sophie und Lars in der Küche zurück. In meinem Zimmer ziehe ich das Handy hervor und wähle Bens Nummer.

Er geht nicht ran. Auch nicht beim nächsten und übernächsten Mal. Auch meine Nachrichten lässt er unbeantwortet. Erst nach dem ungefähr hundertsten Versuch hebt er ab.

»Was willst du?« Er klingt genervt, und mein Mut bekommt Risse.

»Dir sagen, dass ich dir glaube.«

»Auf einmal?«

»Ich weiß jetzt, dass es Moritz war.«

»Das hab ich dir gleich gesagt, aber es hat dich nicht interessiert.«

»Es tut mir leid. Ich würde gerne in Ruhe mit dir reden. Wollen wir uns treffen?«

»Nein.«

»Bitte, Ben, ich …«

Tut. Tut. Tut.

Er hat einfach aufgelegt.

Scheiße!

Ich probiere es noch gefühlte tausend Mal, aber die einzige Reaktion von ihm ist eine SMS.

Lass mich in Ruhe.

Tja, das wäre wohl das Vernünftigste. Etwas, zu dem mein Verstand mir raten würde. Ich horche tief in mich hinein. Fühlt es sich richtig an, die Sache auf sich beruhen zu lassen?

Ganz und gar nicht. Wieder nehme ich das Handy in die Hand. »Maxime? Ich habe eine Idee, wie du es wiedergutmachen kannst.«

Kapitel 24

»Er muss jeden Moment hier sein.« Maxime legt ihren Arm um mich. »Bist du nervös?«

Nervös? Ich bin ein Nervenbündel!

»Danke, dass ihr mir helft.« Ich blicke von meiner Schwester zu Florian. Sie sind ein unglaublich tolles Paar, man spürt sofort, wie sehr sie sich lieben, selbst wenn sie einfach nur nebeneinanderstehen. Da ist eine unsichtbare Spannung zwischen ihnen.

Maxime hat alle Hebel in Bewegung gesetzt und diese gemütliche kleine Bar gemietet. Angeblich, um Ben hier gemeinsam mit Florian ein Exklusivinterview zu geben. Das erste als offizielles Paar. Ben hat sofort angebissen, was mich nicht gewundert hat. Nach seinem Rauswurf bei V-TV wird er mehr denn je auf gutes Geld angewiesen sein, um seine eigenen Filmprojekte zu verwirklichen. Ein wenig tut es mir leid, dass es kein Interview geben wird. Zumindest nicht heute. Aber wie sonst hätte ich ihn hierherlocken sollen?

»Es ist so skurril, plötzlich mit euch beiden in einem Raum zu stehen.« Florians Blick fliegt zwischen Maxime und mir hin und her. »Ich habe mir im Nachhinein Vorwürfe gemacht, dass ich es hätte merken müssen, aber das ist nahezu unmöglich.«

Mein schlechtes Gewissen meldet sich. »Es tut mir echt leid, dass ich dich die ganze Zeit belogen hab«, beteuere ich.

»Ich weiß ja jetzt, warum du es getan hast.« Florian legt den Arm um Maxime und küsst sie auf den Haaransatz. Ihr Gesicht beginnt augenblicklich zu leuchten. »Und ich bin dir sehr, sehr dankbar dafür.«

Ich muss mich abwenden, ehe ich eine Kitschvergiftung bekomme. Die beiden sind einfach zu süß zusammen.

»Was ist, wenn er nicht kommt?«, frage ich und drehe mich zum tausendsten Mal zur Tür um.

»Er wird kommen.« Maxime tätschelt meine Hand, und erst im Kontrast zu ihrer Haut merke ich, wie kalt meine eigene ist.

»Maxime? Florian?« Seine Stimme jagt wohlige Schauer über meinen Körper.

»Wir sind dann weg«, flüstert Maxime mir zu, greift nach Florians Hand und eilt mit ihm durch die Hintertür nach draußen. Eine Sekunde später steht Ben vor mir.

»Hi.« Ich habe keine Kontrolle über meine Stimme. Sie ist weit jenseits meiner Indifferenzlage.

»Hi, Maxime. Wo ist Florian?«

»Er ist kurz aufs Klo gegangen.«

Ben stellt seine Kameratasche vor mir auf dem Tresen ab. »Ist hier gar kein Barkeeper oder so?«

»Nein, nur wir zwei.« Ich sehe ihn eindringlich an, und er erwidert meinen Blick. Seine Augen sind unglaublich. Eine Weile betrachten wir einander wortlos, dann wird sein Lächeln plötzlich dünner, und er hebt überrascht die Brauen. »Du!«

Ich nicke.

»Ich war hier zu einem Interview mit deiner Schwester verabredet.«

»Ich hab sie gebeten, dich hierherzulocken.«

Er nimmt seine Tasche und stürmt auf die Tür zu.

»Ben! Bitte hör mir zu!« Er dreht sich langsam zu mir um. In seinen Augen liegt Spott.

»Warum sollte ich das tun? Hast du mir zugehört?«

»Sind wir jetzt bei ›Wie du mir, so ich dir‹?«

Er schüttelt den Kopf. »Nein, aber wir sind bei ›Wie soll ich dir vertrauen, wenn du mir nicht vertraust?‹.«

»Es tut mir leid!«, rufe ich. »Es tut mir leid, dass ich dir nicht sofort geglaubt habe. Ehrlich. Das war total dumm von mir, und ich bereue das zutiefst. Aber ich hatte solche Angst, wieder auf den Falschen reinzufallen. Angst, dass du mich bloß ausnutzen würdest, um noch mehr Profit aus der Geschichte zu schlagen.«

Er sieht verlegen aus. »Ich habe dir erklärt, dass ich diesen Plan verworfen habe, als ich dich näher kennengelernt habe. Ich wollte dir nie schaden.«

»Ich weiß. Und ich kann verstehen, dass du sauer auf mich bist, weil ich dir das nicht sofort geglaubt habe. Aber ich kann es leider nicht mehr ändern. So wie ich nicht ändern kann, dass ich alle an der Nase herumgeführt habe. Trotzdem möchte ich, dass du weißt, dass es nie meine Absicht war, dich zu verletzen. Und es war auch nie meine Absicht … mich in dich zu verlieben.« Ich lasse die Worte im Raum schweben. Warte darauf, ob er sie aufgreift und mir entweder um die Ohren haut oder eine Antwort daraus formt, die Hoffnung gibt. Aber nichts geschieht.

»Ich hatte Angst, mir das einzugestehen. Hatte Angst, dass du mich aus dem Takt bringst, da du Seiten an mir hervorrufst, die ich jahrelang mühsam verdrängt habe. Bei dir habe ich mich leicht und frei gefühlt wie selten zuvor, und das hat mir eine Scheißangst gemacht. Denn es bedeutet Risiko, ohne Netz und doppelten Boden. Es bedeutet, bis in die höchsten Lüfte zu fliegen, ohne zu wissen, ob ich nicht doch abstürze.« Ich beiße mir auf die Unterlippe, um mich zu bremsen. Ich will Ben nicht überfordern, aber die Worte versiegen nicht. »Ich möchte nicht länger aus Angst am Boden festkleben bleiben. Ich will losfliegen, auch wenn das Ziel unbekannt ist. Mit dir.« Ich mustere ihn unsicher, suche in seinem Gesicht nach einem Anzeichen, das mir verrät, was er denkt. Seine Züge entspannen sich langsam.

»Meinst du das ernst?« Er kommt ein Stück näher.

Ich nicke und gehe ihm entgegen, ganz langsam, da ich fürchte, er könne auf dem Absatz kehrtmachen und wegrennen, wenn ich mich zu nah an ihn heranwage. »Lass uns noch einmal von vorne anfangen«, sage ich leise. »Lass uns vergessen, was war.«

»Bis auf den Kuss«, Ben grinst schief, »der war nämlich echt gut.«

Ich lache und wage mich noch ein Stück näher an ihn heran. Sein Tresor bröckelt, das ist eindeutig zu erkennen.

Er atmet tief durch. Ich hingegen halte die Luft an und warte angespannt darauf, dass er etwas entgegnet.

Ben räuspert sich. »Gut. Noch einmal auf Anfang.«

Mein Herz flattert vor Erleichterung, und ich muss mich bremsen, um ihm nicht sofort um den Hals zu fallen. Stattdessen mache ich einen weiteren Schritt auf ihn zu und strecke ihm die Hand entgegen. »Hi, ich bin Tilda.«

Es fühlt sich unglaublich gut an, ihm endlich meinen echten Namen zu nennen.

»Ben.« Seine Finger umschließen meine.

»Und ich habe mich bis über beide Ohren in dich verliebt.« Keine Ahnung, wieso mir die Worte plötzlich so leicht über die Lippen kommen. Wie bunte Papierflugzeuge wirbeln sie durch den Raum.

»Und ich mich in dich.« Ben stellt seine Tasche auf den Boden, streicht über meine Wange, und seine Berührung schickt angenehme Stromstöße durch meinen Körper. Er beugt sich zu mir hinunter und küsst mich. Dieser Kuss ist intensiver als alles, was ich je gefühlt habe.

Leichtigkeit durchströmt mich. Und Glück. Ganze Wellen von Glück. Wellen, die alles in mir niederreißen, was verkrampft und angespannt war, und Platz schaffen für das Gefühl, das Ben in mir auslöst. Das Gefühl tiefer Verbundenheit, Wärme und Euphorie. Ben hält mich fest und lässt mich gleichzeitig hoch hinausfliegen. Unsere Zungen tanzen miteinander, während seine Hände mich immer enger an ihn ziehen. Ich vergrabe meine Finger in seinem Haar und atme den Duft nach Seife und Sommer ein, den es verströmt.

»Nie wieder werde ich einen anderen küssen«, denke ich und habe das tiefe Vertrauen, dass es wahr sein könnte. In vielerlei Hinsicht mag ich noch schwimmen, aber hier bei Ben, das fühle ich in diesem Moment ganz deutlich, bin ich angekommen.

Ich drücke meine Lippen noch fester auf Bens.

Die Sterne, die vor meinem inneren Auge herumflirren, sind der endgültige Beweis, dass ich nun doch eine Kitschvergiftung erleide.

Und es fühlt sich verdammt noch mal gut an.

Danksagung

Ich würde es ja gerne mit Sophie halten und behaupten, nur Dokus im Original auf *arte* zu schauen. Aber der gelegentliche Konsum von Kuppelshows gehört wohl auch zu meinen dunklen Geheimnissen. 😊

Das ist auch gut so, denn sonst würde es dieses Buch wahrscheinlich nicht geben. Die Idee existiert schon ein paar Jahre, zumindest im Groben. Ich saß wieder einmal mit meinen Bachelor-Mädels zusammen bei Sekt und Chips, als mir die »Was wäre, wenn?«-Frage durch den Kopf schoss, die die Initialzündung für dieses Buch war und die ich natürlich aus Spoilergründen für diejenigen, die – wie ich – die Danksagung als Erstes lesen, nicht näher benennen darf.

Jedenfalls ließ diese Frage mich nicht mehr los, und um sie herum entstanden Figuren und Szenen in meinem Kopf, die dort noch eine Weile ausharren mussten, ehe sie aufs Papier durften.

Danke an dieser Stelle an Lena Jahnke, der ich das Projekt 2019 auf der Frankfurter Buchmesse gepitcht habe. Ich weiß noch genau, wie ich ihr mein Notizbuch einfach über den Tisch geschoben habe, weil ich zum Vorlesen viel zu nervös war. Danke, liebe Lena, dass du den »Kameramann« auf den Weg gebracht hast.

Ein Buch zu schreiben ist manchmal ein sehr einsamer Prozess (besonders, wenn man es während des Corona-Lockdowns tut). Umso wichtiger ist es, dass es Leute um einen herum gibt, die einen dabei begleiten und einem teils live, teils virtuell zur Seite stehen.

Ich danke meiner Lektorin Ava Reed für ihren Einsatz für dieses Buch. Manchmal habe ich geflucht, wenn sie Dinge angemerkt hat, die für mich wahnsinnig viel Arbeit bedeutet haben, für das Buch aber so wichtig waren. Danke, dass ich ganz viel Neues von dir lernen konnte, und für dein großes Engagement für dieses Projekt.

Danke auch an Isabella Clausing für die Arbeit im Hintergrund und dafür, dass ich mich mit allen Wehwehchen immer an dich wenden kann.

Danke an meine Agentin Anna Mechler fürs Rückenfreihalten, Händchenhalten und jegliche Form von Unterstützung.

Danke an meine wunderbaren AutorenkollegInnen fürs Mitfreuen, Mithoffen und Mitärgern, je nachdem, was gerade Sache ist. Danke an all die lieben BuchbloggerInnen, die mich schon seit meinem Debüt unterstützen und mit ihrer Lesebegeisterung so viele Menschen anstecken.

Und danke an die LeserInnen, die meine Bücher lesen, kaufen, verschenken, rezensieren und mich mit ihren Nachrichten oft total berühren. Ihr ahnt gar nicht, wie glücklich es mich macht, wenn ihr mir schreibt, dass euch meine Bücher gefallen haben. Wer mich also glücklich machen will, findet mich auf Instagram unter @kathytailor.autorin – dort nehme ich euch übrigens auch mit durch die Aufs und Abs des Autorenlebens, und nebenbei gibt es süße Hundebilder – wenn das kein Grund ist, vorbeizuschauen, dann weiß ich auch nicht. 😉

Danke an Angi-Erbse, die inzwischen wohl schon eine Marketingexpertin ist und die so gar nichts mit der Angi in diesem Buch zu tun hat – sie ist nämlich tausendmal netter. 😊

Danke an meine »Bachelor-Mädels« für viele lustige und kulinarisch hochwertige (aka Süßigkeitenexzesse) Abende, denen hoffentlich noch viele folgen werden. Es ist immer wieder schön, mit euch zusammen den Kopf auszuschalten, sodass die Gedankenblitze von ganz alleine kommen.

Bis vor Kurzem habe ich mein gesamtes Erwachsenenleben in WGs verbracht, was sicherlich die eine oder andere Szene dieses

Romans geprägt hat (es gab Zeiten, da war unser Putzplan für den ein oder anderen bloß eine grobe Orientierung) ☺. Danke an die 13 MitbewohnerInnen, mit denen ich im Laufe der Jahre zusammengelebt habe, für all die schönen und chaotischen WG-Erfahrungen, die mich beim Schreiben inspiriert haben.

Danke an Caroline (»Cärolein«) für deine Freundschaft, deine Knuffs, deine lustigen Voice-Mails und dein Aufregen mit mir über alles, was nervt. Es tut gut zu wissen, dass du immer da bist und mich selbst dann zum Lachen bringst, wenn mal alles grau ist. Nur die Frage, wer Mars mitbringt, werden wir wohl nie beantworten können …

Danke an meine Familie, die mich besonders in diesem Jahr so unglaublich unterstützt hat. Gerade in der Endphase dieses Buchs habt ihr mir so viel abgenommen und dafür gesorgt, dass der Hund vor die Tür kam, das Baby bespaßt wurde und ich nicht verhungert bin. Ich bin so glücklich und dankbar, euch zu haben.

Und last, but not least danke an den Mann, den ich zum Glück nicht in einer Datingshow suchen musste und der trotzdem Disney-Kitschromantik in mir auslöst. Henry, ich danke dir so sehr, dass du immer für mich da bist und mir, wo du nur kannst, den Rücken freihältst. Danke fürs Teekochen, für leckeres Essen, Hundespaziergänge und Babyschaukeln, Kameraaufbauen und technische Unterstützung in allen Belangen, für liebevolle Worte, Zuspruch, Brainstorming, Massagen für meinen schreibtischgeschundenen Rücken und so vieles mehr.

Und auch wenn Tilda nun eine Kitschvergiftung erleidet: Du bist das Beste, das mir je passiert ist.